KB150036

식민지 교양소설:
제국−식민지의 불균등 발전과 성장하지 않는 청춘

권은

서강대학교 영문학과를 졸업하고 동대학원 국문학과에서 석사학위와 박사학위를 받았다. 현재 한국교통대학교 한국어문학과 부교수로 재직 중이다. 주요 저서로는 『경성 모더니즘』 (2018), 『도시의 확장과 변형: 문학과 영화편』(공저, 2021) 등이 있으며, 주요 논문으로는 「'멀리서 읽기'를 통한 한국 근대소설의 지도그리기」(2022), 「수량적 문체론과 기법의 문학사」(2023) 등이 있다.

서강학술총서
144

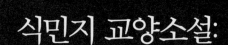

식민지 교양소설:
제국-식민지의 불균등 발전과
성장하지 않는 청춘

권은 지음

서강대학교출판부

서강학술총서 144

식민지 교양소설:
제국−식민지의 불균등 발전과 성장하지 않는 청춘

초판 1쇄 발행 | 2023년 11월 17일

지 은 이 | 권은
발 행 인 | 심종혁
편 집 인 | 하상응
발 행 처 | 서강대학교출판부
등록 번호 | 제2002-000170호

주 소 | 서울특별시 마포구 백범로 35(신수동)
전 화 | (02) 705-8212
팩 스 | (02) 705-8612

ⓒ 권은, 2023 Printed in Korea
ISBN 978-89-7273-391-1 94810
ISBN 978-89-7273-139-9 (세트)

값 30,000원

* 잘못된 책은 구입하신 곳에서 바꿔드립니다.
* 이 책의 판권은 지은이와 서강대학교출판부에 있습니다.
  양측 서면 동의 없는 무단 전재 및 복제를 금합니다.

* '서강학술총서'는 SK SUPEX 기금의 후원으로 제작됩니다.

책머리에

근대 사회가 도래하면서 사람들의 삶은 근본적으로 변화하기 시작했다. 농경 사회에서 시간은 계절의 변화처럼 순환적인 것으로 인식되었지만, 근대 이후로는 과거-현재-미래의 순서로 나아가는 직선적인 것으로 인식되었다. 이 시기 중요했던 '문명', '진보', '발전', '성장', '계몽', '개조' 등의 개념들은 모두 이러한 발전론적인 세계관을 반영한다. 이언 와트는 소설이 '삶의 시간적 측면'을 부각시킴으로써 문학의 영역을 확장했다고 평가했다. 근대인들의 삶이 근본적으로 변화하자 그러한 근대 사람들의 '인생 전반'을 서사적으로 다룰 필요성이 증대되면서 소설이라는 새로운 문학 형식이 발생하게 되었다는 것이다. 소설의 기본적 형식이라 할 수 있는 '발단-전개-위기-절정-결말'의 클라이맥스적 선형 플롯은 성장하는 인간을 기본으로 삼고 있다. 그리고 소설의 장르 중에서 이러한 인간의 성장 혹은 성숙의 과정을 집중적으로 다룬 장르가 교양소설(bildungsroman)이다.

교양소설은 여러 소설 장르 중에서도 가장 근본적인 장르로 간주된다. 한 인간의 성장 과정을 그리는 것은 인간을 개성적인 인격체로 보는 관점을 전제하지 않으면 성립될 수 없기 때문이다. 그렇지만 한국 근대소설에서는 서구의 교양소설에 대응할 만한 작품들이 많지 않다. 한국 근대소설의 세계는 전반적으로 정체되어 있고, 주요 인물들은 거의 성장하지 않는다. 물론 이효석의 『벽공무한』이나 김남천의 「T일보사」와 같은 일부 작품들에서는 중심인물들이 비교적 손쉽게 성장하는 듯 보이지만, 이러한 작품들은 오히려 현실성이 결여된 듯한 느낌을 준다. 이는 한국 근대소설의 물질적 토대였던 식민지 조선이 지체된 상태에 머물러 있었기 때문일 수 있다. 바흐친은 "인간의 성장은 실제적인 역사적 시간 속에서 필연적으로, 충만하게, 자신의 미래와 함께, 자신의 심오한 시공성과 함께 이루어진다."고 했다. 다시 말해, 소설 속 등장인물이 온전히 성장하기 위해서는 그 인물이 토대로 삼는 사회가 함께 성장해야 한다.

이 책에서는 '식민지 교양소설(colonial bildungsroman)'이라는 범주를 통해 피식민의 역사적 경험이 소설 속 인물의 성장과 성숙에 어떠한 결정적 영향을 미쳤으며, 그것이 소설의 형식을 어떻게 변모·굴절시켰는지를 살펴보고자 한다. 식민지의 대표적 특징 중 하나는 사회 전반의 발전이 균질하지 않은 속도로 이루어지는 '불균등 발전' 혹은 '비동시적인 것의 동시성' 현상이 두드러지게 나타난다는 것이다. 식민지의 근대화는 제국의 이익에 부합하는 한에서 이루어질 수 있었다. 그로 인해 특정 산업 분야는 신속하게 발전하지만, 다른 분야는 미발전의 상태로 남겨지게 된다. 이러한 식민지의 독특한 현상은 소설 속에서 주인공이

자율적으로 성장하는 데에 어려움을 겪고 지체된 상태에 머물게 되는 이야기의 형태로 나타난다. 이 책에서 본격적으로 다루는 작품들은 그동안 계몽소설, 전향소설, 친일소설, 모더니즘 소설 등 다양한 범주로 구분되어 논의되어온 작품들이다. 이러한 기존 범주들은 한국 근대소설을 세부적으로 이해하는 데 중요한 지침이 되어 왔지만, 특정 작품을 해당 범주의 관점에서 바라보도록 유도하는 면도 있다. 이 책에서는 '교양'과 '성장'이라는 일관된 렌즈를 통해 다양한 기존 범주들을 포괄적으로 살피고자 했다.

이 책은 『경성 모더니즘』 이후 약 5년 만에 나오는 두 번째 저서이다. 『경성 모더니즘』이 경성이라는 특정 도시 공간을 주무대로 하여 펼쳐지는 작품들을 주로 다루었다면, 이 책은 다양한 지리적 장소들로 확장되어 뻗어가는 작품들을 중심으로 한다. 이러한 작품들에서 중심인물들은 다양한 목적으로 갖고 특정 장소로 이동하지만 그 근원에는 성장하고자 하는 욕망이 놓여 있다. 소설 속 인물들은 다양한 선택의 기로에 놓인다. 오늘날의 독자들은 근대문학을 단순히 친일적인 작품인지 아니면 저항적인 작품인지를 구분지으려 한다. 그렇지만 당시의 작가들과 그들이 만들어낸 소설 속 세계의 주인공들은 훨씬 복잡한 상황 속에서 자신의 성장과 나아갈 방향을 모색해야 했다. 그들의 선택에는 거의 언제나 반대급부로 포기해야 하는 무엇인가가 놓여 있었다. 그것은 조국일 수도, 신념일 수도, 사랑일 수도, 혹은 부와 명예일 수도 있었다. 이 책은 온전히 성장할 수 없었던 식민지배의 상황 속에서도 성장하기 위해 고군분투했고, 그러한 과정 속에서 고민하고 좌절했

던 동시대 지식인들의 내면을 한국 근대소설들을 통해 들여다보고자
했다.

한 권의 책을 온전히 쓴다는 것은 쉬운 일이 아니다. '성장하지 않
는 청춘'들의 이야기를 다루었기 때문인지 모르겠지만, 특히 이 책은 집
필하는 데 오랜 시간이 걸렸다. 이 책은 2017년 〈서강학술총서〉 정기
공모에 선정된 과제에서 출발하였다. 이후 2년 간의 집필 기간을 거쳐
2019년에 최종 심사를 통과하여 출판을 할 수 있게 되었다. 그렇지만
최종 원고가 마음에 들지 않아 4년여의 시간을 더 보내게 되었다. 지난
4년 동안 이 책을 완성하는 데에만 집중한 것은 아니었고, 솔직히 말하
자면 오히려 이 원고를 의식적으로 외면하며 지냈던 것 같다. 이 원고
를 다시 본격적으로 다듬기 시작한 것은 작년부터였다. 책의 구성을 바
꾸고 분석 대상 텍스트들 중 3분의 1 이상을 변경하는 등 대대적인 수
정을 하였다.

이 책을 쓰면서도 많은 고마운 분들의 도움과 격려를 받았다. 내가
학자로서 온전히 성장할 수 있도록 항상 지켜봐주시고 이끌어주시는
김경수 선생님께 가장 먼저 감사의 말씀을 전하고 싶다. 작년부터 김경
수, 김용범 선생님을 따라 서울의 구석구석을 다니며 한국 근대문학의
흔적들을 찾는 답사를 하고 있다. 아마도 답사를 하기 시작할 무렵부
터 이 책을 완성할 수 있는 시기가 되었다는 사실을 깨닫기 시작했던
것 같다.

『식민지 교양소설』은 내 단독 저서로 세상에 나왔지만, 실제로는
아내와 함께 쓴 책이나 다름이 없다. 아내가 없었다면 이 책은 세상에

나오지 못했을 수도 있다. 우리가 결혼할 때, 나는 박사논문을 준비하는 시간강사였고 아내는 박사과정 대학원생이었다. 지금 돌이켜보면, 당시 우리는 무모할 정도로 가진 것이 없었지만, 용기를 내서 앞으로 나아갔던 것 같다. 성장의 순간은 곧 선택의 순간이고, 우리가 하는 선택이 결국 우리를 어떠한 곳으로 이끄는 것이 아닐까. 이 책에는 우리의 지난 날들이 그대로 담겨 있는 듯한 느낌이 든다. 결혼할 때 아내는 '후배'였지만, 이제는 든든한 '동료'가 되었다. 아내는 내 모든 글을 가장 먼저 읽어주는 독자이자 조언자가 되었다. 나는 결혼하고 나서 '집돌이'가 되었다. 집에서 충만함과 편안함을 느끼는 것만큼의 행복은 없는 것 같다. 부족하지만 이 책이 사랑하는 아내에게 작은 선물이 되면 좋겠다. 『경성 모더니즘』의 책머리에서는 '뱃 속의 아기'로만 언급되었던 아들 담(澹)이 어느덧 6살이 되었다. 밝고 건강하게 잘 자라주는 아들에게도 감사의 마음을 전한다.

2023년 11월
권은

목   차

1장

서론: 식민지 교양소설이란 무엇인가

1장
서론: 식민지 교양소설이란 무엇인가

1. 식민지와 교양소설

교양소설은 소설 전반을 설명할 때 가장 중요한 준거점 중 하나로 간주된다. 일반적으로 소설에서 주인공은 이야기가 진행되면서 점차 발전하고 성장하기 마련인데, 이러한 과정을 중점적으로 다룬 일련의 이야기들이 교양소설이기 때문이다. 괴테의 『빌헬름 마이스터의 수업시대』, 오스틴의 『오만과 편견』, 로맹 롤랑의 『장 크리스토프』, 토마스 만의 『마의 산』 등이 고전적 교양소설로 간주된다. 교양소설은 역사적 진보에 대한 계몽주의적 전망 속에서 전인적 인간의 유기적 성장을 다루는 장르라 할 수 있다.[1] 제임슨은 교양소설의 구조를 바이올린 협주곡

---

1   Elizabeth Abel, *The Voyage in: Fictions of Female Development*, University Press of New England, 1983, p. 5.

에 비유한 바 있다.[2] 바이올린이 서정적 주체의 정서를 표현하는 데 탁월한 악기로서 교양소설의 주인공에 해당한다면, 오케스트라는 그를 둘러싸고 있는 세계에 해당한다. 소설 속 주인공은 자신을 둘러싼 세계와의 조화 속에서만 온전히 성장할 수 있다. 그래서 모레티는 교양소설을 "근대적 사회화를 형상화하고 장려했던 상징적 형식"[3]으로 간주하기도 했다. 전통사회는 공동체의 기존의 질서가 공고하게 유지되는 상황을 기반으로 하였다면, 근대 사회는 자본주의적 환경 속에서 빠르게 변화하는 특성이 있다. 근대 소설 속 주인공들은 새로운 사회 질서에 편입하고 적응하고 성장하기 위해 고군분투해야만 했다. 이러한 과정을 가장 잘 반영한 소설 장르가 교양소설이다. 흔히 이 장르는 독일의 괴테의 『빌헬름 마이스터의 수업시대』(1796)에서 시작된 것으로 간주되어 왔다. 그렇지만 근래에는 각 나라들이 저마다 '교양소설'의 문학적 전통을 갖고 있는 것으로 논의되기도 한다. 대부분의 국가들은 저마다의 역사적 조건과 시대 정신, 문화사회적 특성에 따라 자신들만의 근대화 과정을 거쳤고, 그러한 과정 속에서 특정한 사회적 가치를 받아들이고 성장하고자 고군분투했던 사람들과 그들의 이야기는 언제나 존재해 왔기 때문이다.

　　교양소설은 역사적 변화에 매우 민감한 서사형식이었다. 그래서 동시대의 역사적 조건과 사회적 변화에 따라 교양소설의 구조는 다양하게 변모되었다. 문제적인 것은 한국 근대소설에서는 서구의 교양소설

2　　프레드릭 제임슨/여홍상 역, 『변증법적 문학이론의 전개』, 창작과비평사, 1997, 28면.
3　　프랑코 모레티/성은애 역, 『세상의 이치』, 문학동네, 2005, 38면.

에 비견될 만큼 중심인물들의 성장 과정을 다룬 작품들이 손에 꼽을 정도로 적다는 점이다. 이광수의 『무정』은 한국 최초의 교양소설로 간주되는 작품이다. 허병식은 『무정』에서 한국 교양소설이 발원한다고 보았고,[4] 하타노도 이 작품을 이광수가 "과거를 다시 응시함으로써 장래를 모색한 세계 재구축의 시도"[5]를 한 교양소설로 간주했다. 그렇지만 일부의 논자들은 이 작품이 식민지적 맥락에서 등장한 소설이라는 점을 강조하기도 했다. 이철호는 『무정』이 "교양의 전범을 선구적으로 구현해냈다는 사실은 비교적 분명하나 그래도 그것은 식민지 근대의 시작, 1910년대라는 시대적 한계"[6]를 드러낸다고 평가했다. 복도훈도 비슷한 시각에서 이 작품을 "식민지적 모더니티의 출발선상에 있는 젊음을 형상화한 최초의 교양소설"로 간주했다.[7] 이처럼 상당수 논의들은 이광수의 『무정』을 한국의 최초의 교양소설로 평가하면서도 '식민지적 상황'이 인물들의 사회화와 성장 과정에 결정적인 영향을 미쳤다는 점에서 서구 교양소설과는 다른 시각에서 바라볼 필요가 있음을 강조했다.

한국 근대소설의 발전과정을 교양소설의 관점에서 계보학적으로 살피려는 구체적인 논의는 많지 않다. 가장 큰 이유는 '교양소설'의 기원이자 전형으로 간주되어온 괴테의 『빌헬름 마이스터의 수업시대』에서 나타나는 주요 특징들을 한국 근대소설의 작품들에서는 발견하기

---

4 허병식, 『교양의 시대』, 역락, 2016, 33면.
5 하타노 세츠코/최주한 역, 『무정을 읽는다』, 소명출판, 2008, 318면.
6 이철호, 「황홀과 비하, 한국 교양소설의 두 가지 표정」, 『센티멘탈 이광수』, 소명출판, 2013, 194면.
7 복도훈, 『자폭하는 속물—혁명과 쿠데타 이후의 문학과 젊음』, 도서출판b, 2018, 11면.

어렵기 때문이다. 그렇지만 한국 근대소설에서 서구 교양소설의 특성들을 찾지 못하는 현상 자체가 하나의 징후이자 식민지 조선이 처했던 상황을 반영하는 것일 수 있다. 성장소설 혹은 형성소설 등으로도 불리는 교양소설은 중심인물과 사회와의 조화로운 관계를 추구한다. 교양소설 속 중심인물들은 자신이 속해 있는 현재의 환경에서는 충분히 성장할 수 없다는 사실을 깨닫고 문화사회적 중심지로 이동하여 새로운 자극을 받고 사회의 일원으로 성장해간다. 교양소설에서는 공간적 이동과 사회적 이동이 비교적 활발하게 나타난다. 한국 근대소설 중에서 서구의 교양소설에 비견될 만한 작품들이 많지 않은 것은 한국 근대소설이 문학적으로 충분히 발전하지 못했기 때문이 아니다. 오히려 한국 근대소설이 형성되었던 식민지적 상황이 그러한 소설 형식이 전개될 수 없도록 만들었다고 볼 수 있다.

'식민지 교양소설(colonial bildungsroman)'은 식민지적 상황 속에서 중심인물이 성장을 추구하고 때로는 좌절하는 과정을 다룬 작품을 설명하고자 하는 개념이다.[8] 모레티는 서구 교양소설이 발생하기 위한 필수 조건으로 "폭넓은 문화적 형성, 직업적인 이동성, 완전한 사회적 자유"[9] 등을 들었다. 역사적으로 이러한 조건들을 충분히 향유하는 사람들은 선택된 소수에 불과했다. 서구 교양소설의 주인공들이 대부분 '유럽 중산계급 백인 남성'에 집중된 것도 이러한 맥락에서다. 피식민지인들은 교양소설의 주체로서의 위치를 점하기 어려웠다. 그럼에도 불구하고,

---

8   Ericka A. Hoagland, 'The Postcolonial Bildungsroman', *A History of the Bildungsroman*, Cambridge University Press, 2018, p. 223.

9   프랑코 모레티, 앞의 책, 15면.

한국 근대소설 속 주인공들도 제한된 환경 속에서 '성장'을 이루기 위해 치열하게 노력했다. 교양소설은 "전대미문의 이동성(mobility)"을 가장 중요한 특징으로 한다. 한국 근대소설의 특징은 이러한 공간적 이동성이 피식민 상태의 자국 영역에 머물지 않는다는 점이다. 한국 근대소설 속 주인공들은 한반도를 벗어나 동경(東京)이나 미국으로 유학을 떠나거나 중국이나 러시아로 망명하기도 한다. 이는 자국의 상황이 중심인물이 성장하기에는 충분하지 않았기 때문이다.

한국 근대소설에서 이러한 교양소설의 플롯이 문제적인 것은 제국/식민지 체제 속에서 주인공이 자신의 성장을 도모해야 했다는 점 때문이다. 한국 근대소설의 주인공들은 시골에서 경성으로 상경하기도 하지만, 경성은 서구의 교양소설 속 중심 무대인 런던이나 파리 등과는 비교도 되지 않을 정도로 낙후되어 있었다. 그러므로 그들은 경성을 벗어나 더 큰 무대인 동경이나 상해 등으로 향하거나 더 나아가 미국이나 러시아로 나아가야만 했다. 그러므로 식민지 시기 한국의 교양소설을 논의할 때 가장 우선하여 살필 것은 중심인물들의 공간적 이동이다.

성장은 더 이상 인간의 사적(私的)인 일이 아니다. 인간은 '세계와 함께' 성장하고, 자신 속에 세계 자체의 역사적 성장을 반영한다. 그는 이미 시대의 내부에 있는 것이 아니라, 두 시대의 경계에, 하나의 시대에서 다른 시대로 건너가는 지점에 존재한다. 이 이동은 인간 속에서, 인간을 통해 이루어지며, 인간은 아직까지 존재해본 적이 없는 전적으로 새로운 유형의 인간이 될 수밖에 없다. 문제가 되는 것은 다름 아닌 새로운 인간의 생성이다. 따라서 여기에선 미래를 조직하는 힘이 매우 중대하며, 물론 이때의 미래는

사적이고 전기적인 것이 아니라 역사적인 미래이다.[10]

본래 '성장'은 문학의 가장 중요한 주제 중의 하나였다.[11] 프롭이 분석한 1천여 편의 러시아 민담의 서사적 기본 형태도 어린 주인공이 낯선 세계로 모험을 떠나서 적대자와 대결을 펼치고 보물을 찾아 되돌아오는 과정으로 그려진다.[12] 고향으로 되돌아 온 주인공은 어느덧 영웅으로 성장해 있다. 신화학자 캠벨이 분석한 신화의 기본 구조도 인간이 성장하는 '통과의례'를 기본으로 한다. 그는 신화의 기능이 "인간의 정신을 향상시키는 데 필요한 상징을 공급하는 것"[13]이라고 했다. 신화는 현재에 안주하려는 인간을 자극하여 좀더 바람직한 인간으로 '성장'하게 도와주는 것을 주된 목적으로 한다. 교양소설은 여행을 떠나서 만나게 되는 사람들과 경험하는 사건들을 통해 성장한다는 점에서 '피카레스크' 장르와 유사하며 본질적으로 여로형의 구조를 취한다.

교양소설은 근대 사회를 배경으로 한 '성장'의 이야기이다. 일부에서는 '성장소설'이라고 부르기도 하지만, '성장'이라는 용어로는 이 장르에서 요구되는 특성들을 충분히 반영하지 못한다. '교양'은 근대의 문명화 과정에서 요구되는 사회적 자질을 포괄적으로 의미한다고 볼 수 있다. 교양소설의 주인공은 각 사회의 가장 이상적인 인물상을 추구한다. 그러한 이상적 존재는 전방위적인 자기수양과 발전을 도모한다는 점에

---

10 미하일 바흐찐/김희숙·박종소 역, 『말의 미학』, 길, 2006, 305면.
11 Jed Esty, *Unseasonable Youth*, Oxford University Press, 2012, p. 17.
12 블라디미르 프로프/유영대 역, 『민담 형태론』, 새문사, 1987, 95면 참조.
13 조셉 캠벨/이윤기 역, 『천의 얼굴을 가진 영웅』, 평단문화사, 1985, 15면.

서 '르네상스적 인간(Renaissance man)'이나[14] 영국의 '신사(gentleman)'나 동양의 '군자(君子)' 등도 포함될 수 있다.[15]

독일에서는 '교양소설', '발전소설(Entwicklungsroman)', '교육소설 (Erziehungsroman)', '예술가소설(Kunstlerroman)' 등으로 장르를 세분하기도 하지만 일반적으로는 교양소설로 통칭한다.[16] 중요한 것은 이러한 변화 혹은 성장이 인물의 사적(私的) 차원에 머물지 않는다는 것이다. 바흐친은 교양소설이 "민족–역사적 시간(national–historical time) 안에서 성장하는 인간의 형상"[17]을 그리는 가장 위대한 시도라고 했다. 교양소설 속에서 인간(adulthood)과 국가(nationhood)는 함께 성장한다. 이를 통해 한 나라는 근대적 국민국가로서의 입지를 다지며, 인간은 근대적 주체이자 국가의 소속원인 국민으로 성장한다. 중심인물은 사적(私的) 개인이 아니라 국민국가를 대표하는 공적인 인물이 된다.

'교양소설'(bildungsroman)에서 중요한 개념은 '빌둥'(bildung)이다. 흔히 '교양(教養)'이나 '도야(陶冶)' 등으로 번역되지만 본래의 함의와는 상당한 차이가 있다. '교양소설'이라는 문학 형식이 갖고 있는 독특한 이데올로기적 특성을 살피기 위해서는 '빌둥'의 함의를 개념사적으로 살펴볼 필요가 있다. 교양소설은 1819년에 타르투대학교의 칼 모르겐슈테른 교수가 괴테의 『빌헬름 마이스터의 수업시대』를 염두에 두고 중심

---

14 Jerome H. Buckley, *Season of Youth: The Bildungsroman from Dickens to Golding*, Harvard University Press, 1974, p. 13.

15 Gregory Castle, *Reading the Modernist Bildungsroman*, University Press of Florida, 2007, p. 19 참조.

16 Jerome H. Buckley, *op.cit*, p. 13.

17 미하일 바흐찐, 앞의 책. 307면.

인물의 정신적인 그리고 지적인 성장 과정에 초점을 맞춘 소설을 이러한 명칭으로 정의한 것에서 출발한다. 여기서 등장하는 '빌둥'(bildung)이라는 개념은 괴테의 『빌헬름 마이스터의 수업시대』와 같은 해에 발표된 프리드리히 쉴러의 『인간의 미적 교육에 관한 편지』에도 언급된다. 쉴러는 이 책에서 "모든 인간은 자신 안에 잠재적이고 규범적인 이상적인 인간, 즉 인간의 원형을 갖고 있다. 그리고 사람은 이러한 이상과의 변화하지 않는 통합과 화해하는 것을 자신의 삶의 임무로 삼는다."고 주장했다.[18]

'빌둥'은 '상(像; Bild)'이나 '초상(肖像; Bildnis)'의 의미와 관련이 깊다.[19] 여기서 이상적인 인간이자 인간의 원형이 곧 '빌둥'(bildung)을 의미했다. 다시 말해, '빌둥'은 단순히 '교양'의 차원을 의미하는 것이 아니라 국가나 민족에서 필요로 하는 이상적인 인간상을 의미하는 것이었다. 그래서 '교양소설'의 '빌둥'은 '소명 혹은 직업'을 의미하는 '베루프(Beruf)에 가까운 개념이라는 주장도 있다.[20] 쉴러가 주장하는 '빌둥'에는 나치 독일과 소련 등의 전체주의적 이데올로기와 상통하는 면이 있다.[21] 이러한 '빌둥'의 본래적 개념에 기반한 '교양소설'은 그 자체로 정치적인 성격을 강하게 내포한 문학형식이라 할 수 있다. 제임슨은 "총체성으로 나아가는 충동"에는 "음흉한 제국주의적·관념론적 속성, 즉

18   Tobias Boes, *Formative Fictions: Nationalism, Cosmopolitanism, and the Bildungsroman*, Cornell University Press, 2012, p. 16.

19   Jerome H. Buckley, *op.cit*, p. 14.

20   Fredric Jameson, *The antinomies of realism*, Verso, 2013, p. 103.

21   Tobias Boes, *op.cit*, p. 16.

탐욕스럽게 모든 것을 자신이 안전하게 지배할 수 있는 영역 안으로 끌어들이려는 속성" 등이 담길 수 있다고 경고했다.[22] 교양소설은 한 개인이 사회에서 자신의 자리를 찾아가는 과정을 다루는 장르이며, 주인공이 사회에 흡수되기 위해 자신의 개인적 욕망을 스스로 포기하는 사회화 과정을 다룬다. 그러므로 식민지 조선에서 '교양소설'은 일본 제국주의의 이데올로기에 부합할 수도 있는 문제적인 장르였다고 할 수 있다.

교양소설은 단순히 한 개인의 자아 형성과 성장만을 다루는 것이 아니다. 이 장르가 오히려 관심을 갖는 것은 개인의 행보를 지탱하게 하는 동시대 사회적 현실이다. 이케다 히로시(池田浩士)는 교양소설을 '사회적 현실 속에서 개인이 어떻게 의미 있는 삶을 영위할 수 있는가'에 대한 물음을 던지는 문제적 장르로 간주했다.[23] 그런데 식민지배의 세계와 피식민 지식인 주인공 간의 불화는 쉽게 해결될 수 있는 문제가 아니었다. 피식민 지식인 주인공은 스스로 성장하기 위해서 자신의 민족을 등지거나, 민족을 위해 개인적 성장을 포기하는 등의 극단적인 선택을 강요받게 된다. 어느 쪽을 선택하든지 간에 일정 부분의 희생이나 포기는 불가피하다.

무엇보다 일제 식민지배의 주요 이데올로기가 교양소설의 문법을 닮아 있었다는 사실에 주목할 필요가 있다. 일제는 '내선일체(內鮮一體)'를 추구하면서도 내지와 외지를 구분하고 일본인과 피식민지

---

22 프레드릭 제임슨/김유동 역, 『후기마르크스주의』, 한길사, 2000, 93면.
23 池田浩士, 『教養小説の崩壊』, インパクト出版社, 2008, 10면.

인을 차별화하는 기제를 작동시켰다. 일제는 피식민 조선인들을 '신민자연의 상태'로 간주했다. 조선인들은 "신민자격을 취득했지만 아직 공권이 부여되지 않은 상태에 있을 수밖에 없다"[24]는 것이다. 창씨개명, 징병제, 소득세, 참정권 등은 식민지 조선인들이 식민자연의 상태에서 벗어나 진정한 일본 신민으로 거듭날 수 있는 공권과 의무를 부여하는 조치였다. 말하자면, 조선인들은 일제의 정책에 적극적으로 협력하는 한에서 제한적으로 성장할 수 있었던 것이다.

한국 근대의 교양소설에 관한 논의는 최근에 들어 다양하게 이루어졌다. 대표적으로 나병철은 『가족 로망스와 성장소설』(2004)에서 서구 교양소설과 대비되는 한국의 식민지 교양소설의 특성을 살피고자 했다는 점에서 본 연구의 문제의식과 맞닿아 있다.[25] 그는 식민지 상황에서 근대를 경험한 한국에서 교양소설의 양상은 서구와 매우 다르게 나타났다고 보았다. 그는 한국 교양소설의 중요한 특징으로 아버지의 부재와 고아상태(혹은 편모슬하)의 주인공이 등장하는 점을 꼽았으며, 주인공이 지식인에 속하는지 민중에 속하는지에 따라 두 가지 유형으로 구분하고자 했다. 그의 선구적 논의는 개화기부터 한국전쟁 이후의 시기까지를 교양소설의 관점에서 통시적으로 살피고자 했다는 점에서 중요한 의의가 있다.

다음으로 허병식은 '빌둥(bildung)'의 역어로서의 교양이 1920년대부터 사용되기 시작하였으며, 당시에는 수양(修養)이나 교양 등과 거의 동

---

24 문준영, 『법원과 검찰의 탄생』, 역사비평사, 2010, 311면.
25 나병철, 『가족 로망스와 성장소설』, 문예출판사, 2004.

일한 의미로 사용되었다고 주장했다.[26] 그리고 그는 이광수의『무정』에서 한국 교양소설이 발원(發源)하며 1940년대 일제 파시즘이 강화되던 무렵에 김남천의『사랑의 수족관』등을 끝으로 종결을 고한다고 보았다. 허병식의 논의는 식민지 시기의 한국 근대문학을 교양소설의 관점에서 본격적으로 다루었다는 점에서 의의가 있다. 복도훈은 1960년대 4·19세대 작가들을 중심으로 한국의 교양소설을 살폈다. 최인훈, 김승옥, 박태순, 김원일, 이동하 등이 주요 분석대상이다. 1960년대가 '청년문화'가 중요한 의미를 지닌 시기였기 때문에 이 시기의 작품들에는 교양소설적 성격이 두드러진다는 것이다. 그는 '교양중편'(Bildungsnovelle)이 1960년대 한국 교양소설 텍스트의 형식과 많은 면에서 부합한다고 주장한다. 이 장르는 "단편소설의 '운명적인 순간'이 지니는 상징적인 명료함과 소설의 '삶 전체'가 지닌 경험적 다양성을 결합하기 위해서, 변주의 원칙에 입각해 구축된 이야기"라는 형식적·내용적 특성을 지니고 있다.[27] 다시 말해, 1960년대에 들어, 한국의 시대적 상황이 서구의 교양소설이 발생했던 맥락과 유사하게 변화했다는 것이다. 그는 4·19혁명과 5·16군사 쿠데타를 1960년대 신세대 작가의 교양소설에서 젊음의 자기 경험을 구성하는 계기가 되는 상징적인 사건들로 해석할 수 있다고 주장한다.

본 연구는 이러한 최근의 연구 성과를 참조하여 서구의 교양소설 담론의 '창(窓)'을 통해 한국 근대소설의 특성을 살피고, 이를 '식민지 교

---

26 허병식, 앞의 책, 19면.
27 복도훈, 앞의 책, 24면.

양소설'이라는 개념으로 범주화를 시도하고자 한다. 이러한 시도는 우리에게 식민지 시대의 '성장'은 무엇이었는가를 되묻는 과정이기도 하다. 우리에게 익숙한 한국 근대소설의 주인공들은 대부분 '성장'하고자 했으나 그럴 수 없었다. 예를 들어, 『만세전』의 이인화는 "자기를 살리기 위하여 어떠한 경우에는 정열을 억제하여야 할 필요"가 있다고 생각하며 무미건조한 삶을 스스로 자처하는 인물이다. 이 시기 작품들에서 등장인물들의 신분이나 직업은 극히 제한적이었다. 남성 인물들은 동경유학을 다녀온 이후에도 직업을 찾을 수 없어 '룸펜 인텔리겐차'가 되거나 신문사나 잡지사 등의 기자로 활동하거나 교육계로 나가는 정도가 일반적이었다.

유진오의 「5월의 구직자」에서는 일본인 학생들에게만 우선적으로 일자리를 알선하고 조선인 학생들의 사회적 진출에 훼방을 놓는 일본인 교수 우에무라라는 인물이 등장하기도 한다. 식민지 조선에서 양질의 일자리는 일본인들이 독점했으며, 조선인들은 동일한 업무를 담당하더라도 일본인들보다 훨씬 적은 임금을 받는 것에 만족해야 했다.[28] 그렇지만 이런 상황 속에서도 작가들은 성장의 문제를 고민하고 해결책을 모색하고자 했다. 따라서 '식민지 교양소설'은 성장을 모색한 '성장의 이야기'이자 식민지적 현실에서 좌절할 수밖에 없었던 '반(反)성장의 이야기'이기도 하다.

식민지 교양소설 담론에서 가장 중요하게 다루는 것은 제국과 식민지 사이에서 발생하는 균질하지 않은 발전 과정, 즉 '불균등 발전'이다.

---

28 배경식, 『기노시타 쇼조, 천황에게 폭탄을 던지다』, 너머북스, 2008, 42면.

자본주의적 근대화는 특정 부문이 다른 부문들의 희생을 대가로 발전할 수밖에 없다. 이로 인해 자국 내에서는 도시와 시골, 국제적으로는 제국과 식민지의 사이에서 불균등한 발전이 생겨난다. 언뜻 보면, 경제적 개념인 '불균등 발전'은 문학적 맥락과는 무관하게 보일 수도 있다. 그렇지만 불균등 발전과 소설의 반성장 플롯 간에는 유의미한 상징적 관계가 있다.

이 책은 왜 식민지 지식인들이 서구 교양소설의 주인공처럼 온전하게 성장할 수 없는가에 대한 근원적인 질문을 던지며, 그에 대한 궁극적인 해답을 식민지 현실에서 찾으려 한다. 그동안 하나의 범주로 포괄될 수 없었던 계몽소설, 전향소설, 모델소설, 모더니즘 소설 등은 모두 사회화와 자아실현 그리고 성장의 문제를 고민했던 작품들이라는 공통점이 있다. 이 작품들의 주인공들은 식민지 현실을 벗어나 더 큰 무대로 나아가려 하거나, 식민지배의 현실이 자신의 성장을 가로 막고 있다는 각성을 하며, 그렇지 않다면 식민지배를 거부할 수 없는 현실로 간주하여 그것을 내면화하는 등 다양한 방식으로 대응한다.

2. 한국 근대소설의 공간지평

대부분의 교양소설은 공간적 이동이 활발한 '여로형'의 소설이며 공간적 이동과 함께 사회적 이동이 발생하는 경우가 많다. 여로형(旅路型) 소설은 가장 친숙한 유형의 전통적 소설이라 할 수 있다.[29] 루카치

---

[29] 황국명, 「여로형소설의 지형학적 논리 연구-"무진기행"을 중심으로」, 『문창어

가 산문 문학의 세계를 밤하늘을 걷는 여정으로 설명한 것에서도 알수 있듯, 낯선 어딘가로 떠나고 되돌아오는 구조는 이야기의 가장 기본적인 형태이다. 그렇지만 여로형은 공간의 지리적 특수성에는 특별한 관심을 기울이지 않는다는 점에서 다소 한계가 있는 개념이기도 하다. 세계가 비교적 동질적으로 구성되어 있던 서사시의 세계에서는 고향과 타향을 오고가는 것에서도 큰 의미를 찾을 수 있었지만, 근대 소설의 세계에는 복잡하고 이질적인 다양한 공간들이 등장하기 때문이다. 비슷한 여로의 형식이라 하더라도 어떠한 장소에서 펼쳐지느냐에 따라 전혀 다른 작품이 될 수도 있다. 소설의 세계에서 이동 경로뿐만 아니라 지향하는 공간과 떠나는 공간의 지리적 특성을 살펴보면, 공간과 인물 간의 필수불가결한 성격을 파악할 수 있다.

교양소설은 인물들의 공간적 이동이 빈번하게 이루어진다. 대부분의 이야기에서 주인공은 모험을 떠나 장애물을 만나고 그것을 극복하는 과정에서 성장하게 되는데, 교양소설의 중심인물도 스스로 성장하기 위해 더 큰 무대로 나아간다. 교양소설에서 가장 적합한 곳은 각처의 사람들이 모여드는 문화적 중심지인 '대도시'이다.[30] 서구 교양소설은 시골에 머물던 중심인물이 대도시에 진입하면서 본격적인 이야기가 시작된다. '19세기의 수도'로 불리던 파리나 '산업혁명의 심장'이었던 런던이 대표적인 대도시였다.

그렇지만 불균등 발전 상태에 놓인 식민지 조선 안에서는 서구의

문논집』 37권, 2000, 278면.

30 Franco Moretti, *Atlas of the European Novel 1800-1900*, Verso, 1998, p. 70.

파리나 런던에 비견될 만큼 근대화된 장소가 없었다. 물론 전통적인 중심도시인 '경성'이나 상공업의 중심지인 '평양' 등이 존재하긴 했지만, 서구의 대도시와 비교하면 근대화가 충분히 이루어졌다고 보기 어려웠다. 교양소설이 펼쳐지기 위해서는 '경성'이나 '평양'보다 더 발전된 장소가 필요했다. 한국 식민지 교양소설에서 중심인물은 식민지 조선을 벗어나 더 큰 무대를 찾아 해외로 떠나거나 아니면 낙후된 식민지적 현실에 머물러야 했다.

소설 연구에서 '공간'이 중요한 이유는 "각각의 장르는 저마다의 고유한 공간을 갖기 때문"이다.[31] 한국 근대소설은 '한반도'를 넘어서서 다양한 지리적 공간으로 뻗어나간다. 그렇지만 세계의 모든 장소를 대상으로 펼쳐지지는 않는다. 예를 들어, 이효석의 「공상구락부」(1938)에서 운심은 친구들에게 "가령 봄 한 철은 파리에서 지내고, 여름은 생모리츠에서 지내고, 가을은 티롤에서, 겨울은 하와이에서 다시 부에노스아이레스에서 다음에 서전에서, 이렇게 해서 세계를 모조리 맛보자"고 제안한다. 또한 김동인의 「마음이 옅은 자여」(1920)에서 '나'는 "애인과 함께 세계 일주를 하면서 이집트 넓은 벌에서 별을 보며, 이태리 바닷가에서 조개껍질을 주우며 누구 부럽지 않게 즐기리라"고 다짐하기도 한다. 그렇지만 이러한 구상들은 말 그대로 '공상'에 불과할 뿐 서사적 장소로 볼 수 없다. 소설 속 장소는 균질하게 재현되지 않는다. 특정 장소는 서사의 중심지로 각광을 받지만, 일부 장소들은 서사화되지 않

---

31   Franco Moretti, *op.cit*, p. 35.

는다.[32]

해외로 나갈 경우 선택할 수 있는 장소로는 제국의 수도인 '동경', 임시정부가 있던 '상해', 제국의 외부인 '미국'이나 사회주의 혁명에 성공한 '러시아' 등이 있었다. 그렇지만 당시 국제법상으로 일본 제국의 일원으로 간주되었던 식민지 조선인이 제국의 외부로 나아가는 것은 현실적으로 쉽지 않았다. 가장 현실적인 선택은 제국의 중심지인 동경으로 향하는 것이었다. 한국 근대작가들이 대부분 동경유학생 출신이고 이들이 발표한 작품들의 중심인물들이 대부분 동경유학생으로 설정되어 있는 이유도 여기에 있다.

'동경(東京)'은 '경성' 못지 않게 한국 근대 소설에서 중요한 장소 중 하나이며, 거의 모든 작가들의 작품에서 중요하게 다루어지고 있다. '동경'은 한국 근대 소설의 효시로 꼽히는 이광수의 『무정』에서부터 중요한 장소로 기능한다. 중심인물인 이형식은 "동경에 유학하노라고 장가들 틈"이 없었던 유학생이었다. 동경에서 그가 겪은 근대 체험은 그의 정체성을 결정하는 데에 결정적인 영향을 미쳤으며, 서사에서도 중요한 역할을 담당한다. 그는 "동경서 유학할 때에 폐병 들린 선생에게 천문학 배우던 생각"을 떠올리거나 "동경에 있을 때에 어떤 여자가 주인 노파를 통하여 형식에게 사랑을 구한 적"을 회상한다. 결말부에는 다른 중심인물인 영채가 동경으로 유학을 떠나는 장면이 나온다. 『만세전』의 중심인물 이인화도 동경유학생이다. 이 작품은 동경에서 경성을

---

32   Barbara Piatti et al., 'Mapping Literature: Towards a Geography of Fiction', *Cartography and Art*, Springer Verlag, 2008, p. 179.

거쳐 다시 동경으로 되돌아나가는 구성을 취하고 있다. 서사에서 동경이 등장하는 장면은 그리 많지 않지만 서사적 비중은 상당히 크다. 동경유학생인 이인화의 시선이 "식민제국을 운영하는 제국주의의 시선"에 가깝고, 그에 따라 조선은 "전근대적 사회"로서 "계몽되어야 할 대상"으로 인식되기 때문이다.[33]

한국 근대소설의 중심인물들은 대부분 동경 유학을 통해 선진 근대문화를 경험한 인물들이다. 예를 들어, 이광수의 『무정』의 이형식, 『흙』의 허숭, 『유정』의 최석, 『그 여자의 일생』의 이금봉 등은 모두 '동경유학생'들이고, 이외에도 많은 작품들이 동경을 무대로 펼쳐진다. 동경은 조선 작가들의 문학적 수용의 요람지이자 작품의 주요 배경이었다. 한국 근대소설에서 '동경유학'은 "제국적 문화구조가 만들어낸 사회문화적·역사적 현상"[34]으로 한국 근대소설 속 중심인물로서의 근대적 성격을 부여했다. 동경은 중심인물들이 가고자 하는 선망의 장소, 즉 문명의 중심지인 메트로폴리스라는 점에서 다른 지역과는 근본적으로 차이가 난다. 이러한 동경에 대한 선망 내지는 동경 의식은 한 작가의 개인적 차원을 넘어 집단적 성격을 갖는다.

'상해(上海)'는 동경과는 다른 의미에서의 성장, 즉 민족적 차원의 성장을 추구하는 장소로 그려진다. 상해를 배경으로 한 주요한의 단편들, 한용운의 『흑풍』, 심훈의 『동방의 애인』, 유진오의 「상해의 기억」, 조벽암의 「불멸의 노래」 등에서는 '혁명적 정치의식'이 두드러지게 나타

33　김경수, 『염상섭과 현대소설의 형성』, 일조각, 2008, 24면.

34　박선미, 『근대 여성 제국을 거쳐 조선으로 회유하다』, 창비, 2007, 10면 참조.

난다.[35] 『동방의 애인』에도 묘사되었듯이, 당시 상해에는 "각국의 혁명객들이 보금자리를 치는 불란서 조계"가 위치했으며, 동경 못지않게 근대화된 장소였다. 또한 '상해'는 일본 제국의 영향력이 충분히 미치지 못하는 장소라는 점에서 한국 근대소설에서 '타락한 공간' 혹은 '범죄의 공간' 등으로 부정적으로 그려지기도 했다. 이광수의 『재생』에서 '상해'는 흉악한 범죄집단이 머무는 곳이자 식민지 조선에 잠입한 인물들이 사회를 혼란에 빠뜨리는 것으로 묘사되기도 한다. 이외에도 김동인의 『수평선 너머로』와 채만식의 『염마』, 한설야의 『마음의 향촌』 등에서도 상해는 불길한 공간으로 그려진다.

식민지 조선의 근방에 있는 '동경'과 '상해'가 조선 지식인들이 현실적으로 택할 수 있었던 장소였다면, 미국이나 유럽은 극히 일부의 상류층만이 선택할 수 있는 특권적 장소였다. 그래서 이 장소가 등장하는 작품들은 허구적이거나 피상적으로 그려지는 경우가 많다. '동경', '상해', '미국' 등 식민지 조선의 영토 외부가 한국 근대소설의 주요 장소로 등장했다는 것은 식민지 조선의 외부와 내부의 경계가 그리 견고하지 않았음을 의미한다. 특히 제국 일본과 식민지 조선은 분리된 두 국가가 아니라 제국의 '내지(內地)'와 '외지(外地)'로 나뉜 것에 불과했다. 두 지역 사이에 놓인 현해탄은 일반적인 의미의 국경이 아니라 심리적 경계선에 가까웠다.

반면 식민지 조선 내의 중심지라 할 수 있는 '경성'이나 '평양'을 주요 장소로 하는 작품에서는 인물들의 성장이 지체되는 경향이 나타난

---

35   정호웅, 『문학사 연구와 문학 교육』, 푸른사상, 2012, 129면.

다. 현진건의 「술 권하는 사회」에서 "우리 조선 사람으로 성립된 이 사회란 것이, 내게 술을 아니 못 먹게 한단 말이요"라고 외치는 '남편'처럼, 당시 지식인들은 식민지적 현실에서 무기력할 수밖에 없었다. 그래서 이들에게는 '성장'하기보다는 그것을 가로막는 현실에 대한 '각성'이 나타나는 경향이 있다. 자신이 성장하지 못하는 근원적 원인이 식민지적 현실에 있다는 사실을 깨닫는 것이다. 박태원의 「소설가 구보씨의 일일」의 '구보'나 이상의 「날개」의 '나'는 무료한 하루하루를 별 의미 없이 보내는 인물들이다. 이들에게 오늘의 삶은 어제와 다르지 않으며 내일도 마찬가지이다. 이러한 작품은 발전이 정체된 식민지적 현실에 대한 징후를 드러낸다. '평양'을 배경으로 한 최명익이나 유항림 등의 작품들에서도 이러한 정체화 경향이 두드러지게 나타난다.

세계 '오대양 육대주'에서 한국 근대소설이 펼쳐지는 장소는 북반구의 세 개 대륙(유럽, 아시아, 북아메리카)에 집중된다. 심훈의 『영원의 미소』(1933)에는 "1초 동안에 지구 일곱 바퀴나 도는 전파에 음파를 실어, 동반구와 서반구의 거리를 단칸방 속같이 졸라매는 라디오가 한참 행세를 하고, 동경 사람과 뉴욕 사람이 제자리에 앉아서 여보시오 한 번이면 숨쉬는 소리까지 듣고 앉았는 이 시대"가 되었다고 했다. 그렇지만 대부분의 한국 근대소설에서 남반구는 다루어지지 않았다. 이처럼 문학 작품들에서 특정 장소가 재현되지 않고 상상적으로 대체되거나 빈 여백처럼 남겨지는 것을 '심상적 여백(imaginary unmapping)'이라고 한다.[36] 한국과 지리적 거리가 멀고 교통수단이 갖추어지지 않은 남반구

---

36 Mark Wollaeger, *Modernism, Media, and Propaganda*, Princeton Univ Press,

의 대륙들이 한국 근대소설에서 거의 다루어지지 않았다는 사실이 그리 놀랍지 않을 수도 있다. 그렇지만 소설 속 공간이 현실 세계의 실질 공간과 교통 네트워크 등의 물질적인 토대를 기반으로 펼쳐진다는 사실은 염두에 둘 필요가 있다.

3. 교양소설과 세 층위의 공간: 행위지대, 투사공간, 이동경로

소설 속에서 '유럽'이나 '아프리카'와 같이 대륙명이 언급될 때는 대부분 구체적인 지리적 장소보다는 사회문화적 맥락에서 언급되는 경우가 많다. 소설 속 공간적 배경은 주로 국가 단위 혹은 도시 단위로 언급될 때 실질적 의미를 갖는다. 앤더슨은 소설이 '민족'이라는 '상상의 공동체'가 등장하는 과정에 결정적인 역할을 했다고 주장한 바 있다.[37] 집단의 구성원들이 하나의 언어로 쓰인 소설을 읽음으로써 '특별한 결속감'을 갖게 되었고, 이것이 나아가 근대적인 국민국가라는 '상상의 공동체'로 꽃을 피우게 되었다는 것이다. 소설이 국민국가의 형성과 밀접한 관련이 있는 문학형식이라는 사실은 잘 알려져 있다. 대부분의 문학연구도 '국민국가' 단위로 이루어지고 있으며, 국민국가의 범위를 넘어서는 경우에는 비교문학의 관점에서 다루어진다. 그렇지만 당시 한국은 독립된 형태의 국민국가가 아니라 '식민지'였다. 흔히 소설은 개별

2008, p.34.

37　베네딕트 앤더슨/윤형숙 역, 『상상의 공동체』, 나남, 2002, 48면.

적인 지역들을 하나로 통합하고 동질적인 감각을 불러일으킴으로써 '국민국가'를 상상하게 하였다고 이야기된다. 그렇지만 소설이 '식민지 국가'에서도 동일한 역할을 수행했는지는 명확하지 않다. 때로는 식민지에서 소설은 제국의 주체와 피식민지인의 구분을 공고히 하는 기제로 작용했기 때문이다.[38]

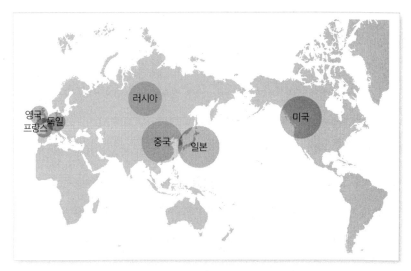

〈그림 1〉 한국 근대소설 속 주요 국가들

문학 속 공간은 다양한 형태로 나타난다. 피아티는 소설 속 공간을 크게 '행위지대(zone of action)', '투사공간(projected space)', '이동경로(journeys and movements)' 등으로 구분한 바 있다.[39] '행위지대'는 소설 속 인물들의 행위가 실제로 일어나는 장소를 의미하며, '투사공간'은 인물

---

38 Joseph Slaughter, *Human Rights, Inc.-The World Novel, Narrative Form, and International Law*, Fordham Univ. Press, 2007, p. 127.

39 Barbara Piatti et al., 'Mapping Literature: Towards a Geography of Fiction', *Cartography and Art*, Springer Verlag, 2008, p. 185.

들이 그곳에 실제로 머무르지는 않지만 그들의 의식에서 중요하게 다루어지는 장소를 말한다. '이동경로'는 소설 속 인물들이 공간적으로 움직인 경로를 파악하는 것이다. 그동안 문학연구는 소설 속 등장인물이 실제로 머물거나 사건이 발생하는 장소, 즉 '행위지대'와 '이동경로'를 중요하게 간주해 왔다. 반면 인물들의 의식을 사로잡거나 회상의 대상이 되는 '투사공간'은 연구할 방법이 마땅하지 않았다. 그러나 장소명 (place name)을 추출해서 분석하는 '멀리서 읽기'로는 '이동경로', '행위지대'뿐 아니라 '투사공간'에 대한 연구도 가능하다. 이 장에서는 한국 근대소설 텍스트 약 2천여 편을 대상으로 '멀리서 읽기'(distant reading)를 시도하였다. 이 방식을 통해 한국 근대소설을 살펴보면 외국이 등장하거나 언급되는 작품은 전체의 약 40퍼센트에 달한다. 이는 한국 근대소설에 나타나는 공간인식이 '국민국가'의 범위를 넘어서고 있었을 가능성을 보여준다.

교양소설에서 나타나는 가장 중요한 공간적 특성은 주인공이 성장을 하기 위해 특정한 장소들을 지향하며 나아간다는 점이다. 인물의 성장은 공간적 이동과정과 긴밀한 관련을 맺는다. 그렇기 때문에 소설 속에서 인물들의 이동경로를 파악하는 것은 상당히 중요하다. 인물들의 지향의식이나 세계관 등을 파악하는 데에 도움이 되기 때문이다. 또한 소설이 어디에서 시작되고 어디에서 끝나는지 등도 파악할 필요가 있다. 소설 속 이동경로는 특정 시기에 작가들이 이동하거나 지향한 공간 등을 입체적으로 살필 수 있게 한다. 그렇지만 소설 속 인물들의 경로를 파악하는 것은 그리 간단하지 않다. 작품에 따라 복수의 등장인물이 등장할 수도 있고, 경로가 분명하게 언급되지 않은 채 이동할 수도 있다. 또한 근대소설의 특징 중 하나는 인물들의 공간 이동이 구체적인 물질적 토대 위에서 펼쳐진다는 점이다. 등장인물들은 기차, 배, 비행기, 전차, 버스, 자동차 등 다양한 근대적 교통수단을 통해 이동하며 전화, 전보, 전신, 편지, 메신저 등 다양한 통신수단을 통해 서로 연결된다. 이들이 어떠한 교통수단과 통신수단을 활용하는지에 따라 인물들의 이동 속도와 이동가능한 영역도 달라질 수 있다.

한국 근대소설 속 중심인물들은 대체로 자신이 현재 속한 행위지대와 지향하는 투사공간 간의 낙차를 의식하고 그 틈을 메우고자 한다. 이러한 과정 속에서 공간적 이동이 활발하게 이루어지며 경계를 넘고 새로운 자각과 성장을 경험하기도 한다. 한국 근대소설에 자주 등장하는 국가들로는 일본, 미국, 중국, 러시아 등 주변의 강대국들과 유럽의 주요 국가인 영국, 프랑스, 독일 등이다.(《그림 1》 참조) 언급되는 비율을 보면, 일본(46%)이 전체의 절반 가량을 차지하고, 미국(20%)과 중국(17%)의 비중이 비슷하다. 흥미로운 것은 등장하는 비율이 낮은 나라들은 '행위지대'보다는 '투사공간'으로 서사 안에 등장한다는 점이다. 이는 작가가 해당 공간을 직접 체험하지 못해서 구체적으로 재현할 수 없었거나, 등장인물을 그곳으로 이동시키는 것이 현실적이지 않다고 판단했을 수 있다.

① 투사공간: 유럽과 러시아

한국 근대소설에서 '구라파(유럽)'는 대부분 '투사공간'으로 등장하거나 짧게 언급하는 수준에 그친다. 앞서 말했듯, '투사공간'은 등장인물이 떠올리고, 추억에 잠기고 그리워하거나 상상에 잠기지만 그곳에 머물거나 그곳에서 행동을 취하지는 않는 장소를 의미한다.[40] 근대 작가 중 '유럽'을 자주 언급한 작가는 단연 이효석이다. 그의 "서구 취향, 서구문화에 대한 교양이 그대로 그의 작품의 뼈와 살"[41]이 되었다는 평가가 있을 정도로 그의 '서구지향' 의식은 각별했다. 『벽공무한』, 「여수」, 『푸른탑』, 『화분』 등 수많은 작품들에서 유럽 국가들에 대한 언급과 지향성이 나타나지만, 작품 속에서 유럽이 '행위지대'로 기능하는 경우는 거의 없다. 대부분은 서양의 문학작품, 영화, 음악, 미술에 투사된 형태로 나타나거나 '하얼빈'을 통한 간접 체험으로 나타난다. 이 시기 소설들에서 '유럽'이 추상적으로 그려지는 것은, 당시 식민지 조선의 작가들이 '제국 일본'이라는 통로를 거치지 않고서 이곳을 직접 체험할 방법이 마땅치 않았던 것과 무관하지 않다.

'러시아'도 한국 근대소설에서 구체적으로 재현되지 않는다. 한국 근대 작가들이 도스토예프스키, 톨스토이, 투르게네프, 체호프, 고리키 등 다양한 러시아 작가들의 작품에 큰 영향을 받았고 러시아 문학을 통해 자신들의 문학을 연마·발전시켜 왔다는 사실은 잘 알려져 있다. 또한 러시아는 러일전쟁, 아관파천, 러시아혁명 등을 통해 직간접적으로 한국에 많은 영향을 미쳤다. 그렇지만 러시아도 주로 '투사공간'으로 그려진다. '러시아', '노소아', '아라사', '소비에트' 등 다양한 명칭으로 불리는데, 각 명칭 간에 미묘한 의미 차이가 나타나기도 한다. 소설

---

40   Barbara Piatti et al. *op.cit*, p. 185.
41   김재영, 「"구라파주의"의 형식으로서의 소설—이효석 작품에 나타난 서양문화의 인유에 대하여」, 『현대문학의 연구』 46권, 2012, 316면.

속 '행위지대'로 등장할 경우에도 모스크바나 상트페테르부르크와 같이 한반도에서 거리가 먼 도시들은 거의 등장하지 않고, '해삼위(블라디보스토크)'와 같은 한국에 인접하고 한국인이 집단 거주하는 도시를 중심으로 펼쳐진다. 심훈의 『동방의 애인』(1930)에서는 예외적으로 모스크바가 '행위지대'로 등장하지만 구체적인 풍경 묘사는 나타나지 않는다. 이는 혁명 이후 사회주의 국가로 변모한 러시아를 추종하는 것을 금기시하던 당시의 시대적 분위기와 무관하지 않다.

② 행위지대: 일본, 중국, (미국)

한국 근대소설에서 구체적이고 실질적인 장소로 재현되는 국가는 일본, 중국, 미국 등이다. 이들 지역의 공통점은 한국 사람들이 집단 이주했고 오늘날까지도 대규모 교민사회가 형성되어 있다는 점이다. 말하자면, 식민지 시기에 발생한 '디아스포라(diaspora)'적인 상황이 한국 근대소설을 국제적 성격의 문학으로 만든 것이다. 이들 국가들이 구체적인 장소로 재현된다는 점에서는 비슷하지만 서사적 차원에서 갖는 의미는 상당한 차이를 보인다. 당시 식민지 조선의 지식인들에게 일본, 중국, 미국 등은 각각 서로 다른 의미의 지향 공간으로 간주되었다. 중심인물의 공간적 이동을 통해 투사공간은 행위지대로 변모한다.

일본은 한국 근대소설에서 단연 가장 큰 비중을 차지하는 나라다. 한국의 근대작가 대부분이 동경 유학생 출신이고, 유학을 경험하지 않은 작가들도 일본을 직간접적으로 체험했다. 일본어가 '고쿠고(國語)'였고, 서구 학문이 대부분 일본어로 번역되어 식민지 조선으로 유입되었던 만큼 당시 한국 작가들에게 '일본'은 쉽게 외면할 수 있는 대상이 아니었다. 이러한 사정은 서사적 차원에서도 쉽게 파악할 수 있다. 주요 작가 중 김유정 정도를 제외하면, 거의 모든 작가들의 작품에서 '일본'이 비중있게 등장한다.

일본의 도시 중에서도 단연 도쿄가 절대적인 비중을 차지한다. 오사카, 교토, 요코하마, 시모노세키 등도 등장하지만 비중은 그리 크지 않다. 일본 도시 중에서 도쿄가 차지하는 비중은 약 87%로, 이는 한국 근대소설 속 일본은 곧 동경을 의미한다고 말할 수 있을 정도이다. 일본으로 유학을 한 학생들이 일본유학생이 아니라 '동경유학생'이라고 불린 이유이기도 하다. 특히 도쿄는 긴자(銀座), 가구라자카(神樂坂), 신주쿠(新宿), 오쿠보(大久保), 아사쿠사(浅草), 우에노(上野) 등과 같은 도시 구역이나 거리명, 주요 건물들이 구체적으로 재현된다는 특징이 있다.

서사적 차원에서 볼 때, 한국 근대소설에서 도쿄는 '외국 도시'라기보다는 오히려 서사적 중심지 중 하나였다고 볼 수 있다. 실제로 당시 일본과 조선은 내지(內地)와 외지(外地)의 역학관계에 있었다. 김경수는 염상섭 문학에는 "조선 내에서 해결하기 어려운 경우는 등장인물을 도쿄(東京)로 가게 하는 식으로 작품을 처리하는 경향"[42]이 있음을 지적한 바 있다. 서사적 차원에서 볼 때, 도쿄는 조선을 배경으로 해서는 전개하기 어려운 이야기들을 펼쳐놓을 수 있는 장소였다고 할 수 있다.

한국 근대문학에서 중국(만주 포함)도 큰 비중을 차지하는 나라 중

---

42 김경수, 앞의 책, 28면.

하나다. 구체적인 '행위지대'로 재현된다는 점에서는 일본과 비슷하지만 공간을 지향하는 성격에서 큰 차이가 있다. 일본이 구체적인 목적으로 가지고 찾아가는 지향적 공간이라면, 중국은 식민지 조선에서의 궁핍한 삶을 견디지 못하고 불가피하게 떠밀려가는 공간으로 그려진다. 중국은 구체적 도시보다는 막연하게 한반도를 벗어난다는 의식이 강하게 나타난다. 또한 일본은 심리적으로 가까운 공간으로 재현되는 반면, 중국은 낯설고 이국적인 공간으로 그려진다.

중국 도시 중에서는 상해, 하얼빈, 신경, 봉천, 북경 순으로 언급되는데, 이들을 압도해서 등장하는 것이 '만주(滿洲)'이다. 중국 지명 중에서 '만주'는 약 41%로 상해(18%)와 하얼빈(14%)을 상회한다. 만주는 한반도에 인접한 중국 동북부 지역 일대를 의미하는 것으로 상당히 광활한 영역을 포괄한다. 특히 이곳은 고조선과 고구려·발해 등이 위치해 있던 곳으로 역사적으로 한국과의 관련성이 높다. 또한 작가들이 '중국'과 '만주'의 명칭을 구분하여 사용했다. 예를 들어, 한설야는 '중국'과 '만주'의 명칭을 1대 9의 비중으로 사용하지만, 심훈은 반대로 8대 2 정도의 비율로 사용한다. 이처럼 명칭 간 사용 비율이 큰 차이를 보이는 것은 당시 중국에 대한 작가들의 인식의 차이가 반영된 것으로 볼 수 있다. 말하자면 지리적으로는 동일한 장소였다고 하더라도 한설야는 '만주'를 그리려 했지만, 심훈은 '중국'을 그리고자 했을 수 있다.

중국도시 중에서는 상해(上海)가 가장 중요한 비중을 차지한다. 그렇지만 정호웅이 적절하게 지적했듯, 상해는 "당대 한국 사회를 대신

하는 공간으로 설정"[43]된 경우가 많다. 예를 들어, 주요섭의 「인력거꾼」
(1925)은 상해를 배경으로 한 작품이지만 서사적 배경을 한국으로 옮겨
온다고 해도 크게 문제될 것 같지는 않다. 당시 상해에는 한국 임시정
부가 위치해 있고, 한국인들이 상당수 거주하고 있었다.

③ 이국화되고 낭만화된 장소: 미국

한국 근대소설 중에서 '미국'이 구체적인 장소로 등장하는 작품이
여러 편 있다. 뉴욕, 필라델피아, 시카고, 샌프란시스코, 워싱턴, 로스
앤젤레스, 보스턴 등 언급되는 도시도 다양하다. 일본으로 유학을 갈
경우 '동경'으로 집중되었던 것과는 달리 미국의 경우는 '미국 유학'이라
고 표현된다. 그렇지만 장소에 대한 세부 묘사가 나타나지 않고, 서사
적 의미도 분명하지 않은 경우가 많다. 소설 속에서 반드시 필요한 장
소라기보다는 소설을 이국적이고 낭만화하기 위한 일종의 서사적 장치
에 가깝다. 예외가 있다면 여러 작품들에 구체적으로 등장하는 '하와
이'의 존재이다. 역사적으로 하와이는 사탕수수 농장에서 일하기 위해
한인들이 대규모로 이주했던 곳이고 현재도 큰 규모의 한인사회가 형
성되어 있다. 이태준의 『불멸의 함성』(1934)에는 "조선사람으로 누구나
다 그렇듯이 '뉴욕'이라거나 '샌프란시스코'라거나 '캘리포니아'라거나 하
는 이름보다는, 그리고 '호놀룰루'라는 이름보다도 '하와이'란 귀에 익고
마음에 익고 정에 깊은 이름이었다"라는 대목이 나온다. 이 시기 '하와
이'가 한인들에게 갖는 위상을 잘 보여준다.

---

43 정호웅, 「한국 현대소설과 상해」, 『한국언어문화』 36권, 2008, 4면.

미국과 관련해서 가장 두드러지는 작가는 주요섭이다. 그는 미국 스탠퍼드대에서 석사학위를 받고 돌아와서 자신의 경험을 토대로 한 『구름을 잡으려고』(1935)에서 미국 이민 1세대들의 삶과 죽음을 사실적으로 그려냈다. 이 작품은 개인의 체험과 실존 인물들의 삶이 사실적으로 그려져 '다큐멘터리 소설'로 평가받기도 했다. 이 작품을 제외하면 '미국'이 구체적으로 등장하는 작품은 많지 않다. 이태준의 『불멸의 함성』(1935)에는 주인공 두영이 필라델피아의 존스홉킨스 의대에서 유학을 하고 돌아오는 이야기가 그려지고, 이광수의 『무정』의 형식과 선형이 시카고 대학으로 유학을 다녀오는 것으로 간단히 언급되는 것 정도가 있을 뿐이다. 이외에 추리소설 중에서 김내성의 『마인』(1939)에서 서사적 흥미를 위해 '로스앤젤레스 ××스트리트 ××번지 존 피터'가 언급된다든지, 채만식의 『염마』(1934)에서는 범인의 결정적인 단서가 "미국 시카고의 어느 상점"에서 만든 구두로 밝혀지기도 한다.

지리학자인 드 세르토는 "모든 이야기는 여행 이야기, 즉 공간적 실천"[44]이라고 했다. 소설은 특정한 공간에서 펼쳐지기 마련이고 장소를 횡단하고 조직하며, 특정 장소를 선택하고 서로 연결한다. 소설 속 문장은 곧 인물들의 여정이 된다. 본 연구에서는 지도와 지리학적인 개념을 적극 활용해서 한국 식민지 교양소설의 공간적 특성을 살피고자 한다. 특히 중요한 것은 소설 속 인물들이 공간적 이동을 할 수 있었던 교통수단과 연락을 주고받을 수 있었던 통신수단의 발달 양상이다.

---

44   Michel De Certeau, *The Practice of Everyday Life*, University of California Press, 2012, p. 115.

소설은 허구적인 이야기이지만 동시대의 현실을 사실적으로 반영하는 핍진성의 장르이다. 따라서 작품 속에서 인물들의 공간적 이동을 다루기 위해서는 현실세계의 사람들이 교통수단을 통해 이동하는 것과 동일한 방식으로 이동할 수밖에 없다. 그동안 기차나 전차와 같은 교통수단이 사람들의 인식을 변화시켰다는 논의는 많았지만, 구체적인 교통망과 수단이 서사의 속도와 공간적 확장 등에 미친 영향을 세밀하게 살핀 논의들은 많지 않다. 특히 조선과 만주 등을 긴밀하게 연결한 대륙횡단철도나 일본-조선-만주를 공간적으로 아우르는 항공체계의 구축 등은 1930년대 중반 이후의 한국 근대소설을 이해하는 데에도 필수적이다.

4. 성장하는 인물과 모델소설

식민지 교양소설의 또다른 특징은 대부분의 중심인물들이 작가 자신이나 실제로 존재했던 인물들을 모델로 삼은 모델소설이라는 점이다. 본래 소설에서 중심인물은 사회 전반이나 특정 계급을 대표할 만한 '전형적인 인물'로 설정된다. 그러한 인물을 통해 사회적 쟁점을 보여줌으로써 보편적이고 상징적인 의미를 획득하기 위해서이다. 그렇지만 식민지 교양소설의 주인공들은 자신의 성장을 위해 미지의 영역을 개척해 나가는 예외적이고 선구적인 인물에 가깝다. 이들의 행적이 당시 사회에서 일반적으로 상상가능한 영역이 아니었기 때문에, 실존인물의 성공담이나 경험에서 상당 부분을 차용했을 가능성이 있다. 예를 들어, 이태준의 『불멸의 함성』은 미국 존스홉킨스 의과대학에 진학하여 의사가 되었던 김창세를 모델로 삼았고, 유진오의 『화상보』는 식물학자 정태현을 모델로 삼은 작품이다. 이들은 식민지 조선인으로서 자신의 분야에서 독보적인 업적을 이룬 사람들이었다. 그러므로 이들이 경험한 성장의 한계는 곧 민족 전체가 가질 수밖에 없었던 근본적인 한계를 의미하는 것이었다.

실화소설로도 불리는 모델소설(roman a clef)은 '열쇠를 가진 소설' (novel with a key)이라는 의미를 지닌다.[45] 이 장르는 특정한 메시지를 은밀한 형태로 전달하는데, 그것을 온전히 이해하기 위해서는 일종의 '열쇠'(key)가 필요하다. 즉 작품의 모델이 된 '실존인물' 혹은 '실제 사건' 등을 이해하는 것이 텍스트 해석에 필수적 요소가 된다. 이 '열쇠'의 비밀을 알고 있는 소수의 독자들만이 작품의 숨겨진 의미를 온전히 이해할 수 있다. 모델소설은 실존인물을 대상으로 했지만 이야기 전반은 허구적인 특성을 갖는 '조건부 허구성(conditional fictionality)'을 특징으로 한다.[46] 이러한 작품들은 비록 서사적 차원에서는 허구적인 인물들의 이야기일지라도 알레고리의 차원에서는 어느 정도의 진실을 담고 있을 수 있다.[47] 그러므로 이러한 작품들의 주제를 온전히 이해하기 위해서는 동시대의 역사적 맥락 속에서 해당 인물의 행적을 면밀히 대조하며

---

45 Sean Latham, *The Art of Scandal: Modernism, Libel Law, and the Roman a Clef,* Oxford University Press, 2009, p. 7.

46 Sean Latham, *op.cit,* p. 21.

47 Lennard J. Davis, *Factual Fictions: The Origins of the English Novel,* University of Pennsylvania Press, 1997, p. 39.

읽어나가야 한다.

핍진성(逼眞性)을 추구하는 소설을 읽으면서 독자들이 '모델'을 떠올리는 것은 어쩌면 자연스러운 일이다. 허구적 이야기에 익숙하지 않았던 근대 초기의 독자들은 작가 자신이나 주변의 누군가를 모델로 삼아 작가가 소설을 쓴 것이라 생각했다. 이광수는 "소설 속에 3인칭을 아니 쓰고 1인칭 즉 '나'를 쓰면 대개의 독자들은 그것이 작자 자신의 일같이 잘못 해석하는 모양"[48]이라고 불평했다. 그리고 『무정』의 선형이 나혜석을 모델로 했다는 소문이 있었을 정도로,[49] 근대 독자들은 실존 모델을 연상하면서 작품을 읽곤 했다. 소설 문법에 익숙하지 않았던 당시 작가들도 '모델'에 기반하여 작품 창작을 하곤 했다.[50] 그들은 "어떤 이야기를 독창적으로 창안하는 것보다는 당시 신문지상에 보도된 사건·사고라든가 세인들의 관심의 대상이 되었던 스캔들 기사로부터 소재나 전개방식을 빌려오는"[51] 방식을 종종 취했다. 작가들은 '모델소설'을 통해 소설 문법을 배운 후 사실과 허구가 명확하게 구분되는 본격소설로 나아가곤 했기 때문에, 모델소설은 소설 발전 과정에서 일종의 과도기적 혹은 '텍스트적 촉매'(textual catalyst) 역할을 한 것으로 간주되

---

48 이광수 외, 「내 소설과 모델」, 『삼천리』, 1930년 5월.

49 "'선형'이는 그가 동경유학 시대에 그의 염사의 한 페이지 쯤은 점령할 만한 나무슨 석[나혜석]이라는 여자를 모델로 쓴 것이라 하나 똑똑이 안다고 할 수 없는 일이요." 심생, 「무정·재생·환희·탈춤 기타 소설에 쓰인 인물은 누구들인가, 많이 읽혀진 소설의 '모델' 이야기」, 『별건곤』, 1927년 1월, 75면.

50 한설야, 엄흥섭, 이기영 등 당시 소설가들은 대부분 실존 인물을 모델로 하여 작중인물을 창조했다. 「작품 이전과 이후 작가와 모델과의 로맨스」(1~9), 『동아일보』, 1937년 6월 16~26일.

51 김경수, 앞의 책, 89면.

기도 한다.[52]

이 시기 대표적인 모델소설로는 염상섭의 「해바라기」, 이광수의 『선도자』, 심훈의 『상록수』, 박태원의 『애욕』, 김동인의 「발가락이 닮았다」, 심훈의 『동방의 애인』 등을 꼽을 수 있다.[53] 작가 자신의 삶을 그대로 그리려 했던 '사소설'(私小說)도 이 범주에 포함시키면, 그 범위는 더욱 확장될 수 있다. 이 작품들 중에는 작가가 직접 '모델'을 밝힌 작품도 있고, 독자들이 추정한 작품도 있다.

52 Sean Latham, *op.cit*, p. 32.
53 이외에도 유진오의 「이혼」, 이무영의 「이름없는 사나이」, 최정희의 「지맥」, 모윤숙의 「미명」, 김동인의 『김연실전』, 방인근 「방랑의 가인」, 염상섭의 「E선생」, 「유서」, 『너희들은 무엇을 얻었느냐』 등 많이 작품들이 모델소설의 범주에 포함될 수 있다. 강현구, 「1920∼30년대 모델소설의 새로운 독법과 매혹적인 악녀상」, 『한국문예비평연구』 16권, 2005, 7-8면 참조.

2장
식민지 지식인의 공간지향과
세계인식

2장

식민지 지식인의 공간지향과 세계인식

춘원(春園) 이광수는 한국 근대문학사에서 중요한 위치를 차지하는 작가이자, 여러 논설 등을 통해 민족이 나아가야 할 방향을 제시한 사상가였다. 특히 그의 「민족개조론」(1922)은 "민족에 대한 위기의식의 산물"[1]로 간주된다. 이 이론은 르봉(Gustave le Bon)의 이론에 영향을 받은 것으로 알려지며, 핵심적인 주장은 조선 민족이 이미 쇠퇴하고 타락한 상태여서 근본적인 '개조'를 통하지 않으면 더 이상 살아남을 수 없는 상태에 놓였다는 것이다. 「민족개조론」은 이광수의 계몽적 사유를 대표하는 글로 간주되어 왔고, 특히 이 주장이 갖는 함의가 주로 논의되어 왔다.[2] 그렇지만 좀더 주목할 것은 조선 민족이 현재의 상태에서부

---

1   사에구사 도시카쓰/심원섭 역, 「〈재생〉의 뜻은 무엇인가」, 『사에구사 교수의 한국문학 연구』, 베틀북, 2000, 152면.

2   강헌국, 「이광수의 민족계몽 이론과 그 실천-'민족개조론'과 "흙"을 중심으

터 근본적으로 '개조'해야 한다는 의식이 그의 문학세계 전반에서 나타난다는 점이다. 교양소설에서 중심인물은 자신이 속한 공동체에서 삶의 터전을 마련하고 이상적인 인간상을 구현하는 것을 궁극적인 목표로 삼는다. 그렇지만 이광수는 자신이 속한 민족 공동체가 그러한 꿈을 실현시킬 만큼 이상적인 상태가 아니라고 생각했다. 교양소설의 주인공들은 공동체를 기준 삼아 자신을 성장시키고자 하지만, 이광수는 오히려 자신의 이상을 기준으로 공동체를 '개조'해야 한다고 주장했다. 그래서 그의 작품들이 외양적으로는 교양소설을 닮았지만, 서사적 귀결은 정반대 방향을 향해 나아간다. 이광수의 계몽소설은 서구 교양소설이 뒤집힌 형태이며, 중심인물이 아니라 민족공동체의 '개조'를 목표로 한다.

이광수 소설은 하나의 고정된 장소에서 전개되지 않으며, 역사적 시기와 작가가 처한 상황 그리고 작품의 주제의식에 따라 작품 속 공간의 성격이 변모한다. 이는 춘원의 지리적 체험이 동시대 다른 작가들과는 근본적으로 차별화되었기 때문이다. 그는 동경 유학과 대륙 방랑, 북경·상해 체류 등을 통해 동아시아 일대를 몸소 체험하고 그것을 자신의 문학세계에 반영하였다. 동시대 작가 중 춘원만큼 광범위한 지리적 공간을 직접 체험한 사람은 거의 없다. 그의 작품들에는 다른 작가들에서는 찾아볼 수 없을 만큼 다양하고 광범위한 장소들이 등장하거나 언급된다. 그의 작품에서 각 장소들은 단순한 배경으로 머무는 것이 아니라, 서로 간의 역학 구도 속에서 긴장, 협력, 대립 등의 다양한

로-」, 『우리어문연구』 56권, 2016, 11면.

역동적 관계를 형성하며 변모한다. 이광수의 문학세계에서 중심을 차지하는 것은 인물들이라기보다는 지리적 장소들이며, 그러한 장소들의 지리학적 관계망이라 할 수 있다.

이광수 문학연구에서 지리학적 분석이 그동안 전혀 이루어지지 않았던 것은 아니다. 그의 문학에 나타나는 다양한 장소들, 예를 들면, 일본, 만주, 간도, 러시아, 중국 등에 관한 개별적 연구들이 이루어졌다. 이광수 문학에 등장하는 동경(東京)은 "문명의 이념적 대리물", 중국과 러시아는 "망명자와 지사의 땅", 북만주와 시베리아는 "꿈의 세계인 동시에 신비의 세계" 등으로 의미화될 수 있다. 그렇지만 이광수 문학에서 등장하는 장소들 간의 역학 관계에 대해서는 아직 충분한 논의가 이루어지지 않았다.

이광수 문학에서 지리적 공간들의 역학 관계는 주요 인물들의 세계관과 지향의식이 반영되어 있고, 그러한 공간들이 인물들의 성장과 성숙에 결정적인 역할을 맡고 있다는 점에서 중요한 의미가 있다. 이광수의 『흙』은 이기영의 『고향』, 심훈의 『상록수』 등과 함께 1930년대 대표적인 농촌계몽소설로 간주된다. 계몽소설은 선각자적인 중심인물이 자신이 속해 있는 공동체를 문명화시키기 위해 고군분투하는 이야기라 할 수 있다. 한국 문학 담론에서 '계몽소설'이라는 명칭이 널리 쓰이고 있어 친숙하게 느껴지지만, 서구에서는 이에 해당하는 작품들을 거의 찾을 수 없다. 계몽소설은 톨스토이 등과 같은 러시아 작가들의 영향을 받아 형성된 장르이기 때문이다. 19세기 러시아에서는 지식인들이 중심이 되어 대중들을 계몽시키고자 하는 '나로드니키즘(Narodnikism)'

운동이 일어났다.[3] 식민지 조선에서도 이에 영향을 받은 '부나로드 운동'이 일어났고, 그에 부합하는 농촌계몽소설이 등장했다. 교양소설이 주인공이 사회적 질서를 받아들이고 성장하여 사회의 일원으로 거듭나는 이야기라고 한다면, 계몽소설은 문명화된 주인공이 사회를 자신의 이상에 맞춰 발전시키고자 한다는 차이가 있다. 그런 점에서 한국의 계몽소설은 서구의 교양소설의 식민지적 변용, 즉 '식민지 교양소설'이라 볼 수 있다. 그렇지만 이 범주에 속하는 작품들은 대부분 농촌의 구조적인 문제가 아니라 농민의 개인적 무지에 초점을 맞추고 있다는 점에서 당시 조선총독부가 추진한 농촌진흥운동과 같은 맥락에 놓여 있었다는 점에서 문제적이다.[4]

1. 과거와의 결별과 문명화된 중심으로의 지향: 『무정』

일반적으로 '한국 근대소설의 효시'로 간주되는 『무정』(1917)의 서사는 대부분 평양과 경성에서 발생한다. 주요 인물들은 경의선을 통해 두 도시를 오고 가며, 전보, 전화, 편지 등으로 서로 소식을 전한다. 당시 식민지 조선에 근대적 교통수단과 통신수단이 충분히 갖추어지지 않았다면, 『무정』의 서사는 온전히 전개될 수 없었을 것이다. 『무정』

---

3   오양호, 「"상록수"에 나타난 계몽의식의 성격고찰」, 『영남어문학』 제10집, 1983, 161면.

4   한석정, 『만주 모던』, 문학과지성사, 2016, 245면.

은 "국민적 공동체를 만들어가는 교양소설"[5]로 간주되거나, "교양소설의 외양을 어느 정도 갖추고"[6] 있다는 평가를 받는다. 『무정』에서 서사적으로 가장 중요한 의미를 갖는 장소 중 하나는 삼랑진일 것이다. 중심인물들은 부산행 기차를 타고 가다 이곳의 수해 현장에서 위문 공연을 펼친다. 그렇지만 용어빈도(term frequency)를 통해 살펴보면, 삼랑진의 서사적 비중은 그리 크지 않다.

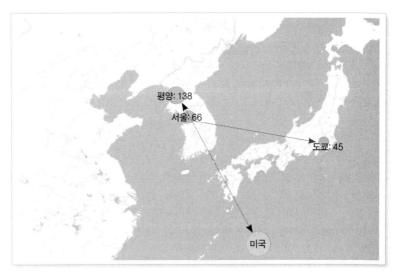

〈그림 2〉 이광수의 『무정』 지도

『무정』에서 가장 많이 언급되거나 등장하는 장소는 '평양'(138회)으로 다른 장소들을 압도한다. '평양'은 이광수, 김동인, 주요한, 전영택, 김억, 김소월 등 서북 출신 문인들의 사상적 중심지였다. 또한 평양은

---

5   허병식, 『교양의 시대』, 역락, 2016, 82면.

6   윤지관, 「빌둥의 상상력: 한국 교양소설의 계보」, 『문학동네』 제7권 제2호(통권 23호), 2000, 7면.

영채와 형식이 성장한 곳으로, 그들의 정체성과 긴밀히 관련된 장소이다. 『무정』에서 평양은 전근대적 면모가 남아 있는 장소이면서 새로운 문명의 약동을 함께 지니는 복합적 장소로 묘사된다. 더욱 주목할 것은 경성에서 억제되어 있던 형식의 '본래의 자아'가 '비일상적 공간'인 평양으로 이동하면서 변화를 겪는다는 점이다. 그의 '입체적' 성격은 공간의 이동과 긴밀히 연결된다.

> 형식은 인력거 위에서 자기가 첫 번째 평양에 오던 생각을 하였다. 머리는 아직 깎지 아니하여 부모상으로 흰 댕기를 드리고, 감발을 하고, 어느 봄날 아침에 칠성문으로 들어왔다. 칠성문 안에서 평양 시가를 내려다보고 '크기는 크구나' 하였다.
>
> 그때에 형식은 열한 살이라. 그러나 평양이란 이름과 평양이 좋다는 말을 들었을 뿐이요, 평양이 어떠한 도회인지, 평양에 모란봉, 청류벽이 있는지 없는지도 몰랐다. 형식은 그때에 사서와 사략과 소학을 읽었었다. 그러나 그때에는 학교라는 것도 없었으므로 조선 지리나 조선 역사를 읽어 본 적이 없었다.
>
> 형식은 생각하였다. 문명한 나라 아이들 같으면 평양의 역사와 명소와 인구와 산물도 알았으리라.
>
> 그때에 형식은 대동문 거리에서 처음 일본 상점을 보았다. 그러고 그 유리창이 큰 것과 그 사람들의 옷이 이상한 것을 보고 재미있다 하였다. 형식은 갑진년에 들어오던 일본 병정을 보고 일본 사람들은 다 저렇게 검은 옷을 입고, 빨간 줄 두른 모자를 쓰고 칼을 찼거니 하였었다.[7]

이광수에게 평양은 현재적 공간이 아니라 '회상적 공간'으로 재현

---

7   이광수, 『무정』, 『이광수전집』1, 삼중당, 1962, 102면. 이후 페이지수만 표기한다.

된다. 형식이 평양을 처음 접한 것은 러일전쟁이 발발한 갑진년(1904년) 무렵이었다. "조선 지리나 조선 역사를 읽어 본 적이 없었"던 이형식이 평양에서 목도한 것은 근대적인 "일본 상점", "일본 병정" 그리고 "일본 사람들"이었다(102면). 조선에 대한 역사적 인식이 없었던 그가 전승국 일본의 문명화된 이미지에 사로잡히게 된 것이다. 형식은 편지를 남기고 평양으로 떠난 영채를 찾기 위해 이곳을 다시 찾으면서 어린 시절의 기억을 떠올리게 된다.

이처럼 어린 시절에 형식이 경험한 '일본'에 대한 강렬한 이미지는 평생 동안 그의 의식을 사로잡았던 것으로 보인다. 그는 동경 유학을 다녀온 후에는 일본책을 사서 읽는 것을 유일한 재미로 삼았고, 그의 목표는 식민지 조선 사람들을 계몽시켜 '우리 내지(內地) 민족'만큼 문명화시키는 것이다. 이를 위해서는 식민지 조선을 벗어나 더 문명화된 제국의 중심지로 이동해야 하며, 형식은 자신을 실질적으로 도와줄 '조력자'를 필요로 한다. 그에게 미국 유학파이자 "서울 예수교회 중에서도 양반이요 재산가로 두셋째로 꼽히는"(17면) 김장로는 가장 이상적인 조력자이며, 그의 딸인 '선형'과 혼인하는 것은 그의 꿈을 실현시킬 수 있는 절호의 기회라고 할 수 있다. 이를 위해서는 '영채'와 관련된 과거 지향적인 '평양'과의 결별이 선행되어야 한다. 평양에서 영채를 찾지 못하자, 그녀가 자살했을 것으로 판단하고 형식은 경성으로 되돌아온다. 그리고 돌아오는 기차 속에서 형식은 기이하게도 "말할 수 없는 기쁨"(117면)을 느끼게 된다.[8] 김동인은 이 대목을 지적하면서 이광수가 이형

---

8   와다 토모미, 『이광수 장편소설 연구』, 예옥, 2014, 101면.

식의 성격을 통일하는 데에 실패했다고 비판한 바 있다.[9] 반면에 하타노는 형식의 이해하기 어려운 의식과 행동이 "억압된 원망(願望), 즉 선형을 얻고 싶고 영채에게서 도망치고 싶다는 원망"에서 비롯된 것이라 주장한 바 있다.[10]

문명의 중심지를 향한 형식의 지향의식은 '동경'에 대한 언급이 45회나 반복된다는 점에서도 알 수 있다. 『무정』 연재 당시 이광수는 와세다대학에 재학 중이었다. 이 시기에 춘원은 동경의 체험을 다룬 「동경잡신」(1916), 「동경화신」(1917), 「동경에서 경성까지」(1917) 등의 수필을 발표하기도 했다. 『무정』의 서사는 '평양'(138회)와 '경성'(66회)에서 대부분 진행되지만, '동경'은 인물들의 의식의 차원에서 중요하게 기능하는 장소이다. 형식의 이동은 "공간의 여행인 동시에 정신의 여행"[11]이기도 했던 것이다.

평양과 경성이 인물들의 실제 행위가 펼쳐지는 '행위지대'라면, 동경은 인물의 의식에서 회상되거나 지향되는 '투사공간'이다. '동경'은 영채에게도 중요한 의미를 지닌다. 서사에서 '동경'이 집중적으로 언급되는 장면은 "죽으러 가던" 영채가 기차에서 병욱을 우연히 만나 새로운 삶의 의지를 갖게 되는 장면부터이다. 영채는 병욱의 도움으로 '동경' 유학을 가고자 하며, 새로운 삶을 꿈꾸게 된다. 그녀는 스스로를 더 이상 '평양'과 동일시하지 않으며 '동경'을 향해 나아간다. 따라서 실제로 『무정』의 서사는 '평양-경성-동경'의 삼각 축을 중심으로 펼쳐진다고

9 　하타노 세츠코/최주한 역, 『무정을 읽는다』, 소명출판, 2008, 204면.
10 　하타노 세츠코, 위의 책, 225면.
11 　하타노 세츠코, 위의 책, 265면.

볼 수 있으며, 중심인물들은 시종일관 문명화된 장소를 지향한다.

차가 남대문에 닿았다. 아직 다 어둡지는 아니하였으나 사방에
반작반작 전기등이 켜졌다. 전차 소리, 인력거 소리, 이 모든 소리
를 합한 도회의 소리와 넓은 플랫폼에 울리는 나막신 소리가 합
하여 지금까지 고요한 자연 속에 있던 사람의 귀에는 퍽 소요하게
들린다.

도회의 소리? 그러나 그것이 문명의 소리다. 그 소리가 요란할
수록에 그 나라가 잘된다. 수레바퀴 소리, 증기와 전기기관 소리,
쇠마차 소리…… 이러한 모든 소리가 합하여서 비로소 찬란한 문
명을 낳는다. 실로 현대의 문명은 소리의 문명이다. 서울도 아직
소리가 부족하다. 종로나 남대문통에 서서 서로 말소리가 아니 들
릴이만큼 문명의 소리가 요란하여야 할 것이다. 그러나 불쌍하다.
서울 장안에 사는 사십여 만 흰옷 입은 사람들은 이 소리의 뜻을
모른다.(175-176면)

반면 『무정』에서 재현되는 경성은 '문명의 소리'가 여전히 부족한 과
도기적 공간이며 중심인물들이 '문명인'으로 성장하기에 충분하지 않은
곳이다. 이 장면에서 형식은 다양한 '소리'들을 언급하고 있는데, 이 중
에 남대문 정거장의 플랫폼을 울리는 시끄러운 '나막신 소리' 등이 포
함되어 있다. 그는 일본인들이 경성의 근대화를 이끌고 주도하는 세력
이며, 경성의 "사십여 만 흰옷 입은 사람들"(176면)은 이 소리의 뜻을 여
전히 알지 못한다고 한탄한다. "형식은 동경 유학생인 까닭에 배학감
도 과히 괄시를 아니하"(47면)였다고 표현되기도 한다. 그가 '동경'을 끊
임없이 지향하는 이유도 여기에 있다. 동경 유학은 새로운 문물을 접

하고 근대적 지식인으로 성장할 수 있는 기회의 장이다. 영채를 근대적 인물로 성장시킬 수 있는 곳도 제국의 중심인 동경이다. 그 밖에는 박진사의 집안이 위치했던 평안남도의 '안주(安州)'와 병욱의 집이 위치한 황해도 '황주(黃州)' 등이 언급된다. 서사적으로 중요하게 기능하거나 주요 사건이 발생하는 장소는 아니지만, 지리적으로 경성보다는 평양에 가까운 장소들이라는 점에서 과거와 관련된 장소들이라 할 수 있다.

『무정』의 서사는 인물들의 과거의 관계가 얽혀 있는 평양에서 관계를 재정립한 후에 정반대로 방향을 바꾸어 남쪽으로 향하게 된다. 그들에게 평양행은 과거와의 의식적인 결별을 하기 위한 제의적 절차에 불과하다. 경의선을 타고 북쪽을 향하던 인물들이 이제는 경부선을 타고 남쪽으로 향한다. 이때부터 서사의 속도가 급격히 빨라진다. 부산은 관부연락선을 통해 일본으로 나아갈 수 있는 곳이기도 하다. 북쪽이 인물들의 과거에 속하는 공간이었다면, 남쪽은 그들의 미래와 연결된 곳이다.

일반적으로 서사적 공간에는 내부경계와 외부경계가 있으며, 이러한 경계는 서사의 갈등을 유발하는 주요 요인으로 기능한다. 특이한 것은 해외유학을 떠나려는 형식, 선형, 영채, 병욱 등을 가로막는 것이 '삼랑진의 수해'라는 것이다. 이들이 해외로 나아가는 과정에서 현해탄 등의 '외부경계'는 거의 드러나지 않으며, 삼랑진의 수해가 일종의 '내부경계'로서 기능하고 있다. 몇몇 연구자들이 이미 지적했듯, 형식 일행은 "일본인 경찰서장이 일본인 역장과 교섭하여 순사들에게 일본 여관과 거리에 홍보"하도록 하는 등 당국의 협조와 관리 속에서 삼랑진 음악회를 열 수 있었다.[12] 대부분의 관객은 "사오 시간이나 기다리기에 답답증이 났던" 일본인 승객들이었으며, "흰 옷 입은 삼등객"이 일부 섞여 있을 뿐이다.(202면) 형식 일행은 일본인들의 협조를 얻어 작은 음악회를 열고 일본인 청중들에게서 "팔십여 원"(204면)을 걷어 일본인 경찰서장에게 전달한다. 그리고 일본인 서장은 그 돈으로 조선의 수재민을 돕겠다고 약속한다. 다시 말해, 중심인물들은 일본인들과의 협력을 통해 '내부경계'인 삼랑진 수해를 극복하고 문명화된 공간인 일본으로 진입할 수 있었던 것이다. 반면에 『무정』에서 '외부경계'에 관한 감각은 거의 드러나지 않는다.

주목할 것은 『무정』의 서사가 '평양'에서 방향을 바꾸고 남하하면서 점차 현실성이 사라져간다는 점이다. 하타노는 『무정』의 "삼랑진에는 어딘가 현실감이 결여되어 있다"고 주장한 바 있고,[13] 윤대석은 "삼랑진 음악회는 단순한 음악회가 아니라 일종의 제사의식"[14]에 가깝다고 주장한 바 있다. 『무정』에서 점차 현실성에 사라지고 있는 것은 서사의 시간이 동시대에서 도래하지 않은 미래로 향하는 것과 밀접한 관련이 있다.

『무정』은 시간적 설정이 독특한 것으로도 잘 알려져 있다. 하타노가 적절히 지적했듯, 이 작품은 독해를 할 때 느껴지는 인상에 비해 비

---

12   하타노 세츠코, 앞의 책, 391면.

13   하타노 세츠코, 앞의 책, 385면.

14   윤대석, 「제의와 테크놀로지로서의 서양근대음악—일제말기의 양악」, 『상허학보』 23집, 2008, 116면.

교적 짧은 기간에 주요 사건들이 펼쳐지는 특징이 있다.[15] 특히 『무정』이 『매일신보』에 연재된 시기(1917.1.1.–6.14.)를 기준으로 할 때, 작품의 결말부가 '4년 후' 미래(1920년)로 설정되어 있다는 점이 주목할 필요가 있다. 이러한 특성은 『흙』이나 『사랑』에서도 비슷하게 나타난다.

> 병욱은 음악학교를 졸업하고 자기의 힘으로 돈을 벌어서 독일 백림에 이태 동안 유학을 하고 금년 겨울에 형식의 일행을 기다려 시베리아 철도로 같이 돌아올 예정이며, 영채도 금년 봄에 동경 상야(上野) 음악학교 피아노과와 성악과를 우등으로 졸업하고 아직 동경에 있는 중인데 그 역시 구월경에 서울로 돌아오겠다.
> 더욱 기쁜 것은, 병욱은 백림 음악계에 일종 이채를 발하여 명성이 책책하다는 말이, 근일에 도착한 백림 어느 잡지에 유력한 비평가의 비평과 함께 기록된 것과, 영채가 동경 어느 큰 음악회에서 피아노와 독창과 조선춤으로 대갈채를 받았다는 말이 영채의 사진과 함께 동경 각신문에 게재된 것이다.
> 듣건대 형식과 선형도 해마다 우량한 성적을 얻었다 한다.
> 삼랑진 정거장 대합실에서 자선 음악회를 열던 세 처녀가 이제는 훌륭한 레이디가 되어 경성 한복판에 떨치고 나설 날이 멀지 아니할 것이다.(208면)

『무정』의 결말부에는 인물들이 유학을 떠난 이후의 행적이 간략히 소개되고 있어 일종의 '후일담'으로 간주되기도 한다. 특히 작가가 실제

---

15 1916년 6월 27일부터 5일 간이 소설의 전반부 2/3 이상을 차지하고, 남은 1/3은 이어지는 한 달과 8월 초의 2일 간, 그리고 마지막 한 절이 이로부터 4년 후인 1920년 여름 등장인물들의 후일담으로 구성되어 있다. 하타노 세츠코, 앞의 책, 208면.

로 경험해보지 못한 미국이나 유럽에 관한 대목은 보다 피상적으로 그려진다. 평양, 동경, 경성 등 구체적인 도시명이 언급되었던 것과는 달리, 미국과 관련해서는 구체적인 도시명보다는 '미국'이라는 국가 명으로 표시된다. 워싱턴이나 샌프란시스코 등이 한 차례씩 언급될 뿐이다. 그렇지만 미국(66회)에 대한 언급은 동경보다 많고 경성과 비슷한 수준이다. 형식과 선형에게 '미국'은 중요한 지향 공간으로 제시된다.

> 형식은 깨어서부터 잘 때까지 선형과 미국만 생각한다. 그래도 조곰도 적막하지도 아니하고 도리어 더할 수 없이 기뻤다.
> 형식의 모든 희망은 선형과 미국에 있다. 기생집에 갔다고 남들이 시비를 하고, 돈에 팔려서 장가를 든다고 남들이 비방을 하더라도 형식이에게는 모두 우스웠다. 천하 사람이 다 자기를 미워하고 조롱하더라도 선형 한 사람이 자기를 사랑하고 칭찬하면 그만이다. 또 자기가 미국에 갔다가 돌아오는 날이면 만인이 다 자기를 우러러보고 공경할 것이다.
> 장래의 희망이 없는 사람은 자기의 현재를 가장 가치 있는 듯이 보려 하되, 장래에 큰 희망을 가진 형식에게는 현재는 아주 가치 없는 것이다.(162면)

'영어 교사'인 형식은 하루종일 "선형과 미국만"(162면)을 생각한다. 미국 유학은 그의 사회적 지위를 높여줄 수 있는 출세의 길이다. 그는 "미국에 갔다가 돌아오는 날이면 만인이 다 자기를 우러러보고 공경할 것"(162면)이라고 상상한다. 이는『무정』을 연재하기 직전까지 실제로 미국행을 시도하다 좌절했던 작가의 자전적 체험이 반영된 것으로 볼 수 있다. 그렇지만 식민지 교양소설로서의 『무정』이 갖는 독특한 점은 중심인물들의 성장이 구체적으로 그려지는 것이 아니라 미래의 시간대에 피상적으로 투사된다는 점이다. 결론부의 묘사를 보면, 작가가 추구하고자 하는 조선의 미래는 "교육으로 보든지 경제로 보든지, 문학 언론으로 보든지, 모든 문명 사상의 보급으로 보든지 장족의 진보를 하였으며 더욱 하례할 것은 상공업의 발달이니, 경성을 머리로 하여 각 대도회에 석탄 연기와 쇠마치 소리가 아니 나는 데가 없으며 연래에 극도에 쇠하였던 우리의 상업도 점차 진흥하게(209면)" 되는 것이라 할 수 있다.

즉, 『무정』은 '평양-경성-동경-(미국)'의 공간 축으로 구성되어 있음을 알 수 있다. 그리고 경성에 있던 인물들이 과거지향의 평양과 미래지향의 동경(그리고 미국) 중에서 어디를 통해 성장할 것인가라는 질문의 답을 찾아가는 여정이라 할 수 있다.

2. 삼일운동의 파국과 성장하지 않는 인물들: 『재생』

『재생』은 『동아일보』에 1924년 11월 9일부터 이듬해 9월 28일까지 총 218회에 걸쳐 연재된 장편소설이다. 이 작품은 남녀의 삼각관계를 기본적 틀로 서사가 전개된다는 점에서 앞선 『무정』과 비슷해 보이지만, 공간적 설정에서는 차이가 난다. 『재생』에서 드러나는 공간패턴의 변화는 '3·1운동'이라는 역사적 사건의 영향을 받은 것으로 볼 수 있

다. 권보드래는 1920년대에 장편 분량으로 씌어진 '3·1운동의 후일담'
은 대체로 연애 서사를 근간으로 한다고 주장했다.[16] 또한 『재생』은 이
광수가 「민족개조론」(1922)을 발표한 직후에 연재한 작품이기도 하다.
그는 「민족개조론」에서 한민족의 쇠퇴하고 타락한 현실에 대한 위기의
식을 드러냈다. 그는 3·1 운동을 "무지몽매한 야만인종이 자각 없이
추이하여 가는 변화와 같은 변화"로 평가절하하며, "오늘날 조선 사람
으로서 시급히 하여야 할 개조는 실로 조선민족의 개조"라고 서술했다.
이러한 사유는 『재생』에서도 나타난다.[17]

　『재생』은 이광수 작품 중에서 가장 통속적인 작품 중의 하나로 평
가받아 왔다. 이 작품의 전체적 플롯은 통속소설로 유명했던 오자키
고요(尾崎紅葉)의 『곤지키야샤(金色夜叉)』의 구조와 상당히 닮아 있고,
작중에서 주인공 신봉구는 자신을 이 작품의 주인공인 칸이치(貫一)의
처지에 빗대기도 한다.[18] 그렇지만 사에구사가 적절히 지적했듯, 이광수
는 이 '통속적인' 작품을 완성하기 위해 각고의 노력을 기울였다. 저자
는 이 작품을 집필하면서 척추에 병을 크게 앓아 수술을 받느라 4개월
간 연재를 중단했지만, 석왕사에서 요양을 하면서도 연재를 계속해서
작품을 완결시켰던 것이다.[19] 그만큼 이 작품은 작가 개인에게도 중요

16　권보드래, 「3·1운동과 "개조"의 후예들─식민지시기 후일담 소설의 계보」, 『민족
　　문학사연구』 58권, 2015, 233면.

17　이광수는 '장백산인'이라는 필명으로 『재생』을 썼고, 같은 이름으로 「민족적 경
　　륜」(1924)라는 논설을 발표하기도 했다. 이 글은 「민족개조론」의 논지를 이어
　　받고 있는데, "조선 내에서 허하는 범위 내에서 일대 정치적 결사를 조직"해야
　　한다는 내용을 담고 있다.

18　김윤식, 『이광수와 그의 시대 3』, 한길사, 1986, 822면.

19　사에구사 도시카쓰, 앞의 책, 157면.

한 의미가 있었던 것으로 보인다.

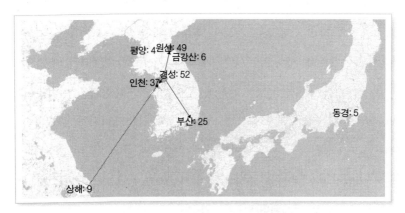

<그림 3> 이광수의 『재생』 지도

이 작품의 서사는 중심인물인 신봉구와 김순영을 중심으로 전개된다. 이들은 3·1 운동에 적극적으로 가담했던 인물들로, 신봉구는 이 일로 감옥에 수감되고 김순영은 타락의 길로 가게 된다. 기존 논의들은 주로 이 두 인물의 행적을 중심으로 이루어졌다. 홍혜원은 『재생』을 순영의 스토리 라인과 봉구의 스토리 라인이 각각의 흐름을 유지하면서 주요 사건에서 교차하는 구조로 파악한다.[20] 서영채는 『재생』을 "『무정』을 정확하게 뒤집어 놓은 구도"[21]의 작품으로 간주한다. 『무정』에서 남자 주인공 이형식이 선택권자이지만, 『재생』에서는 여자 주인공인 김순영이 선택권자의 위치에 있다는 것이다. 그런데 『재생』의 독특한 의미

---

20   홍혜원, 「『재생』에 나타난 멜로드라마적 양식」, 『한국근대문학연구』 제5권 제2호, 2004, 79면.

21   서영채, 「센티멘탈 이데올로기; 자기희생의 구조-이광수의 『재생』과 오자키 고요의 『금색야차』-」, 『민족문화연구』 58권, 2013, 212면.

는 작품의 공간적 패턴을 통해 더욱 구체적으로 드러난다. 『무정』이 계몽과 발전을 향해 식민지 조선의 외부로 뻗어나가려는 경향이 강하게 나타난 것과 달리, 『재생』은 서사의 대부분이 한반도 내부에서 펼쳐지며 조선이 일종의 '감옥'과도 같은 폐쇄적 공간으로 설정되어 있다. 이는 중심인물들이 '3·1 운동' 이후에 수감생활을 한 것과도 밀접한 관련이 있다. 『무정』에서는 공간적으로 확산하려는 에너지가 강했다면, 『재생』에서는 폐쇄된 공간이 야기하는 긴장감이 두드러진다. 또한 『무정』이 경의선과 경부선을 중심으로 펼쳐졌다면, 『재생』은 경원선과 경부선을 중심으로 전개된다.

서사의 중심은 '경성(52회)'이지만 '원산(석왕사)'(49회)과 '인천(월미도)'(37회), '부산(동래)'(25회), '금강산'(6회) 등이 중요한 장소로 등장한다. 원산 해수욕장, 동래 온천, 인천 미두장 등 통속소설에 의례 등장할 만한 유희적 공간이 서사의 주요 장소로 등장하며, 인물들은 이 장소에서 쉽게 타락의 길로 접어들게 된다. 3·1 운동에 가담한 혐의로 봉구는 감옥에 수감되고, 혼자 남은 순영은 백만장자인 백윤희에게 동래온천에서 겁탈당한 후, 그의 금전적인 유혹에 빠져 점점 타락하게 된다. 그렇지만 그녀는 출옥한 봉구와 함께 석왕사로 밀회 여행을 떠나기도 한다. 결국 순영은 봉구를 배신하고 백윤희와 결혼을 하게 되는데, 이때 그녀는 이미 봉구의 아이를 임신한 상태였다. 이에 복수를 결심한 봉구는 인천 미두장에서 일하면서 백만장자가 될 것을 결심한다.

(나는 인생의 모든 이상과 모든 의무를 다 내어 버렸다. 오늘부터 나는 오백만원의 돈을 모으기 위하여 사는 사람이다.)

이것이 봉구가 기미 중매소에 들어가던 날의 결심이다. 그래서 아무리 하여서라도 기미에 관한 지식을 얻으면 한번 크게 떠보자. 그리해서 제이의 반복창이가 되되 그보다 더욱 큰 반복창이가 되자 하고 결심한 것이다. 이렇게 되는 길밖에는 마음껏 순영이에게 원수를 갚을 수는 없는 것이다.

전화 앞에 우두커니 앉아서 연해 걸려오는 손님의 전화에 대하여 '오정입니다', '팔정이야요'하고 연해 전보로 오는 대판 시세와 인천 취인소 시세를 대답하다가도 잠시라도 빈 시간이 생기면 순영의 생각과 분한 생각이 나고 언제나 목적한 오백만 원 돈을 만들어 마음껏 순영과 백윤희에게 원수를 갚아 볼까 하고는 혼자 한숨을 쉬고 주먹을 부르쥐었다.[22]

봉구는 '김영진'이라는 가명으로 인천 미두장 중개소에서 일을 하며 '오백만 원'의 일확천금을 모아 순영과 백윤희에게 복수할 것을 꿈꾼다. 이광수 작품 중에서 미두장이 작품의 주요 장소로 등장하는 것은 『재생』이 유일하다. 이처럼 『재생』은 일본의 『곤지키야샤』를 떠올리게 할 만큼 지극히 통속적이고 자극적인 서사를 보여준다. 그리고 이 작품에서 조선의 경제는 일본에 완전히 종속된 상태로 그려진다. 『재생』이 문제적인 것은 이러한 인물들이 타락하게 된 배후에 '3·1운동'을 주도했던 민족주의 세력이 놓여 있으며, 그들이 상해(上海)에서 세력을 규합하고 있음을 작가가 반복하여 보여주려 했다는 점이다. 『재생』은 작가가 1921년 상해에서 귀국하면서 '배신자'라고 손가락질 받게 되자, 그에 대해 나름대로의 자기 변명을 하려고 쓴 작품으로 간주

---

22   이광수, 『재생』, 『이광수전집』2, 삼중당, 1962, 93면. 이후 페이지수만 표기한다.

되기도 한다.

　　고려인은 경훈과 만나는 날, 자기는 상해에서 들어 온 것과, 여러 동지가 비밀히 들어 온 것과, 해외에는 ○○단의 동지가 여러 천명 되는 것과, 자기네가 이번에 조선과 일본 내로 들어 온 것은 삼십만 원을 만들고자 함인데 경훈이가 십만 원만 담당해야 한다는 말과, 만일 경훈이가 십만 원 내면 경훈은 ○○단 중에 가장 큰 공로를 가진 이가 되어서 ○○단의 재정을 맡는 책임을 가질 것이라는 말과, 또 ○○단의 목적은 이렇고 저렇고 대단히 크고 좋다는 말을 하고 또 자기네는 육혈포와 폭발탄을 가지고 다니니까 만일 자기네의 일을 경찰에 밀고하거나 동지로 약속하였던 사람이 배반하는 자가 있으면 천리만리를 따라가서라도 목숨을 없애 버리고야 만다는 말을 하고는 양복 속주머니에서 과연 육혈포를 꺼내어 경훈의 눈앞에 번쩍 내 놓는다.(103~104면)

　‘의열단’을 연상케 하는 상해의 비밀결사 단체인 ‘○○단’의 일원인 고려인(高麗仁)은 경훈에게 십만 원의 비자금을 마련할 것을 지시한다. ‘고려인’은 상해 고려인(高麗人)을 의미한다. 이로 인해 경훈은 아버지인 미두점 주인 김연오를 살해하게 되고, 봉구는 ‘3·1 운동’을 주도했으며 상해 임시정부의 국내 연락책의 임무를 맡았던 경력 등으로 인해 살해범 누명을 쓰게 된다.[23]

　『재생』의 주요 사건의 배후를 ‘흉악한’ 상해의 ○○단으로 설정한 것

23　이처럼 ‘상해에서 온 사람들=흉악 범죄자’로 설정하려는 경향은 1930년대 대표적 탐정소설인 김동인의 『수평선 너머로』와 채만식의 『염마』 등에서 두루 나타나는 특성이다. 이러한 작품들에서는 제국주의적 이데올로기가 강하게 나타난다.

은 이 작품을 발표하기 직전에 그가 상해에서 귀국한 것, 그리고 그로 인해 '변절자'로 비난받게 되었던 것과 긴밀한 관련이 있다. 비슷한 시기 발표된 「민족개조론」(1922)은 이러한 이광수의 사상 변화를 간명하게 보여주는 글이다. 주목할 것은 『재생』에서 중요하게 기능하는 장소인 인천, 원산, 부산 등이 모두 '항구 도시'로, 상해에서 해상으로 잠입하는 것이 가능했던 장소들이라는 점이다. 기차와 비행기 등이 일본 제국의 철저한 통제 아래에서 관리되었던 것과는 달리, '해상 루트'는 상대적으로 감시가 느슨할 수밖에 없었기 때문에 의열단 등의 저항 세력들은 바다를 통해 조선으로 잠입을 시도하곤 했다.

『재생』과 관련된 논의에서 중요하게 다루어진 것 중 하나는 작품의 제목인 '재생'의 의미에 관한 것이다. 이 작품의 두 중심인물인 봉구와 순영은 모두 비극적인 죽음을 맞는다는 점에서 '재생(再生)'과는 거리가 먼 인물들로 보이기 때문이다. 사에구사는 '재생'이 소설 속 인물들의 '재생'을 의미하는 것이 아니라, "작자 자신의 재생을 나타낸 작품"[24]이라고 평가했다. 김윤식도 이 작품이 이광수에게 "재출발·재등장을 의미하는 점에서 일종의 재생"[25]이었다고 평가했다. 상해에서 귀국한 후 '변절자'로 낙인찍혔던 이광수가 다시 작가로서의 평가를 받게 된 작품이라는 의미이다. 이처럼 '재생'의 의미는 주로 작가적 차원에서 논의되어 왔다.

『재생』의 인물들은 전혀 성장하지 않는다. 와다 토모미는 "이 소설

---

24   사에구사 도시카쓰, 앞의 책, 170면.
25   김윤식, 앞의 책, 829면.

에서는 재생하는 등장인물은 아무도 없다. 개인의 재생은 이 소설의 주제가 아니다."[26]라고 했다. 봉구는 과거에 사로잡힌 채 거의 변화하지 않으며, 순영은 서사가 진행될수록 점점 더 타락해간다. 그럼에도 이들이 감당해야 하는 시련의 과정은 잔인할 정도로 가혹하다. 사에구사는 순영이 "왜 자기와 봉구 사이에 난 아들을 빼앗기고, 소경 아이까지 낳고, 드디어는 봉구한테서 버림을 받고, 결국 자살을 하고야 만 것이었을까?"[27]라고 의문을 제기하면서 "특히 마지막 장면에서 순영이 자기 모교의 학생들 앞에서 구경거리가 되다시피 수모를 당할 필연성이 무엇이었을까?"라고 질문한다. 『재생』은 마치 두 중심인물들이 스스로 목숨을 끊을 것을 기다리고 있었던 것처럼, 두 인물들이 죽음을 맞는 장면에서 급작스럽게 마무리된다. 이는 이들의 죽음이 일종의 상징적인 '희생제의'였을 수도 있음을 보여준다. '3·1 운동'을 주도했던 인물들이 죽음을 맞아 사라짐으로써, 새롭게 태어나는 것은 '조선 민족' 자체라 할 수 있다.

『재생』에서 상해는 '3·1 운동' 이후 식민지 조선이 타락하게 된 가장 근원적인 공간으로 제시된다. 상해의 모습이 직접 재현되거나 중심인물들이 이동하지는 않지만, 『재생』에서는 가장 중요한 투사공간으로 기능한다. 『무정』에서 상해가 박진사 등이 신문물을 받아들이는 근대화의 통로로 표상되었던 것과는 달리, 『재생』에서는 흉악한 범죄를 사주하고 야기하는 불온한 공간으로 암시된다. 『재생』에서 조선은

---

26 와다 토모미, 앞의 책, 307면.
27 사에구사 도시카쓰, 앞의 책, 160면.

감옥과도 같은 폐쇄적 이미지로 그려지며, 그러한 삼엄한 경계를 뚫고 상해의 '불온한 세력'이 바다를 통해 조선 내부로 잠입하는 '타락한' 이야기가 펼쳐진다. 상해에서 바다를 통해 잠입하는 무장세력은 쉽게 발각되지 않기 때문에 서사의 긴장감과 두려움을 고조시키는 역할을 맡는다.

3. '문명/야만'과 '제국/식민지'의 중층 대립:『흙』

『흙』은『동아일보』에 1932년 4월 12일부터 이듬해 7월 10일까지 총 291회에 걸쳐 연재된 장편소설이다. 이광수의 대표적 농촌계몽소설로 잘 알려져 있으며 1931년 발생한 만주사변 직후의 시기를 배경으로 한다. 『흙』은『무정』에서 성장하기 위해 문명화된 중심으로 떠났던 인물들이 식민지 조선으로 되돌아온 이후의 '후일담'을 담은 작품이라고도 볼 수 있다. 또한 이 작품의 중심인물인 변호사 허숭은 "동시대에 실존했던 남성들 여럿을 모델"[28]로 한 일종의 모델소설로도 볼 수 있다. 이광수는 스스로 허숭이 실존인물 채수반을 모델로 했음을 밝힌 바 있고, 와타 도모미는 허숭을 인물화할 때 "수많은 무료변호로 명성이 알려진 이창휘"와 "조선이 식민지화되기 이전에 조선인 변호사의 효시가 되었던 인물"인 허헌 등도 일정 부분 참조했을 것으로 추정했다.[29]

---

28 와다 토모미, 앞의 책, 340면.
29 와다 토모미, 앞의 책, 307면.

이 작품의 중심공간은 서울(181회)과 살여울(137회)이다. 이 두 장소의 이분법적 대립구도가 서사의 큰 축을 이룬다. 다른 작품들과 달리, 『흙』에서 경성이 주로 '서울'이라는 전통적 지명으로 불리고 있다는 점도 주목할 필요가 있다. 이는 이 작품에서 한반도 내의 서울과 지방 간의 격차가 중요하게 다루어지고 있음을 보여주는 것이다. 『무정』까지만 해도 경성은 여전히 낙후된 과도기적 공간으로 그려졌지만, 『흙』에서는 시골과는 비교할 수 없을 만큼 문명화된 공간으로 그려진다. 그래서 "서울의 전깃불 바다가 전개될 때에 정선은 마치 지옥 속에서 밝은 천당에 갑자기 뛰어나온 듯한 시원함"을[30] 느끼게 되고, 시골은 "외국이라 하더라도 야만인이 사는 외국, 도무지 서울 사람이 살 수 없는 오랑캐 나라"(108면)처럼 그려진다. 이처럼 『흙』은 과장된 이분법적 세계를 보여준다. '문명/야만', '빛/어둠' 등의 식민주의적 위계의식이 서울과 살여울을 축으로 대립하고 있다. 이 작품은 표면적으로는 도시와 시골 간의 대립구도를 통해 낙후된 시골을 계몽·발전시키자는 주장을 하고 있는 듯 보인다. 그렇지만 궁극적으로는 제국의 우월한 지위를 강조하며, 체제에 저항하는 것이 아니라 '체제 내의 이상촌 건설'을 추구한다는 점에서 근본적 한계가 있다.

---

30   이광수, 『흙』, 『이광수전집』3, 삼중당, 1962, 111면. 이후 페이지수만 표기한다.

<그림 4> 이광수의 『흙』 지도

　살여울의 정확한 지리적 위치는 알기 어렵지만, 작가의 고향인 정주 부근의 조그만 농촌 마을인 것으로 짐작된다. 살여울은 평양과 신안주 등을 거쳐야 도달할 수 있는 곳으로, 특급열차가 정차를 하지 않는 작은 마을이며, 경성에서는 "칠백 리나 서북쪽으로"(136면) 떨어진 곳이라고 작품 속에서 언급된다.

　　읍에는 여기저기 옛날 성이 남아 있었다. 문은 다 헐어 버리고 사람들이 돌멩이를 가져가기 어려운 곳에만 옛날 성이 남아 있고 총구멍도 남아 있었다. 이 성은 예로부터 많은 싸움을 겪은 성이었다. 고구려 적에는 수나라와 당나라 군사와도 여러 번 싸움이 있었고, 그 후 거란, 몽고, 청, 아라사, 홍경래 혁명 등에도 늘 중요한 전장이 되던 곳이다. 을지문덕, 양만춘, 선조대왕 이러한 분들이 다 이 성에 자취를 남겼다. 청일, 일로전쟁에도 이 성에서 퉁탕거려 지금도 삼사십 년 묵은 나무에도 그 탄환 자국이 흠이 되어서 남아 있는 것을 본다. 마치 조선 민족이 얼마나 외족에게 부대꼈는가를 말하기 위하여 남아 있는 것 같은 성이었다.(82면)

허숭은 '살여울'이 오래 전부터 외세의 침입에 맞써 싸웠던 전쟁터였음을 상기한다. 흥미로운 것은 전형적인 시골 마을인 살여울에서도 조선인과 일본인의 거주구역이 공간적으로 이분화된 것으로 묘사된다는 점이다. 살여울의 읍내에는 불과 500여 호가 있으며, 이 중에서 200여 호는 일본 사람이고, 면장도 일본 사람이다. 이처럼 작은 농촌 마을인 살여울까지도 일본인들이 대규모로 이주하여 살고 있는 것이다. 그렇지만 살여울의 일본인들은 '외세'로 그려지지 않는다. 작품 속에서는 유정근과 같은 조선인 악덕 지주들에 의해 농민들이 땅을 빼앗기고 착취당한다. 그렇지만 당시의 실제 역사적 맥락을 고려하면, 식민지 조선의 농촌사회에 진출한 "척식회사라든가, 금융조합이라든가"(75면)하는 일제의 수탈기구에 의해 대다수의 농민들이 착취를 당하고 있었다고 보아야 할 것이다. 『흙』에서는 '정조식 모내기법' 등을 통해 당시의 '농촌진흥운동'에 대한 묘사가 나타나기도 하지만,[31] 일본 제국에 의한 식민지 수탈의 맥락은 교묘하게 감추어져 있다. 『흙』에서의 농촌 부흥이 농민들의 자생력을 강화하거나 일제에 저항하는 방식으로 전개되는 것이 아니라, 조선인 재력가인 유정근이 갑작스레 회개한 후 마을 사람들에게 호의를 베푸는 것을 통해 이루어진다는 점도 문제적이다.

여기서 주목할 것은 살여울에서의 계몽운동을 이끄는 지도자인 '허숭'이라는 인물의 행보이다. 그는 동경으로 건너가 '고등문관 사법과' 시험을 통과하여 변호사가 된 "출세주의의 표상"[32]이다. 『무정』에서 형

---

31 박진숙, 「이광수의 〈흙〉에 나타난 '농촌진흥운동'과 동우회」, 『춘원연구학보』 제13호, 2018, 82면.

32 와다 토모미, 앞의 책, 311면.

식이 '동경유학'을 통해 식민지 지식인으로 성장할 수 있었듯, 『흙』의 허숭은 동경에서 치른 '고등문관 시험' 덕분에 변호사가 될 수 있었다. 당시 식민지 조선에서 변호사가 되기 위해서는 일본에서 '고등문관 시험'을 치르거나 조선에서 '조선변호사시험'에 응시해야 했다. 즉 변호사가 되기 위해 굳이 일본까지 건너갈 필요는 없었던 것이다. 그렇지만 형편이 넉넉하지 않았음에도 불구하고, 허숭이 '장래의 처가'의 경제적 도움을 받아 고등시험에 응시하기 위해 도일(渡日)하는 설정은 그의 출세지향적 성향을 보여준다.

허숭은 고등문관 시험에 합격하며 "전일본에서 모인 수재 중에서 뽑힌 소수 중에 자신이 든 것"(44면)에 크게 기뻐하였다. 그처럼 그는 일본 제국주의 권력과 '은밀한 제휴관계'를 유지하는 식민지 지식인이다. 당시 상당수 식민지 엘리트들은 제국과 식민지의 문화적 격차를 완화시키고 동질적인 통합적 공간으로 변모시키는 역할을 담당했다. 이광수의 앞선 작품들에서 '조선'이 60~70여 회 언급되는 것에 비해, 『흙』에서는 '조선'이 무려 200회 가깝게 언급된다. "조선식 겸손, 조선식 위엄, 조선식 대범, 조선식 자존심, 조선식 점잖음"(32면) 등이 연달아 언급되는데, 이는 서술자가 외부자적 관점에서 '조선'을 대상화하고 있음을 보여준다. 작중에는 "음식에도 각각 국민성이 드러나는 모양"(28면)이라며 각 나라의 대표 음식이 언급되는 장면이 있는데, 영국의 비프스테이크, 일본의 회, 중국의 만두 등과 함께 조선을 대표하는 음식으로는 김치와 갈비 등이 언급된다.[33]

---

33   박현수, 『식민지의 식탁』, 이숲, 2022, 32면.

열차가 정거장에 들어올 때에 송영 나온 군중은 깃발을 두르며 '만세'를 부르고 중국 사람의 것과 비슷한 털모자를 쓴 장졸들은 차창으로 머리를 내어밀고 화답하였다. 송영하는 군중이나 송영 받는 장졸이나 다 피가 끓는 듯하였다. 이 긴장한 애국심의 극적 광경에 숭은 남모르게 눈물을 흘렸다. 고향과 사랑하는 사람들을 두고 나라를 위하여 죽음의 싸움터로 가는 젊은이들, 그들을 맞고 보내며 열광하는 이들, 거기는 평시에 보지 못할 애국, 희생, 용감, 통쾌, 눈물겨움이 있었다. 감격이 있었다. 숭은 모든 조선 사람에게 이러한 감격의 기회를 주고 싶다고 생각하였다. 전장에 싸우러 나가는 이러한 용장한 기회를 못 가진 제 신세가 지극히 힘없고 영광 없는 것같이도 생각했다.(170면)

허숭은 경성역에서 "일본에서부터 만주로 싸우러 가는 군대"(170면)를 보면서 감격의 눈물을 흘린다. 시기적으로 볼 때, 이들은 1931년 발발한 '만주사변'에 참전하는 일본 군인들이다. 그는 "모든 조선 사람에게 이러한 감격의 기회를 주고 싶다"는 욕망을 드러낸다. "이러한 용장한 기회를 못 가진 제 신세가 지극히 힘없고 영광 없는 것같이"(170면) 생각되는 것이다. 그는 제국 일본의 일원으로 합류하여 전쟁에 참여하지 못하는 조선인으로서의 한계를 안타까워한다. 『흙』에서 동경이 20회나 언급된 것도 우연이 아니다. 여기에서 살여울보다 더 낙후된 '검불랑'이 11회 언급된다. 종합해 보면, 『흙』은 표면적으로는 '서울/살여울'의 식민지 내의 대립관계를 보여주지만, 심층적으로는 '동경-서울-살여울-검불랑' 등의 점층적인 관계망을 보여준다. 그리고 일본 제국의 승인을 받은 식민지 엘리트인 허숭을 통해 제국과 식민지는 점차 동질적인 공간으로 변모한다.

이와 함께 『흙』의 결말부의 장면의 독특한 구성도 주목할 필요가 있다. 결말부에서 허숭과 그의 조력자들은 "조선독립을 목적으로 농민을 선동하여 협동조합과 야학회를 조직하였다는 죄로 치안유지법 위반"(265면)으로 구속된다. 주모자인 허숭은 "징역 오 년"을 선도받는다. 그리고 작품이 끝날 때까지 허숭은 구속된 상태에 머물러 있다. 이후에 "삼 년의 세월이 흘러갔다."(268면)며 3년 이후에 살여울을 중심으로 변화된 모습이 그려지지만, 허숭의 모습은 구체적으로 묘사되지 않는다. 그 사이에 갑진은 검불랑에 내려가서 "만 이 년간 농부들과 함께"(286면) 생활하는 등 허숭이 추구했던 농촌계몽운동을 이어가고자 한다. 그런데 『흙』이 1932년부터 연재된 신문연재소설이라는 점을 고려하면, 허숭이 구속된 이후의 서사들은 모두 가까운 '미래'에 펼쳐지는 이야기들이다. 『무정』, 『재생』과 마찬가지로 『흙』에서도 결말부가 연재 시기를 기준으로 '미래'에 속하게 되는 것은 이광수 문학의 중요한 특징 중 하나라 할 수 있다. 이 작품들의 주인공들은 서사적 사건들을 계기로 큰 변화를 경험하는 것으로 묘사되지만, 그들의 '성장'은 동시대에서 실현되는 것이 아니라 가까운 미래에 실현될 것이라는 암시로 마무리된다고 볼 수 있다.

4. 서사공간의 확장과 제국의 네트워크: 『유정』

『유정』(1933)은 『흙』이 발표된 지 불과 1년 뒤에 연재된 작품이지만, 이광수의 새로운 문학적 경향을 보여주는 것으로 평가된다. 이 작품은 이광수가 『동아일보』를 사직한 후 『조선일보』로 옮겨 처음으로 발표한 장편소설이다. 춘원은 1933년에 만주, 몽고, 간도 등을 여행한 후 「간도에서」라는 기행문을 발표하기도 했는데, 같은 해 발표된 『유정』에는 1910년대의 대륙 방랑과 1933년의 만주 일대 여행의 체험이 반영되었다고 평가받는다. 『유정』은 이광수가 애초에 기행문으로 구상했다가 소설 형식으로 변환한 작품이기 때문에 공간적 이동이 가장 활발하게 나타나는 작품 중 하나이다. 이 작품은 편지와 일기로 구성된 '서간체' 형식을 취하고 있으며 한국 근대소설에서 좀처럼 등장하지 않는 러시아의 바이칼 호 일대까지 서사적 공간이 확장된다는 특징이 있다. 작가는 후세에 남을 만한 작품이자 외국어로 번역될 만한 자신의 작품으로 『유정』을 꼽기도 했다.

이철호는 이 작품을 "식민지 조선인들의 삶의 궁극적인 지향을 교양의 플롯에 융해시키려는 노력의 산물"[34]이라고 평가한 바 있다. 이 시기 이광수는 개인적 애욕과 사회적 명망, 민족적 생존과 저항세력 간의 요구를 조정하고 매혹적인 서사적 재현을 통해 그 타협을 합법화하고자 고심했고, 『유정』에는 그러한 작가적 고민이 반영되어 있다는 것이다. 또한 "『유정』은 이광수가 『사랑』으로 도약하기 위해 불가피하게 거쳐야 했던 텍스트"[35]로 간주된다. 실제로 『유정』에는 이전의 작품들에서는 나타나지 않는 서사적 특성이 여럿 나타난다. 대표적으로 이미 성숙한 상태의 중심인물이 등장하다는 점을 들 수 있다. 앞선 장편소

---

34 이철호, 「황홀과 비하, 한국 교양소설의 두 가지 표정」, 『센티멘탈 이광수』, 소명출판, 2013, 212면.
35 이철호, 위의 책, 194면.

설들인 『무정』이나 『흙』에서는 미성숙한 인물들이 성장하는 과정이 중요하게 다루어졌다. 그렇지만 『유정』의 최석이나 『사랑』의 안빈은 이미 사회적 명망이 높은 인사이자 중년의 기혼 남성들이다. 이 작품들에서 중요한 것은 중심인물들이 성장하는 것이 아니라, 현재 갖고 있는 사회적 위신과 명망을 지키는 것이다.

시베리야: 29

바이칼: 22
이르쿠츠크: 10

하얼빈: 19

원산: 10
경성: 35

동경: 29

〈그림 5〉 이광수의 『유정』 지도

『유정』은 최석과 남정임이 중심인물이고 이들의 편지 사연을 'N형'이라는 서술자 '나'가 독자들에게 전달해주는 방식을 취하고 있다. 최석은 과거에 만주에서 독립운동을 했던 지사이며, 현재는 교회의 장로이자 여학교 교장으로 재직하는 인물이다. 최석은 "학교 선생으로, 교장으로, 또 주제넘게 지사로의 일생을 보내노라고 마치 오직 얼음 같은 의지력만 가진 사람 모양으로 사십 평생"을[36] 살아왔다고 스스로를 평가한다. 남정임은 최석이 만주에서 함께 독립운동을 한 남백파와 그의

---

36 이광수, 『유정』(35회), 『조선일보』, 1933년 11월 11일. 이후 연재본 횟수만 표기한다.

중국인 아내에서 태어난 딸로서 남백파가 죽은 후 최석의 수양딸이 되었다. 이광수의 장편소설에서 빠짐없이 등장하는 '애정 삼각관계'는 『유정』에서 최석과 그의 아내 그리고 수양딸인 남정임 사이에서 발생한다. 최석은 '딸과 같이' 나이 어린 여자와 불륜에 빠진 '에로 교장'이라는 비판을 받는 것을 괴로워하면서도, 마음 한편에서는 정임에 대한 사랑의 감정을 점차 확인해 간다. 그리고 '욕망'과 '죄책감' 사이에서 갈등하던 최석은 결국 시베리아의 바이칼 호수 부근으로 떠나버린다.

『유정』에서의 공간지평은 광범위하고 언급되는 지명도 다채롭다. 경성(35회), 동경(29회), 시베리아(29회), 바이칼(22회), 하얼빈(19회), 원산(10회), 이르쿠츠크(10회) 순으로 언급된다. 기존의 작품들에서 특정 장소가 집중적으로 언급되었던 것과는 달리, 『유정』에서는 여러 지명들이 다양하게 언급되고 있다. 이 작품의 공간들은 마치 조선, 일본, 만주, 중국까지가 하나로 연결된 듯한 느낌을 준다.

후반부에서는 서술자 '나'(N)가 바이칼 호 부근에서 사경을 헤매는 최석을 직접 찾아가는 여정이 담겨있다. 이 작품에서 조선은 시기와 질투, 이기주의가 팽배한 공간이며, 동경(東京)은 예술과 의료 기술 등이 발달한 선진문명의 공간으로 그려진다. 그리고 중심인물들이 공통적으로 지향하는 시베리아와 바이칼 일대는 조선에서의 질곡과 동경에서의 열등감을 털어버릴 수 있는 이상적 공간으로 그려진다. 『유정』은 "종교에의 귀의에 의한 영적(靈的) 구원을 절규하는 최초의 작품"[37]으로 이후의 『사랑』과도 깊은 관련이 있다.

---

37   윤홍로, 「춘원 이광수와 "유정"의 세계」, 『춘원연구학보』 제1호, 2008, 172면.

『유정』에서는 앞서 분석한 작품들에서는 언급된 적이 없는 단어인 '고국'(故國)이라는 표현이 21번이나 등장하는데, 이는 이 작품에서 비로소 이광수의 '외부경계'에 대한 의식이 가시적으로 나타나고 있음을 의미한다. 특이한 것은 작가의 외부경계에 대한 의식이 하얼빈을 넘어 러시아령인 바이칼호를 향해 갈 때에야 비로소 나타난다는 점이다.

> 나는 비록 최석의 부인이 청하지 아니하더라도 최석을 차즈러 떠나지 아니하면 아니 될 의무를 진다. 산 최석을 못 찾더라도 최석의 시체라도 무덤이라도, 죽은 자리라도, 마즈막 잇던 곳이라도 차자보지 아니하면 아니 될 의무를 깨닷는다.
> 그러나 시국이 변하야 그때에는 아라사에 가는 것은 여간 곤난한 일이 아니엇다. 그 때에는 북만의 풍운이 급박하야 만주리를 통과하기는 사실상 불가능에 갓가웟다. 마점산(馬占山) 일파의 군대가 흥안령하, 하일랄 등지에 웅거하야 언제 대충돌이 폭발될는지 모르던 때엇다. 이 때문에 시베랴에 들어가기는 거의 절망 상태라고 하겟고, 또 관헌도 아라사에 들어가는 려행권을 잘 교부할 것 갓지 아니하엿다.[38]

『유정』은 1931년 발발한 만주사변을 배경으로 한 작품이다. 『유정』은 만주사변으로 하얼빈까지 일본 제국의 영역으로 복속된 이후의 시대 인식을 드러내는 작품이다. 이 작품에는 한때 조선의 일부였던 '만주 일대'에 대한 '고토의식(故土意識)'이 드러난다. 인물들은 자동차, 기차, 배, 비행기 등 동원가능한 거의 모든 교통수단을 이용해서 이동하기 때문에 서사는 어느 작품보다도 빠르게 전개된다. 동경, 경성, 하얼빈, 원

---

38   이광수, 『유정』(59), 『조선일보』, 1933년 12월 12일.

산, 봉천, 신경, 모스크바 등의 익숙한 도시명뿐만 아니라 산해관, 장가구, 치치하얼, 치타, 이르쿠츠크 등의 낯선 지명들도 등장한다.

> 최석(崔晳)으로부터 최후의 편지가 온 지가 벌서 일 년이 지냇다. 그는 바이칼 호수에 몸을 던저버렷는가. 또는 시베리아 어느 으슥한 곳에 숨어서 세상을 잇고 잇는가. 또 최석의 뒤를 따라간다고 북으로 북으로 한정업시 가버린 남정임(南貞妊)도 어찌 되엇는지, 이 글을 쓰기 시작할 이때까지에는 아직 소식이 업다. 나는 이 두 사람의 일을 알아보랴고 하르빈, 치치하르, 치따, 이르꾸트스크에 잇는 친구들헌테 편지를 부처 염문도 해 보앗스나 그 회답은 다 '모른다'는 것뿐이엇다. 모스크바에도 두어 번 편지를 띄어 보앗스나 역시 마찬가지로 모른다는 회답뿐이엇다.[39]

인용문은 『유정』의 서두이다. 중심인물인 최석과 남정임은 모두 바이칼 또는 시베리아 부근으로 사라져 버린 상태이다. "삼청동 아자씨"(55회)라고도 불리는 '나'(N)은 경성에 남아 그들의 사연을 독자들에게 전달하는 역할을 맡고 있다. 그렇지만 '나'가 어떤 인물인지는 구체적으로 드러나지 않는다. 그렇지만 그는 하얼빈, 치치하얼, 치타, 이르쿠츠크, 모스크바 등에 두루 '친구들'이 있으며 그들을 통해 '탐문'을 하는 것도 가능할 정도의 정치적 영향력을 가진 인물이다. 심지어 그는 비행기를 타고 경성에서 하얼빈으로 단숨에 날아가는 것이 가능하다.

> 나는 비행긔로 여의도를 떠낫다. 백설이 개개한 땅을, 남빗츠

---

39   이광수, 『유정』(1), 〈조선일보〉, 1933년 9월 27일.

로 푸른 바다를 굽어부는 동안에 대련을 들러 거긔서 다른 비행 긔를 갈아타고 봉천, 신경, 하르빈을 거처, 지지하르에 들럿다가 만주리로 급행하엿다. 웅대한 대륙의 설경도 나에게 아모러한 인 상도 주지 못하엿다. 다만 푸른 하늘과 희고 평평한 땅과의 사이 로 한량 업시 허공을 날아간다는 생각밧게 업섯다. 그것은 사랑 하는 두 친구가 목슴이 경각에 달린 것을 생각할 때에 마음에 아 모 여유도 업슨 까닭이엇다.

만주리에서도 비행긔를 타려 하엿스나 소비에트 관헌이 허락을 아니하야 렬차로 갈수밧게 업섯다.[40]

서술자 '나'는 비행기를 타고 경성에서 출발하여 대련, 봉천, 신경, 하얼빈, 치치하얼, 만주리까지 자유롭게 이동한다. 이러한 이동 과정에 서 '경계'에 대한 어떠한 의식도 나타나지 않는다. 인물들이 경계를 의식 하는 것은 러시아의 영역에 들어서는 순간에서부터이다. 그는 "소비에 트 관헌이 허락을 아니 하여"(66회) 열차로 이동할 수밖에 없었던 것이 다. 이는 만주국 건국 이후 일본인들에게 수도인 '신경(新京)'과 하얼빈 이 새로운 관광 중심지로 급부상한 것과도 연관지어 생각해 볼 수 있 다. 1931년 제 6대 조선총독으로 취임한 우가키 카즈시게(宇垣一成)는 일본·조선·만주를 하나로 묶는 '일선만(日鮮滿) 블록'을 주창했다.

최석은 자신을 모함하고 비난하는 조선 사회를 등지고 바이칼 지 역으로 방랑을 떠난다. 그는 북쪽으로 곧장 떠날 수도 있었음에도 불 구하고 "마지막으로 정임을 한 번 보아야 하겠어서 동경(東京)"(29회)을 거쳐서 러시아로 떠난다. 그는 "만일 어느 나라의 독재자가 된다고 하

---

40 이광수, 『유정』(66), 『조선일보』, 1933년 12월 19일.

면 나는 첫째로 조선인 입국 금지를 단행"(40회)할 것이라는 등 조선 민족 전체에 대한 강한 반감을 드러내기도 한다. 그에게 정임은 동경(東京)과 동일시된다. 그래서 바이칼 지역에 가서도 최석은 "동경으로 돌아가고 싶다. 정임의 곁으로 가고 싶다"(70회)며 "무의식중에 고개를 동경이 있는 방향"(44회)으로 돌린다. 이처럼 최석, 정임, N 등 중심인물들은 제국의 중심부에서 시베리아를 향해 연이어 나아가게 되는데, 이러한 공간지평은 당시 일본의 만주침략과 긴밀한 관련이 있다. 즉 『유정』은 제국 일본에 의해 일본-조선-만주가 하나의 공간으로 통합되면서 현실화될 수 있었던 작품이었다고 볼 수 있다.

5. 동결된 시간과 공간적 지향: 『사랑』

이광수의 『사랑』은 작가의 사상적 행보에서 중요한 변곡점에 해당하는 시기에 발표된 작품이다. 이 작품은 박문서관에서 전편과 후편으로 나뉘어 1938년 10월과 이듬해 3월에 각각 발행된 전작(全作) 장편소설이다. 이광수는 이전까지 다양한 장편소설을 발표해 왔지만, 전작 장편소설로 발표한 것은 이 작품이 처음이었다. 그는 서문에서 "내 지금까지의 소설로서 끝까지 다 써 가지고, 또 연재물이라는 데 관련된 여러 가지 제한도 없이 써 가지고 세상에 발표하는 것은 이 『사랑』이 처음이요, 또 내 인생관을 솔직히 고백한 것도 이 소설이 처음"이라고 밝힌 바 있다. 그러면서도 "다만 한 되는 것은 이것을 한 일년만이라도 더 묵혀서, 더 보고, 더 생각하고 더 고쳐서 발간하지 못하는 것"이라며 아쉬움을 표현하기도 했다. 방민호는 "이광수가 전작 장편소설로 발표한 작품답게 그의 소설 가운데 완성도가 가장 높은 작품"[41]이라고 평가했다.

그렇지만 작품의 완성도를 논하기에 앞서, 이 작품이 발표된 시기가 갖는 역사적 중요성을 상기할 필요가 있다. 많은 논자들이 공통적으로 지적하듯, 이광수가 『사랑』을 집필하기 시작한 1938년부터 후편을 발행한 1939년 초반의 시기는 그에게 사상적으로 큰 영향을 미친 안창호가 사망하고, 그가 '전향서'를 제출하고 본격적인 친일 행보를 보이기 시작한 때였다. 그리고 이광수는 1939년에 결성된 조선문인협회의 회장직을 맡고, 1940년에는 제1회 조선예술상을 수상하고, '가야마 미쓰로(香山光郎)'로 창씨개명했다.

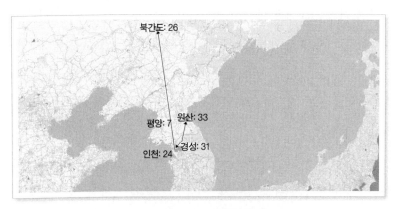

〈그림 6〉 이광수의 『사랑』 지도

『사랑』은 이광수가 '전향'을 결심한 과정의 심경이 어떠한 형태로든 반영된 작품일 가능성이 높다. 기존의 논의들도 이점에 주목하고 있는

---

41 방민호, 「이광수 장편소설 『사랑』에 나타난 종교 통합적 논리의 의미」, 『춘원연구학보』 제2호, 2009, 134면.

데, 흥미로운 것은 연구자들의 시각에 따라 전혀 다른 해석을 내리고 있다는 점이다. 일부의 연구자들은 이 작품을 대일협력을 지향하는 친일작품으로 간주하는 반면, 일부의 연구자들은 이 작품에서 일제에 대한 저항의식을 읽어내기도 한다. 이처럼『사랑』은 어떠한 시각에서 읽느냐에 따라 양립 불가능해 보이는 정반대의 해석이 가능할 정도로 중층적인 텍스트라 할 수 있다.

표면적으로『사랑』은 종교적 색채가 잘 드러나는 작품이다. 그래서 기존 논의들도 작품 속에서 노골적으로 제시되는 종교적 메시지에 주목해 왔다. 방민호는 이 작품이 "안식교의 품에서 자라난 석순옥이 법화경 행자 안빈의 사상에 감화를 받아 성장 성숙해 가는 과정을 그리면서 부처의 가르침과 예수의 가르침이 다르지 않음을 보여준다"[42]고 주장했다. 또한 유승환은 "안식교도 순옥을 '도산적인 것'의 특정한 부분을 체현하고 있는 인물"로 간주하기도 한다.[43] 그렇지만 이 작품에서 명시적으로 드러나는 종교적 설정을 거두면, 이 작품의 뼈대를 이루는 독특한 설정이 발견된다.

『사랑』에서 가장 주목할 것은 동시대 현실을 반영하는 시간지표가 거의 드러나지 않는다는 점이다. 이광수는 소설 속에서 "경술년 오월 어느 날이다."(「선도자」)라거나 "갑자년 삼월 초열흘!"(「거룩한 이의 죽음」) 등과 같이 구체적인 시간지표를 제시하곤 하였다. 그렇지만 이 작품에서는 시대적 맥락을 읽을 수 있는 시간지표가 거의 등장하지 않는다.

---

42 방민호, 앞의 글, 117면.

43 유승환, 「『사랑』과 안식교」, 『현대소설연구』 제83호, 2021, 496면.

앞서 언급했듯, 이 작품이 전작 장편의 형태로 발간된 것을 고려하면, 이러한 특성은 작가의 의도적인 전략이라고 볼 수 있다. 방민호는 『사랑』의 "시간과 공간은 인물들이 실험적 연기를 펼치는 텅 빈 무대"[44]와 같다고 지적한 바 있다. 대체적으로 1930년대 중반 전후의 시기를 배경으로 삼는 듯 하지만 구체적 현실을 반영한다기보다는 "상징적 알레고리적 형상"으로 나타날 뿐이라는 것이다.

유승환은 『사랑』에 나타난 시간 설정의 문제를 좀더 깊이있게 분석했다. 그는 이 작품이 "중일 전쟁이 시작되고 파시즘적 국가폭력이 급속히 강화되던 당대의 조선을 『사랑』의 시공간으로 설정한 것"[45]으로 보인다고 주장했다. 그는 작품 속에서 순옥과 인원이 협이와 나누는 대화 속에 등장하는 일본의 만화 〈노라쿠로(のらくろ)〉를 토대로 작품 서두의 현재적 시점이 구체적으로 '1937년'일 것으로 추정한다. 그렇지만 『사랑』의 시간 설정은 그리 단순하지 않다. 이 작품에는 '노라쿠로' 외에도 시간을 어렴풋이 추정할 수 있는 장면이 몇 군데 더 나오기 때문이다.

우선 "경성역 정문 옆 퍼런 항공 우편통"[46]에 대한 언급이 나오는 장면이 있다. 조선에서 항공우편이 실시된 것은 1929년 4월 1일부터였다. 경성역에 항공 우편통이 처음 설치된 정확한 시기는 알 수 없지만, 1930년대 중반 무렵에는 항공 우편에 대한 인식이 점차 높아지고 있었다. 1936년의 한 신문기사에는 "오늘 아츰에 경성에서 푸른 우편통에

---

44 방민호, 앞의 글, 125면.

45 유승환, 앞의 글, 483면.

46 이광수, 『사랑』, 『이광수전집』6, 삼중당, 1962, 40면. 이후 페이지수만 표기한다.

집어너흔 편지가 그날로 동경이나 대련 방면에 배달된다는 것은 옛날 같으면 귀신의 장난으로 볼 수밖에 없는 일이지마는 귀신의 장난이 아니라 정말 사람의 장난으로 지금 실행되고 있는 것입니다."[47]라는 대목이 나오기도 한다. 이 장면은 소설의 첫 장면에서 '3년 후'의 시기에 등장한다. 구체적인 시기보다 더 중요한 것은 일본–조선–만주가 항공 체제에 의해서 긴밀하게 연결된 상태를 배경으로 한다는 점이다. 순옥이 북간도로 떠날 때에 타는 만주행 '급행' 열차에서도 대략적인 시간을 읽을 수 있다. 만주국 건국 후인 1934년부터 특급열차 노조미가 부산에서 봉천까지, 히카리는 신경까지 달리기 시작했기 때문이다.[48]

다음은 석순옥이 안빈의 병원에서 4년 동안 간호부로 근무한 후에 '의사' 시험을 치르고자 하는 장면이다. 순옥은 고등여고보 영어교사 생활을 하다 간호부가 되었지만 의학교를 졸업한 경험은 전혀 없었다. 그럼에도 그녀는 간호부 경력을 기반으로 의사시험을 볼 수 있었다. 당시 규정에는 "의학교육을 받지 않은 사람에게도 5년 이상의 경험이 있으면 응시자격을 부여"[49]했다. 그런데 이 「의사시험규칙」은 1934년 11월 16일에 개정되었으며, 이후부터는 의학교 졸업이 시험의 필수 자격이 되었다.[50] 이 개정 규칙은 5년의 유예기간을 두어 1940년 1월 1일부터 시행될 예정이었다. 만약 『사랑』의 서두가 '1937년'에서 시작했다면, 순

---

47 「비행긔는 웨생겻나? 항공우편 이야기」, 『동아일보』, 1936년 3월 1일.

48 한석정, 『만주 모던』, 문학과지성사, 2016, 88면.

49 이병훈, 「이광수의 『사랑』과 일제시대 근대병원의 역사적 기록」, 『의사학』 제25권 제3호, 2016, 412면.

50 「개정의사시험 규칙에 대하야」, 『조선일보』, 1934년 11월 19일.

옥이 의사 시험을 준비하는 시기는 4년 후인 1941년이 되었을 것이다. 그렇다면 그녀는 개정 규칙에 의해서 의사 시험을 치를 자격을 상실하게 되었을 것이다.

가장 문제적인 것은 작품의 결말부로 "근 이십 년"(296면)의 시간이 흐른 후의 시점이 펼쳐진다는 점이다. 그래서 방민호는 이 작품의 결말부 시간을 "아직 오지 않은 미래"이자 "실현되지 않은 미지의 시간"[51]으로 간주한다. 그렇지만 20년 뒤의 장면에서 '먼 미래'의 느낌은 전혀 나타나지 않는다. 앞서 살펴본 것처럼 『사랑』에 드러나는 여러 시간지표는 20여 년의 시차를 두고 있음에도 대부분 1930년대 중반 시기를 가리키고 있다.

> "제 일생에 무엇이 잘된 일이 있다고 하면, 그것은 선생님이 제 몸을 통하셔서 하신 일입니다. 무어 잘한 일이야 있겠습니까마는 그래두 가만히 생각하면 석순옥이 저로는 못할 일들인 것 같아요. 저는 아무 지혜두 깨달음두 없었습니다. 지금두 없습니다. 저는 무엇이 좋은 일인지 아닌지두 몰라요. 그저 선생님 뜻이 이러시리라 하는 것을 생각하고, 그것을 따라서 살아 왔습니다. 앞으로도 그렇게 밖에는 살아갈 힘이 없는 저야요. 제 가슴에는—제 가슴에는 오직 선생님이 계실 뿐입니다."
>
> 순옥의 콧등과 이마에는 땀까지도 비친다. 순옥의 얼굴이나 음성이나 다 이십년 전의 처녀시대에 돌아간 것 같았다. 안빈은 여전히 말도 없고 몸도 움직이지 아니하였다.(295~296면)

---

51 방민호, 앞의 글, 126면.

『사랑』의 남녀 주인공이라 할 수 있는 안빈과 순옥은 거의 변화하지 않는 인물들이다. 순옥은 "무엇을 하고 언제 세월이 이렇게 흘러갔는지도 몰라요."(295면)라고 말하면서, 심지어 "얼굴이나 음성이나 다 이십 년 전의 처녀시대에 돌아간 것"(296면) 같은 모습으로 언급된다. 그러므로『사랑』의 표면적인 서사는 20년의 기간을 배경으로 하지만, 서사 안에서 체감되는 시간은 거의 흐르지 않는 '무시간성의 서사'라 할 수 있다. 작품의 시간은 1930년 중반의 시간대가 끊임없이 반복되는 듯한 느낌을 준다. 이러한 특성은 안빈이 주장하는 독특한 불교적 세계관과도 닮아 있다. 그는 아내인 옥남에게 "우리가 이번에 만난 것이 처음인 줄 아시오?"(77면)라고 반문하며 "당신과 나와는 과거에두 여러 천만 번 수없이 부부가 되었거니와, 미래에두 여러 억만번 또 수없이 부부로 만나는 것"이라고 말한다. 이처럼『사랑』에서 나타나는 시간관은 일반적인 근대소설에서 나타나는 직선적 시간관과는 다른 특성을 보인다. 이와 관련해서 김윤식은 이 작품이 비현실적이고 설화적인 요소가 너무 많아서 근대소설로서는 치명적인 결격사유가 있다고 지적한 바 있다.

　『사랑』의 시간지표는 구체적이지 않지만 공간지표는 비교적 구체적으로 제시된다.『사랑』은 대부분 경성(31회)에서 펼쳐진다. 안빈은 대부분의 시간을 경성의 병원에서 보낸다. 그렇지만 경성 이외의 장소들도 중요하게 언급된다. 인천(24회), 원산(33회), 북간도(26회) 등이 중요하게 등장하는데, 경성과 이 장소들을 두루 이동하는 인물은 순옥이다. 그리고 표면상으로는 거의 드러나지 않지만 동경(혹은 일본)도 중요한 장소로 기능한다. 주목할 것은 일본-조선-만주에 걸쳐 있는 이 장소들이 어떠한 제약이나 한계 없이 하나의 공간으로 인식된다는 점이다. 다시 말해, 『사랑』에서는 일본-조선-만주가 하나로 통합된 이후의 공간의식을 보여주는 작품이라 할 수 있다. 이는 1937년 경 제창된 '내선일체(內鮮一體)'와 '선만일여'(鮮滿一如) 등의 세계관을 반영하는 것이다.

안빈과 순옥의 특이한 관계는 이러한 공간적 배치에 기반한다. 우선 이들이 어떠한 인물로 설정되어 있는지를 살펴볼 필요가 있다. 김윤식의 지적처럼, 『사랑』의 주인공 안빈의 특이한 점은 "사회적 지위로나 인생의 경험으로 보아 어디까지나 완숙된 주인공"[52]으로 설정되어 있다는 점이다. 안빈은 더 이상 성장할 필요가 없는 인물처럼 보이지만, 끊임없이 무엇인가를 추구한다. 그는 한국 문단을 대표하는 문사였지만 자신의 문학에 회의를 느끼고 의사가 된 인물로 설정되어 있다. 현재는 의사로서의 삶을 살고 있지만, 과거 문사 시절의 모습은 이광수의 모습을 그대로 닮았다.[53] 그는 "삼십 이삼 세에 벌써 문단의 거장이요, 지도자의 지위를 확보"하였으며, 그가 주간하던 "잡지 〈신문예〉는 십 년 가까이 문예계의 중심세력"(82면)으로 군림하고 있었다. 여고보 영어교사였던 순옥이 간호사 시험을 보고 안빈의 병원에서 간호사가 되고자 한 것도 문사로서의 안빈에 대한 존경심때문이었다.

52 　이병훈, 앞의 글, 409면 재인용.
53 　유승환, 앞의 글, 497면.

안빈은 젊어서부터 시와 소설 등 문학을 썼다. 그것이 안빈에게 꽤 큰 명성을 가져왔다. 안빈은 처음에는 그 명성을 대단히 기뻐하였고, 또 자기의 문학적 능력과 공적은 그 이상의 명성을 얻기에도 합당하다고까지 생각한 일도 있었다. 그러나 자기의 문학적 작품이라는 것이 대체 인류에게 무슨 도움을 주나? 도리어 청년 남녀의 '정신의 배탈'이 나게 하고 '도덕의 신경쇠약'이 되게 하는 것이나 아닌가? 대체 세계의 문학이란 것은 또 그런 것이 아닌가? 그것이 다분히 담배나 술이나 또 더 심한 것은 춘화도가 아닌가? 안빈은 톨스토이가 영국과 불국의 대문학이란 것을 매도한 것을 기억한다. 그리고 동시에 자기의 초기의 작품들을 스스로 매도한 것을 기억한다. 이렇게 생각할 때에 안빈은 소위 시니 소설이니 하는 것을 쓰면서 중생이 땀 흘려 이룬 밥을 먹고 옷을 입는 것이 하늘이 무서운 것 같았다.(82면)

안빈은 지금까지 추구해 왔던 문학이 '정신의 배탈'이나 '도덕의 신경쇠약'을 가져왔을 뿐이라는 깨달음을 통해 의사가 되기로 결심했다. 영국이나 프랑스에 대한 추종을 금지하고 기존 문학의 퇴폐성을 강조하는 논리는 신체제의 국민문학론을 그대로 닮았다. 의사가 된 이후에도 그는 단순히 의학에 머무는 것이 아니라 "병리학, 내과학, 치료학, 생리학, 심리학 등 모든 영역"(31면)을 아우르는 연구를 진행하고 이를 토대로 'XX 제국대학'에서 박사학위를 받는다. 그는 "생리학으로는 의학박사의 학위를 얻게 되고, 심리학으로 문학박사의 학위"(54면)를 동시에 얻게 되었다. 그러므로 그는 문학의 길을 포기하고 의사가 되었다기보다는 문학의 영역을 확장하여 의학까지 아우르게 된 유일무이한 인물이라 할 수 있다. 그의 연구는 "생리학의 한 신기원"으로 간주되었으며, "학계에 큰 파란"을 일으켰다(54면).

순옥은 안빈을 오랫동안 사모해 왔다. 그에게 안빈은 거의 '신격화된 존재'에 가깝다. 그녀에게 "안빈은 이 세상에서는 둘도 없는 높은 혼을 가진 사람"(28면)이며 그의 글은 "모두 하늘에서 오는 소리"(28면)와 같고, 그의 책들은 "성경과 똑같이 소중"하게 느껴지는 것이다. 순옥의 "가슴속에 안빈에게 대한 사모가 있는 가운데는 다른 남자의 그림자가 들어갈 여지"(39면)가 없다. 이처럼 순옥의 사랑은 남녀 간의 사랑이라기보다는 종교적 신념에 가깝다. 그런 순옥에게 가장 두려운 것은 완벽에 가까운 안빈의 '명성'에 누를 끼치는 일이다. 그는 "선생님께 폐만 끼쳐 드리고 나중에는 선생님 명예까지 상"(57면)하게 되지 않을까 걱정한다.

> "선생님, 그러면 제가 어떻게 하면 좋아요?"
> "뭣을?"
> "글쎄 이 일 말씀예요. 허영 씨 일 말씀예요."
> "가만히 있지."
> "그러다가 저편에서 들고 나서 있는 소리 없는 소리 세상에다 중상을 하면 어찌합니까?"
> "가만히 받아야지."
> "그걸 어떻게 예방할 도리는 없겠습니까?"
> "순옥이가 허씨하고 혼인을 한다면 예방이 되겠지."
> "그렇겐 말고요 혼인이야 싫은 사람하고 어떻게 혼인을 합니까."
> "세상에 어디 그리 좋은 사람이 있나? 사람이란 대개 다 그렇고 그렇고 하지. 순옥이 마음에 흡족할 만한 그러한 완전한 사람

이 이 지구상에 있을 것 같지도 않고 또 그러한 사람이 있다기로 니 그 사람과 짝이 되자면 순옥이가 또 세상에 없는 완전한 사람 이 되어야 할 것이 아냐?"

이 말이 순옥에게는 퍽 듣기 거북한 말이었다.(61면)

순옥은 안빈의 실험을 돕기 위해 허영과 인천 월미도를 다녀왔다. 그 후에 허영은 안빈을 찾아가 순옥과 자신이 특별한 관계에 있음을 노골적으로 주장하기에 이른다. 허영이 근거 없는 악의적 소문을 낼 것을 우려하면서, 놀랍게도 안빈은 순옥과 허영이 결혼을 하게 된다 면 그러한 일을 '예방'할 수 있을 것이라고 제안한다. 심지어 "사람이 란 대개 다 그렇고 그렇고"(61면)하기 때문에 진정으로 사랑하지 않은 사람과도 결혼할 수 있다는 논리를 편다. 『사랑』에서 순옥이 사랑하지 않는 허영과 결혼하는 대목은 쉽게 납득이 되지 않는데,[54] 순옥이 이 러한 결정을 하기에 앞서 안빈의 제안이 있었음을 염두에 둘 필요가 있다.

안빈은 경성의 시내인 수송동의 개인병원에서 외곽인 북한산 기슭 의 요양원으로 이동하는 것을 제외하면, 거의 대부분의 시간을 경성에 서 보낸다. 반면 순옥은 경성과 여러 장소들을 왕복하는데, 이러한 공 간적 이동은 모두 안빈과 관련된 것이다. 우선 순옥은 허영과 함께 인 천으로 향하는데, 이는 자신을 사모하는 허영의 마음을 이용해 안빈의 생체실험을 완성하기 위한 것이었다.

---

54 최주한, 「『사랑』(1938), 또 하나의 전향서」, 『춘원연구학보』 제13호, 2018, 192면 참조.

"할 수 있는 실험은 다 끝난 셈이지."

"할 수 없는 실험은 뭣이야요?"

안빈은 대답이 없었다.

"선생님 논문을 베끼다가 보니깐 슬픔에 대한 것하구 사랑에 대한 것하구가 아직 자료가 부족하다고 하시지 않으셨어요?"

"그렇지만 그것이야 실험할 수 없는 걸 어쩌나? 이번 봄까지에 동물의 아모로겐은 그만하면 넉넉하게 실험이 되었지만 인류야 실험할 수 있나? 그건 할 수 없는 거야. 그리고 또 슬픔으로 말하더라도 어디 그렇게 슬픈 사람의 피를 얻을 수가 있나? 사람의 피는 그때 순옥이 피하고 내 피하고 둘이지. 그 밖에 또 환자 피 몇이 있었지마는—"

"슬픔이란 것은 그때 말씀하시던 그 번민 말씀이지요?"

"글쎄, 그것이 제일 복잡하구두 몸을 소모하는 것같이 보이는데 억지로 해봐도 잘 안돼."

하고 안빈은 픽 웃는다.(39면)

안빈은 생명체가 느끼는 감정과 신체의 변화를 혈액 분석을 통해 밝히고자 한다. 그는 동물들을 대상으로 '공포'와 '분노'와 같은 부정적인 감정이 혈액의 성분에 미치는 영향을 분석한다. 그렇지만 "한 동물을 가지고 두 번 이상 실험하기가 어려워서 몇 번이고 새 동물을 갈아들이지 아니하면 아니 되었"(32면)다. 순옥이 안빈의 병원에 처음 간호사로 들어갔을 때부터 동물실험은 진행되고 있었다. 순옥이 안빈의 집에서 협이를 처음 만났을 때에도 협이가 '토끼'를 보여주는 장면이 나오기 때문이다. 그는 동물들을 대상으로 "할 수 있는 실험"을 다한 끝에 "이론상으로 무서워하는 사람에게나 성난 사람에게 안타닌을 주사하면 그 무서움, 성남이 풀릴 것"(34면)이라는 추론을 도출한다. 이러한 실험을 하는 이유 중 하나는 무서움과 성남과 같은 인간의 감정을 통제할 수 있는 가능성을 찾고자 했기 때문이다. 이경훈이 지적한 것처럼, 이러한 실험은 일제의 군대가 실시했던 생체실험을 연상케한다.[55] 이후에는 다른 부정적인 감정을 실험하는데, 이는 "인류의 생명을 가장 많이 좀먹는 정서(情緖)는 슬픔과 걱정과 그리고 연애"(34면)라고 생각하기 때문이다. 여기서 안빈이 남녀 간의 '연애', 즉 이성적인 사랑도 부정적인 감정의 하나로 간주하고 있다는 점에 주목할 필요가 있다. 그러므로 안빈과 순옥 간의 '사랑'은 애초부터 남녀 간의 사랑이 아니라 그것을 초월한 '사랑'이었다고 볼 수 있다.

반복적인 동물실험을 통해 부정적 감정을 통제할 수 있는 가능성을 발견했지만, 안빈은 이러한 '비윤리적인' 실험을 인간을 대상으로 실시할 수 없었다. 그때 이러한 실험을 대신 자처하고 나선 인물이 순옥이었다.

> 순옥은 주사기의 피를 시험관에 넣고 거기다가 갈색 유리병에 든 약을 몇 방울 떨어뜨려서 꼭 마개를 하여 놓고 주사기에 묻은 피를 알콜로 씻어서 차종 하나에 쏟아버린 뒤에 테이블 위에 내어 놓은 허영의 팔오금을 알콜 솜으로 빡빡 훔치면서,
> "슬픈 피, 괴로운 피를 시험해 보는 거예요. 저도 오늘처럼 슬프고 괴로운 날은 없었습니다. 허 선생께서도 무척 괴로우신 모양이에요. 그렇지만 슬픈 사람의 피가 제일 깨끗한 피라나요. 그럼 용서하세요. 아프시면 어떻게 해."

---

55 이경훈, 「인체 실험과 성정」, 『동방학지』 117집, 2002, 228면.

하고 순옥이가 주사침을 가지고 주저하는 것을 보고 허영은,

"어서 피를, 제 피를 뽑으세요. 제 몸에 있는 피를 죄다 뽑으셔도 좋습니다. 순옥 씨께 소용이 되신다면 한 방울도 안 남기고 제 피를 다 드려도 좋아요. 만일 괴로운 피, 슬픈 피가 있다면 그 점으로 지금 제 피가 넉넉히 표본이 될 것을 믿습니다."

"고맙습니다. 주먹을 좀 쥐어요. 팔 웃마디를 꽉 누르시고, 네, 됐습니다. 인제 손을 펴셔요. 누른 것도 놓시고."(47면)

순옥에게 허영은 실험 대상 이상의 의미를 갖지 못하는 존재이다. 이 실험을 통해서 안빈은 이론적으로만 상상했던 '아우라몬'의 존재를 확인하게 된다. 순수한 '아우라몬'은 "성인의 피에서나 얻어 보리라고 상상하고 있던"(51면) 물질이다. 그렇지만 이러한 물질이 허영을 대상으로 한 생체실험을 통해 얻게 되었다는 점은 역설적이다. 이 실험을 토대로 작성된 논문으로 안빈은 의학박사와 문학박사 학위를 동시에 받게 된다.

한편 순옥이 원산으로 가게 된 것은 안빈의 부탁으로 옥남을 돌보기 위해서였다. 그곳에서 옥남과 순옥은 함께 지내며 그동안의 오해를 풀게 된다.

"일생이라두 선생님을 뫼시구 있구 싶어?"

"네."

하고 순옥은 잠깐 주저하다가,

"그래두 일생 선생님을 뫼시구 있을 복은 없을 것 같아요. 제가 왜 평생 열네 살 먹은 어린 계집애대루 있지를 못하나, 그런 생각이 늘 나요. 이렇게 커다란 계집애가 되구 보니, 모두 선생님께

랑 불편이 많은 것 같아요. 어떤 때에는 협이와 윤이가 부럽구요. 제가 선생님 따님으루 태어났으면야 일생을 뫼시구 있기루 누가 무에라구 하겠어요? 따님은 못되더라두, 왜 선생님의 먼 촌 조카루라두 못 태어났나, 이렇게 생각이 되구요. 그렇지만 저는 이것을 후회는 아니해요. 다 제 인연이 박한 것이라구, 이만큼이라두 선생님을 뫼시구 있게 된 것만 제 분에 넘는 큰 복이라구요. 그렇게 고맙게 황송하게만 생각하구 있어요."

"아이, 어쩌면, 어쩌면. 그렇게두 간절하게 선생님을 사모할까? 나두 그런 감정을 경험해 보았으면."(101면)

순옥은 '열네 살' 무렵부터 안빈의 글을 읽고 그를 사모해왔다. 그는 안빈 곁에서 그를 '뫼시는' 것을 자신의 인생 목표로 삼았다. 그래서 남녀 간의 관계가 아닌 '유사 가족'과도 같은 관계를 열망한다. 이러한 순옥의 '사랑'을 이해하지 못했던 친구 인원은 안빈에게 때로는 비판적인 태도를 취하기도 하고 순옥에게 안빈과의 결혼을 권하기도 한다. 그렇지만 순옥 대신 안빈의 집안일을 돌봐주면서 그녀는 점차 순옥과 같은 감정을 느끼게 된다. 안빈의 주변의 여성들은 대부분 그를 '뫼시는' 것을 인생의 가장 중요한 목표로 삼는다.

순옥이 의사가 되어 북간도로 떠나게 되는 것도 안빈과 긴밀한 연관이 있다. 그는 안빈 옆을 지키는 것을 삶의 가장 중요한 목표로 삼았지만 스스로 북간도로 떠나고자 한다. 그것이 안빈의 '명예'를 지키는 일이라고 판단했기 때문이다.

"세상 사람의 입도 있구요."
"세상 사람의 입이 무어?"

"허가 몸이 성하구 이혼을 안 했을 적에두 무에라구 말들을 했는데 앞으로는 더할 것 아냐요. 이번 내가 이혼하구 선생님 병원에 있는 동안에두 말들이 많았던 모양예요. 난 괜찮지마는 선생님께 불명예구요. 또 허도 인제 의식이 회복되면 또 질투가 생길 것 아닙니까. 이왕 허의 병을 보아줄 바이면 그의 마음을 괴롭게 할 게 없지 않아요.

그래, 어느 모로 보아두 나는 어느 시골로 우선 취직을 할 수밖에 없다구 생각해요."

"네 말이 옳다."(268면)

순옥은 이혼한 상태로 홀애비인 안빈 옆에 머물다 보면 세상 사람들이 오해할 수도 있다고 판단해서 북간도로 떠나고자 한다. 그렇지만 그러한 장소가 왜 '북간도'가 되어야 하는지에 대해서는 구체적인 설명이 나오지 않는다.

『사랑』에서 북간도는 상당히 중요한 의미를 가진 공간이지만 구체적으로 묘사되지 않는다. 『사랑』의 주요 인물들인 안빈, 순옥, 영옥 등은 모두 의사이다. 그런데 자세히 살펴보면, 순옥과 영옥 남매는 안빈의 인생 행로를 그대로 답습하는 인물들이라 할 수 있다. 영옥은 북간도 병원에 머물다 박사학위를 받기 위해 조선으로 돌아오고, 안빈이 부재할 때에는 그의 병원을 대신 맡아주기도 하는 등 그의 역할을 대체하는 인물이다. 순옥이 의사가 될 수 있었던 것도 안빈의 병원에서 수년 간 간호사로서 의료 경험을 쌓았기 때문이다.

순옥은 "북간도 연길 국자가 천주교 병원"(269면)에서 근무하기 위해 허영을 데리고 떠난다. 그의 오빠 영옥은 "북간도 제중원"(69면)에서 근무한다. 순옥과 영옥이 모두 '안식교' 교인이었던 점을 고려하면, 이들은 기독교 계열의 여러 종파들을 모두 아우르며 '사랑'을 실천하고 있었던 것으로 볼 수 있다.

순옥은 연길로 이주한 후에 얼마 지나지 않아 딸을 출산하고 "길림성에 와서 낳았다"(279면)는 뜻으로 딸의 이름을 '길림(吉林)'으로 짓는다. 자신들이 거주하는 '연길' 등을 따르지 않고, '길림성'을 따르고 있는 점도 특이하다. 길림성은 딸의 이름을 따라 지을 만큼 이들에게 중요한 의미가 있는 장소였던 것이다. 당시 길림성의 성도는 만주국의 수도였던 신경(新京)이었다. 더욱 주목할 것은 길림의 외모가 허영을 전혀 닮지 않았다는 점이다. "길림이는 공평하게 본다면 제 어미 순옥이를 닮은 것이었으나 허영이가 보기에는 그것이 안빈의 모습 고대로인 것만 같았다."(279면)고 서술된다. 순옥은 안빈의 아들인 협이를 처음 보았을 때, "안빈의 아들이 자기와는 무슨 혈연관계나 있는 것처럼 반가운 것이 이상하다고 생각"(18면)한 바 있다. 작품 말미에 이들은 모두 북한산에 위치한 안빈의 요양원에서 함께 거주하면서 '유사 가족'과도 같은 공동체를 구성하게 된다.

안빈은 스스로 '명성'이나 '명예' 따위는 중요한 것이 아니라고 생각한다. 그렇지만 작품 속에서 가장 중요하게 다루어지는 장면은 그의 명성이 더렵혀지는 위기의 순간이다. 앞서 언급했듯, 순옥의 중요한 선택은 대부분 안빈의 명성을 지키기 위한 불가피한 것이었다. 이는 부인인 옥남의 경우도 마찬가지다. 그는 "'내 목숨이 살아 있는 동안 내 남편의 명예에 대해서 칼을 던지는 자가 있으면 그 칼을 내 몸에 받고, 활을 쏘는 자가 있으면 그 살을 내 가슴에 받지!"(68면)라고 다짐했던 것이다.

> 불모살의 명성밖에 취할 명성이 어디 있는가. 마음의 모든 때가 벗겨지고, 탐, 진, 치의 모든 번뇌가 다 스러지고, 다시는 마음이 네라 내라 네 성이라 내 것이라 하는 데 얽매이지 아니하고, 그리해서 벌써 나고 죽는 사슬을 완전히 끊어 버려서, 내가 하는 일이 오직 중생을 건지는 일이 될 때에, 내 손이 능히 중생의 아픈 데를 만져서 고칠 수 있고, 내 말이 능히 중생의 마음의 괴로움을 씻어 주는 감로가 될 수 있을 때에, 그때에야말로 명성이 전지구상에만 아니라 헤아릴 수 없는 여러 세계, 온 우주간의 모든 중생 세계에 퍼질 것이니, 이 명성은 나를 위한 명성이 아니라, 중생이 들고 와서 병을 고침을 받고 잘못된 길에서 건져짐을 받게 하기 위하여 있을 것이다. 그 밖에 모든 명성은 실로 몇 푼어치 안 되고 또 며칠 가지 못 하고, 또 몇 사람에게 알려지지도 못하는 보잘 것 없는 헛것이다. 마치 유치장 구석 벽에 손톱으로 새겨서 적어놓은 죄인의 이름과 같은 명성이다. 안빈은 이렇게 생각하는 것이었다.(83면)

안빈은 일시적인 명성은 아무런 의미가 없다고 생각한다. 그런데 이러한 덧없는 명성을 "마치 유치장 구석 벽에 손톱으로 새겨서 적어놓은 죄인의 이름과 같은 명성"(83면)이라고 비유하는 대목에 주목할 필요가 있다. 알다시피, 『사랑』은 이광수가 수양동우회 사건으로 수감되었다 풀려난 직후에 발표한 작품이다. 이때를 기점으로 그는 본격적인 친일 행보를 보였다. 유치장 구석 벽에 손톱으로 새겨놓았다는 것은 수감되었던 죄인들이 적은 이름이라는 의미이다. 따라서 이 문장은 수양 동우회 사건으로 수감된 동료들이 감옥에서 자신을 기억해준다고 해도, 그러한 명성은 '보잘 것 없는 헛것'에 불과하다는 의미로 해석할 수 있다.

앞서 언급했듯, 안빈은 작가 이광수를 연상하게 하는 인물이다. 특히 의사가 되기 전에 문사 시절에 대한 묘사는 작가의 실제 삶과 중첩되는 부분이 많다. 안빈이 "삼 년이나 병을 앓는 동안"(22면) 옥남이 뒷바라지를 했다는 대목이나 옥남이 "소학교는 진명 다니구 고등 학교는 관립—지금 고등여학교"(85면)를 나온 후 동경 유학을 갔다는 대목, 그리고 동경에서 두 사람이 만나 부부의 연을 맺게 되었다는 대목 등은 이광수와 허영숙 부부의 모습이 연상된다. 이들의 삶에서 '동경(일본)'은 중요한 의미가 있는 공간으로 언급된다.

> "당신이 여름 방학에 동경서 오는 기차속에서 나를 처음 만나지 않았소?"
> "응. 누마즈(沼津)서부터."
> "그때에 나를 처음 만나니까 어떱디까?"
> "왜 그런지 모르게 반가워요. 의지하구 싶구. 공연히 부끄럽구, 가슴이 울렁거리구."
> "그것 보아! 그게 전생의 기억 아니오? 당신이 나를 만나러 이 세상에 태어났으니까 나를 보구는 알아본 것이어든. 그렇지 않으면 허구많은 사내에 왜 나한테루 시집을 오우?"
> "하하하하, 참 그래요 허지만 당신은?"
> "무엇?"
> "날 처음 보실 때에 어떠셨어요?"

"나두 그랬지."

"무얼요?"

"왜?"

"그때, 차가 끊어져서 이와꾸니(岩國)에서 조고만 여관에서 방이 없어서 당신하구 나하구 한방에서 하룻밤을 지내지 않았어요?"

"그랬지."(80면)

안빈과 옥남과 동경에서 조선으로 귀국하는 기차에서 우연히 만나 연인으로 발전하게 되었다. 그래서 옥남의 폐병이 악화되자 안빈이 그녀를 후지미의 요양원으로 데리고 가려고 한다. 그렇지만 옥남이 안빈과 멀리 떨어지기 싫다며 대신 원산으로 간 것이다. 안빈에게 '동경'은 상당히 중요한 의미가 있는 장소임에 분명하지만, 서사에서는 거의 언급되지 않는다. 그는 'XX제국대학' 출신인데, 맥락상으로 '동경제국대학'일 가능성이 높다. 그는 동경유학생 출신으로 옥남과 동경발 기차에서 처음 만났기 때문이다.

이에 안빈은 병리학, 내과학, 치료학, 생리학, 심리학 등 모든 영역의 문헌을 읽기 일년에, 〈감정 내지 정서활동과 그 생리학적 결과〉라는 데 대해서 아직 과학적 탐구가 불충분함을 밝히 알고, 그 이듬해 의학회에 참석하였던 길에 모교인 XX제국대학의 내과, 정신과, 병리학, 생리학, 네 교수를 찾아 이 연구 테마에 대한 의견을 말하고, 동시에 문과 시대에 심리학 교수던 심야 박사를 찾아서 이 연구 제목에 관한 것을 말하였다.(31면)

그는 '의학회'에 참석하는 길에 모교인 'XX제국대학'에 들른다. 물론 1930년대 중반의 시기에는 경성에도 경성제국대학이 있었다. 그렇지만 그는 경성제대 출신이 아니다. 그가 학회에 참석할 때에는 먼 길을 떠나야 하는 것처럼 묘사되기 때문이다. 순옥은 "인제 학회에 가실 날이 얼마 아니 남았는데 실험하실 것은 다 끝나셨어요?"(380면)라고 묻기도 한다. 안빈은 "석군더러 한 일주일 보아달라지, 봄에 학회에 갈 때 모양으루."라고 말하기도 한다. 그는 학회 참석을 위해 병원을 비울 때마다 종종 영옥에게 '1주일' 정도씩 병원을 대신 맡기곤 했던 것이다. 그리고 학회에 참석하는 김에 종종 모교인 'XX제국대학'에 들른다는 것을 보면 동경제국대학일 가능성이 높다. 이와 더불어 인원의 다음과 같은 말에 주목할 필요가 있다.

> "나 보기엔 순옥이두 멀쩡한 사람이구, 이쁘구 재주 있구 상냥한 계집애구 하건만 글쎄 이걸 신이라니, 신이 되어서 혼인을 못한다니. 그리고 그 좋은 아내감을 허영이를 주어 버린다니. 또 안 선생으로 보아두 내 눈엔 분명히 사람이구, 사내구, 홀아비구, 의학 박사, 문학 박사, 제국학사원(帝國學士院) 수상자— 훌륭한 신랑감인데, 이것두 신이라구, 사람은 아니라구, 그러니깐 남편은 못 삼는다구, 순옥이가 십 리 만큼 천 리 만큼 달아나려 드는 이것이 눈이 삔 것 아니구 무어야?"(166면)

인원과 순옥의 대화 속에서 안빈은 "제국학사원(帝國學士院) 수상자"라는 언급이 등장한다. 제국학사원상은 명치 11년(1911년)에 창설된 것으로 "학술 연구를 장려하기 위한 특정의 논문 저서. 기타 특수의 연구에 성적 탁절(卓絕)한 자(학사원 회원을 제하고)를 추천 또는 모집에 의해 수상"하며 "상은 상패와 금 1,000원"이었다.[56] 이 상은 창설 이후부터 1940년까지 대부분 일본인 학자들이 수상해왔다. 유일한 예외가 조선인 운양(雲養) 김윤식이었다. 1915년 일본의 제국학사원은 김윤식의 『운양집』에 대해 수상을 결정하였다. '일본 군국주의 괴벨스'로 불리는 도쿠토미 소호(德富蘇峰)가 김윤식 수상에 깊이 관여했던 것으로 알려진다. 당시 언론에서는 이 사실을 대대적으로 보도했고, 조중응은 이에 대해 "당국의 처사는 조금도 일선인(日鮮人)의 구별이 없다는 증거"[57]라는 평가했다. 즉, 그의 제국학술원상 수상은 '내선일체'의 중요한 근거로 받아들여졌던 것이다. 흥미로운 것은 안빈의 수상이 단 한번의 언급 이외에는 전혀 서술되지 않는다는 점이다. 안빈의 모교가 'XX제국대학'로 표현되었던 것에 비해 '제국학술원'은 구체적인 명칭이 제시된다. 이 상의 수상식은 동경에서 열리곤 했는데, 이에 대한 언급도 없다.

이와 관련해서 『사랑』 후편이 발행된 1939년에 새롭게 설립된 '조선예술상'에 주목할 필요가 있다. 조선예술상은 "우리나라 문화를 위해 조선에서 이루어지는 각 방면의 예술활동에 대해 표창"하는 것을 목적으로 했으며, 선정범위는 조선에서의 문학, 연극, 영화, 무용, 음악, 회화 등 문예 및 예술의 제 분야를 망라하여 제1회 상은 1939년 1월부터 12월 사이에 발표된 작품을 대상으로 했다.[58] 이 상은 기쿠치 간(菊池

---

56 「我國의 文化賞과 藝術賞」, 『삼천리』 제12권 제5호, 1940년 5월.

57 박영미, 「『운양집(雲養集)』의 중간(重刊)에 대한 문화사적 탐색 –김윤식(金允植)과 『운양집(雲養集)』, 그리고 도쿠토미 소호[德富蘇峰]」, 『한국한문학연구』, 80권, 2020, 357면.

58 「조선예술상 모던 일본사에서 창정」, 『조선일보』, 1939년 10월 15일.

寬)이 총독부로부터 자금을 지원받고 마해송이 주관하던 모던일본사가 주최한 상이다. 특이한 점은 조선인 예술가에게 주는 상임에도 불구하고, 심사위원은 모두 일본인으로 구성되어 있었고, 신인이 아니라 기성 문인을 대상으로 선정했다는 점이다.

이광수는 1940년에 조선예술상 제1회 수상자로 선정된다. 수상작은 1939년에 발표된 「무명」으로 김사량에 의해 번역되어 일본에 소개되었다. 당시 조선어 소설을 읽고 이해할 수 있는 일본인 작가들의 많지 않았던 것을 고려하면, 제1회 조선예술상은 일본어로 번역된 극소수의 작품들을 대상으로 했거나 애초부터 작품을 읽지 않은 상태에서 결정되었을 가능성이 높다.[59] 또한 조선예술상과 관련해서 주로 수상작인 「무명」에 대해서만 언급이 되었지만, 같은 시기 출간된 『사랑』과의 관련성도 고려해 볼 필요가 있다. 조선예술상을 주관했던 모던 일본사에서는 「무명」을 포함해 이광수 단편 6편을 『가실』로 묶어 일본어로 번역 출간했고, 연이어 『유정』과 『사랑』도 일본어로 번역해 소개했다. 「무명」의 번역을 맡았던 김사량은 일문으로 쓰인 「조선의 작가를 말한다」에서 이광수를 "한국의 톨스토이와 같은 존재"라고 소개한 바 있다. 그런데 『사랑』의 중심인물 안빈도 톨스토이에 심취한 인물로 그려진다. 이 작품에서 그의 책장에는 성경, 불경 등과 함께 "톨스토이의 소설들"(17면)이 놓여 있고, "안빈은 톨스토이가 영국과 불국의 대문학이란 것을 매도한 것을 기억한다."(82면)라는 대목도 나온다. 이 작품의 〈서문〉에서 이광수는 "톨스토이의 말년의 단편 설화들"을 예시

59　신승모, 「문학상 제도의 조선 이식과 전개과정」, 『일본학』 제41집, 2015, 165면.

로 들기도 한다.

이광수는 조선예술상을 수상하면서 "조선민족 최대의 작가에서 (조선이라는) '지방문학'의 대표자"[60]로 거듭나게 된다. 이 상은 "내선일체 정책 하에서 정치와 예술이 결탁하는 양상을 보여주는 상"[61]이라는 점에서 안빈이 수상한 것으로 언급되는 '제국학사원상'과 유사하다. 이광수는 1939년 10월에 결성된 조선문인협회의 초대 회장직을 맡았다. 취임사에서 그는 이 협회의 창립은 새로운 국민문학의 건설과 내선일체의 구현에 있으며, "반도 문단의 새로운 건설은 내선일체로부터 출발되어야 한다."[62]고 주장한 바 있다. 또한 '북지황군위문 작가단'을 결성해서 김동인, 박영희 등을 만주 일대로 보내기도 했다. 이러한 행보는 『사랑』에서 구체적인 장소로는 그려지지 않지만 순옥, 영옥 등이 북간도 일대에서 의사로 활동하는 설정과도 깊은 관련이 있다.

이번 장에서는 이광수의 주요 장편소설인 『무정』, 『재생』, 『흙』, 『유정』, 『사랑』 등을 중심으로 살펴보았다. 그동안 그의 작품들은 주로 계몽소설로 범주화되어 논의되어 왔다. 교양소설이 중심인물이 자신의 개인적 욕망을 포기하고 사회적 기준을 받아들이며 성장하는 과정을 다룬다면, 계몽소설은 중심인물이 추구하는 이상적인 기준에 맞춰 자신의 공동체를 변모시켜 나가고자 한다는 점에서 차이가 난다. 이렇듯

---

60 황호덕, 「변비와 설사, 전향의 생정치(生政治)—『無明』의 이광수, 식민지(감옥)의 구멍들」, 『상허학보』 16집, 2006, 294면.

61 정실비, 「이광수 원작 「무명」의 번역을 통해서 본 번역자로서의 김사량」, 『한국근대문학연구』 제30호, 2014, 214면.

62 신승모, 앞의 글, 167면.

한국 계몽소설은 서구의 교양소설이 거꾸로 뒤집힌 형태를 취한다는 점에서 '식민지 교양소설'의 한 범주로 볼 수 있다.

이광수의 작품들은 창작 시기에 따라 중심인물들과 공간의 설정 및 지향의식 등이 다양하게 변모하는 특징을 보여준다. 이는 이광수가 동시대의 시국 변화에 민감하게 반응했음을 보여준다. 그렇지만 그의 작품들에서 일관되게 나타나는 특성들도 있다. 우선 대부분의 작품들에서 인물들이 성장을 위해 지향하는 공간으로 '동경'이 가장 중요하게 기능한다. 또 다른 특징으로는 인물들의 성장이 구체적으로 그려지지 않는다는 점이다. 인물들의 성장 과정이 『무정』이나 『흙』에서는 아직 도래하지 않은 미래의 사건으로 간주된다. 『재생』과 『유정』에서는 주요 인물들이 죽음을 맞고, 『사랑』에서는 이미 성숙한 인물이 등장한다. 이렇듯 작품 속에서 성장 과정이 온전히 그려지는 작품은 거의 없다. 이러한 특성들은 이광수가 개인의 성장과 민족의 개조를 중요하게 간주하였지만, 정작 그러한 변화의 과정에 대해서는 구체적인 방법을 제시하지 않고 있음을 보여준다.

3장
제국–식민지의 역학과
성장의 공간

3장

제국-식민지의 역학과 성장의 공간

"러시아에는 체호프, 프랑스에는 모파상, 미국에는 오 헨리, 조선에는 이태준이 있다"는 말이 유행했을 정도로, 이태준은 한국을 대표하는 단편소설 작가로 알려져 있다. 그렇지만 그는 1930년대 초반부터 해방기까지 거의 매년 장편소설을 발표했고 스스로 '자신의 온 정열을 바쳤다'(『제2의 운명』 서문)고 자부했을 만큼, 장편소설에도 많은 노력을 기울인 작가였다.[2] 또한 이상(李箱), 박태원, 이효석 등 대표적인 한국 모더니즘 작가들과 함께 〈구인회〉를 결성했고 김기림 등과는 〈문장〉을 이끌었을 만큼 '모더니즘 작가'들과 활발한 교류와 깊은 친분을 과시했던

---

1 조영복, 『월북 예술가 오래 잊혀진 그들』, 돌베개, 2002, 335면.

2 이태준은 『구원의 여상』(1931), 『제2의 운명』(1933), 『불멸의 함성』(1934), 『성모』(1935), 『화관』(1937), 『딸 삼형제』(1939), 『청춘무성』(1940), 『사상의 월야』(1941), 『별은 창마다』(1942) 『행복에의 흰손들』(1942) 등 10편 이상의 장편소설을 발표했다.

'모더니스트'였다. 그렇지만 그의 장편소설들은 그동안 큰 주목을 받지 못했다. 이태준은 '쓰는 소설'로서의 단편과 '씌키는 소설'로서의 장편을 스스로 구분했다.[3] 그래서 일부 연구자는 이태준이 통속적인 장편소설을 쓴 것은 "가족의 생계를 책임져야 하는 가장으로서의 경제적 책임 때문"[4]이었다고 주장하기도 했다. 그의 장편소설은 "젊은 남녀들이 사랑의 실패를 겪으면서 결국은 사회적으로 이상적인 인물이 되는 길을 선택"[5]하게 되는 통속적인 플롯을 공유한다는 평을 받아왔다. 그렇지만 교양소설의 관점에서 보면, 그의 장편소설은 새로운 의미를 발견할 수 있다.

〈그림 7〉 이태준의 문학지도

이태준 장편소설을 공간적 관점에서 보았을 때 독특한 점은 소설 속 주요 장소들이 반복적으로 등장한다는 점이다. 매 작품마다 주요 장소와 공간적 패턴이 변모하는 이광수의 문학세계와는 확연하게 차이

---

3   이태준, 「조선의 소설들」, 『무서록』, 깊은샘, 1999, 68면.
4   장영우, 『이태준』, 한길사, 2008, 72면.
5   와다 토모미, 「외국문학으로서의 이태준 문학—일본문학과의 차이화」, 『상허학보』 제5집, 2000, 104면.

가 난다. 이태준 장편소설에는 경성과 동경이 중요한 두 축으로 기능하고 철원, 용담, 원산, 배기미 등의 장소들이 변주로 등장한다. 그래서 이태준의 장편소설들이 동일한 내용의 반복으로 간주되기도 한다. 그렇지만 이러한 특성은 이태준의 문학세계가 작가가 오랫동안 구상해 온 공고한 허구적 세계를 기반으로 펼쳐지고 있음을 의미하는 것이다. 특히 이태준의 장편소설의 세계를 이해하기 위해서는 여러 작품들을 겹쳐서 그 반복과 변주의 양상을 통시적으로 살필 필요가 있다.

1. 세계와의 불화와 정치적 각성:『사상의 월야』

『사상의 월야』(1941)는 작가의 자전적 체험이 가장 구체적으로 반영되어 있다는 점에서 많은 연구자들의 주목을 받아왔다. 이 작품을 통해 작가의 삶을 재구하려는 시도가 이루어졌으며, 중심인물 송빈의 '출세지향적' 성향과 제국 담론 간의 교호 관계에 대한 분석[6]과 신문 연재본과 단행본 간의 판본 비교[7] 등 다양한 논의가 이루어졌다. 그의 장편소설 속 중심인물들은 성장하는 것에 어려움을 겪으며 지체된 상태에 머물게 되는 공통점이 있다. 이는 단순히 개인의 사적(私的)인 문제가 아니라 식민지 조선의 왜곡된 정치·경제구조에서 기인한 현상일 수 있다.

---

6   정종현, 「'민족 현실의 알리바이'를 통한 입신 출세담의 서사적 정당화」, 『한국문학연구』 23, 2000; 조성면, 「입신출세주의의 문학적 의미―이태준 '사상의 월야'와 그 밖의 작품들」, 『민족문학사연구』 40, 2009.

7   김홍식, 「'사상의 월야' 연구―개작 문제를 중심으로」, 『한국현대문학연구』 제35집, 2011.

〈그림 8〉 이태준의 『사상의 월야』 마지막회 삽화
(1941년 7월 5일)

일반적으로 『사상의 월야』는 "한 젊은이의 정신적 성장을 객관화한 교양소설"[8]의 범주로 이해되어 왔다. 그렇지만 중심인물(bildungsheld)이 성장의 어려움을 겪고 누군가의 도움을 받지 못하면 '철들지 않는 청춘'(unseasonable youth)[9]의 상태에 머물고 만다는 점에서 일반적인 서구 교양소설과는 차이가 난다. 식민지는 대부분의 성장 동력을 제국에 착취당하기 때문에 제국―식민지 간에는 '불균등 발전'이 발생하며, 식민지 교양소설의 중심인물은 성장하지 못한 채 거의 언제나 미성숙의 상태로 남겨지게 된다.

이태준의 장편소설에서 '장소(場所)'가 특히 중요한 의미를 차지하는 이유는 중심인물이 장소의 이동을 통해 근대적 의미의 '계몽' 혹은 '성장'을 이룩하는 서사구조를 취하기 때문이다. 교양소설에서 '무엇'이 발

---

8 장영우, 앞의 책, 89면.
9 Jed Esty, *Unseasonable youth*, Oxford University Press, 2014, p. 66.

생하는가의 문제는 '어디'에서 발생하는가에 달렸다.[10] 『사상의 월야』에서 작가의 페르소나인 송빈은 러시아령인 '해삼위'(블라디보스토크)에서 출발해 '용담, 원산, 평양, 삼방, 철원, 부산, 이진(배기미), 안협(모시울), 청진, 웅기, 회령, 부령, 인천, 경성' 등의 공간을 이동하면서 성장하며, 만주지역인 안동현과 일본의 하관, 고베, 횡빈 등을 거쳐 궁극적으로 제국의 중심부인 '동경'에 도착한다(해방 후 개작본에는 '동경' 부분이 삭제되어 있다). 『사상의 월야』에서 등장하는 지명은 무려 50여 개에 달하는데, 이러한 특성은 이 작품이 중심인물의 이동경로를 따라가도록 의도적으로 설계되어 있음을 보여준다. 이상(李箱)의 「환시기」에 나오는 "블라디보스톡(海蔘威)허구 동경(東京)이면 남북이 일만 리로구나 굉장한 거리다"라는 표현처럼, 해삼위와 동경은 제국의 양 극단이다. 『사상의 월야』는 제국의 가장자리에서 정중앙까지 거침없이 이동하는 구조를 취한다.

이태준의 장편소설에서 장소의 이동은 서사의 가장 중요한 사건으로 기능하며, '공간지평'은 한반도에 머무는 것이 아니라 '제국 일본' 전역으로 확장되어 있다. 소설 속 인물들이 현재 머물고 있는 공간(행위지대)과 그들이 추구하는 이상적 공간(투사공간) 간에는 현격한 거리가 나타나고, 그러한 격차가 그들을 움직이는 근본적인 동력이 된다. "동양이란 시골이요 서양이란 서울 같은 느낌"(『성모』)을 갖는 이태준의 중심인물들은 모두 '문명의 중심부'로 향하고자 하는 열망을 드러낸다.[11]

---

10   Franco Moretti, *Atlas of the European Novel 1800-1900*, Verso, 1998, p. 70.

11   예를 들어, 『성모』의 중심인물인 서양화가인 정현은 "종로 이북에는 서양화를 걸어야만 어울릴 만한 서양식 주택이 별로 없었으므로 남촌으로" 가서 집을

그들은 경성 내에서는 좀더 서구화(혹은 근대화)된 남촌(南村)을 지향하며, 식민도시 경성보다는 제국의 중심도시인 동경을 지향한다. 이는 "문명으루, 도회지루, 역사가 만들어지는 데루 자꾸 나가야"한다는 영월영감의 의식과도 일맥상통하는 것이다(「영월영감」). 이처럼 이태준의 작품에서 나타나는 공간의식은 특이하면서도 문제적인 성격을 갖는다.

『사상의 월야』는 러시아령인 '블라디보스토크'(海蔘威)에서 시작된다. 1909년에 갑자기 아버지가 돌아가시고, 여섯 살인 송빈은 어머니를 따라 조선으로 되돌아온다. 이 시기는 한일합방으로 조선이 일본의 식민지로 전락하기 직전이기도 했다. 그러므로 아버지의 죽음은 조국의 상실을 의미하는 것이기도 했다. 송빈은 "이름도 못 듣던 되땅(胡地)"[12]인 이곳이 자신을 포함한 조선인들의 땅이 아니라는 사실을 깨닫고 한반도 안으로 되돌아온다. 만삭의 송빈 어머니는 "조선땅에 돌아온"(11면) 후 딸 해옥을 낳았다. 송빈 가족은 국경을 넘어 도착한 조선의 '첫 항구'인 배기미에 정착했다. 그렇지만 오래지 않아 어머니도 지병으로 죽었다. 국경 안으로 진입하자마자 송빈은 고아(孤兒)가 된 것이다. 이후 송빈은 원산을 거쳐 1914년 개통된 '경원선'을 타고 철원으로 향한다. 그곳에서 생활하던 어느날 송빈은 중국 국경 너머의 안동현(安東縣)에서 윤수 아저씨가 보낸 편지를 받는다. 그는 송빈에게 자신과 함께

구하려 한다. 그에게 중요한 것인 '민족적 정체성'보다는 '근대적 환경'이다. 그는 특이하게도 조선 사람들이 모여사는 동네를 "조선촌"이라 칭하기도 한다. 자신이 조선인임에도 불구하고 조선 사람들을 대상화하고 거리를 두는 것이다.

12 이태준, 『사상의 월야』, 『한국장편소설대계』 17, 태학사, 1988, 7면. 이후에는 페이지수만 표기한다.

상해(上海)를 거쳐 미국으로 유학을 떠나자고 제안한다. 그렇지만 그곳에서 송빈은 또다시 조선의 외부경계를 인식하며 압록강 철교를 건너 다시 국경 안으로 되돌아온다. 이와 같이 국민국가의 외부경계를 의식하고 되돌아와 국가의 중심부로 향하려는 의식은 교양소설의 전형적인 특성이라 할 수 있다.

> "서울!"
> 송빈이는 차시간표를 하나 사가지고 정거장 하나를 지날 때마다 정거장 이름 하나씩을 그었다. 어스름해서야 송빈이의 연필은 용산(龍山)까지 그었다.
> 그때는 경의선(京義線)도 용산을 돌아서 오던 때라, 용산 다음이 남대문(南大門)이다. 송빈이는 가슴이 뛰었다. 사람들은 수선스레 짐을 챙기었고, 기차도 별로 휘웃둥거리며 소리소리 지르며 속력을 내었다. 차창 밖은 전깃불이 바다처럼 핑핑 돌았다.
> "인전 서울이다!"
> 송빈이는 돈 이십원 넣은 것을 다시금 더듬어 만져보며 여러 사람 틈에 끼어 차를 내려 구름다리를 넘어서 남대문역을 나섰다.(54면)

송빈은 상해(上海)를 거쳐 미국으로 가려던 본래의 계획을 수정하고 방향을 바꾸어 경성으로 향한다. 그는 경의선을 타고 드디어 '서울'에 도착한다. "기차는 역에서 역으로 비약하는 방식으로 이동하기 때문에 출발과 도착 사이의 차이는 극도로 강렬해"[13]지므로, 중심인물을 성

---

13 스티븐 컨/박성관 역, 『시간과 공간의 문화사(1880-1918)』, 휴머니스트, 2006, 527면.

장시키기에 가장 적합한 이동수단이 된다. 고아인 "송빈이는 죽어도 서울서 죽겠다는 결심"(58면)으로 악착같이 살아간다. 그렇지만 서울에 적응하기 시작한 송빈은 이곳도 문명의 중심지가 아니라는 사실을 서서히 깨닫게 된다. 어느 강연회에서 송빈은 "서슬이 시퍼런 경계에 조금도 주눅이 들림 없이 세련된 몸짓과 진정에 끓는 목청으로 하나같이 열변"(75면)을 통하는 '동경 유학생들'을 목격하게 된다. 그리고 그는 "세상에 어려운 일, 청년들만 할 수 있는 일은 그들이 먼저 맡아 버린 것"(75면)과 같다고 생각한다. 그때부터 그에게는 "동경꿈 하나가 새로"(76면) 생겨나게 되었다.

일반적으로 교양소설에서 결말은 '결혼' 등을 통해 인물과 세상이 화해하는 것으로 끝나고 한다. 그렇지만 이태준의 장편소설에서 중심인물은 사랑하는 여인이 있음에도 불구하고 대체로 결혼에 이르지 못한다. 이들은 대부분 경제적으로 충분히 자립하지 못했고, 도움을 청할 사람도 없는 상태에 놓여 있다. 그가 사랑하는 여인은 언제나 경제적으로 풍족한 명문가의 자제나 자수성가한 사람에게 시집을 가게 된다. 그런데 특이한 것은 중심인물이 자신의 사랑의 실패를 순순히 받아들이지 않는다는 점이다. 그는 결혼을 하지 못하게 되더라도, 끝까지 그녀를 기다리겠다고 말한다. 현실적으로는 불가능에 가깝지만, 그는 자신의 '이상(理想)'을 포기하지 않는다.

"그럼 어떡헐 작정이냐?"
"끝까지 믿는 것뿐이다! 오늘 밤이라도 내일이라도 은주가 어떻게 맘을 먹을지 모를거구."

"그대로 혼인을 해버린다면?"

"혼인식이야 어떤 사람과 해두 상관 없다! 혼인식이 인생의 종국은 아닐거다. 아이라두 낳두 좋다. 내가 어서 안해를 거늘만한 사람의 사나이가 되고 볼거다. 언제든지 마음 내킬 때 은주가 내게로 돌아올 수 있게."

"건 공상이다!"

"아니다, 이상(理想)이다!"(86면)

이처럼 이태준 장편소설 속 인물은 사랑을 성취하지 못하고 결혼에 이르지 못한다. 그리고 그는 결국 현해탄(玄海灘)을 건너 동경으로 향한다. 러시아령 해삼위와 중국령 안동현에서 자신의 땅이 아니라는 사실을 깨닫고 되돌아왔던 송빈은 현해탄을 건너면서는 그러한 '경계'를 느끼지 못한다. 일본은 더 이상 조선인에게 외국이 아니었던 것이다. 그는 "거대한 기관의 소리! 현대를 운전하는 소리! 조선의 수많은 유학생들을 실어가고 실어오고 하는 소리!"(106면)를 들으며 관부연락선을 타고 시모노세키(下關)에 도착한다. 그곳에서 송빈이 느끼는 것은 경계에 대한 인식이 아니라, 전근대적인 모습을 한 조선 사람들과의 거리감이다. 송빈은 조선인들의 흰옷이 "현대인의 옷일 수 없다"(107면)고 생각하며, '기차'나 '기선' 등과는 양립할 수 없는 것이라 생각한다. 그를 문명의 공간으로 이끈 근대적 교통수단인 기차와 기선은 조선인들의 흰옷과 어울리지 않는다는 것이다.

『사상의 월야』는 제국 일본과 식민지 조선이 하나의 공간으로 통합되고, 중심지로서의 동경이 중심인물을 자기장(磁氣場)과 같은 힘으로 끌어들이는 현실을 보여준다. 송빈은 신문 배달 등을 하며 동경에서의 고학생 생활을 시작한다. 그러다가 그는 서울, 철원, 원산, 순천 등지에서 그동안 자신이 실제로 쓰던 "비누갑과 그 치약갑과 약봉지들"(100면)이 제국의 중심부인 동경에서 만들어져서 배포된 것임을 깨닫게 된다. 자신이 살아온 조선에서의 삶의 물질적 토대는 제국 일본에 의해 철저히 지배받고 있었던 것이다. 동경에 이르기까지 오직 '문명의 중심부'로 가겠다는 일념으로 살아왔던 송빈은 서서히 새로운 깨달음을 얻는다. 아무리 끊임없이 중심부로 향한다 하더라도, 피식민지인인 자신은 결코 온전한 '근대인'이 될 수 없다는 것이다.

교양소설이 제국의 중심부에서는 근대국가에 적합한 시민을 길러내는 데 기여하지만, 이 문학 형식이 세계체제의 주변부인 식민지로 옮겨오게 되면 정반대의 역할을 맡게 되기도 한다. 교양소설은 식민 주체가 결코 시민이 될 수 없다는 사실을 전달하는 '권위의 상징적 합법화'의 도구로 기능하게 된다.[14] 따라서 식민지 교양소설의 주인공은 정신적·육체적으로 성장하기보다는 식민지 현실에 대한 '정치적 의식'에 눈을 뜨게 된다.[15] 『사상의 월야』에서 특히 관심을 끄는 대목은 중심인물 송빈이 이토 히로부미가 썼다는 「출향관」(出鄕關)을 반복적으로 떠올리며 자신의 좌우명으로 삼는 장면이다. 이 시는 『불멸의 함성』과 수필 「청춘고백」 등에서도 인용될 만큼 이태준에게 중요한 의미가 있다. 교양소설의 주인공인 송빈이 성장하기 위해 고향을 등지고 떠나는 '출향'(出鄕)의 의미가 담겨있기 때문이다.

---

14 Joseph Slaughter, *Human Rights, Inc.-The World Novel, Narrative Form, and International Law*, Fordham Univ. Press, 2007, p. 133.

15 김욱동, 『소설가 서재필』, 서강대학교 출판부, 2010, 121면.

장사하는 사람은 가게문을 닫고 농사짓는 사람은 연장을 집어
던지고 그리고 책상다리를 하고 앉아서 공맹자나 외던 서당 접장
들까지 소위 '남아입지출향관 학약무성사불환'(男兒立志出鄕關學
若不成死不還)이란 의기로써 고향의 언덕과 산들을 넘어 서울로
모여들었던 것이다.[16]

『불멸의 함성』에서는 「출향관」을 지은 사람에 대한 언급이 나오지
않는다. 당시 신문이나 잡지를 살펴보더라도, 이 구절은 조선이나 일본
뿐만 아니라 중국 등지에서도 쉽게 볼 수 있었으며 "옛 명인(名人)들의
금언(金言)"[17] 정도로 소개되었다. 이는 근대적 주체로 성장하기 위해 고
향을 떠나 문명의 중심부로 향해야 한다는 의미가 담겨있다. 그렇지만
특이하게도 이태준은 『사상의 월야』에서 이 한시를 이토 히로부미의 작
품이라 특정하고 있다. 작품 속에서 송빈은 이 한시 구절을 4번이나 반
복하여 의식적으로 언급한다.

> 이 도깨비불의 정체도 용담 청소년들이 오선생에게서 배운 것
> 중에 잊혀지지 않는 것이어니와, 특히 송빈이에게 깊이 가슴에 새
> 겨진 것은 이등박문 작이라는 한시(漢詩) 두 절이었다.
> 男兒立志出鄕關, 學若無成不復還. 埋骨何期墳墓地, 人間到處
> 有靑山.(남아입지출향관, 학약무성사불환. 매골하기분묘지, 인간
> 도처유청산.)
> (사나이 뜻이 서서 향관을 떠난 바에, 배워 이룸이 없이야 죽
> 은들 돌아올것가. 뼈 묻기를 어찌 분묘지께 기약하리요, 인간 이

---

16 이태준, 『불멸의 함성』, 『한국장편소설대계』 18, 태학사, 1988, 8면.
17 「실직청년과 그 구제책」, 『동아일보』, 1936년 5월 21일.

르는 곳마다 푸른 산은 있도다.)

　'사람이란 죽으면 고만 아닌가? 그까짓 뼈야 어디 묻힌들 무슨 상관이랴! 우리 아버지도 돌아가셨으니 우리집이 거지가 되어도 고만 아닌가? 뼈야 어머니께서 그처럼 애를 써 고향에 보냈기로 그게 오늘에 무슨 소용있는 것인가? 소용은커녕 아버지께서 무슨 뜻이 있어 고향을 떠나셨던 것이라면, 그 뜻을 이루지 못하신 바엔 뼈나 그곳의 흙이 되어야 할 것이지 하필 선영을 찾아 옮기란 무슨 의미가 있는 것인가? 아버지로서는 차라리 수치가 아닌가!'(38~39면)

　많은 연구자들은 이 대목을 들어 『사상의 월야』의 사상적 측면을 문제삼고 있다. 특히 송빈이 이토 히로부미의 "글을 깊이 가슴에 새겨"(39면) 자신의 좌우명으로 삼는다는 점이 문제가 되었다. 이 한시를 근거로 이 작품이 "자발적 친일"[18]의 혐의가 있고 "냉혹한 역사적 현실을 외면"[19]한, "반민족적 작품"[20]에 가까우며 이토 히로부미의 사유구조가 동일한 방식으로 송빈의 성장 전략에서 나타나고 있다고 평하기도 했다.[21] 이처럼 대부분의 논자들은 송빈이 이토 히로부미의 사상을 그대로 추종한다고 보았다.

　그렇지만 『사상의 월야』에 인용되는 「출향관」은 이토 히로부미(伊藤博文)가 지은 것이 아니다. 일부 논자는 기쿠테이 고스이(菊亭香水)

18　김흥식, 「『사상의 월야』 연구— 개작 문제를 중심으로」, 『한국현대문학연구』 제35집, 2011, 215면.

19　이창민, 「사상의 월야의 공간적 배경과 주제」, 『한국문학연구』 제2호, 2001, 284면.

20　안숙원, 「구인회와 댄디즘의 두 양상」, 『구보학보』 3집, 2008, 41면.

21　허병식, 「이태준과 교양의 형성—"사상의 월야"를 중심으로」, 『한국근대문학연구』 제5권 제2호, 2004, 123면.

의 소설 『세로일기』(世路日記)에 이 한시가 등장한다고 지적하기도 했는데,[22] 비슷한 한시는 김사량의 『지기미』와 박태원의 『금은탑』 등에서도 쉽게 발견된다.[23] 이 시 자체가 개별 저자의 처한 상황이나 심정에 따라 유사한 형태로 변주되는 것이다. 다른 어느 작품에도 이토 히로부미에 대한 언급이 없는 점을 고려하면, 『사상의 월야』에서 이 시의 저자로 그를 특정했다는 점은 상당히 특이하다. 특히 이태준은 한문에 대한 식견이 상당히 높았으며, 여러 글에서 그러한 사실을 스스로 과시한 바 있기 때문이다.[24] 1950년 이태준이 발표한 『먼지』에 이토 히로부미가 묘사되는 장면과 비교하면 더욱 문제적이다.

> 한뫼선생은 이 번잡함이 말할 수 없이 서글프고 울분하였다. 어렸을 때 그것도 자기 눈으로 똑똑히 본 한국 말년의 한양 풍경이 회상되었다. 이등박문(伊藤博文)이가 '실크햇'을 쓰고 쌍두마차를 타고 송병준이, 이완용이 일진회(日進會)패들이 인력거를 타고 덕수궁으로 경복궁으로 뻔질나게 드나들던 꼴이 오늘 다시 너무나 방불하였다.

---

22 양문규, 「'탑'과 '사상의 월야'의 대비를 통해 본 한설야와 이태준의 역사의식」, 『이태준 문학의 재인식』, 소명출판, 2004, 115면.

23 김사량의 「지기미」에는 "이래뵈어도 나는 걸레장수일망정, 대지(大志)를 품고 바다를 건너온 사내다. 적어도 남아입지출향관(男兒立志出鄉關)이다."라는 대목이 나오고, 박태원의 『금은탑』에는 "이 사람은 안두호(安斗浩)라고 충청도 친군데, 이번에 남아입지출향관(男兒立志出鄉關) 해가지구 일대 문화사업을 하러 경성으로 이렇게 올라 온 터이니 그리 알구 경의를 표하시오."라는 표현이 나온다.

24 예를 들어, 완당 김정희의 한시를 보고 "모사(摸寫)는 안 했지만 '無盡山下泉, 普供山中侶, 各持一瓢來, 總得全月去' 같은 시구(詩句)는 염불처럼 자꾸 외우고 싶어졌다."고 말하기도 했다. 이태준, 「모방」, 『무서록』, 깊은샘, 1999, 94면.

'이놈들아, 또다시 일진회 놀음을 채린단 말이냐!'

한뫼선생은 한 눈은 붕대로 싸매고 한 눈은 눈물에 글썽해 자못 비장한 한숨을 쉬었다.[25]

이 작품에서 드러나는 이토에 대한 작가의 적개심을 고려하면, 그의 대표적 자전소설로 간주되는 『사상의 월야』에서 송빈이 그의 시를 '깊이 가슴에' 새기고 반복적으로 떠올린다는 것은 쉽게 이해되지 않는다. 송빈은 "아버지께서 무슨 뜻이 있어 고향을 떠나셨던 것이라면, 그 뜻을 이루지 못하신 바엔 뼈나 그곳의 흙이 되어야 할 것이지 하필 선영을 찾아 옮기란 무슨 의미가 있는 것인가? 아버지로서는 차라리 수치가 아닌가!"(39면)라며 이 시의 내용을 변주하고 있다. 더욱 이상한 것은 이 한시를 송빈에게 가르쳐 준 사람이 철원 봉명학교의 '오문천 선생'이었다는 점이다.

송빈이가 읍에 가기 싫은 데는 다른 이유도 한 가지 있었다. 공립 보통학교 아이들이 국어로 욕을 하며 놀리는 것이었다. 사실 송빈이뿐 아니라 봉명학교 학생들은 모두 '고꼬와 오꾸니 노 남바꾸리' 창가도 부르고 싶었고, 국어로 욕도 할 줄 알고 싶었고, 여기 선생님들도 금테 모자에 금줄 친 양복에 칼을 찼으면 싶었다. 한번은 송빈이 반에서도 학감이시요 이야기 잘해 주시는 수염 긴 한문 선생님께 그런 청을 해 보았더니,

"흥, 이 어리석은 사람들아 군사부일체를 모르나? 어느 애비가 자식헌테 칼을 차구 대허누? 안될 말이지."

하고, 코웃음에 붙여버리시었다.(37면)

---

25 이태준, 「먼지」, 『소련기행·농토·먼지』, 깊은샘, 2001, 388면.

『사상의 월야』의 서술자는 종종 반어적인 혹은 회피적인 방식으로 서술한다. 송빈은 공립 보통학교 학생들처럼 일본어로 창가도 부르고 일본어 욕도 능숙하게 하고 싶어한다. 학교 선생님들이 금테 모자에 금줄 찬 양복에 칼을 찬 모습도 부러워한다. 그렇지만 서술자는 봉명학교가 그러한 일본식 교육을 시행하지 않는 민족주의 성향의 학교였음을 역설적으로 암시한다. 『사상의 월야』는 자전적 소설인 만큼 주요 등장인물들도 실존인물을 모델로 한 경우가 많다. 이 봉명학교를 운영한 사람은 이태준의 오촌숙인 이봉하였다. "송빈이가 집 없는 고향에 집 대신 그리워하던 봉명학교"(74면)를 이끌던 그는 어떠한 시국 사건에 휘말려 "오선생과 가지런히 함흥 감옥에서 오 년이란 짧지 않은 형기를"(74면) 맞게 된다. 이 사건이 바로 '철원 애국단 사건'이었다.[26] 3·1운동 직후 철원을 중심으로 확대되다 일제에 의해 적발된 비교적 규모가 큰 독립운동 사건으로, 애국단의 도단장으로 선출된 이봉하는 200원의 거금을 독립운동 자금으로 쾌척하기도 하였다.[27]

이봉하와 함께 검거된 것으로 설정된 오문천 선생의 실제 모델은 조종대(趙鍾大)일 가능성이 높다. 그는 '철원 애국단 사건'의 주도자로 검거되어 가장 높은 형량인 5년형을 언도받고 함흥감옥에서 옥사했

---

26 최원식, 「철원애국단 사건의 문학적 흔적: 나도향과 이태준」, 『기전어문학』 10-11집, 1996, 202~203면.

27 애국단의 활동 임무는 임시정부에 대한 지원, 독립운동의 선전, 일제의 관직에 종사하는 한국인에 대한 퇴직 권유, 임시정부의 재정자금 모금과 이의 송금 등으로서 임시정부 연통부의 국내 조직 활동을 주로 수행하였다. 엄찬호, 「강원지역 항일의병·독립운동의 연구성과와 과제」, 『의암학연구』 4권, 2007, 131면.

다.[28] 이와 비슷하게, 작품 속 오선생은 "함흥 감옥에서 오 년이란 짧지 않은 형기"(74면)를 받고 복역 중 "폐가 나빠져 보석이 되었으나 집에 나와 열흘을 살지 못"(75면)한 것으로 나온다. 서사적 현재는 오선생이 검거된 지 "삼 년 째"(74면)되는 1922년의 어느 날이다. 송빈은 오선생의 죽음 소식을 접하고 "학교 마당으로 들어와서 '오선생님 만세'를 부르고 그의 추도회를"(75면) 열어준다. 실제로 1922년 이태준은 '조종대'가 옥사했다는 소식을 전해듣고 다음과 같은 글을 남긴 바 있다.

> 아주머님? 7월 29일 새벽. 비조차 왜 그리 오든지요? 정각 3시 30분. 거의 거의 이를 적에 먼 촌(村)에 울리는 첫 닭의 울음과 함께 기적 일성은 옛적 태봉(泰封) 뜰 위에 구슬픈 파동을 일으키더니 조선생의 영구(靈柩)를 모신 남대문행 기차는 덧없는 세사의 슬픔을 느끼는 듯이 푸파푸파하면서 철원역에 도착되더이다.[29]

그동안 거의 알려지지 않은 이 글은 이태준이 휘문고보 재학 중이던 1922년 11월 『학생계』 마지막 호의 '학생문단'란에 게재한 것이다.[30] "그때가 벌써 지금으로부터 3년 전에 이때였나이다"(61면)라는 표현을 보면, 이 글이 오문석 선생이 검거된 시기('철원애국단 사건')를 다

---

28 「애국단의 수령 옥중에서 병사」, 『동아일보』, 1922년 7월 30일.

29 이태준, 「나의 항상 경모(敬慕)하는 표박(漂泊)의 길 위에 계신 C아주머님께」, 『학생계』, 대정11년[1922년] 11월, 64면.

30 한성도서는 조선 최초의 주식회사형 출판사로 이봉하가 사장으로 재직하던 곳이다. 송빈은 "칠팔 원을 벌기 위해 한성도서(漢城圖書) 같은 데서 편지를, 옥편, 소설책 따위를 싸게 맡아가지고, 가까운 인천(仁川) 개성(開城) 수원(水原), 이런 데로 팔러" 다닌 것으로 나온다. 이태준의 단편집 『달밤』(1935)와 『까마귀』(1937) 등은 모두 이곳에서 발행되었다.

루고 있음을 짐작할 수 있다. 검열을 받아 군데군데 삭제된 흔적이 남은 이 글에서 이태준은 조선생의 사망 소식을 접하고 "하늘은 무너지는 듯 땅은 꺼지는 듯"하다고 했다.[31] 작품 속 송빈은 이 사건을 계기로 "이 틈에 나만 행복스러 옳은 것인가? 다 모른척하고 나만 행복스러울 권리가 있는 것인가?"(75면)라는 각성에 이르게 된다. 또한 그동안 맹목적인 애정의 대상이던 은주에 대해 비판적인 시각을 갖게 된다. 이처럼 '철원 애국단 사건'은 어린 시절의 이태준에게 큰 영향을 끼친 사건이었다. 기존 해석대로라면 오문천 선생은 이토의 한시를 송빈에게 가르쳐준 인물이지만, 동시에 조선의 독립을 위해 항일운동을 주도하다 죽음을 맞은 모순적인 인물(조종대)이 된다. 이처럼 모순적 성격의 오문천 선생을 이해하는 것은 이 작품의 전체적 성격을 이해하는 결정적인 단서가 된다.

작품 속에서 송빈에게 결정적인 도움을 준 곳은 봉명학교와 백산상회였다. 그는 원산에서 물산객주(백산상회 원산 지점)의 도움을 받는데, 여기는 "일종의 무역중개상(貿易仲介商)"(45면)이었다. 송빈은 현해탄을 건널 때에도 백산상회의 결정적인 도움을 받는다. 그렇지만 이곳은 단순한 무역중개업체가 아니었다. 이 상회를 설립하고 경영한 사람은 백산 안희제로 3·1 운동 때 독립선언서를 수만 장 등사하여 각지에 배포했으며, 상해 임시정부에 독립운동 자금을 조달한 대표적인 민족

---

31 이 글에서는 '조선생'으로만 언급되어 있지만, 아들 '범이'(조성범)가 언급되어 있고, 7월 29일 새벽에 운구가 철원역에 도착했다는 대목 등을 고려하면 '조선생'은 '조종대'를 의미한다. 조종대는 1922년 7월 25일에 사망하여, 아들 조성범이 27일에 운구하였다는 기록이 있다. 「애국단의 수령 옥중에서 병사」, 「동아일보」, 1922년 7월 30일.

주의자였다.[32] 요컨대, 송빈의 주요 조력자들(이봉하, 안희제 등)은 모두 독립운동 및 상해 임시정부와 깊은 인연을 맺은 인물들이었다.

〈그림 9〉 민영휘

이들과 대척적인 위치에 있는 사람은 휘문고보의 민영휘이다. 송빈은 1924년에 휘문고보의 비리와 교주의 횡포에 대항해서 동맹휴교 주도하여 퇴학처분을 받게 된다.[33] 3·1 운동 이후 전국 각지에서 전개된 "동맹휴학운동은 일제의 식민지노예교육을 직접 몸으로 경험하면서 이에 정면으로 저항하는 항일민족해방운동"[34]이었다. 당시 휘문고보의 교주였던 친일인사 민영휘는 총재산이 5, 6백만 원에 이르는 '조선 유일의 부호'였다.[35] 그는 "일제의 보호통치 하에서 대신이 되기 위해 수차례

32 오미일, 『근대 한국의 자본가들』, 푸른역사, 2014, 301면.
33 이병렬, 「이태준의 "사상의 월야" 연구 −자전적 요소와 개작의 의미를 중심으로−」, 『숭실어문』 제13집, 1997, 308면.
34 엄찬호, 앞의 글, 126면.
35 오미일, 앞의 책, 51면.

이토 통감을 비롯한 일제 고위 관헌에게 성대한 연회를 베풀어 접대하면서 엽관(獵官) 행각"[36]을 벌였다. 이토와 친밀한 관계를 유지했던 사람은 봉명학교의 선생들이 아니라 휘문고보의 교주인 민영휘였다고 할 수 있다.

이 작품 속에 등장하는 한시(漢詩)의 의미를 온전히 이해하기 위해서는 송빈의 아버지가 죽음을 맞은 대목부터 꼼꼼히 살펴볼 필요가 있다. 특히 그가 머물고 있던 '해수애', 즉 블라디보스토크의 역사적 성격을 검토해봐야 한다. 『사상의 월야』의 서두는 송빈의 '아버지의 죽음' 장면부터 시작될 만큼 중요한 사건이기 때문이다. "송빈이는 지금 여섯 살이다."(4면)라는 대목에서, 그의 아버지가 1909년에 죽음을 맞았다는 사실을 알게 된다.

> 그러나 이 아버지는 하룻날 웅기(雄基)서 들어온 행인에게서 무슨 소문을 들었던지, 땅을 치면서 통곡을 하였고, 이날부터 병이 갑자기 덜혀 그만 이 아들의 깎은 머리 위에 사뽀를 한번 씌워보지 못한 채 하와이, 고오베(神戸), 낭아사끼(長崎), 서울 등지에 널려 있는 동지들에게 소식 한 장 전하지 못한 채 불붙듯 급한 이상을 품기만 한 채 밤중단 걸친 파도소리 고요한 이국 창 밑에서 삼십오세를 일생으로 한 많은 눈을 감고 말은 것이다.(7~8면)

아버지는 어느 날 행인에게 어떤 소문을 듣고 "땅을 치면서 통곡을 하였고"(7면), 그 길로 병이 심해져 숨을 거두고 만다. 전기적 사실을 고려하면, 이태준의 아버지는 1909년 8월 28일에 죽음을 맞았다. 그

---

36 오미일, 앞의 책, 102면.

가 "사방에 흩어져 있는 동지들과 연락"(7면)을 취하면서 "불붙듯 급한 이상(理想)"(8면)을 품은 채 무엇인가를 도모하고 있었다는 점을 고려하면, 그가 전해 들은 소식은 1909년 7월 12일에 대한제국과 일본이 체결한 기유각서(己酉覺書)에 관한 것일 가능성이 높다. 이 각서로 인해 대한제국은 사법권을 박탈당하게 되었고, 일본은 항일투쟁 세력과 의병을 탄압할 수 있는 실질적인 권한을 갖게 되었다. 이를 계기로 당시 블라디보스토크에 있던 안중근은 이토 히로부미를 암살할 계획을 세우고 하얼빈으로 떠났다. 작품 속 송빈의 가족과 안중근은 같은 시기에 블라디보스토크에 머물고 있었던 것이다. 안중근이 의병활동을 하던 시절 지은 한시는 다음과 같다.

> 사나이 뜻을 품고 나라 밖에 나왔다가
> 큰일을 못 이루니 몸 두기 어려워라
> 바라건대 동포들아 죽기를 맹서하고
> 세상에 의리 없는 귀신은 되지 말게.
> (男兒有志出洋外 事不入謀難處身
> 望順同胞誓流血 莫作世間無義神)[37]

『안응칠 역사』에는 안중근이 직접 쓴 한시인 "男兒有志出洋外, 事不入謀難處身. 望順同胞誓流血, 莫作世間無義神."이 실려 있다. '男兒有志出洋外'로 시작되는 이 시는 『사상의 월야』에 나오는 '男兒立志出鄕關'로 시작하는 한시와 내용적으로 상통한다. 앞서 언급했듯, 이 한시

---

37 안중근, 『안중근 의사 자서전—안응칠 역사』, 범우사, 2000, 79~80면.

는 여러 작자에 의해서 다양한 형태로 변주되어 사용되었다. 그리고 만약 오문천 선생이 '철원애국단 사건'을 주도하다 옥사한 조종대를 모델로 한 인물이라면, 그가 송빈에게 가르쳐준 한시는 이토의 한시가 아니라 그를 암살한 안중근의 한시였을 가능성이 높다. 이 작품이 '국민 총동원령'이 내려진 1940년대에 총독부 기관지인 『매일신보』에 연재되었기 때문에, 이태준은 검열을 우회하기 위해 의도적으로 안중근의 시를 '비슷하면서도 다르게' 작성하고, 이토 히로부미를 거론함으로 당대 조선 독자들이 안중근을 떠올릴 수 있도록 유도했을 수 있다. "나는 안중근이 이등박문을 쏜 곳이 어딘가 하고 벌판과 같이 넓은 플랫폼에 내렸소."[38]라는 이광수의 『유정』의 한 대목처럼, 당시 조선 사람들(그리고 오늘날 한국의 독자들)은 이등박문과 함께 안중근을 자연스럽게 떠올렸을 것이기 때문이다. 제목인 '사상의 월야'는 뤼나아르의 "몽상(夢想)은 사상(思想)의 월야(月夜)다."라는 제사(題詞)의 일부분을 따온 것이다. 송빈이 반복해서 말하는 '카레데'는 '카추샤·에레나·롯데'에서 한 자씩을 딴 수수께끼와 같은 조어로 그만이 알 수 있는 단어였다. 비슷한 맥락에서 『사상의 월야』에서도 중요한 부분이 삭제되어 있거나 수수께끼처럼 감추어져 있을 가능성이 있다.

작품 속에 등장하는 한시를 안중근의 작품으로 간주하게 되면, 이 작품에 대한 기존의 평가는 처음부터 재고되어야 한다. 송빈의 '성장'을 이끄는 것은 제국의 근대적 문명이 아니라, 조선의 식민지 현실을 극복하기 위한 민족주의적 투쟁이라 할 수 있기 때문이다. 이러한 부분에

---

38   이광수, 『유정』, 『이광수전집』4, 삼중당, 1976, 52면.

서 서구의 교양소설과는 차별화되는 '식민지 교양소설'만의 독특한 특성을 발견할 수 있다. 중심인물은 제국의 중심부로 가서 식민지배 현실과 '화해'하는 것이 아니라, 그러한 식민지 현실에 대한 정치적 각성을 통해 자발적 불화의 길을 걷게 되는 것이다. "어디 조선에 문화가 있는가? 문명국 사람의 눈에 돼지우리로밖에는 보이지 않는 저런 똥과 파리와 헌데와 무지와 미신으로 찬 가정이 조선 전 가정의 반이 무어냐? 수효로 치면 십분지 팔구가 될 것이다!"(103면)라고 조선을 폄하했던 송빈은, "일본과 투쟁하여 조선을 찾을 그런 준비로 학문과 사상(思想)을 배우러"(189면)[39] 제국의 중심부로 향하게 된 것이다.

단행본 출간 시 삭제되었던 대목에는 이러한 주제의식이 좀더 구체적으로 나타난다. 동경에서 송빈에게 큰 도움을 주던 미국인 베닝호프는 스코트 홀 강당을 조선청년들에게 대여하는 것을 거부한다. 조선청년들의 집회는 평화적이지 않으며 "연단에 올라가면 공연히 싸우듯 큰소리를 내고 연단을 부시듯 치고 발로 구르기가지 하다가 결국은 싸움도 벌어진다"(115면)는 이유 때문이었다. 맥락상 조선청년들의 집회는 '독립운동'과 밀접한 관련이 있다.[40] 예전 같으면 그러한 조력자의 판단을 순순히 받아들였을 터이지만, 송빈은 조선인들에 대한 편견을 가진 베닝호프의 결정에 반발하며, "앞길이 막연하나 이날 저녁으로 소코트 홀에서 나와버리고"(116면) 만다. 송빈이 개인적인 이익을 포기하고 민

---

39 이 표현은 해방 후의 개작본에 등장한다. 이태준, 『사상의 월야』, 『사상의 월야·법은 그렇지만』, 깊은샘, 1988, 189면.

40 구마키 쓰토무, 「사상의 월야와 일본─이태준의 일본 체험」, 『한국현대문학회』 2009년 제1차 전국학술발표대회, 2009, 233면.

족을 위해 행동하기 시작한 것이다. 그것은 '독립운동'을 주도했던 오문천(조종대) 선생의 뜻을 따르는 것이기도 했다. 그리고 이 대목에서 『사상의 월야』는 연재가 중단되었다. 대부분의 서구 교양소설이 '결혼'이나 '화해', '화합' 등의 행복한 결말로 마무리되는 것과는 달리, 『사상의 월야』는 '파국'의 한복판에서 서사가 중단된다. 이 작품에서는 중심인물이 '세상의 이치'를 깨닫고 그것과 '화해'하는 것으로 마무리 되는 것이 아니라, 식민지 현실을 극복하기 전까지 피식민지인에게 근본적인 화해는 불가능하다는 '파국'의 결말로 마무리되는 것이다.

이태준의 『사상의 월야』는 그동안 '교양소설'의 관점에서 주로 논의되어 왔지만, 몇 가지 측면에서 서구의 고전적 교양소설과는 근본적인 차이가 있다. 우선 서구 교양소설의 중심인물들과는 달리, 이태준 장편소설의 중심인물들은 대부분 성장에 어려움을 겪고 정체되어 있으며, 대부분 조력자의 도움을 필요로 한다. 또한 한 국가 영역 안에서 시골에서 중심도시로 이동하는 서구 교양소설과는 달리, 제국의 외지(外地)에서 내지(內地)로 진입하는 구조를 취한다. 이는 식민지에는 인물이 성장할 만큼 문명화된 장소가 발달하지 못했음을 보여주며, 제국의 중심부로 향할 때에도 제국에 의해 건설된 근대적 교통수단의 도움 없이는 이동할 수 없음을 의미한다. 피식민지인인 중심인물은 제국의 도움을 받지 못하면 온전하게 발전할 수 없다. 또한 서구 교양소설이 대부분 '결혼'이나 '화해'로 마무리되는 것과는 달리, 이태준의 작품은 '결혼'이나 '연애'에 실패하고 연재가 중단되거나 불완전한 상태로 마무리되는 경우가 대부분이다.

이러한 특성들을 고려해서 이태준의 『사상의 월야』를 살필 때, 주목할 것은 작품 속에 등장하는 이토 히로부미가 썼다는 한시(漢詩)의 의미이다. 기존의 많은 연구자들은 이 한시를 근거로 송빈의 사상이 이토 히로부미의 사상을 그대로 닮아 있으며, 『사상의 월야』를 '자발적 친일'내지 '반민족적 작품'이라 평했다. 이러한 해석에 기반하여 판단하면, 『사상의 월야』는 중심인물이 성장을 이루기 위해 제국의 이데올로기를 내면화하고 자발적으로 제국의 중심부로 향하려는 작품이라 할 수 있다. 그렇지만 이 한시가 이토 히로부미가 쓴 것이 아니다. 오문천 선생의 실제 모델이 '철원애국단 사건'을 주도한 조종대라는 점을 고려하면, 이 한시는 이토 히로부미가 아니라 그를 처단한 안중근이 작성한 것으로 보는 것이 타당하다. 송빈은 개인적으로 성장하는 것이 아니라, 식민지 현실에 대한 정치적 각성을 하게 되며, 피식민지인은 독립을 이루기 전까지는 결코 온전한 '근대인'이 될 수 없다는 깨달음을 얻게 된다.

2. 은폐된 제휴관계와 원죄의식: 『제2의 운명』

『제2의 운명』은 『조선중앙일보』에 1933년 8월 25일부터 이듬해 3월 23일까지 총 201회에 걸쳐 연재된 이태준 최초의 장편소설이다. 대부분의 기존 논의는 이 작품의 인물관계에 주목해 왔다. 김종균은 『제2의 운명』이 동경유학과 귀국 이후의 과정이 상세히 나타난다는 점에서 『사상의 월야』의 속편으로 간주하여 인물 간의 욕망의 삼각구도를 중심으로 분석하였고,[41] 김은정도 비슷한 시각에서 이 작품에서 나타나는 인물 간의 '애정의 삼각구도'와 플롯의 특성을 분석하였다.[42] 그렇지만 이 작품은 기독교적 맥락 속에서 좀더 면밀히 살필 필요가 있다. 이 시기 이태준은 기독교적 모티브가 중요하게 등장하는 작품들을 발표했다. 그는 『구원의 여상』(1931), 「실낙원 이야기」(1932), 「천사의 분노」(1932), 「아담의 후예」(1933), 『성모』(1935) 등 기독교적 색채가 두드러지게 나타나는 작품들을 연이어 발표했으며, 성직자를 중심인물로 한 『청춘무성』(1940)을 연재하기도 했다.

『제2의 운명』은 거부할 수 없는 유혹과 타락, 상징적 차원의 죽음과 부활, 그리고 이후의 제2의 '운명'을 상정했다는 점에서 에덴 동산에서의 추방과 그리스도의 부활 등 다양한 성서적 모티브를 상기시키는 작품이다.[43] 여성 인물 천숙이 '성모(聖母)'에 비유되고, 또 다른 주요 인물인 남마리아가 등장하는 것에서도 이를 확인할 수 있다. 그러므로 『제2의 운명』에서 언급되는 '죄악', '낙원', '유혹', '형벌', '시험', '악마', '참회', '행/불행', '선/악', '운명', '구원' 등의 개념은 기독교적 맥락에서 이해할 필요가 있다. 작가는 이러한 기독교적 상상력을 '은'(恩)과 '충'(忠)

---

41 김종균, 「이태준 장편 '제2의 운명'에 나타난 세계인식」, 『우리문학연구』 제9집, 1992, 182면.

42 김은정, 「상허 이태준의 '제2의 운명' 연구―주체의 욕망과 플롯을 중심으로―」, 『한국문학이론과 비평』 제10집, 2001, 186면.

43 본 장에서는 이태준의 『제2의 운명』(서음출판사, 1988) 단행본을 주요 판본으로 삼고 『조선중앙일보』 신문연재본을 참조하였다. 이후 단행본을 인용할 때에는 페이지수만 표기하고, 신문연재본을 인용할 때에는 횟수와 연월일을 표기한다.

과 같은 유교 전통의 한문맥(漢文脈)과 접맥시킴으로써 독특한 민족주의적 사유를 전개하고 있다.

『제2의 운명』의 필재는 작가 이태준을 연상하게 하는 자전적 페르소나로 동경에서 유학을 하는 지식인 청년이다. 이 작품은 중심인물이 성장하기 위해 공간적 이동을 통해 중심지로 향하려는 지향의식이 강하게 나타난다는 점에서 교양소설로 볼 수 있다. 그렇지만 식민지적 현실로 인해 중심인물이 정상적으로 성장하는 것이 근본적으로 가로막혀 있다는 점에서 일반적인 교양소설이 아니라 '식민지 교양소설'에 해당한다. 서구 교양소설이 자국의 공간 안에서 중심부로 이동한다면, 식민지 교양소설은 식민지를 벗어나 제국의 중심부까지 이동해야 한다. 식민지 내에서는 중심인물의 성장이 충분히 이루어질 수 없기 때문이다.[44] 따라서 이태준의 대부분의 장편소설에서는 제국의 중심부인 동경(東京)을 향하려는 지향의식이 나타난다.

식민지 교양소설은 왜 식민지 지식인들이 일반적인 교양소설의 주인공처럼 온전하게 성장할 수 없는가에 대한 근원적인 질문을 던지며, 그에 대한 궁극적인 해답을 식민지 현실에서 찾으려 한다. 그중에서 『제2의 운명』은 식민지 출신의 청년이 성장하기 위해 제국의 공간으로 향할 때 발생할 수 있는 현실적인 '제휴관계'(affiliation)[45]의 문제를 중점적으로 다루고 있다. 제국과 식민지 간에는 은밀한 '제휴관계'가 은폐되

---

44 Jed Esty, *Unseasonable youth*, Oxford University Press, 2014, p. 6.

45 사이드는 제휴를 "실천, 개인, 계급, 구조 등의 관계망"을 명백하게 드러내는 것과 관련된 역동적 개념으로 정의했으며, 특히 제국과 식민지 간의 은폐된 제휴관계를 밝히는 것의 중요성을 강조하였다. 에드워드 사이드/최영석 역, 『권력 정치 문화』, 마티, 2012, 464면.

어 있으며, 피식민지인은 제국의 권력에 동조하고 그것을 받아들이지 않고서는 식민지 지식인으로 온전히 성장하기 어렵다.[46] 『제2의 운명』에서는 기독교적 모티프를 통해 이러한 관계가 알레고리적으로 제시된다. 특히 친일 조선귀족인 박자작의 금전적 도움을 받아 필재가 동경으로 유학을 떠나는 장면은 에덴 동산에서 아담과 이브가 추방당하는 장면에 비유되고 있다. '동경유학'은 친일 자본과의 결탁 혹은 제휴를 필요로 한다는 점에서 식민지 조선의 지식인들에게 일종의 '원죄'(原罪)에 가깝다. 그렇지만 이태준은 친일 자본의 도움으로 성장한 동경유학생들을 일방적으로 비판하는 것이 아니라, 그들에게 민족주의 운동에 투신하여 헌신함으로써 '구원'받을 수 있는 가능성을 제시하려 했다.

『제2의 운명』의 〈작가의 말〉에서 이태준은 "한 던지어진 운명에 반역하는 생활자"[47]를 그리는 것이 창작 의도라고 밝힌 바 있다. 문학 텍스트를 윤독함으로써 민족의식을 배양할 목적으로 1930년대 후반 춘천에서 결성되었던 '상록회'에서 이태준의 『제2의 운명』를 주요 교과서로 삼았다는 사실도 이 작품의 정치적 성격을 잘 보여준다.[48] 총 17개 장으로 구성되어 있는데, 주요 장소는 경성(1장)–동경(2~5장)–경성(6장~14장)–철원(15~17장) 등으로 변화한다. '오다큐 에노시마 선'과 '동임간

46 빌 애쉬크로프트/이석호 역, 『포스트 콜로니얼 문학이론』, 민음사, 1996, 15~7면.

47 "제2의 운명. 그것은 벌써 운명의 부정이겠습니다. 한 던지어진 운명에 반역하는 생활자의 행정을 가리킨 것으로 그런 운명의 개조자 그런 억센 의지의 성격자 하나를 창작해 보려는 것이 나의 의도란 것만 미리 말씀할 수 있습니다." 이태준, 「작가의 말」, 『조선중앙일보』, 1933년 8월 24일.

48 문한별, 「일제강점기 민족운동과 문학 텍스트의 연관성 고찰–춘천중학교 '상록회' 사건을 중심으로」, 『한국문학이론과 비평』 제63집, 2014, 190면 참조.

도시'가 등장하고, 봉명학교와 관련된 기사가 언급되는 것 등을 고려하면 작품의 시간적 배경은 1930년대 초반으로 추측할 수 있다. 1장의 경성은 태고의 이미지가 강하게 나타나는 '에덴'과 같은 공간으로 그려지며, 2장부터 등장하는 동경은 현실적이고 타락한 공간으로 그려진다. 민족주의 계열의 봉명학교가 위치한 철원은 '제2의 운명'을 살아갈 수 있는 구원의 공간으로 표상된다.[49] 『제2의 운명』에서 중심인물들의 정체성은 공간의 이동과 언어의 변화 양상과 긴밀하게 연결되어 변화한다. 제국주의에 의해 '언어와 문학과 문화와 영토' 간의 상호 연결이 강화되기 때문이다.[50]

　　이른 봄날의 이른 아침, 그리고 서울 일원에서는 제일 먼저 아침이 열리는 동대문 밖 청량리의 들이었다.
　　전차에서 나리어 홍릉 가는 길로 이삼 마정 걷노라면 왼편으로 배암이 기어간 자리처럼 가느단 지름길이 하나 갈라져 달아나면서 지나는 사람의 걸음을 유혹한다. 걸음이 그리로 끌리어 들어서면 얼마 안 가 가끔 파랑새가 앉았다. 날러가는 연못이 하나 있고 그 연못을 지나면 길이 차츰 숙어지면서, 이것도 고인 물인가 싶

49　『제2의 운명』의 공간 분석을 시도한 앞선 논의로는 김택호의 연구가 있다. 그는 동경을 중심인물들의 "성숙을 위한 통과의례의 공간"으로 긍정하고, 경성을 "윤필재와 심천숙의 정신적인 사랑이 파괴되는 현장이자 박순구가 심천숙을 차지하고자하는 음모를 꾸미고 실행에 옮기는 공간"으로 부정적으로 평가하였다. 김택호의 논의를 따르면, 『제2의 운명』의 필재는 경성보다는 동경을 긍정적인 장소로 인식하고 그곳을 지향하는 인물로 간주될 수 있다는 점에서 재고될 필요가 있다. 김택호, 『이태준의 정신적 문화주의』, 월인, 2003, 164~5면 참조.

50　월터 D. 미뇰로/이성훈 역, 『로컬 히스토리/글로벌 디자인』, 에코리브르, 2013, 368면 참조.

게 기름처럼 소리없이 흐르는 고요한 시내가 있다. 시내에는 두 사람이 건느려면 서로 손을 잡아주어야 될 듯싶게 뒤뚝거리는 징검다리가 있는데 그 다리를 건너서 축동을 올라서면 거기는 절로 솔밭 속이 된다.(14면)

인용 대목은 경성을 무대로 한 '1장: 추억의 한 구절'의 한 장면이다. 소제목에서도 알 수 있듯, 1장에는 중학 시절 '소년'과 '소녀'의 순수했던 시절의 추억이 담겨 있다. "이른 봄날의 이른 아침 그리고 서울 일원에서는 제일 먼저 아침이 열리는 동대문 밖 청량리"(14면)라는 대목에서 태고(太古)의 이미지를 느낄 수 있다. 고유명이 아니라 일반명인 '소년'과 '소녀'로만 불리는 중심인물들은 순수 조선어만을 구사한다. 그러나 2장부터는 서사는 시공간적으로 비약하여 장소는 동경으로 옮겨지고 성인이 되어 나란히 동경으로 유학을 온 필재와 천숙의 모습이 그려진다. 동경 유학 이후에는 "아무튼 그런 기모찌[気持; 기분]로 사드린거니까요. 허허 돈데모나이[とんでもない; 당치 않아요]……."(38면) 등과 같이 조선어와 일본어(혹은 영어)가 뒤섞인 혼성구문이 나타난다.[51] 이러한 점에서 1장에서는 원죄를 짓기 이전의 '소년'과 '소녀'의 순수한 이미지와 경성의 태고의 이미지가 부각되어 있다.

소년과 소녀는 전차를 타고 "맑은 물속과 같이 고요하고 깨끗한"(25면) 청량리로 나간다. 그리고 "전차에서 나리어 홍릉 가는 길로 이삼

---

51 혼성구문은 한 문장 안에 "두 가지 발언, 두 가지 어법, 두 가지 스타일, 두 가지 '언어', 두 가지 세계관(의미 및 가치상의)이 혼합되어 있는 발언"을 의미한다. 미하일 바흐친/전승희 외 역, 『장편소설과 민중언어』, 창작과비평사, 1988, 116면.

마정 걷노라면 왼편으로 배암이 기어간 자리처럼 가느단 지름길이 하나 갈라져 달아나면서 지나는 사람의 걸음을 유혹한다"(14면)라는 문장이 나온다. 소년과 소녀는 홍릉(洪陵)을 향해 걷다가 '뱀'이 기어간 자리처럼 나 있는 지름길에 '유혹'을 당해 "걸음이 그리로 끌리어"(14면) 간다. 이 장면은 에덴 동산(경성)의 순수했던 '아담'(소년)과 '이브'(소녀)가 뱀의 유혹을 받고 금단의 열매를 따고 그곳에서 추방당하는 기독교적 모티브를 담고 있다. '홍릉가는 길'은 소년 소녀의 순수했던 시절을 상징하는 장소로 이태준의 자전적 소설인 『사상의 월야』에서도 유사하게 그려졌다.[52]

눈여겨 볼 것은 전차를 타고 이곳에 들를 때마다, 소녀가 소년 몫의 차비까지 지불한다는 점이다. 전차의 차장은 "오누이 같으면 오래비가 돈을 쓸텐데……"(16면)라며 의아해한다. 이 대목에서 소년이 무일푼의 고아라는 점이 부각되며, 이후에도 그가 금전적 유혹에 쉽게 흔들릴 수도 있는 상황에 놓여 있음을 암시한다. 이 장면 이후에도 "긴 배암과 같이 조심스런 침묵이 지나갔다"(70면)거나 "꿈틀거리는 배암이나 본 듯 소름이 끼침을 느끼였다"(189면) 등 다양한 장면에서 '뱀'의 이미지가 반복해서 나타나는데, 이는 특히 중심인물들이 동경(東京)에서 물질적 유혹에 직면하게 되는 경우에 두드러진다.

박자작은 귀찮기는 하나 한편으로 자기의 인덕이라 여기어 '너희들이 내 생전에만은 기껏 뜯어먹어라' 하였다. 그래서 가회동(嘉會洞)에 있는 대궐 같은 자기집을 중심으로 집이 나는 대로 기와

---

52 "송빈이는 길 한가운데서 모새를 밟으며, 은주는 길 한녘에서 풀을 밟으며, 지나가는 것은 나비뿐인 홍릉 가는 길을 걷는다." 이태준/상허학회 편, 『사상의 월야』, 소명출판, 2015, 146면.

집을 샀다. 초가집이면, 불평이 없게 기와집으로 고치어서까지 한 채씩 들어있게 하고 살리는 것이었다. 게다가 공부시키는 학생도 적지 않았다. 반드시 '내 생전에만, 내일이라도 나 죽으면 고만'이란 약조로 동경(東京)이나 경도(京都)까지 유학시키는 학생도 여러 명이었다. 윤필재와 강수환이도 그중에 한 사람들이다.(28면)

'서사적 현재'에서 중심인물들은 모두 동경유학생이 되었다. 윤필재와 심천숙은 어린 시절의 '소년'과 '소녀'이다. 박순구는 박자작의 아들로 필재의 친구이지만 그의 연인인 천숙을 재력(財力)으로 유혹하려는 인물이다. 그리고 순구를 돕는 '책사(策士)'로 강수환이라는 인물이 있다. 필재, 수환 등은 모두 조선귀족인 박자작의 후원을 받는 동경유학생이다. '일천 만원' 가량의 재산을 축재하고 가회동에 대궐 같은 집을 짓고 산다는 박자작은 당대 '조선 최고의 갑부'로 불리던 대표적 친일파 민영휘를 자연스레 떠올리게 한다.[53]

이태준은 휘문고보 재학 당시 교주(校主)인 민영휘의 독재적 모습에 반발하여 동맹휴업을 주도하여 퇴학당한 경험이 있었다.[54] 이처럼 실제 이태준은 친일파 귀족에 굴복하지 않고 저항했지만, 『제2의 운명』의 필재는 박자작의 재정적 도움을 받아 동경유학생이 된 것으로 그려진다. 이처럼 동경유학이 부정적으로 재현되는 이유는 1920년대 이후 '친일 지식인'을 후

---

53 민영휘는 노골적인 친일행위로 자작 직위를 받은 후 가회동에 대저택을 지었고 자신의 호를 따서 '휘문고등학교'를 설립했다. 소설 속 박자작이 동경(東京)이나 경도(京都)로 학생들을 유학시켰던 것처럼, 민영휘도 민족시인 정지용을 경도로 유학시키는 등 여러 학생들을 경제적으로 후원했다.

54 1924년의 휘문고보 동맹 휴업 사건으로 이태준을 포함한 주모자 3명은 퇴학 처분을 그밖의 11명은 무기정학 처분을 받았다. 「退學願을—齊提出」, 『동아일보』, 1924년 6월 25일.

원·양성하고 동화시키려는 목적으로 일제가 동경유학을 정책적으로 활용했기 때문이다.[55] 이 시기 일제는 유학생 후원의 주체를 민간단체 등으로 변경하여 조선인 유학생들의 심리적 거부감을 최소화하기 위해 노력했다.

친일 인사인 박자작도 이러한 정책적 판단에서 조선인 유학생들을 후원했을 가능성이 높다. 그는 자신이 파견한 유학생들을 "우리 녀석들"(104면)이라 칭하고 귀애하며, 그중에서 자신의 사윗감을 고르려고 한다. 그는 고학생들을 후원하는 것을 자신의 '인덕'(德)이라 표현한다. 민영휘의 도움을 받아 일본 교토에서 유학을 할 수 있었던 휘문고보 출신의 정지용이 그러했듯, 친일파 박자작의 경제적 도움을 받고 동경 유학을 경험한 필재는 상당한 심적 괴리감을 느꼈을 것이다.[56] 신호(神戶)에서 유학을 한 남마리아의 경우도 크게 다르지 않다. 그녀는 '반교비생'으로 칠백 원 가량을 빌려 유학을 다녀왔지만 갚지 못한 돈이 "아직도 삼백 원 가량이나 남아" 있었고 "학교에 공부한 빚"(389면) 대신 모교에서 교사 생활을 한다. 당시 사립학교의 조선인 교사의 월급은

---

55 정미량, 「1920년대 일제의 재일조선유학생 후원사업과 그 성격」, 『한국교육사학』 30권1호, 2008, 70면.

56 정지용은 휘문고보 시절에 교지 『휘문』의 초대 학예부장을 맡았으며, 이태준은 제2대 학예부장을 맡았을 정도로 두 사람은 절친했다. 이 둘은 구인회와 〈문장〉을 같이 이끌었던 평생의 동지였지만, 휘문고보 시절에는 서로 다른 선택을 하였다. 이태준이 민영휘의 횡포에 반발하여 동맹휴학을 주도하다 퇴학을 당했던 것과는 달리, 정지용은 우수한 성적으로 휘문고보를 졸업하고 민영휘의 후원으로 6년 간 신호(神戶)에서 유학생활을 했다. 이후에는 모교로 돌아와 영어선생으로 16년 간 재직할 정도로 친밀한 관계를 유지했다. 정지용의 이러한 행보는 일본 유학을 경제적으로 후원해준 모교(그리고 민영휘)에 대한 '보은'(報恩)의 성격이 강했던 것으로 보인다. 이숭원, 『정지용』, 문학세계사, 1996, 186면 참조.

50원이 채 되지 않았다.[57]

이처럼 중심인물들은 친일 조력자의 도움으로 동경으로 유학을 떠나 근대적 문물을 접하고 성장한 동경유학생들이다. 필재 스스로 자신을 "일본서 나온 윤필재"(224면)라고 소개하는 것에서 알 수 있듯, '근대의 요람'인 일본은 이미 그들의 정체성의 일부를 이루었다. 이들은 경제적으로 언제나 누군가의 도움을 필요로 하는 기생적 존재들이다. 고학생이었던 이태준도 휘문고보 재학 시절과 동경 유학 시절 내내 주변 친지들의 경제적 원조를 받았던 점을 고려할 때,[58] 경제적인 문제는 이태준이 극복해야 할 가장 큰 난관 중의 하나였을 것이다. 작품 속에서 가장 빈번하게 등장하는 단어는 '돈'이다. 필재는 박자작의 지원으로 동경 유학 생활을 한 후 귀국하여 손형진의 자본을 토대로 잡지사업을 시도하고, 이후에는 '무명 씨'가 매달 보내오는 오십 원으로 살아가며, 그가 내놓은 오백 원의 자금으로 관동의숙의 재건 문제도 해결할 수 있게 된다. 결국 결말부에서 '무명 씨'가 박자작의 며느리가 된 옛 연인 천숙이라는 것이 밝혀지는데, 이는 필재가 제국과의 제휴관계를 근본적으로 뿌리칠 수 없는 상황에 놓여 있음을 보여주는 것이다.

57　1920년대 사범학교를 나온 조선인 선생들은 47원의 월급을 받았고, 일본인들은 그보다 60%나 더 많은 75원을 받았다. 배경식, 『기노시타 쇼조, 천황에게 폭탄을 던지다』, 너머북스, 2008, 45면.

58　황해도 은율의 홍진식, 경상도 밀양의 박일보, 김천 출신의 김연만 등이 이태준에게 경제적인 도움을 준 것으로 알려져 있다. 안재성, 『실종작가 이태준을 찾아서』, 푸른사상, 2015, 51면.

〈그림 10〉 박준구는 돈을 통해 자신의 주변 사람들을 지배하고자 하는
인물이다.(『제2의 운명』 8회, 1933년 9월 1일)

    필재에게 박자작의 경제적 도움은 거부할 수 없는 '악마의 유혹'
(teufelspakt)[59]에 가깝다. 그것을 받아들인 필재에게 박자작은 거부하거
나 뿌리칠 수 없는 절대적 존재로 다가오게 된다. 필재는 박자작을 "의
리상 영원히 발을 끊을 수 없는 은인"(209면)이라 지칭하고, "생전 내려
놓을 수 없는 무게 하나를 어깨에 느끼며"(209면) 살아간다고 말한다.
친일파의 경제적 원조를 받은 그는 박자작의 말을 거역하지도 못하고,
동경(東京)이나 식민지 현실을 비판적으로 바라보지도 못한다. 그는 어
떠한 구체적인 평가도 섣불리 내리지 못하는 판단불능의 상태에 놓여
있다. 그는 "자작이 이렇게 돌봐주는 것"을 거부할 자신도 없고 "잠자

---

59   프랑코 모레티/성은애 역, 『세상의 이치』, 문학동네, 2005, 398면.

코 받자니 뒷날에 자작의 품은 뜻을 거역할 것"(137면)이 두려워진다. 박자작은 당사자의 의견과는 상관없이 그를 자신의 사위로 삼아 가족 구성원으로 포섭하고자 한다. 『제2의 운명』은 '협력 대 저항'이라는 이 분법적 사고를 벗어나, 식민지 지식인들이 현실적인 문제를 극복하기 위해 불가피하게 타협 혹은 협력할 수밖에 없었던 한계들을 부각시키고 있다. 이처럼 『제2의 운명』은 제국과의 '은폐된 제휴관계' 없이는 근대 문물을 경험할 수 없었으며, 제국의 중심부인 동경(東京)으로 가지 않고서는 충분한 근대적 교육을 받을 수도 없었던 식민지 조선의 엘리트들이 겪어야 했던 이율배반적 상황과 내적 갈등을 기독교적 원죄(原罪) 모티브로 형상화한 작품이라 할 수 있다.

필재는 박자작의 아들인 순구와 함께 동경 서부의 신주쿠(新宿) 방면 외곽에 거주한다. 필재와 박자작과의 관계는 그의 아들 순구에 의해 더욱 복잡하게 전개되기 시작한다. 순구가 막대한 재력을 토대로 필재의 연인인 천숙을 가로채고자 하기 때문이다. 그는 천숙에게 값비싼 다이아몬드 반지를 선물한다. 이때 다이아몬드 반지를 '후지산'에 비유하는데, 이는 순구(그리고 박자작)의 재력이 친일적 성격의 자본임을 암시한다. 『파우스트』의 메피스토펠레스처럼 박자작은 "육화(肉化)된 돈"[60]에 가깝다. 필재와 천숙은 그러한 '금단의 유혹'을 쉽게 벗어나지

---

60 마르크스는 자본가를 '자본이 인격화한 것'으로 간주했다. 그는 '자본가란 자본의 담지자'라고 불렀는데 이는 자본가가 자본을 지배하는 것이 아니라 자본이 증식하고자 하는 스스로의 의지를 인격화한 것이 자본가라는 의미였다. 이러한 자본가의 특성이 가장 잘 드러난 것이 괴테 『파우스트』의 메피스토펠레스라 할 수 있다. 박자작도 이와 크게 다르지 않다. 프랑코 모레티, 앞의 책, 211면 참조.

못하고 "너무나 거대한 고민"(113면)에 사로잡히게 된다. 동경유학생이라는 신분 자체가 친일 자본가와 어느 정도 제휴관계를 맺지 않고서는 쉽게 얻을 수 없는 것이기 때문이다. 이처럼 『제2의 운명』은 식민지 지식인이 공유할 수밖에 없었던 원죄의식과 그것을 극복하고자 하는 내면의 갈등 등을 세밀하게 포착하여 그려내고자 했다.

심용언이 자신의 여동생 천숙을 박자작의 아들인 순구와 결혼시키겠다고 하자, 필재는 "재판소에서 중한 선고를 받고 감옥으로 돌아가는 죄수"(60면)와 같은 심정으로 충격을 받는다. 그는 "무서운 형벌을 앞에 놓은 죄수"(142면)와 같은 처지가 된 것이다. 그는 친일 자본가의 경제적 원조를 받았던 '원죄'(原罪)로 연인인 천숙을 빼앗기는 '무서운 형벌'을 받게 되었다고 생각한다. 수환은 필재에게 순구가 "은인의 아들이란 걸 잊어서는 안 될 처지"(65면)임을 주지시킨다. 박자작의 경제적 원조로 동경유학생이 된 이상, 그 은혜를 잊지 말고 천숙을 포기하라는 의미이다. 이 작품의 특징은 조력자와 적대자가 기묘하게 결합되어 있다는 것이다. "남의 은혜로 공부한 것"(383면)이라거나 "은인의 아들"(65면)이라는 표현에서 알 수 있듯, 이 작품에서 '은혜'(恩)는 문맥상 금전적 원조를 의미한다. 그러자 필재는 다음과 같이 반박한다.

"은혜는 고리대금과 다른 것일세. 은헨 다시 이익을 거둬들이자고 자본을 들이는 건 아닐세. 박자작의 아들이라고 해서 은혜를 갚는 뜻으로 천숙을 양보하란 셈인가? 그건 박자작의 자선심을 더럽히는 것이요, 또 심천숙이를 한낱 은혜의 품앗이 물건으로 아나? 양보 양보 하니 사랑에 무슨 놈의 양보가 있단 말인가? 그건 사람을 사랑한 것이 아니라 개나 돼지를 사랑했단 말인가, 양보하고 어쩌고…남이 양보한다고 가고 안 한다고 안 가고 천숙은 그런 개성이 없는 동물은 아닐 걸세. 제가 순구가 좋으면 내가 죽는다고 해도 갈거요. 제나 내가 좋으면 순구가 박자작의 재산을 다 팔아들고 덤벼도 나한테로 올 것 아닌가. 난 천숙을 양보할 권리가 없거니와 또 내가 단념하고 않는 것이 천숙의 행동에 하등 영향을 주지도 못할 걸세."(66면)

친일파의 금전적 도움을 받은 동경유학생에게 '은혜'의 문제는 쉽게 해결할 수 없는 원죄와도 같은 것이다. 필재는 "박자작이 우릴 도와주는 건 학비"(66면)뿐이라고 강조하지만, 그것은 단순히 돈의 문제에 그치지 않는다. 필재는 결국 '악마와의 거래'의 반대급부로 천숙을 포기할 수밖에 없는 처지에 놓인다.[61] 동경유학생이었던 필재와 마리아는 자신이 받은 도움에 대해 어떠한 형태로든 '보답'해야만 한다. 그래서 필재는 "가능한 데까지는 박자작에게의 의리를 지키고"(146면)자 한다. 결국 필재는 순구의 제안을 거절할 수는 없었기에, 동경을 벗어나 천숙과 '사랑의 도피'를 시도한다. 그렇지만 필재는 박자작의 손아귀를 쉽게 벗어나지 못한다.

천숙은 그저 대답이 없이 생글거리며 창밖만 내다본다. 필재는 아까부터 속으로는 '에노시마'로 가는 것이거니 짐작하였다. 그건 천숙이가 '에노시마'에 한 번 갔다 온 일이 있기 때문이다. 이번 봄에 학교에서 단체로 갔다왔는데 가끔 필재에게 '에노시마' 이야기

---

61 조선 귀족에 의해 사랑하는 여인을 빼앗기게 되는 설정은 『사상의 월야』에서도 유사하게 나타난다. 이 작품에서 송빈은 '후레데리꾸 백작'이라고 불리는 유팔진에게 사랑하는 여인을 빼앗긴다.

를 했다. 무시무시하게 높은 절벽 위에다 음식 파는 정자들을 지어놨는 데 거기 앉아서 끝없는 태평양을 내다보는 맛은 어지러울 만치 통쾌스러웠다 하며 언제든지 한 번 둘이서 같이 가보자고 해오던 곳이었다.

그래서 아마 멀–리 바다를 전망할 수 있는 거기로 가서 무거운 우울을 날려버리고 둘의 사랑을 더욱 굳게 맹세하고 오려는 것이거니 여기었다.

그러나 천숙은 아직 '에노시마'는 먼 곳에서 일어섰다.

"여기서 내류?"

천숙은 고개를 끄덕이었다.

"어딘데?"

차가 머물기를 기다려 필재는 정거장 이름부터 찾으니 동임간도시(東林間都市)라 쓰여 있었다. 내리면서 보니 정거장 밖에는 집 하나 얼른 눈에 띠이지 않는 숲만 무성한 황원이었다. 정거장을 나서니까야 깨끗한 식료품점이 두어 집 있고 무성한 잡목 숲 속으로 새로 닦은 큰길이 티였는데, 그 초입에는 '동임간도시 입구'라는 말뚝이 서고 세놓는 별장 광고들, 주택지 광고들, 우유 광고들, 그리고 임간도시의 안내표 등이 세워 있었다.(78–79면)

그들은 오다큐 에노시마선(小田急江ノ島線)을 타고 동경을 벗어나고자 했다. 이 노선이 개통된 것은 1929년으로 작품의 시간적 배경과 대체로 일치한다. 1장에서 소년과 소녀가 경성의 교외인 청량리로 전차를 타고 갔던 것처럼, 이번에는 성인이 된 필재와 천숙이 기차를 타고 동경의 교외로 나아간다. 필재는 천숙이 정하는 목적지로 같이 따라가기로 한다. 천숙은 목적지를 밝히지 않은 채 '가마쿠라'와 '에노시마' 방면

으로 떠나는 열차를 탄다.[62] 필재는 자신과 천숙의 처지를 열차의 궤도에 빗대 생각한다. 그는 "지금은 같이 만나 한 자리에서 한 궤도(軌道) 위를 달아나고 있지만, 자기들의 일생을 이와 같이 한 궤도 위에 달리기 위해서는 목전에 어떠한 계획을 세우지 않으면 안될 형편"(77면)이라는 것을 깨닫는다. 그는 '에노시마'에 가서 "멀—리 바다를 전망할 수 있는 거기로 가서 무거운 우울을 날려버리고 둘의 사랑을 더욱 굳게 맹세하고 오려"(78면)고 한다.

당시 에노시마(江ノ島)는 아직 본격적으로 개발되지 않아 '낙원'의 이미지를 간직한 곳이었다. 그렇지만 어렸을 때 소년과 소녀가 홍릉을 가는 길에 마주친 "배암이 기어간 자리처럼 가느단 지름길"(14면)에 의해 유혹을 받았듯, 이번에도 이들은 에노시마에 훨씬 미치지 못하는 '동임간도시'(東林間都市)역에서 하차하게 된다. '뱀'의 유혹이 또다시 반복된 것이다. 그곳은 언뜻 보면 "집 하나 얼른 눈에 띠이지 않는 숲만 무성한 황원"(79면)처럼 보이지만 "그 초입에는 '동임간도시 입구'라는 말뚝이 서고 세놓는 별장 광고들, 주택지 광고들, 우유 광고들, 그리고 임간도시의 안내표 등이 세워"(79면)져 있었다. 필재가 지향하는 곳과 천숙이 선택한 장소가 상이하다는 것은 이들이 추구하는 '궤도'가 어긋나기 시작했음을 의미한다.

---

62 이태준은 1929년에 발표한 「도보 삼천리」에서 자신이 '가마쿠라' 일대를 여행한 적이 있음을 밝혔다. 이태준, 「도보 삼천리」, 『학생』, 1929년 6월.

〈그림 11〉 임간도시구획평면도

　'동임간도시'는 1929년 발표된 '임간도시 계획'(林間都市計画)에 의해
조성된 100만 평 규모의 고급 전원도시 지역이었다.[63] 작품에서 묘사되
는 것처럼 "새로 닦은 큰길"이 놓여 있고 "이 구석 저 구석에 흰 벽과
붉은 지붕의 그림 같은 주택들"(79면)이 조성되어 있었고 테니스장과 골
프장 등도 갖추어진 곳이었다. 이곳은 동경의 인구를 분산시키고 교외
연선 지역을 발전시키기 위해서 전략적으로 조성된 '인공낙원'이었다.
필재는 천숙에게 "오다규데 닝예마쇼(오다규로 도망갑시다)하는"(78면) 유
행가가 있지 않았느냐고 묻는다. 이 노래는 1929년에 발표된 〈동경행
진곡〉으로 4절 가사에는 "영화를 볼까요 차를 마실까요/ 차라리 오다
큐선을 타고 도망갈까요/ 달라진 신주쿠 저 무사시노에는/ 달도 백화

63　오다큐 전철(小田急電鉄) 홈페이지의 「小田急80年史」 참조. http://www.
　　odakyu.jp/company/history80/01.html

점 지붕에 뜨네요."[64]라는 대목이 나온다. 필재와 천숙은 스스로 주체적으로 판단하고 동경을 벗어나 도피할 수 있다고 믿었지만, 실제로 이들은 당시 유행가 가사처럼 충동적으로 '사랑의 도피'를 한 것에 불과했다. 결국 동임간도시에서 돌아온 필재와 천숙은 서로 다른 길을 걷게 된다.

고급 휴양지인 임간도시를 지향했던 천숙은 물질적인 공세에 굴복하여 '변절'하게 된다. 이후 그녀는 "참 돈이 좋긴하다!"라며 "돈의 예찬"(98면)을 펼치기 시작한다. 반면 에노시마를 지향했던 필재는 여전히 정신적 가치를 지향하며 살아간다. 각 인물들이 지향하는 공간이 다르다는 것은 이들이 추구하는 궁극적인 가치가 일치하지 않음을 보여준다. 동임간도시는 인위적으로 만들어진 '인공낙원'에 가까운 곳으로 물질적인 풍요로움으로 사람들을 유혹하는 공간이다. 천숙은 그러한 유혹에 또다시 사로잡히게 되지만, 필재는 그것을 거부하고 자신만의 '잃어버린 낙원'을 되찾기 위해 귀국한다.

『제2의 운명』에서 인물들의 정체성 변화는 공간적 지향의식의 변화와 함께 그들이 사용하는 언어의 변화 양상을 통해서도 나타난다. 특히 두 언어가 한 구문에서 혼합되어 나타나는 '혼성구문'에 주목할 필요가 있다. 혼성구문은 제국과 식민지 간의 제휴적 관계에 대한 은유로 등장한다. 제국의 언어는 토착어에 비해 엄청나게 압도적인 힘을 갖게 되며, 이들 언어 사이에도 위계구조가 형성된다.[65] 필재에게서 천숙

---

64 미리엄 실버버그/강진석 외 역, 『에로틱 그로테스크 넌센스』, 현실문화, 2014, 14면.

65 미우라 노부타카 외, 『언어 제국주의란 무엇인가』, 돌베개, 2005, 56면.

을 빼앗은 순구는 일본어를 가장 자주 사용하는 조선인이다. 그는 천숙과 결혼을 하면서 필재에게 "아마리 기오 와루꾸스루나요(너무 기분 나빠하지 말게)"(135면)라거나 "기오 와르꾸스부나요(언짢게 생각 말게)"(154면)라고 일본어로 말을 건넨다. 반면 순구의 결혼을 도운 수환은 "뭘! 자네도 오메데도(축하하네)."(211면) 등과 같이 조선어와 일본어의 혼성구문을 주로 사용한다. 이들과 대화할 때 필재도 일본어를 부분적으로 사용한다. '제1장'에서 소년과 소녀가 순수 조선어만을 사용했던 것을 고려하면, 일본어 중심의 언어를 구사하는 순구와 수환 등을 상대하면서 필재의 언어도 변화한 것으로 볼 수 있다. 필재는 천숙이 박 자작의 가족 구성원이 된 후 그녀의 이름이 "어려운 외국어처럼 얼른 입밖에 나"오지(141면) 않는다고 말한다.

식민지 조선인은 일본인과 대화하기 위해서는 공식 언어인 국어(일본어)를 사용하지 않을 수 없었다. 천숙이 순구에게 시집간 날, 상심한 필재는 스스로를 달래기 위해 밤새 경성 시내를 돌아다니다 새벽 3시가 넘어 어느 선술집에 들어간다. 그곳에서 순찰을 돌던 일본인 순사와 마주치게 된다. 그 순사는 이 작품에서 처음으로 등장하는 일본인으로 필재와 일본어로 대화를 나눈다. 그들의 대화는 식민지 조선에서 일본인과 조선인이 조화롭게 살아가는 것이 근본적으로 불가능하다는 사실을 우회적으로 드러낸다.

필재는 한잔 약먹듯 쭉 드리켰다.
"한잔 더 따르람쇼?"
"더 따루……"

하는데 골목을 지나던 시커먼 그림자가 하나 우뚝 섰다. 나중에 들어오는 것을 보니 순사요 말하는 것이 일본 순사였다.

"난—다?(뭐시야?)"

하고 순사는 멸시하는 눈총으로 필재의 아래 위를 훑어보았다. 그리고 필재가 얼른 대답도 없고 뻐젓이 섰기만 하니까 또 소리를 질렀다.

"난다 오마에?(뭐냐 네가?)"

"히도다요(사람이다)."

하고 필재는 그냥 뻐—뻣이 섰다.

"이마고로 사게노무 야쓰가 도꼬니 아루까?(지금 술먹는 놈이 어디 있어?)"

"고꼬니 아루쟈나이까(여기 있지 않느냐)."

순사는 필재의 말이 떨어지자마자 필재의 뺨을 올려부쳤다. 그리고,

"고이(가자)."

하고 필재의 손목을 붙들더니 '지금이 몇신데 술을 파느냐'고 주모를 한참 닦달을 하고는 필재를 끌고 나왔다.

필재는 순사가 하자는 대로 따러가서 어느 파출소 마루에서 뺨 두어 개를 더 얻어맞고 이름을 적히고 꿇어앉어 밤을 새고 나왔다.(156면)

이 대목에서 서술자는 이 순사가 일본인임을 강조한다. 그리고 이 대목은 작품 전체에서 일본어 대화가 오랫동안 이어지는 유일한 부분이기도 하다. 일본인 순사가 "난다 오마에?(뭐냐 네가?)"라고 묻자 필재는 "히도다요(사람이다)"(156면)라고 일본어로 대답한다. 평범해 보이는 이 문답은 식민지 조선의 사회에서 지배자인 일본인과 피식민지인인 조

선인 간에 놓여 있던 폭력적 위계구조를 가시화한다. 필재가 스스로를 '[조선인도] 사람이다'라고 대답하는 장면은, 그동안 피식민지인이 인간 다운 대접을 받지 못했다는 사실을 드러내는 것이다.

이 작품에서 비판적으로 바라보는 대상은 비단 일본인(일본어)만이 아니다. 조선에 들어온 서양인(영어)들의 고압적인 태도도 비판의 대상이 된다. X여고보에서 교사생활을 하던 필재는 서양인 교장이 한 학생에게 정학처분을 내리려 하자 반발하게 된다. 미국인 교장은 영어 수업 시간에 "홧 플라워 이스 잍?"[What flower is it?](292면)을 번역하는 과정에서 조선어로 '무슨 꽃이오 이것이?'로 옮겨야 한다고 가르친다. 영어의 어순을 기준으로 조선어 단어들을 배치해야 한다는 것이다. 그렇지만 한 학생은 조선어의 어순에 맞게 '이것이 무슨 꽃이요?'라고 번역하는 것이 바람직하다고 주장했다. 이러한 실랑이 속에 교수는 자신의 말에 복종하지 않았다는 이유를 들어 그 조선인 학생에게 정학처분을 내리려고 한다. 이에 필재는 "번역이란 건 어디까지 번역하는 그 지방말을 표준으로 해야"(293면)한다고 주장하면서 조선인 학생의 입장을 옹호한다. 번역은 그것을 수용하는 나라의 실정에 맞게 전환하는 과정이 되어야 한다는 것이다.

필재는 조선어를 일본어와 영어라는 강력한 두 제국의 언어와의 관계 속에서 사유한다. 식민지 조선에서의 근대화가 서구(혹은 일본)의 문명을 '번역'하여 받아들이는 "언어횡단적 실천"의 과정이라고 할 때,[66] 그 수용과정의 주체는 서구나 일본이 아니라 조선이 되어야 한다고 그

---

66 리디아 리우/민정기 역, 『언어횡단적 실천』, 소명출판, 2005, 58면.

는 주장하는 것이다. 이러한 언어적 자의식을 통해 필재는 식민지 현실에 대해 각성하기 시작한다. 그리고 그는 "자기에게 통일되지 않은 두 개의 '나'가 존재해 있음"(220면)을 비로소 깨닫게 된다. 그러면서 그는 단종과 세조 사이에서 번민했던 신숙주와 사육신 그리고 고려 말기의 정몽주 등의 역사적 인물들을 연달아 떠올린다.

> "사람은 모두 다르다!"
> 하였다. 피를 가지고 머리와 수족을 가진 외양은 같으되 속사람, 마음의 형상은 서로 다르리라 깨달았다. 그래서 어떤 사람은 육신의 안락을 자기의 안락으로 여기는 것이요 어떤 사람은 마음의 안락을 자기의 안락으로 여기는 것이라 하였다. 사육신(死六臣) 같은 이들은 마음의 안락을 자기의 안락으로 취한 사람들이요, 신숙주(申叔舟) 같은 사람은 마음보다 몸의 안락을 자기의 안락으로 취한 것이거니 생각하매 문제는 단순한 것이었다.
> "마음에 더 충실하겠느냐? 몸에 더 충실하겠느냐?"
> 이것만 생각하면 고만이었다. 그리고,
> "어느 것에 충실하든 나를 위해 사는 것임엔 틀림이 없다!"
> 하였다. 아무리 정몽주(鄭夢周)가 고려(高麗)를 위해 죽었다 하더라도 첫째는 자기의 마음의 안락을 위해 죽엄, 아니 삶이라 하였다. '몸이 자기'가 아니라 '마음의 자기'에게 충실했음이라 생각하였다.(220면)

작품의 서두에서 소년 소녀가 지향하는 장소는 홍릉(洪陵)이었다. 대한제국의 황제였던 고종과 명성황후가 잠들어 있던 홍릉으로 가는 길에 '뱀'의 유혹을 받는다는 설정은 의미심장하다. 에덴 동산에서의 추방은 '복된 죄'(felix culpa)라는 역설적인 표현으로 설명되기도 한다.[67] 이는 아담과 이브가 선악과를 먹고 나서야 비로소 '선'과 '악'을 구분할 수 있는 능력을 갖게 되었기 때문이다. 마찬가지로 필재는 동경유학을 온 후 사랑하는 연인 천숙을 박자작(의 아들)에게 빼앗기고 나서야 비로소 "오직 인간의 양심에서만 건설된 문화일진댄 이 세상은 선이니 악이니 의니 불의니 하는 말부터도 생길 리 없고 오직 낙원이라야 할 것이 아니냐?"(222면)라는 질문을 스스로에게 던지게 된다.

서술자가 이야기하듯, 사람은 마음에 충실하거나 몸에 충실하며 살아갈 수 있다. 작품에서 언급되는 신숙주는 자신의 영달을 위해 섬기던 왕을 배신하고 세조의 편에 섰지만, 정몽주와 사육신은 '마음'에 충실하기 위해 자신들의 목숨을 바쳤다. 어원상 충(忠)은 곧 '자기 자신을 다하는 것'(盡己之謂忠)을 의미한다.[68] 이러한 맥락에서 '충실'은 문맥상 '충성'으로 이해될 수 있다.[69] 앞서 필재가 박자작의 경제적인 도움을 받은 것을 '은혜'라 표현한 것과 구분된다. 민영휘가 자작 직위와 막대한 '은사금'(恩謝金)을 받은 것에서도 '은'(恩)의 함의를 짐작할 수 있다. 이 작품에서 주요한 가치를 담은 어휘들은 완곡한 형태로 변형되어 언급된다. 이처럼 필재의 의식 속에서 '충'이나 '은'과 같은 유교적 가치가 중요한 비중을 차지하고 있다는 것은, 그가 조선 사대부의 한문맥(漢文

---

67 테리 이글턴/이미애 역, 『문학을 읽는다는 것은』, 책읽는수요일, 2016, 198면.

68 김인규, 「충사상의 본질과 한국적 전개」, 『퇴계학논총』 18권, 2011, 124면.

69 필재가 "오직 박자작에게 충실하기 위하야 마음에 없는 정구를 일생의 반려로 맞이할 것인가"를 고민하는 대목이나 수환이 "사실 공을 바라지 않는다면 내가 무엇하러 필재와 원수를 사서까지 너에게 충실할 것이냐?"라고 생각하는 대목에서 충실은 충성으로 치환될 수 있다.

脈)적 전통 속에 위치하고 있음을 의미하는 것이다.[70] 이태준은 이 작품에서 '충'과 '은'과 같은 유교적 가치를 '속죄'와 '구원'의 기독교적 모티브와 결합시켜 식민지 지식인이 진정으로 추구해야 할 가치의 문제를 제시하고 있다.

여기서 '충'(忠)과 '은'(恩)의 구분은 중요하다. 필재는 박자작에게 은혜를 받기는 했지만 그에게 충성하려고는 하지 않기 때문이다. 필재는 "결국 박자작에게의 정의(情義)는 끊어질 운명의 것"(144면)이라고 말한다. '은'(恩)이 물질적 가치라면 '충'(忠)은 정신적 가치에 가깝다. 그가 학생들을 인솔해서 정몽주가 죽음을 맞았던 개성의 선죽교 일대로 수학여행을 다녀온 후 교사직을 그만두고 민족주의 계열의 관동의숙으로 떠나는 것도 이러한 맥락에서 이해할 수 있다. 자신이 본래 지향하던 곳을 향해 나아가려 끊임없이 노력하는 필재는 "마음의 나를 진정한 나로 섬기리라"(223면)고 다짐한다. 그렇지만 그것을 실행하는 것은 그리 쉽지 않다. 사육신이나 정몽주처럼 "의(義)를 위해 몸이 육시처참을 당한지라도 눈도 깜작하지 않을"(221면) 정도로 굳건하게 뜻을 세우기는 어렵기 때문이다.

이 작품은 일본의 식민 지배를 받는 시대에 식민지 지식인들이 변절하여 일본에 협력하고 개인의 안위를 취할 것인가(恩), 아니면 그러한 물질적인 풍요로움을 거부하고 조선인으로서의 정체성을 지키며 살아갈 것인가(忠)에 대한 질문을 동시대 독자들에게 던지고 있다. 유교적 관점에서 동경유학생은 자신들을 지배하는 국가의 선진문화를 적극

---

70   사이토 마레시/황호덕 외 역, 『근대어의 탄생과 한문』, 현실문화, 2010, 32면.

적으로 수용하면서 성장한 인물들이라는 점에서 '충'(忠)을 저버린 배신자로 간주될 수도 있다. 그렇지만 이태준은 기독교적 모티브를 통해 이들의 선택이 일종의 '원죄'에 해당할지라도 이후에 구원받을 수 있는 가능성이 있음을 역설하고 있다. 동경유학생들은 친일일사들에게 물질적 후원이라는 '은혜'(恩)은 받았을지라도, 그들에게 정신적으로 '충성'(忠)했던 것은 아니기 때문이다.

결국 필재는 X여고보의 교사직을 사직하고 관동의숙에서 민족주의적 교육을 실현하고자 한다. 필재가 '15장: 운명의 신문지' 장에서 우연히 읽게 되는 기사의 제목은 「철원의 역사 오랜 학교 관동의숙의 비운」이다. 그는 이 신문이 언제 어디에 실린 것인지를 파악하려고 하지만 "날짜가 있을 데는 모두 찢어져 달아났고 또 무슨 일보인가를 살피어도 제호(題號)가 달린 페이지도 아니"(356면)어서 확인할 수 없었다고 했다. 이처럼 이 대목은 표면적으로는 철저하게 역사적 맥락을 감추는 듯하지만, 실제로는 그러한 표현을 통해 이 대목이 동시대의 역사적 맥락을 그대로 반영하고 있음을 역설적으로 드러낸다. 이태준이 졸업한 철원의 봉명학교에 관한 거의 동일한 내용이 1929년 『동아일보』에 실렸기 때문이다.

> 철원군하 율리리에 있는 사립 관동의숙은 독지 정근하 씨가 이미 구한국시대에 창립하야 장근 사십여 년간 사오백의 총준을 길러내인 광휘있는 역사적 교육기관인 바, 기미년 사건 당시에 창립자요 경영자이던 정씨가 해외로 잠적하였고, 또 그 뒤로 동 의숙의 유일한 재원이던 정씨 문중의 몰락으로 인하야 관동의숙은 경영난에 빠진 지는 벌써 오래다. 그러나 졸업생들과 기타 유지들

의 비분한 발기로 후원회가 조직되어 일시는 근근히 현상 유지만
은 하여왔으나, 그후 동회 역시 해마다 심해가는 경제공황으로 상
당한 재단을 이뤄보지 못하고 유야무야로 지나오던 중 최근에 이
르러선 비품(備品)의 불비와 유자격 교원 부족 등의 조건으로 관
동의숙은 학교 허가의 철회설(撤回說)까지 들리기에 이르렀다. 아
직 허가 철회설의 유근 무근은 알 수 없거니와 만일 이 관동의숙
이 문을 닫고 마는 날이면, 관동의숙 자체의 역사도 아까운 일일
뿐더러 현재 백여 명의 무산 아동은 취학의 길이 영구히 끊어지고
마는 것이다. 이에 동 의숙 직원들과 학부형들은 초조한 우려 중
에서 다만 유력자들의 시급한 후원이 있기만 바랄 뿐이라 한다.(이
태준, 『제2의 운명』, 356면)

강원도 철원군 용담에 있는 사립 봉명학교는 창립 이래 이십
여 년간을 이봉하 씨의 노력으로 경영하여 오다가 씨의 형편이 어
찌할 수 없게 된 까닭에 이리저리로 운동을 하여 학교의 운명을
연장시키고저 팔방으로 활동 중이었으나 동지의 인사들도 냉연할
뿐 아니라 경성에 올라와서도 안재홍, 최규동 씨외 수십 인으로
후원회를 조직하여 활동 중이나 이렇다할 만한 효과를 아직까지
얻지 못한 중에도 당국에서는 내월말일까지에 제반 설비를 충실
히 하지 아니하면 취소를 하겠다는 명령이 내리었음므로 이봉하
씨는 각 방면으로 최후의 노력을 경주한다는 데 뜻있는 이의 교육
계를 위한 동정이 있기를 바란다더라.(「철원 봉명학교 박두한 최후
운명」, 『동아일보』, 1929년 10월 26일)

『제2의 운명』에서 필재는 이 '운명의 신문지'를 접하고 자신의 '제2
의 운명'을 깨닫게 된다. 1932년 발표한 한 글에서 이태준은 "봉명학교
(鳳鳴學校)는 망해 없어지고 천진스럽게 장난할 궁리밖에 모르던 모든

죽마(竹馬)들은 대개는 생업을 찾아 동으로 서로 흩어졌다"[71]며 안타까워했다. 3·1 운동 이후 철원애국단을 조직하여 일제에 저항했던 봉명학교의 설립자 이봉하는 이태준의 오촌숙이었다. 그가 '철원애국단 사건'의 주모자로 1921년 수감된 후 민족주의 계열의 봉명학교는 퇴락의 길로 접어 들었다.[72]

신문에서 관동의숙의 안타까운 사연을 우연히 접하게 된 필재는 그 길로 철원 용담(율리리)으로 찾아간다. 그렇지만 그곳은 그가 기대했던 장소가 아니었다. 용담의 풍경은 "동남간에 홀립한 부사산(富士山) 모양의 뫼뿌리는 만만의 조종인 듯 운천을 뚫고 솟아 있었다"(366면)고 묘사된다. 앞서 순구가 천숙을 유혹하기 위해 샀던 다이아몬드가 '후지산'을 닮은 것으로 묘사된 것처럼, 봉명학교가 위치한 용담 일대도 '후지산'에 비유된다. "관동의숙인 듯한 일본 기와에 유리창한 집"(366면)이라는 묘사에서 알 수 있듯, 이 일대에도 일본적인 분위기가 지배적이 되었다. 필재는 관동의숙에 방문하여 "동경의 '긴자'나 '마루노우찌'를 연상시키는 도회 여성"(368면)인 동경유학생 출신의 교사 최경희를 만나게 된다. 이처럼 용담은 모든 부분들이 필재가 기대했던 것과는 어긋나는 곳이었다.

이처럼 몰락한 학교를 다시 일으켜 세우기 위해 "필재는 관동의숙의 바깥 주인처럼, 마리아는 관동의숙의 안주인처럼"(393면) 의기투합한다. 그리고 "필재가 와 있는 날부터는 그 용담이란 동네는 낙원과 같

---

71   이태준, 「용담 이야기」, 『신동아』, 1932년 9월.

72   최원식, 「철원애국단 사건의 문학적 흔적: 나도향과 이태준」, 『기전어문학』 10-11집, 1996, 203면.

이 몽매간에 그리워지던 동네"(392면)로 변모하게 된다. 이 대목에서 남마리아는 관동의숙의 재건 비용을 마련하기 위해 노력하다가 숨을 거두게 되는데, 그녀의 죽음은 예수의 희생적 죽음을 떠올리게 한다. 이를 통해 관동의숙에는 '낙원'의 이미지가 비로소 되살아나게 된다. 천숙은 어렸을 때부터 영어자전의 'hero' 항(項)에 필재의 어릴 적 사진을 끼워 놓고 자신만의 '영웅'으로 생각해왔다. "일본서 나온 윤필재"라고 스스로를 소개하던 동경유학생 출신의 필재는 '동경—경성—철원'의 공간적 이동과 '일본어—영어—조선어' 간의 언어적 자각을 통해 성장하며 "영웅의 윤필재"(113면)로서 '제2의 운명'을 개척해 나가게 된다. 이처럼 『제2의 운명』은 제국과의 제휴관계를 통해 성장할 수밖에 없었던 식민지 지식인들의 숙명적 한계와 원죄의식을 다루며, 민족주의 운동에의 투신을 통해 그러한 근본적 한계를 극복할 수 있는 방안을 모색하고자 한 작품이라 할 수 있다.

지금까지 이태준의 장편소설 『제2의 운명』에 나타나는 다양한 기독교적 모티브를 동경유학생들이 가졌던 '원죄의식'과 구원의 가능성에 초점을 맞춰 살펴보았다. 식민지 시기 많은 작품들이 동경유학생을 중심인물로 하고 있지만, 이 작품처럼 동경유학생들이 가질 수밖에 없었던 현실적 고민과 정신적 부채의식 등을 구체적으로 드러낸 작품은 많지 않다. 제목에서도 기독교적 색채가 두드러지는 『제2의 운명』은 거부할 수 없는 유혹과 타락, 중심인물의 죽음과 부활, 그리고 제2의 '운명'을 상정한다는 점에서 기독교적 상상력이 저변에 깔려 있는 작품이다.

서두의 순수한 '소년'과 '소녀'의 모습은 에덴 동산의 아담과 이브를 연상하게 한다. 그들은 친일 조력자의 도움으로 동경으로 유학을 떠나게 되는데, 이는 뱀의 간교로 선악과를 따먹고 에덴동산에서 추방당하게 되는 아담과 이브의 운명을 그대로 닮았다. 친일 조력자인 박자작은 민영휘를 모델로 한 인물로 보인다. 동경 유학생인 필재에게 그의 경제적 도움(제휴)은 거부할 수 없는 '악마의 유혹'에 가깝다. 박자작의 아들인 순구는 필재의 연인인 천숙을 사모하고, 필재는 '악마와의 거래'의 반대급부로 그녀를 포기할 것을 강요받게 된다. 필재와 천숙은 동경을 벗어나 사랑의 도피를 하려 하지만 결국 되돌아온 후 헤어지게 된다.

『제2의 운명』에서 공간과 더불어 주목할 또 다른 차원은 언어이다. '일본어-영어-조선어' 간에도 대립적 관계가 나타나며, 특유의 혼성구문도 나타난다. 언어적 자의식을 통해 필재는 식민지 현실에 대한 각성하기 시작한다. 특이한 점은 이태준이 이러한 기독교적 모티브를 '은'(恩)과 '충'(忠)과 같은 전통적인 유교 가치와 접맥시켜 사유한다는 점이다. 그는 '은'(恩)을 물질적인 가치로 '충'(忠)은 정신적인 가치로 각각 정의한 후, 비록 동경유학생들이 친일인사들로부터 '은혜'를 받기는 했지만 그들에게는 '충실'할 필요가 없다는 논리를 펼쳤다. 그는 신숙주와 사육신 그리고 정몽주 등의 역사적 인물들을 거론하며 이러한 논리를 구체화한다. 동경유학생들은 친일인사들의 경제적 도움을 받았다는 점에서 '원죄'를 저지른 것이지만, 민족주의 운동에 투신함으로써 그러한 원죄를 극복하고 '구원' 받을 가능성이 있음을 작가는 주장하고자 했다.

3. 제국의 외부에서 사유하기: 『불멸의 함성』

　『불멸의 함성』은 몇 가지 측면에서 이태준의 다른 장편소설과는 차이가 있다. 우선, 작가가 연재를 시작하기 전 〈작가의 말〉에서 이 작품이 특정 모델을 토대로 한 일종의 '모델소설'임을 분명히 밝히고 있다. 둘째, 이 작품에서는 작가가 직접 체험하지 않은 공간인 미국이 주무대로 펼쳐진다. '존스 홉킨스 의대'에 진학하기 위해 태평양을 건너 유학을 떠나는 중심인물의 여정이 상당히 세밀하고 구체적으로 묘사되었다. 더욱이 식민지 시기 조선인이 태평양을 거쳐 미국으로 이동한다는 것은 '일본 제국'의 영역을 벗어나 어느 나라에도 속하지 않는 공해(公海) 영역으로 나아가는 것을 의미했다. 제국의 외부에서 국제 사회의 실체를 탐색하는 것은 이 작품의 주요 주제 중 하나이다. 마지막으로 중심인물이 '불멸의 함성'이라는 동명의 연설을 하려다 순사에 의해 제지를 당하는 장면이나 신문기사의 내용이 "너무나 심하고 억울한 거짓말"(1:45)[73]로 가득하다거나 "정직해서는 안된다는 세상"(1:77)이라는 대목 등은 작가가 총독부 검열 등의 이유로 자유롭게 발화할 수 없는 특수한 상황에서 이 작품을 집필했음을 보여준다. 그는 동시대 맥락에 밀착하여 독해할 수밖에 없는 '모델소설'의 특성을 살려 "세상 사람이 다 모르는 세계"(1:316)와 시대적 '진실'을 독자들에게 전하고자 했던 것으로 보인다.

---

[73] 본 장에서는 이태준의 『불멸의 함성』 1,2(서음출판사, 1988) 단행본을 주요 판본으로 삼고 『조선중앙일보』의 신문연재본을 참조하였다. 이후 단행본에서 인용할 때에는 권수와 면수만 표기하고, 신문연재본을 인용할 때에는 횟수를 표시한다.

바로 『제2의 운명』을 끝내던 날 저녁, 나에게는 한 손님이 있었습니다. 처음 만나는 중년의 신사로 글을 통하여 나를 친구로 사귀었노라 하고 찾아줌이었습니다. 그리고 십여 시간을 자리를 같이하여 자기가 밟아온 인생, 남달리 파란중첩한 사십 년의 과거 생활과 현재 가정과 사회에 품은 불행한 비밀의 전폭을 지기와 같이 나에게 설파하였습니다. 나는 감격하였습니다. 한 독자로서 한 작가를 그렇게까지 믿어줌에 감격하였고 인생의 괴로움과 슬픔을 혼자 몰아맡은 듯한 그의 거대한 고민에 눈물을 머금지 않을 수 없었습니다. 소설이란 인생의 기록, 감격성이 있는 인생 생활의 기록일 것입니다. 이렇듯 감격되는 한 인생기(人生記)를 얻을 때 소설을 쓰는 나의 붓은 약동하지 않을 수 없습니다. 그러나 소설은 어디까지 뉴스와 같은 구속은 없는 것이니 모델에서 다만 한 인물의 성격을 발견했을 뿐, 인물의 행동이나 사건의 전개는 오직 작가의 임의일 것은 여기 말씀해 둡니다.(『조선중앙일보』, 1934년 5월 7일)

이태준의 『제2의 운명』은 1933년 8월 25일부터 이듬해 3월 23일까지 총 201회에 걸쳐 『조선중앙일보』에 연재되었다. 그는 "『제2의 운명』을 끝내던 날 저녁"에 한 '손님'이 자신을 찾아왔다고 밝히고 있다.[74] 그는 40대의 "중년의 신사"로 "남달리 파란중첩한 사십 년의 과거 생활"

---

74 그 손님이 찾아온 날이 작품 연재를 끝내던 시점을 의미한다면 '1934년 3월 23일'이 될 것이고, 집필을 끝낸 시점을 의미한다면 그보다는 조금 이른 시기가 될 것이다. 그렇지만 『불멸의 함성』의 삽화를 담당했던 노심산(盧心汕)이 "매일 매일 혹은 그 전날 저녁 혹은 그날 편집시간의 1∼2시간 전에 내 손에 [당일 원고를] 쥐어준다"고 불평하는 것을 보면, 집필 시점과 연재 시점은 큰 차이가 나지 않았을 것이다. 노심산, 「신문소설과 삽화가」, 『삼천리』 제6권 제8호, 1934년 8월.

을 경험한 인물로 "불행한 비밀"을 간직하고 있다. 이 날 만난 손님의 이야기를 듣고 이태준은 "감격되는 한 인생기(人生記)"를 얻어 그것을 '모델'로 하여 『불멸의 함성』을 집필하게 되었다는 것이다. 『불멸의 함성』은 동일 신문에 한 달 반 정도 지난 1934년 5월15일부터 연재를 시작하여 1935년 3월 30일까지 총 259회까지 이어진 작품이다. 이태준은 한 회고에서 "『제2의 운명』이 끝나자 한 10여일을 쉬어서는 곧 『불멸의 함성』을 썼다"[75]고 했다. 그렇다면 그는 『제2의 운명』의 집필을 마치고 십여 일 정도 쉰 후, 곧장 『불멸의 함성』의 집필에 착수한 것이다. 별다른 휴식기나 준비기를 갖지 않았던 이태준이 자신이 경험하지 못한 미국(그리고 태평양)을 무대로 한 조선인 유학생의 이야기를 연재할 수 있었던 것은 이러한 '모델'이 있었기 때문에 가능했을 것이다(미국유학의 서사가 본격적으로 전개되는 것은 작품의 후반부인 180회부터이다). 이태준은 평소에도 소설은 "오직 한 인물을 발굴해서 문헌이 착색해 주는 대로 그 인물의 성격 하나를 포착할 뿐"[76]이라고 했을 정도로 '인물'을 중시했다. 또한 신문연재소설의 특성도 고려해야 한다. 이태준은 소설가가 신문연재소설을 쓸 때, 한 작품을 완결하여 독자에게 제공하는 것이 아니라 매일 한 회씩 쓰는 방식이기 때문에 "처음 3, 40회량까지는 작가 마음대로 [작중인물을] 요리를 하지만 그 다음부터는 작중인물을 작가 자신이 따라가게"[77] 된다고 했다. 작중인물이 신문연재소설의 이

---

75 이태준 외, 「동아, 조선 양 신문에 소설 연재하던 회상」, 『삼천리』 제12권 제9호 1940년 10월, 185면.

76 이태준, 「역사」, 『무서록』, 박문서관, 1941.

77 일기자, 「장편작가 방문기(2), 이상(理想)을 어(語)하는 이태준 씨」, 『삼천리』, 삼

야기를 스스로의 힘으로 이끌어가게 된다는 것이다. 그러므로 『불멸의 함성』의 '모델'을 쉽게 간과해서는 안 된다.

물론 작가가 〈작가의 말〉에서 '모델'의 존재를 언급하는 것조차 일종의 전략일 수 있다. 많은 소설가들은 독자들이 자신의 작품을 허구가 아니라 실제 이야기로 착각하도록 하기 위해 다양한 방법을 고안해 왔다. 자신은 편집인에 불과하며 누군가의 실제 이야기를 전달하는 것뿐이라거나, 우연히 어떤 문서를 발견하여 그것을 전하는 것뿐이라고 말하는 것이 대표적이다.[78] 그렇지만 이러한 전략은 작품의 허구적 성격이 강해 독자들이 쉽게 믿을 수 없을 것이라고 판단했을 때에 주로 쓰인다. 『불멸의 함성』은 굳이 그러한 설정을 하지 않아도 독자들에게 충분히 사실적인 이야기로 받아들여졌을 것이다. 더욱이 그는 이 작품이 "모델에서 다만 한 인물의 성격을 발견했을 뿐, 인물의 행동이나 사건의 전개는 오직 작가의 임의"에 따라 이루어졌다고 밝혔다. 즉 '한 인물'의 성격을 취했을 뿐 나머지 부분은 허구적 성격이 강하다는 것이다. 또한 그의 처녀작 「오몽녀」를 소개할 때에는 모델소설이 아니라고 분명히 밝히고 있는 점 등을 볼 때, 『불멸의 함성』의 경우에는 그의 말처럼 실제로 모델이 있었을 가능성이 높다.

『불멸의 함성』은 그의 자전적 소설인 『사상의 월야』의 플롯과 유사해 보인다. 그의 "13편의 장편은 하나같이 남녀의 삼각관계를 기본 갈등구조로 하는 연애소설의 범주"[79]에 속하는 것으로 간주되어 왔고, 기

천리」 제11권 제1호, 1939년 1월.

78 Lennard J. Davis, *op.cit*, p. 177.

79 장영우, 앞의 책, 83면.

존의 논의들은 이런 특성을 주요하게 다루어 왔다. 그렇지만 이 작품에서 정작 중요한 것은 반복되는 부분이 아니라 특이하게 변주되어 나타나는 양상일 수 있다.[80] 이 부분이 『불멸의 함성』 텍스트에서 '모델'에 기반한 부분일 가능성이 있기 때문이다. 이 작품을 "가장 통속적인 연애소설"[81]이 아니라 '모델소설'로 간주하여 독해하면, 그동안 주변부적으로 혹은 서사적 결점으로 간주되어온 것이 실제로는 '은밀한 장점'이었음이 드러나게 되며, 중요한 것으로 간주되어온 특성들은 주변부로 밀려나게 된다.[82]

『불멸의 함성』은 『사상의 월야』와는 유사하면서도 다르다. 특히 공간에 대한 인식과 이동 양상에서 중요한 차이가 나타난다. 우선 『사상의 월야』의 송빈은 동경유학생의 강연 모습을 보고 감명을 받아 스스로 동경으로 떠나게 된다. 그에게는 "미국보다도 우선 동경이, 태평양보다도 우선 이 현해탄을 건너는 것만도 여간 큰 감격"이[83] 아닐 수 없었다. 그렇지만 두영은 이미 동경유학생으로 조선 각지를 돌며 강연을 펼친 후 태평양을 건너 미국으로 유학을 떠나게 된다. 송빈은 조선과 일본 사이의 영해(領海)인 '현해탄'을 건너며 사상의 변화를 겪지만, 두영은 공해(公海)인 '태평양'을 건너며 더 큰 세계를 인식하게 된다. 현해탄

---

80 이와 관련하여 프로이트의 『꿈의 해석』을 살펴볼 수 있다. 그는 꿈 이야기를 분석에서 결정적인 요소는 "꿈 이야기들 속에서 항상 동일하게 남아 있는 어떤 것이 아니라 말할 때마다 이야기가 자꾸 달라지는 바로 그 양상"이라고 주장했다. 슬라보예 지젝, 『전체주의가 어쨌다구?』, 새물결, 2008, 294면.

81 장영우, 앞의 책, 110면.

82 제임슨은 이러한 과정을 '변증법적 반전(反轉)'이라 칭했다. 프레드릭 제임슨/여홍상·김영희 역, 『변증법적 문학이론의 전개』, 창작과비평사, 1997, 308면.

83 이태준, 『사상의 월야』, 『한국장편소설대계』 17, 태학사, 1988, 106면.

이 일본 제국 내부의 바다라면 태평양은 어느 국가에도 속하지 않는 자유로운 공간이다. 말하자면, 『불멸의 함성』은 『사상의 월야』에서 중심인물 송빈(작가 자신)이 이루지 못한 소망들을 대신 성취하려는 이야기라 할 수 있다. 이태준은 자신의 좌절된 꿈을 모델인물의 "거대한 고민"과 "감격성이 있는 인생 생활의 기록"을 통해 대리충족하고자 했다고 볼 수 있다. 『사상의 월야』에서 조선에서 일본으로의 이동이 주를 이뤘다면, 『불멸의 함성』에서는 동양에서 서양으로의 이동이 핵심을 차지한다. 『사상의 월야』에는 「현해탄」, 그리고 『불멸의 함성』에는 「태평양을 건너」가 각각 한 장(章)으로 삽입되어 있다.

〈그림 12〉 태평양을 건너 미국으로 향하는 두영
(『불멸의 함성』 185회, 1934년 12월 17일)

『불멸의 함성』에서의 독특한 부분(미국 유학의 서사)은 그동안 그리 큰 주목을 받지 못했다. 무엇보다 이 부분이 전체 서사에 이질적으로 삽입된 듯한 느낌을 주기 때문이다. 분량 상으로 보더라도 총 20장 중에서 5개 장(14장~19장, 총259회 중 72회분)에 불과하다. 그래서 일부에서는 "공간배경이 미국으로 옮겨진 뒤 두영과 정길의 사랑타령으로 전환하면서 작품의 통일성이 깨지고 통속적 연애소설로 추락"[84]했다거나 "역사적 현실들은 사라져 있다"[85]고 비판하기도 한다. 그렇지만 『사상의 월야』가 작가의 자전적인 작품으로 간주되어 작가의 이력과 행적과의 긴밀한 관련 속에서 독해되어온 것과 대비해 볼 때, 특정 인물을 모델로 한 『불멸의 함성』 논의에서 정작 그 부분에 대한 언급이 빠져있다는 사실은 문제적이다.

이태준이 〈작가의 말〉에서 모델을 직접 언급했으므로, 그 당시 독자들은 『불멸의 함성』의 실존 모델을 추측하려고 노력했을 것이고, 이러한 과정을 통해 이 작품은 동시대의 역사·사회적 맥락과의 긴밀한 관련 속에서 독해되었을 것이다. 사소설과 마찬가지로, 모델소설도 "특정한 문학 형식이나 장르라기보다는, 대다수의 문학 작품을 판정하고 기술했던 일종의 문학적이고 이데올로기적인 패러다임"[86]에 가깝다. 따라서 "어떤 텍스트라도 이 모드로 읽힌다면" 모델소설이 될 수 있다. 회고록이나 자서전과는 달리, 모델소설은 작가의 의도보다는 독자들에게 유통되고 수용되는 과정에 의해 모델소설 여부가 결정된다.[87] 말하자

---

84 장영우, 앞의 책, 109면.

85 양문규, 「'탑'과 '사상의 월야'의 대비를 통해 본 한설야와 이태준의 역사의식」, 『이태준 문학의 재인식』, 소명출판, 2004, 106면.

86 스즈키 토미/한일문학연구회 역, 『이야기된 자기: 일본 근대성의 형성과 사소설 담론』, 생각의 나무, 2004, 31면.

87 Sean Latham, *op. cit*, p. 10.

면, 동일한 작품이라도 모델소설로 간주하면 일반 소설과는 다른 방식으로 독해하는 것이 가능해진다.

형식적으로 보면, 『불멸의 함성』은 전형적인 교양소설의 외양을 갖추고 있다. 중심인물은 성장하기 위해 문명의 중심지로 끊임없이 이동하고자 한다. 작품의 시간적 배경은 그리 분명하지 않다. 초반부의 서사적 현재는 1920년대 중반이지만 과거 회상을 통해 정보가 제시되기도 한다. 초반에 "세계대전 직후"(5회)라는 표현이 나오는데, 이는 1918년 이후의 어느 시점을 의미한다. 식민지 조선의 젊은 사람들은 '신학문'을 배우기 위해 중심지인 경성으로 모여들기 시작했다. 이 부분에서 '남아입지출향관 학약무성사불환(男兒立志出鄉關學若不成死不還)'이라는 구절이 언급되는데, 이 한시는 『사상의 월야』에서도 동일하게 등장한다. 두영은 동경유학생이 되고, 조선 민중을 대상으로 강연을 이어간다.

> "…… 무사태평한 태고적 사회나 현대에 있어서라도 가장 이상적인 국가, 그런 사회라면 모르지만 그렇지 못한 사회, 그 사회에 사는 민중 속엔……"
>
> 하는데 경관의 날카로운 "주의" 소리가 울렸다. 잠깐 멈칫하였던 두영은 다시 침착하게 돌아와 약간 목소리를 낮추었다.
>
> "…… 그들 속엔 언제든지 외침이 있습니다. 거리에 나선 외침이 아니되 그들의 울분한 마음 속엔 잠들기 전에 언제든지 외치는 함성이 있습니다. 여러분 못 들으십니까? 안 들립니까? 이 끊이지 않는 민중의 함성, 이것을 대변해 부르짖어 줄 사람이 누구인가? 우리 젊은 조선의 인테리겐차!"
>
> 하는데 또 "주의" 소리가 났다. 결국 두영은 여기서 더 몇 마디 계속하지 못하고 "중지" 명령을 받고 말았다.(168회)

두영은 동경유학생을 대표하여 '불멸의 함성'이라는 제목의 연설을 한다. 비록 경관의 개입으로 연설은 금방 중단되었지만, 그가 전하고 자 하는 메시지는 비교적 선명하게 드러나 있다. 무사태평한 태고적 사 회나 현대의 이상적 사회가 되지 못한 사회는 곧 '식민지 조선'을 의미 하며 "그 사회에 사는 민중"(168회)은 피식민 조선인을 의미한다. 그들 의 마음 속에는 언제나 외침과 함성이 있으며 그것을 대변해 줄 사람 은 "젊은 조선의 인텔리겐차"(2:52)라는 것이다. 그 함성은 식민지 현실 에 대한 각성과 독립에 대한 염원일 것이다. 그렇지만 그의 연설은 검열 에 의해 차단되어 온전히 전달되지 못한다.

〈그림 13〉 김창세의 귀국 소식
(『동아일보』, 1925년 10월 19일)

동경유학생인 두영은 '조선의 인텔리겐차'로 성장하기 위해 미국의 명문 '존스 홉킨스 의과대학'으로 떠난다. 그는 "우리가 공부하는 건 세 상의 진리를 알자는 것이다. 남이 이미 알아 놓은 것만 암송하기 위해서는 아니다!"(1:50)라고 다짐하며 자신이 직접 국제사회를 경험하고자 한다. 그는 일본 상선을 타고 하와이를 거쳐 샌프란시스코로 향하면서 미국의 한민족 대표들을 만나고 '국민회'에 도움을 받고 『신한민보』에 글을 싣기도 한다. 배 안에서 피식민지인인 필리핀인과 대화를 나누며 동질감을 느끼고, 상해(上海)에 관해 이야기를 나누기도 한다. 이러한 여러 행적들을 종합적으로 고려할 때, 두영과 가장 근사치에 있는 실존 인물은 조선인 최초의 미국 의학박사이자 독립운동가였던 김창세라고 할 수 있다.

김창세(金昌世)는 1893년생으로 『불멸의 함성』이 연재될 시점인 1934년에는 41세였다. 그는 1920년대 초에 중국 상해 임시정부에서 의사로서 독립운동을 했고, 존스 홉킨스 의과대학에서 한국인 최초로 공중보건학 박사를 받았으며, 귀국 후 세브란스 의과대학에서 교수를 지낸 유명인사였다. 그의 박사학위 취득이나 귀국, 주요 활동 등에 관한 소식은 신문과 잡지 등에 속속 기사화되었다. 그가 평범한 의사에 머물지 않고 '보건학'을 전공한 이유는 새로운 국가건설에 공중보건이 반드시 필요하다고 판단했기 때문이다.[88] 또한 그는 안창호의 동서이자 주치의로 긴밀한 사이였다. 작품 속에서 실명으로 등장하는 '국민회'와 『신한민보』 등은 모두 안창호가 설립한 것이었다. 흥사단 단원이자 수양동우회 의사부장(議事部長)을 지낸 김창세는 안창호와 함께 상해에서 독립운동을 했고, 한인 이상촌의 최적지를 물색하기 위해 함께

---

[88] 신규환, 「식민지 지식인의 초상: 김창세와 상하이 코스모폴리탄의 길」, 『역사와 문화』 23호, 2012, 465면.

필리핀을 다녀오기도 했다. 그는 강의나 연구 이외에도 대중 강연에도 적극적으로 나섰다.[89] 그는 의학을 통해 독립운동을 하고자 했고, 서재필, 이광수 등의 민족지도자들과도 두루 친분을 유지했으며 "활동가로 내·외국 인사들 간에 명성"[90]이 높았다.

〈그림 14〉 두영이 존스 홉킨스 대학의 외과과장을 만나는 장면
(229회, 1935년 2월 15일)

『불멸의 함성』의 두영의 모델로 '김창세'를 염두에 두면, 작품에서 드러나는 행간의 의미와 함축적 주제가 보다 선명하게 드러난다. 두영은 자신의 유학을 도와준 미국인 목사에게 "혼자 병원을 내고 돈이나 벌 생각은 아니"기 때문에 "미국에 가서도 틈틈이 사회학에 유의할 생각"(2:82)이라고 밝히는데, 이는 재림교회의 도움으로 미국 유학길에 올라 민족운동의 일환으로 공중보건학을 배우게 되는 김창세의 모습을

---

89   신규환·박윤재, 『제중원 세브란스 이야기』, 역사공간, 2015, 196면.
90   교우록(정일형), 『국민보』 제三千五百一호, 1959년 12월 23일.

그대로 닮았다.[91] 당시 북미유학생총회에서 발행한 국문 기관지 『우라키』(The Rocky)에는 당시 유학생들의 동향이 상세하게 다루어졌다. 학부 과정과 대학원, 박사학위 취득 여부까지 구체적으로 기록되어 있는데, 존스 홉킨스 의과 대학 출신 중 두영과 가장 흡사한 인물은 김창세이다.[92] 두영은 "나는 사회를 위해 바칠 이 몸을 지식으로 높고 마음으로 순결하고 건강으로 튼튼하게 단련시키는 것이 지금에 있어 무엇보다 급무이겠지요."(1:81)라고 말한다. 이는 "건강은 인생이라는 사업의 첫 자본"[93]이라고 강조했던 김창세의 목소리와 공명한다. 이태준은 식민지 지식인으로 국제 사회에 진출하여 민족을 위해 투신했던 김창세의 "이 시대 역사 페이지에 영원히 빛나는 삽화"(1:140)를 형상화함으로써, 기

---

91 신규환, 앞의 글, 452면.

92 존스 홉킨스 의과대학 출신 한인으로는 김창세 이외에도 서재필, 박에스더, 김계봉(金癸鳳), 윤유선 등이 있었다. 이 중에서 김창세가 가장 근접한 인물이지만, 모든 문제가 명확하게 해결된 것은 아니다. 무엇보다 이태준이 〈작가의 말〉에서 『불멸의 함성』의 모델이 된 손님이 『제2의 함성』을 끝냈을 때(1934년 3월경)에 자신을 찾아왔다고 말하는 대목은 좀더 해명해 보아야 할 것이다. 왜냐하면 그는 1934년 3월 19일에 미국 뉴욕에서 사망하였고 그의 부고 기사는 29일경에 조선에 알려지게 되었기 때문이다. 불행히도 그는 1934년 41세에 자살로 짧은 삶을 마감하였다. 김창세는 안창호의 곁에서 의학으로 독립운동의 꿈을 키워왔으나, 윤봉길의 상해 의거 이후 안창호가 검거되자 홀로 남아 그의 구명활동을 하였던 것으로 알려진다. 그 시기에 그가 이태준을 만나러 조선으로 올 수는 없었을 것이다. 그렇다면 이태준은 그를 좀더 이른 시기에 만났었거나, 아니면 직접 만난 것이 아니라 '신문'을 통해 그의 부고 기사를 접하고 작가가 그의 삶에 흥미를 갖게 되었던 것인지도 모른다. 명망높은 의사였던 그의 갑작스러운 죽음이 이태준의 『불멸의 함성』을 촉발시킨 것일 수도 있다. 일례로, 심훈은 농촌계몽운동의 선구자인 '최용신'의 부고 기사를 신문에서 접하고 그를 모델로 하여 『상록수』를 집필하기도 했다.

93 김창세, 「민족적 육체개조운동, 개인의 생활 뿐 아니라 민족 전체의 운명을 지배하는 건강문제」, 『동광』 제1호, 1926년 5월.

존의 한국 근대소설에서는 구체적으로 재현될 수 없었던 제국 외부의 공간을 국제적인 시각에서 그려낼 수 있게 되었다.

두영에게 '동경'(東京)은 자신의 꿈을 충분히 펼칠 만한 곳은 아니었다. 『사상의 월야』의 송빈은 "동경으로 가 보자!"(98면)라는 큰 꿈을 품고 "현해탄(玄海灘)이란 우리의 모든 역사의 바다다!"(106면)라고 감격했지만, 『불멸의 함성』의 두영은 마지못해 "일본으로라도 좀 가볼려"(1:309)한다고 말한다. "그의 '일본으로라도'하는 '라도'가 몹시 딱한 형편에서 방황하고 있는 사람"(1:309)의 심정을 대변한다. 그에게 일본은 지향하고자 하는 이상적인 장소가 아니다. 동경유학생이 된 두영은 좀 더 성장하기 위해 그곳을 떠나 미국으로 유학을 가고자 한다. 그는 일본을 벗어나면서 오히려 편안함을 느낀다. 그는 태평양으로 나아가면서 "어제 일본 근해에서보다 훨씬 잔잔하고 평화"(2:91)롭다고 느낀다.

이 작품에서 '태평양'(太平洋)이라는 바다는 독특한 장소로 기능한다. 바다는 "노동과 삶의 구체적 장소들 사이에 있는 텅 빈 공간"이면서 동시에 "제국주의적 자본주의가 자신의 흩어져 있는 교두보들과 전초 기지들을 연결하는 장"이기도 하기 때문이다.[94] "세상 밖으로 향하면서도 그 안에 있는 대로(大路)"인 바다는 제국주의를 관조할 수 있게 해 주는 장소이다.[95] 한국 근대소설에서 이처럼 바다, 특히 '공해'(公海)가 비중있는 장소로 등장한 경우는 많지 않다.[96] 식민지 시기 대부분

---

[94] 프레드릭 제임슨/이경덕·서강목 역, 『정치적 무의식』, 민음사, 2015, 276~277면.

[95] 프레드릭 제임슨, 위의 책, 276~272면.

[96] 물론 일찍이 이인직의 신소설 『혈의 누』(1906)에서도 옥련이 미국으로 유학가는 장면이 등장하기는 한다. 그렇지만 "횡빈(橫濱)까지 가서 배를 타니, 태평양

172

의 한국 소설 텍스트에 나오는 바다는 '현해탄'(玄海灘)이었다. 식민지 시기 한국 근대소설은 대부분 현해탄과 제국 일본의 영역을 좀처럼 벗어나지 않았다.

공해(公海)상인 태평양은 어느 국가에도 속하지 않으며 '만국공법'(국제법)이 적용되는 중립지대이다. 그러므로 배 안에서 모든 국가의 사람들은 이론적으로는 평등하게 대접받아야 하지만, 실제로는 그렇지 않았다. '만국공법'(萬國公法)의 '만국'은 모든 국가를 뜻하는 것이 아니었기 때문이다. 서구적 기준에서 문명국의 수준에 도달하지 못한 국가나 식민지 국가는 국제법상으로 '주권국가'로 간주되지 않았다.[97] 두영이 타고 있는 '상선'은 민족과 인종 간의 차별이 존재하는 위계적인 공간으로 국제사회의 한 축도라 말할 수 있다. 1, 2, 3등실로 구분되었는데, 가격이 가장 저렴한 3등실에는 대부분 동양인들이 머물고 있으며, 그 안에서도 민족에 따라 다시 구분된다. 갑판 위에서도 삼등객들에게는 "전망하기 좋고 깨끗한 데는 가지 못하게 줄을 띄어"(2:86) 놓았다. 식당 배식도 중국식 음식과 일본식 음식으로 나뉘어 이루어졌다. 반식민지인인 중국사람과 미국의 피식민지인인 필리핀 사람에게는 "아무렇게나 먹이는 것" 같은 중국식 음식을 주고, 일본 사람들에게는 "깨끗이 또 예의있게 대우하는 것" 같은 일본식 음식을 주었다(2:90).

두영은 눈을 부비며 침상에서 내려서 식당으로 갔다. 식당은

넓은 물에 마름같이 떠서 화살같이 밤낮없이 달아나는 화륜선(火輪船)이 삼주일 만에 상항(桑港)에 이르러 닻을 주니 이곳부터 미국이라."와 같이 한 문장으로 처리될 뿐, 태평양의 공간적 성격이 구체적으로 나타나지는 않는다.

97 문준영, 『법원과 검찰의 탄생』, 역사비평사, 2010, 45면.

두 패로 벌어졌는데 한 패는 중국식 음식으로 중국사람과 필리핀
사람들이 먹는 판이요, 한 패는 좀 깨끗해 뵈는 자리인데 일본식
음식이었다. 안내하는 사람은 묻지도 않고 두영은 일본식 식탁에
앉으라 했다. 배에서는 물론 손님의 편의를 보아서 그들의 입성대
로 음식을 주느라고 두 패로 가른 것이겠지만 실제 보기에는 한
군데는 아무렇게나 먹이는 것 같고 한 군데는 같은 정도라도 깨끗
이 또 예의있게 대우하는 것 같아 보였다. 두영은 차라리 아무렇
게 먹이는 그 패에 끼어 그들의 그런 대우를 받는 감정을 같이 체
험하고 같이 동정하고도 싶었다.(186회)

배식을 안내하는 사람은 두영에게 '묻지도 않고' 일본식 식탁에 앉
으라고 했다. 식민지 조선인인 그는 국제법상으로 '일본인'이었기 때문
이다. 그렇지만 그는 "차라리 아무렇게 먹이는 그 패에 끼어 그들의 그
런 대우를 받는 감정을 같이 체험하고 같이 동정"(2:90)하고 싶어 중국
식 음식을 선택한다. 그는 자신에게 주어진 국제법적 신분('일본인')을
받아들이려 하지 않는다.[98] 이처럼 그는 중국 사람과 필리핀 사람 등
식민 지배를 받는 비슷한 처지의 사람들에게 동질감을 느낀다. 두영은
스스로 "나도 사실은 저 필리핀 권투가와 같이 싸우러 가는 것"(2:89)이
라고 되뇌인다. 또한 그는 "구미의 문명을 인류의 이상적 문화"로 생각
하는 "양키화한 필리핀 청년"을 계몽하고자 한다(2:94).[99] 필리핀인이 양

---

[98] 당시 식민지 조선인은 국제법적 관점에서는 일본 신민이었지만, '외지(外地) 호
적'에 등록되어 차별적인 대우를 받고 있었다. 테사 모리스 스즈키/임성모 역,
『변경에서 바라본 근대』, 산처럼, 2006, 185면.

[99] 김창세는 서구 국가들이 이상적인 나라는 아니지만 동양의 국가들보다는 훨씬
더 발전된 나라임은 틀림없다고 생각했다. 그는 다음과 같이 말했다. "무론 나
는 서양 제국(諸國)을 이상적으로 발달된 사회라고는 아니합니다. 그네들에게

키화되었다는 것은 그가 피식민지인이면서도 미국의 지배문화에 정신
적으로 예속되었음을 의미한다.

잘 알려져 있듯, 1905년의 가쓰라-테프트 밀약에 의해 미국과 일
본은 각각 일본의 조선 지배와 미국의 필리핀 지배를 상호 간에 승인
하는 비밀 거래를 맺었으며,[100] 조선인들은 비슷한 처지의 필리핀인들에
게 동질의식을 느끼곤 했다.[101] 필리핀 청년이 자신이 처한 불우한 식민
지 현실을 역설할 때 "두영은 같이 뜨거워진 손을 내밀어 굳게 악수하
고 함께 눈물을"(2:97) 흘리기도 했다. 실제로 김창세는 안창호와 함께
미국의 식민지 통치 상황을 살펴보고 이상촌 대상지를 찾기 위해 1929
년 4월에 필리핀에 가서 3개월 간 머물기도 했다.[102] 그러므로 『불멸의
함성』에서 언급되는 미국 제국주의에 대한 비판은 곧 미국과 밀약을
맺은 일본에 대한 간접적인 비판으로 독해될 수 있다.

> 동동거리는 발동선들이 어느덧 마중 나와 이 미다마루를 부두
> 로 밀어뜨리기 시작하였고 갑판위에는 어디로 기어 올라왔는지 필
> 리핀 사람들처럼 시커먼 하와이 토인들이 나타났다. 그들은 헤엄
> 쳐 나온 듯 몸에는 물투성이로 잠깐 두리번거리고 손님들을 보다

도 많은 흠점이 있겠지오. 결함이 있겠지오. 그러나 우리는 정직하게 그네들
이 우리 보다 많이 많이 우승한 것을 승인하지 아니할 수 없습니다." 김창세, 「과
학과 종교, 과학적으로 알고 종교적으로 행하라」, 『동광』 제12호, 1925년 4월.

100 고마고메 다케시, 「제국의 틈새로부터 생각한다」, 『제국 일본의 문화권력』, 소
화, 2011, 120면.

101 "1933년 경성운동장에서 필리핀 선수와 일본 선수가 권투를 할 때에는, 필리
핀 선수가 유효타를 날릴 때마다 조선인들이 크게 환호했습니다." 최규진, 『근
대를 보는 창 20』, 서해문집, 2007, 90면.

102 안창호, 「비률빈 시찰기」, 『삼천리』, 1933년 3월.

가 손님들의 시선이 자기들에게 미치매 곧 네 길도 더 될 갑판위에서 바다로 내려 뛰었다. 그리고 물속에서 다시 나타나더니 누군지 하나가 은전을 한 닢 내려 던지니까 서로 그것을 향해 미끼를 쫓아가는 오리떼처럼 물속으로 들어갔다. 그러더니 곧 하나가 그 은전을 찾아 입에 물고 올라떴다. 예서 제서 돈이 떨어졌다. 돈이 떨어지는 데로 토인들은 물속으로 따라 들어가 어렵지 않게 찾아 가지고 올라뜨곤 하였다. 그것을 재미있게 내려다보고 잔돈을 아끼지 않는 신사·숙녀들, 그것이 재미는 있되 사람을 개나 오리처럼 놀리는 것 같아서 저윽 우울을 표정하는 사람들, 그중에 섞여 두영이도 약간 우울을 맛보며 돈 던지는 사람들에게 도리어 경멸을 느끼기도 했다.(191회)

배가 항구에 닿자 하와이 토인들이 배 주위로 몰려들었고, 한 승객이 바다에다 은전을 한 닢 던지니까 서로 그것을 향해 오리떼처럼 물속에 뛰어들어갔다. 두영은 승객들이 하와이 토인을 "개나 오리처럼 놀리는 것"(2:102)을 보며 경멸과 우울감을 느끼게 된다. 그는 필리핀인을 처음 보았을 때에 "아주 흑인종처럼 새까맣지는 않으나 일본사람이나 중국사람보다는 훨씬 시커먼"(2:87) 사람이라고 생각했고, "필리핀 사람들처럼 시커먼 하와이 토인들"(2:102)이라고 말하는 등 서구 백인들이 바라보는 오리엔탈리즘적 시선과 다를 바 없는 관점을 갖고 있었다. 그렇지만 서양인들이 "백인종과 유색인종을 우열하여 차별"(2:118)하는 모습을 목도하며 두영은 "인종적 비애"(2:172)를 느끼고 비슷한 처지의 유색인종에게 동질감을 느끼게 된다.

『불멸의 함성』에서 바다는 피식민지인인 두영의 이동을 제한하는 폐쇄적 공간에 가깝다. 미국 본토로 향하는 일본 여객선은 하와이를 경유하는데, 이때 대다수의 승객들이 하선하여 휴식을 취하지만, 두영은 '국제법'에 따라 하선을 할 수 없게 된다.

"미국으로 유학 가십니까?"

했다.

"네."

"참 좋으시겠읍니다. 난 본국서 경응대학(慶應大學)을 마쳤읍니다. 우리 학생 때를 생각해보면 양행하는 분들이 어찌나 부러웠는지요……나는 재작년부터 이 배에서 일을 봅니다."

"그렇습니까? 그런데 삼등에서들도 모두 내리는 모양인데 내게만 그렇게 자유로 할 수가 없다는 말씀은?"

하고 두영은 초조해서 물었다.

"네…… 당신만에게라면 좀 어폐가 있읍니다만 배 규칙으로 좀 곤란합니다. 자기 나라 영사관과 같은 신용할 수 있는 관청에서 신분 기타를 보증하지 않는 분은 배에서 책임지고 상륙시키기가 곤란합니다."

하고 선원은 대답했다.(191-192회)

한 선원은 두영이 하선하는 것은 허락되지 않는다고 통보한다. '본국'에서 게이오대학을 마쳤다는 것으로 보아 그 선원은 일본인임이 분명하다. 그는 "내지(內地)와 같이 자유로 하실 수가 없"(191회)다며 두영이 배에서 내리려는 것을 막아선다. "자기 나라 영사관과 같은 신용할 수 있는 관청에서 신분 기타를 보증하지 않는" 사람이 내리게 되면 "국제상으로 책임은 그 사람을 하와이에다 상륙시킨 배"(192회)가 지게 되기 때문이다. '코리언 애쏘시에슌'(Korean Association), 즉 대한인국민회에서 두영의 보증을 서기로 했지만, 일본 선사는 그 단체를 신뢰할 수 없다고 못 박는다. 이 단체는 한일합방 이후 미주 한인사회를 대표하여 한인의 신분과 지위를 보장하기 위해 1910년 2월에 발족하였다.[103] 그렇지만 국제법상으로 피식민 조선인은 일본인으로 간주되었으며, 일본도 대한인국민회의 대표 자격을 인정하지 않았다.

교양소설의 본질적인 특성은 중심인물에게 주어진 사회적·공간적 이동성(mobility)이다.[104] 그는 자유롭게 이동하며 성장하여 '세상의 이치'를 깨달아 간다. 그렇지만 피식민지인인 두영에게는 그러한 이동성이 국제법에 의해 극히 제한되어 있다. 이는 곧 그가 자유롭게 성장할 수 있는 통로가 막혀 있음을 의미한다. 결국 국민회측에서 상당한 보증금을 내고 교섭한 후에야 두영은 하와이 땅에 발을 디디게 되었다. 배에서 내리면서 그는 "눈이 부시기가 새로 보는 듯한 하늘, 감금되었다 나오는 느낌"(2:108)을 갖게 되었다. 두영은 '제국 일본'의 영역에서 벗어나는 자유를 맛보며 "정말 딴 세상으로 가는 느낌을 점점 농후하게"(2:92) 받게 되는 것이다. 해외 한인들이 한반도를 벗어나 공동체를 형성하고 있는 하와이는 "이름만 들어오던 고향이나처럼 이 태평양 가운데선 두영에게 그리운 곳"(2:98)이었다. 두영은 일본 제국의 영역을 벗어나면서부터 진정한 성장을 시작하며 "미국에 상륙하여서부터 다시 출범이 될 배움의 바다"(2:91)를 꿈꾼다.

하선한 두영은 이승만 박사가 설립한 '기독학원' 사무실에 들러 "단군과 이순신의 화상(畵像)이며 그외에도 조선서는 볼 수 없는 그림과

---

103 장규식, 「1900~1920년대 북미 한인유학생사회와 도산 안창호」, 『한국근현대사연구』 제46집, 2008, 116면.

104 프랑코 모레티/성은애 역, 『세상의 이치』, 문학동네, 2005, 15면.

기(旗)들이 걸려있는 것"(2:110)을 보고 깊은 감회에 젖는다. 한민족의 시조인 단군과 왜구를 물리친 임진왜란의 성웅 이순신의 그림과 조선에서는 볼 수 없는 '태극기' 등은 모두 해외 동포들에게 민족의식을 고취시키는 대상들이다. 두영은 하와이에서 "전 조선사람을 대표할 만한 지사들"(2:111)을 만나기도 한다. 그렇지만 두영은 그곳에서 하와이의 한인 사회가 '북인'과 '남인'의 두 패로 갈려 서로 다투고 있는 모습을 목격하게 되고 "당파싸움"(2:113)을 극복하자는 강연을 한다.[105] 이 장면은 김창세가 『우라키』에 발표한 「주의주장의 사랑」에서 조선 남녀는 "서로 믿고 단합하는 노력이 필요"하며 그것을 통해 민족통일을 이룩하자고 역설한 것을 상기시킨다.[106]

샌프란시스코에 도착한 후, 이등객의 일본인 몇 명과 삼등객 전부는 "죄인 다루듯"(2:116) '엔젤스 아일랜드'로 끌려가서 입국 심사를 받게 되었다. 이곳에서도 인종 차별이 이루어졌으며, 서구 백인들의 기준에서 보면 일본인과 조선인은 그저 똑같은 동양인일 뿐이다. 이곳 식당에서는 서양인과 동양인의 식사가 나뉘어 제공되었다. 동양인들에게는 감자와 생선이 제공되었지만, 서양인들에게는 "뜨근한 스윗포테도와 비프스데기"(2:118)가 나왔다. 그리고 노벨문학상을 받은 인도의 타고르가 이곳에 와서 당했던 인종차별 에피소드가 거론되었다. 이 에피소

---

105 당시 미주 한인사회는 서북 대 기호, 안창호계의 홍사단 대 이승만계의 동지회라는 지방열과 당파싸움으로 분열상을 드러내고 있었다. 장규식, 「일제하 미국 유학생의 서구 근대체험과 미국문명 인식」, 『한국사연구』 제133호, 2006, 160면.

106 김창세, 「주의주장의 사랑」, 『우라키』 6호, 1933, 32면.

드는 1929년에 실제로 발생했던 것이다.[107] 타고르는 동양인이라는 이유로 천사섬으로 분류된 후 "백인종과 유색인종을 우열하여 차별하는데 그만 화가 치밀어"(2:118) 예정된 강연을 모두 취소하고 본국으로 돌아가 버렸다. 이처럼 『불멸의 함성』에서 화자는 "세계에 향하여 언제든지 평등을 부르짖는 미국"(2:118)이 실제로는 제국주의적 인종 차별 정책을 펼치는 것을 일관되게 비판하고 있다. 두영에게 일본과 미국은 모두 부정적인 공간으로 인식된다. 샌프란시스코의 이민 심사관은 두영에게 다음과 같이 질문한다.

> "그렇지만 만일 학자문제로 의학을 단념해야 될 경우엔 어떻게 하겠소?"
>
> "그럼 단연 귀국하고 말겠습니다."
>
> "좋은 생각이오…… 그런데 의학에 성공하고 나가면 어디서 개업하겠소? 또 영업을 하겠소? 사회사업을 하겠소?"
>
> "사회사업을 해 볼 결심입니다."
>
> "어떤 사회를 위해서?"
>
> 하고 그는 더욱 날카로운 눈으로 두영의 눈치를 살폈다.
>
> "우리 사회를 위해서지요."
>
> 하니
>
> "당신네는 정치적 의미에서 두 사회가 있는 줄 아오. 그래서 어느 사회냐고 묻는 것이오. 우리는 국제상으로 보아서 당신을 일본 제국 국민인 것을 잊을 수 없으니까…."
>
> "아무튼 저는 애초부터 의학을 배우려는 동기가 사업가가

---

107 「詩聖(시성)타고어翁(옹) 廿四日桑港發(입사일상항발)」, 『동아일보』, 1929년 4월 25일.

되려는 야심에서가 아닙니다. 우리 지방에도 의사와 병원은 얼마든지 있습니다. 그렇지만 병을 고칠 능력이 없는 사람이 많습니다. 그런 사람들을 위해서 의술이 배우고 싶었습니다. 병이 있되 진찰비나 약값이 없어 고쳐보지 못하는 사람이면 어느 사회 사람이든 그것은 내게 문제가 아닙니다."(200회: 1935년 1월 10일)

미국의 이민국에서는 우선 학자금 문제로 의학을 단념하게 될 경우를 묻는다. 두영은 곧장 귀국할 것이라고 답하는데, 이는 당시 강화된 이민법을 의식한 답변으로 보인다. 1924년 7월에 개정된 미국의 이민법은 동양인 이민의 쿼터 제한을 강화하였으며, 동양인의 경우 유학생활을 하려면 반드시 학생 신분을 유지해야 했고, 학업을 마치거나 중단하면 곧바로 본국으로 돌아가야 했다.[108] 동양인에 대한 노골적인 차별이 법제화된 것이다. 다음 질문은 의학을 배워 무엇을 할 것인지에 대한 질문이었다. 두영은 의학을 배워 '사회사업'을 할 것이라고 대답한다.[109] 이민국 관리는 재차 그 사회가 어떠한 '사회'를 의미하는 것인지 묻는다. 왜냐하면 식민지 조선인에게는 "정치적 의미에서 두 사회가 있"(2:120)고 "국제상으로" 보면 그는 "일본제국 국민"(2:121)이기 때문이다. 이처럼 두영은 미국에 유학을 가면서 끊임없이 '식민지 조선인'

---

108 장규식, 앞의 글, 144면.

109 이것은 김창세가 의학과 보건학을 통해 민족의 '육체적 개조론'을 꿈꾸었던 것을 떠올리게 한다. 그는 "오늘날의 건강 상태대로 간다하면 결코 금일 이상의 좋은 조선을 가질 수가 없다"며 조선인들이 건강한 신체를 갖도록 노력할 것을 역설하였다. 김창세, 「과학과 종교, 과학적으로 알고 종교적으로 행하라」, 『동광』 제12호, 1925년 4월.

과 '일본제국 국민'이라는 두 개의 정체성 사이에서 선택의 기로에 놓이게 된다. 이러한 질문에 그는 명확하게 대답하지 않지만, 그가 대한인국민회의 보증을 받고 이민 허가를 받게 된다는 점에서 '식민지 조선인'의 정체성을 선택했음을 알 수 있다.[110] 두영은 미국에 상륙한 이후에 스스로를 "나는 코리언이오"(2:145)라고 소개한다.

두영은 미국에 도착하여 우선 학비를 벌기 위해 다양한 일을 닥치는 대로 한다. 그곳에서 만나는 미국 사람들은 조선을 제대로 알지 못할뿐더러, 심지어는 대부분의 사람들은 조선이 일본의 일부분으로 인식하곤 했다. 그들은 두영을 보면서 "머리털도 돼지털처럼 새까맣다고 손뼉을 치면서 중국사람이냐 일본사람이냐"(2:140)고 묻기도 했다. 이처럼 미국에서 조선(혹은 조선인)의 존재감은 미미한 것이었으며 미국인들은 동양인들을 일종의 '동물'처럼 취급하였다. 일부 사람들은 그를 동양인을 비하할 때 자주 쓰이는 "찰리"(2:134)라는 경멸적인 명칭으로 부르기도 했다.

두영은 미국의 해수욕장에서 "노 얠로"[No Yellow](2:128), 즉 황인종은 출입할 수 없다는 간판이 아무렇지 않게 걸려 있는 모습을 목도하게 된다. 또한 과일행상을 하는 한 조선인이 피살되었지만 현지 미국경찰은 범인을 찾으려는 어떠한 노력도 기울이지 않는다. 그 모습을 보고 두영은 "피해자가 동양사람이기 때문에, 그중에도 가장 국제적으로 문제가 미미할 조선인이기 때문에 이처럼 등한히 보아 버리는 것"(2:169)이라는 사

---

110 실제로 대한인국민회 북미지방총회는 샌프란시스코 이민국과 교섭하여 1912년 1월 15일 성립된 이민조례에 따라 일본의 정치범위 밖에서 미국으로 건너오는 한인 동포들을 인도할 권한을 부여받았으며 미국 연방정부로부터 '정부가 없는 미주 한인사회의 대표기관'으로 인정받게 되었다. 장규식, 앞의 글, 117면.

실을 깨닫게 된다. 그는 "서양집 개가 한 마리 맞아 죽어도 이렇게 등한하진 않을"(2:170) 것이라며 분개하며 식민지 조선인이 처한 냉엄한 현실을 깨닫게 된다. 이처럼 『불멸의 함성』은 일본 제국의 영역을 벗어나 국제적 시점에서 식민지 조선의 현실을 객관적으로 바라보고자 시도한다.

> 두영은 우선 헐리웃 하이스쿨에 입학하였다. 남녀공학인데 모두 두영이보다는 어린 사람들이었다.
> "코리아? 훼어 이쓰 코리아?"
> 남녀학생들이 두영을 싸고 물었다. 저 동양에 있는데 만주 대륙에 붙어 있는 반도라고 설명하면 아이들은 지리책을 꺼내놓고 지도 빛을 보고는
> "잇 이스 재팬!"
> 하면서 모두 이상한 눈동자를 굴렸다.(205회: 1935년 1월 16일)

그는 헐리웃에서 중학교에 입학하여 영어를 본격적으로 배우기 시작했다. '코리아'를 궁금해하는 미국 학생들에게 지리책을 꺼내놓고 조선의 위치를 알려주었지만, 학생들은 그곳을 '코리아'가 아니라 '재팬'이라고 말하면서 신기해한다. 이처럼 두영의 여정은 의학을 본격적으로 배우는 과정보다는 미국 각지에 흩어져 있는 한인 이민자들을 두루 만나며 '조선인'으로서의 정체성을 찾아가는 과정과 지도상에 사라진 '조선'의 존재를 실질적으로 회복시키기 위한 과정이 중점적으로 그려진다.

『불멸의 함성』의 서두에는 잠시 등장했다 사라진 두영의 죽마고우인 어용이라는 인물을 다시 살펴볼 필요가 있다. 북쪽 강계에서 온 어용과 남쪽 밀양에서 온 두영은 서로 의지하며 지냈다. 그런데 어용이 학교에서 퇴학당하고 불가피하게 무장강도짓을 하려다 검거된다. 이때

두영은 "당장에 보기엔 악(惡)한 일이지만 나중 결과를 보면 악한 일은 아닌 것"(1:32)에 대한 문제를 제기하며 어용의 입장을 옹호하고자 했다. 그리고 서사에서 사라졌던 어용은 작품의 결말부에 다시 등장하여 두 사람은 다시 조우하게 되면서 이 작품이 끝난다.

쌍둥이처럼 닮은 두 사람은 당시 조선 독립단체들이 추구했던 두 가지 대립적 노선을 알레고리적으로 보여주는 것으로 보인다. 어렸을 때 어용은 "한문만을 읽다가 조선 전토에 커다란 풍운이 일어남을 보고 두어 친구를 얻어 압록강 건너로 달아났"다(1:28). 시기상 '커다란 풍운'은 1919년에 발생한 '3·1 운동'이다. "손목의 피를 따고 신의를 맹세한 두 친구는 황막한 만주벌판의 고혼이 되어 버리매 어용은 돌려 생각함이 있어 조선으로 다시"(1:28) 돌아온다. '피의 맹세'를 다짐했던 친구들이 만주벌판에서 목숨을 잃었다는 대목은 그와 동지들이 해외 '독립운동'과 관련되어 있었음을 암시한다. 반면 두영은 선교사의 도움으로 "미국 대사관과 외무성을 방문하고 교섭한 결과"(2:82) 일본의 여행권을 받아 합법적으로 미국 유학을 떠나게 된다. 그는 법의 테두리 안에서 실력을 향상시키려 하였다.

당시 독립운동 단체는 신채호를 중심으로 무력투쟁론을 주장하는 측과 안창호를 중심으로 실력양성론을 주장하는 측으로 나뉘어 있었다. 어용이 추구한 과격한 폭력적 방식이 신채호 측의 무력투쟁론을 닮았다면, 두영이 추구한 방식은 안창호의 실력양성론을 닮았다. 이태준은 북쪽의 어용과 남쪽의 두영이라는 서로 닮은 두 인물을 설정하고, 이들의 운명을 일종의 "인생항로"(1:149)에 비유한 것으로 볼 수 있다. 그들의 삶은 "대개 일직선으로 건너가는 것이 아니라 약간 비스듬히 북쪽으로나 남쪽으로 돌아가는 것인데 이 두 길 중에 어느 한 길을 취하는 것"(2:92)과 같다는 것이다. 이는 해외 한인사회가 북인과 남인 세력으로 분열된 것과도 대응한다. 이태준은 국민대표회의를 통해 분열된 한국의 독립운동 세력을 규합하고 자주적인 민족국가 수립을 꿈꾸었던 안창호와 그의 뜻을 따랐던 김창세의 삶을 모델로 하여 이러한 주제의식을 전하고자 했던 것으로 볼 수 있다.

한 문학작품을 실존인물과의 관련 속에서 '모델소설'로 읽는다는 것은 알레고리적으로 독해한다는 의미이다. 이러한 독법은 텍스트의 역사사회적 맥락을 전경화한다는 점에서 의의가 있지만 텍스트를 특정 맥락 속에 한정시킨다는 한계를 동시에 갖는다. 『불멸의 함성』을 모델이 된 실존인물 김창세의 삶과 비교하여 알레고리적인 의미를 찾으려 시도한 것도 이와 비슷한 의의와 한계를 동시에 지닌다. 김창세는 미국 존스 홉킨스 의대에서 한국인 최초로 공중보건학 박사학위를 취득했으며 귀국 후 세브란스 의과대학의 교수로 재직했다. 또한 그는 안창호의 동서이자 주치의였으며 흥사단 단원으로 안창호를 도와 함께 독립운동에 참여하였다. 『불멸의 함성』에서 김창세의 삶과 관련된 부분은 중심인물 두영이 미국으로 유학을 떠난 후 되돌아오는 부분으로 작품 전체의 4분의 1에 해당한다. 이 부분은 전체 서사에 이질적으로 삽입된 듯한 느낌을 주기 때문에 그동안 그리 큰 주목을 받지 못했다. 그렇지만 이 부분을 중심으로 전체 서사를 다시 살펴보면, 알레고리적으로 제시되는 이 작품의 심층적 주제를 읽을 수 있다.

『불멸의 함성』은 중심인물 두영이 제국 일본의 영역을 벗어나 공해인 태평양으로 나아간다는 점에서 이태준의 다른 작품들과는 차이가 난다. 태평양(그리고 미국)은 식민지 조선인이 자신의 국제법상의 지위와 국제사회의 역학 관계를 보다 냉철하게 파악할 수 있는 계기를 제공하는 공간이다. 원론적으로 모든 국가의 사람들은 만국공법에 따라 모두 평등하게 대접받아야 하지만 실제로는 그렇지 않았다. 특히 식민지 국가들은 국제법상으로 '주권국가'로 간주되지 않았다. 그는 미국으로 가는 상선에서 노골적인 인종차별을 경험하며, 중간 기착지인 하와이에서는 자유롭게 하선하지도 못한다.

서구의 관점에서 교양소설은 미숙한 중심인물이 '세상의 이치'를 깨닫고 성장하여 사회와 타협하여 조화롭게 살아가는 것으로 마무리되는 것이 일반적이다. 그러한 측면에서 『불멸의 함성』의 중심인물은 성장하기는 하지만 사회와는 조화롭게 살아가지 못한다는 점에서 서구적 의미의 교양소설과는 근본적인 차이가 난다. 조선인은 식민 지배 상황에서 온전히 성장할 수 없다는 사실을 깨닫고 중심인물 두영이 그러한 현실을 극복하겠다고 다짐하는 것으로 끝을 맺는다는 점에서 『불멸의 함성』은 '식민지 교양소설'로 볼 수 있다.

이번 장에서는 이태준의 주요 장편소설인 『사상의 월야』, 『제2의 운명』, 『불멸의 함성』 등을 중심으로 살펴보았다. 이태준의 장편소설은 대체로 비슷한 플롯과 설정을 공유하고 있어 동어반복적인 느낌을 주기도 한다. 그렇지만 각 작품들에서 독특하게 변주되는 양상에 주목하면, 각 작품들에서 나타나는 독특한 주제의식을 구체적으로 살필 수 있다. 이광수와 마찬가지로, 이태준의 장편소설에서도 가장 중요한 장소는 동경(그리고 미국)이다. 그렇지만 이태준의 작품 속 주요 인물들은 문명화된 장소들을 맹목적으로 추종하지는 않는다. 이들은 그곳을 통해 자신들의 성장을 도모하면서도, 민족의 재건을 위한 고민을 지속한다.

이태준의 작품들은 대체로 작가의 자전적 체험에 기반하며, 이봉하, 민영휘, 김창세, 조종대 등을 모델로 한 인물들이 중요한 서사적 역할을 맡는다. 그의 작품들은 대체로 열린 결말의 형태이거나 파국을 맞으며 끝을 맺는다. 그런 점에서 그의 작품들은 인물들이 성장을 하기보다는 자신을 둘러싼 식민지 현실에 대해 깨닫는 환멸소설에 가깝다. 이런 식민지 현실에 대해 자각하는 환멸소설도 식민지 교양소설의 중요한 범주 중의 하나라 할 수 있다.

4장

제국을 경유하는 세계와
피식민지인의 욕망

4장

제국을 경유하는 세계와
피식민지인의 욕망

1930년대에 접어들면서 일본의 지배체제는 점차 공고해졌다. 특히 1931년의 만주사변을 시작으로 만주국 성립(1932), 중일전쟁(1937) 등을 거치면서 일본제국은 중국 전역으로 세력을 확장했다. 당시 상당수의 조선인들은 점차 독립의지를 버리고 체제순응적인 태도를 취하기도 했다.[1] 이 시기 일본은 본토와 조선, 만주를 하나의 통일된 공간으로 만들기 위해서 해상, 육상, 해저, 상공을 교통 네트워크망으로 연결하기 위해 다양한 노력을 기울였다. 한석정은 이러한 과정을 "제국 팽창의 촉수로서 철도, 통신, 비행기는 과거의 폐쇄적인 지역들을 굉장한 속도로 열어젖혔다."[2]고 표현했다.

---

1   박선미, 『근대 여성 제국을 거쳐 조선으로 회유하다』, 창비, 2007, 61면.
2   한석정, 『만주 모던』, 문학과지성사, 2016, 149면.

스티븐 컨은 20세기 초의 철도, 자동차, 비행기 등의 새로운 교통수단이 거리 감각에 혁명을 가져왔으며, '세계의 통일성'이라는 새로운 감각을 불러일으켰다고 주장했다.[3] 근대적 운송수단을 통해 도시와 시골, 제국과 식민지는 하나로 연결되었고, 시간은 압축되었다. 그중에서도 기차는 혁신과 스피드의 상징이자 사회 관계의 변화를 이끄는 대표적인 수단으로 간주되었다. 이와 더불어 비행기는 사람들이 하늘 위에서 아래를 바라다보는 새로운 시점을 통해 "낡은 족새와 낡은 사고방식"을 산산히 부숴버릴 수 있는 신선한 자극을 주었다.[4] 질리언 비어는 비행기에서 본 지구 외형의 형식적 재배치가 기존의 중심성과 경계를 허물어 버림으로써, 사람들이 그동안 중요시해왔던 관념들을 새로운 관점에서 바라보도록 했다고 주장했다.[5] 그런 점에서 기차와 비행기는 단순히 교통수단이 아니라, 사람들의 인식을 근본적으로 변화시키는 주요한 매개체였다.

이러한 변화는 한국 근대소설의 형식과 플롯에도 일련의 변화를 가져왔다. 앞선 장에서 살펴본 것처럼, 1930년대 중반 이전의 작품들에는 일본과 조선의 민족적 대립과 협력과 저항의 문제가 중요하게 다루어졌다. 중심인물들은 성장하기 위해 한반도를 벗어나 동경이나 미국 등의 문명화된 장소로 나아가야 했다. 그렇지만 1930년대 중반 이후의

3   스티븐 컨/박성관 역, 『시간과 공간의 문화사(1880−1918)』, 휴머니스트, 2006, 517면.
4   스티븐 컨, 위의 책, 586면.
5   질리언 비어/류승구 역, 「섬과 비행기−버지니아 울프의 경우」, 『국민과 서사』, 후마니타스, 2011, 413면.

작품들에서는 중심인물들이 경성에 머물면서 성장을 도모하는 경우가 많다. 일본, 조선, 만주가 교통 네트워크를 통해 하나의 공간을 통합됨으로써 경성에 머물면서도 '성장'할 수 있는 발판이 마련된 것이다. 이 시기 한국 근대소설에는 만주와 조선을 연결짓는 급행열차와 비행기가 중요한 서사적 매개로 등장한다. 중심인물들은 공간적으로는 주로 조선에 머물지만, 일본과 만주 등과는 더욱 밀접하게 연결된다. 그리고 일본인들이 조선인 주인공들의 경쟁자이자 조력자로 본격적으로 등장한다. 앞선 시기의 작품들에서 인물들의 성장이 피상적으로 그려진 것과는 달리, 이 시기 소설들에서는 인물들이 성장할 수 있는 계기가 구체적으로 그려진다. 중심인물들은 대학 졸업을 하거나 자격 시험을 통과하는 등의 구체적인 통과의례를 거쳐야 하며 이를 통해 제국의 승인을 받아야 한다. 그렇지만 이러한 과정을 통과한다고 해도, 대부분의 인물들은 온전히 성장하지 못한다. 결국 이들은 저발전 상태의 식민지 조선에는 자신들이 성장할 수 있는 여건이 충분히 마련되어 있지 않다는 사실을 자각하게 된다.

1. '비행기' 시대와 제국-식민지의 낙차: 『청춘항로』

염상섭의 1936년에 발표한 『청춘항로』와 『불연속선』은 '비행기'의 등장이 시공간의 질서 변화뿐 아니라 소설의 서사 구조에도 큰 변화를 가져왔음을 잘 보여주는 작품들이다.

『청춘항로』는 1936년 6월부터 잡지『중앙』에 연재가 이루어졌고, 『불연속선』은 1936년 5월 18일부터『매일신보』에 연재가 시작되었다. 『청춘항로』와『불연속선』은 1936년 5월에 열렸던 '조선미술전람회'와 '제 10회 전경성 상공연합대운동회'를 각각 서사적 배경으로 펼쳐진다. 동시대의 맥락을 거의 실시간으로 작품 속에 반영하면서 두 작품이 연재되었던 것이다. 이 시기는 식민지 조선의 새 총독인 미나미 지로(南次郎)가 '내선일체(內鮮一體)'를 주창한 때이기도 했다. 염상섭은 진학문의 주선으로 1937년에『만선일보』로 떠났다. 기존 논의를 종합해 보면, 그는 '1936년 3월' 무렵에 만선일보 편집국장에 대한 제안을 받고,[6] 1년 뒤인 '1937년 3월' 무렵에 신경(新京)으로 떠난 것으로 보인다.[7] 당시 부임 조건은 염상섭이 만주에서 더 이상 창작활동을 하지 않는 것이었다.[8] 『청춘항로』와『불연속선』은 염상섭이 만주로 떠나기 전에 남긴 마지막 작품들이라는 점에서 중요한 의미가 있다.[9]

『청춘항로』는 식민지 조선의 젊은 예술가가 자신의 삶의 '항로'를 모색하는 작품이다. 동경 미술학교에서 서양화를 배워 돌아온 종호는 예

---

6   김윤식,『염상섭 연구』, 서울대학교출판부, 1987, 612면.

7   이보영,『난세의 문학: 염상섭론』, 예지각, 1991, 502면.

8   염상섭은 만주 체류 기간 동안 1942년에『만선일보』에 장편소설『개동』을 연재한 것을 제외하고는 어떠한 작품도 발표하지 않았다.『개동』은 연재 사실만 확인될 뿐 작품의 구체적인 내용은 확인되지 않았다. 배하은,『해방기 염상섭 소설의 탈식민적 현실인식 연구』, 서울대학교 박사학위논문, 2012, 10면.

9   김재용은 염상섭이 '내선일체'로의 변화에 민감하게 반응하여 만주국을 선택했다고 주장한다. 염상섭이 '내선일체'보다는 '오족협화'가 상대적으로 낫다고 판단하고 만주로 이주했다는 것이다. 김재용,「만주국과 남북의 문학-박팔양과 염상섭을 중심으로-」,『한민족문화연구』67권, 2019, 19면.

술가로서 인정을 받기 위해 '조선미술전람회'에 출품할 그림을 준비 중이다. 『불연속선』은 동경에서 비행사 자격을 취득한 주인공 진수가 식민지 조선으로 돌아온 후 일자리를 찾지 못해 택시 운전수를 전전하는 이야기다. 두 작품의 중심인물들은 공통적으로 동경에서 새로운 학문과 문화를 배워 돌아온 지식인이자 예술가이지만, 식민지 조선에는 이와 같은 첨단의 지식과 경험을 실현할 수 있는 환경이 조성되어 있지 않다. 결국 그들은 새로운 꿈을 좇아 조선 외부로 나아가고자 시도한다. 그러한 점에서 이 작품들은 교양소설 혹은 성장소설의 문법을 일부 차용하고 있지만, 성장이 구체적으로 그려지지 않고 암시된 채 끝난다. 이러한 설정은 염상섭이 '내선일체'로의 변화 속에서 이 작품들을 끝으로 절필을 하고 만주로 홀연히 떠나게 되는 일련의 상황과 작가의 심경을 짐작할 수 있게 한다.

『불연속선』과 『청춘항로』는 통속소설 계열로 간주되어 그동안 충분한 논의가 이루어지지 않았다.[10] 김경수는 『불연속선』을 단순히 통속 작품으로 간주하고 동시대의 사회적 현실을 외면했다고 보는 것은 적절하지 않다고 주장했다. 그는 이 작품 속에 동시대 현실이 그려지지 않은 것이 아니라, "소설 속의 현실을 사회적 현실과 결부시키는 구체

---

10 김종균은 『불연속선』을 작가가 외부 상황의 변화 때문에 "(사회적) 문제성을 배제하고 연애중심의 애정물로 작품적 방향을 돌려서 겨우 발표한", "『백구』의 아류에 속하는 범작"이라고 평한 바 있으며, 김승환 또한 일제 말기의 탄압적 현실과 게재지인 『매일신보』의 기관지적 성격에 비추어 작가가 "필연적으로 남녀간의 통속적 애정문제를 다룰 수밖에 없었"던 작품이라고 평가한 바 있다. 김경수, 『염상섭 장편소설 연구』, 일조각, 1999, 178면.

적이고 해석학적인 차원에서의 연결고리를 규명하는 방법론"[11]이 충분하지 않은 것이라고 주장했다. 최근에는 『불연속선』에서 그려지는 동시대의 현실을 다양한 측면에서 고찰하는 논의들이 등장하였다. 김병구는 『불연속선』을 "식민지 근대의 불안정한 세태 풍속을 비판적으로 재현하고자 하는 의도에서 기획된 작품"[12]으로 간주했고, 김문정은 이 작품이 "근대 사회의 주역으로 성장하는 신흥 부르주아의 삶을 담고 있다"[13]고 평가했다. 반면 미완의 『청춘항로』에 대한 구체적인 분석은 아직 이루어지지 않았다.

이 장에서는 『불연속선』과 『청춘항로』 등을 중심으로 이 시기 염상섭 소설에서 '비행기'라는 새로운 교통수단이 서사의 전면에 등장하게 되는 맥락을 살피고, '비행기'가 발생시킨 서사적 효과와 인물들의 인식변화 등을 논의하고자 한다. 당시 비행기는 민족 발전의 강력한 '상징이자 촉매'로 간주되었다.[14] 안창남이 금강호로 경성 상공을 비행했을 때, 대부분의 조선인들이 '떴다 보아라 안창남 비행기'라며 감격했다. 그렇지만 비행기는 민족적인 차원뿐 아니라 제국주의적인 차원에서도 중요한 의미가 있었다. 영국이나 일본 등 제국주의 국가들은 자국 내에서 비행기의 항공체계를 구축하였지만, 실질적으로는 제국과 식민지, 내지와 외지를 빠르게 연결하고 통합하여 제국의 항공체

---

11   김경수, 위의 책, 1999, 179면.

12   김병구, 「염상섭 장편소설 〈불연속선〉 연구」, 『우리문학연구』 45집, 2015, 210면.

13   김문정, 「『불연속선』에 나타난 사랑의 서사와 풍속」, 『한국문예비평연구』 20권, 2006, 182면.

14   Michael McCluskey & Luke Seaber, *Aviation in the Literature and Culture of Interwar Britain*, Palgrave MacMillan, 2000, p. 6.

계(imperial aviation system)를 구축하고자 했다.[15] 이 작품들은 '비행기'로 대변되는 제국의 군국주의적 확장 흐름 속에서 식민지 조선인은 어떠한 선택을 해야 하는가에 대한 고민을 담고 있다.

평양: 142
경성: 507
인천: 124
부산: 89
동경: 645

〈그림 15〉 염상섭의 문학지도

〈그림 15〉는 염상섭의 주요 작품에 등장하는 주요 도시명을 빈도에 따라 원의 크기를 달리해 시각화한 것이다.[16] 염상섭의 작품에서 가장 중요한 장소는 경성과 동경이다. 대부분의 작품들은 경성을 무대로 펼쳐지지만, 주요 인물들은 경성과 동경을 오고 간다. 염상섭은 중국, 만주, 러시아 등에는 큰 관심을 보이지 않았다. 그의 작품 세계를 단순화하면, 경성과 동경의 두 축으로 형성된 서사적 공간이라 할 수 있다.

---

15 Michael McCluskey & Luke Seaber, *op. cit*, p. 8.

16 이 지도는 염상섭의 주요 작품들에서 도시 단위의 지명 데이터를 추출해 그린 것이다. 해당 작품은 「검사국대합실」, 「광분」, 「남충서」, 「너희들은 무엇을 얻었느냐」, 「만세전」, 「무화과」, 「백구」, 「불똥」, 「불연속선」, 「사랑과 죄」, 「삼대」, 「썩은 호도」, 「암야」, 「이심」, 「자살미수」, 「전화」, 「제야」, 「진주는 주었으나」, 「질투와 밥」, 「청춘항로」, 「표본실의 청개구리」 등 21편이다.

염상섭 작품 속에서 '비행기'에 대한 언급이 본격적으로 등장한 것은 1930년대에 들어서부터였다. 『광분』(1930), 『무화과』(1931), 『백구』(1932), 『모란꽃 필 때』(1934), 『청춘항로』(1936), 『불연속선』(1936) 등에서 '비행기'에 대한 언급이 지속적으로 나오고, 서사적 비중도 점차 높아지는 것을 알 수 있다. 염상섭의 작품 속에서 비행기는 '첨단' 혹은 '문명'에 대한 비유적 이미지로 등장하거나 실제적인 교통수단으로 등장하였다.

『광분』에서는 '첨단' 혹은 '문명'의 비유로 비행기가 등장한다. 작품의 서두는 '시보레' 자동차 택시가 경성역의 일이등 대합실에서 대기하는 장면에서 시작한다. 봉천(奉天)행 열차를 타고 동경에서 음악학교를 졸업하고 경성으로 돌아오는 딸을 맞기 위해 아버지 민병천과 가족들이 마중을 나온다. 민경옥을 맞기 위해서 동원된 것은 자동차이고, 그가 동경에서 경성으로 이동할 때 이용한 것은 배와 기차 등이다. 경성에서는 인력거와 전차 등이 주요 교통수단으로 등장한다.

이 작품에서 모든 교통수단이 등장한다고 볼 수 있는데, 정작 민경옥은 반복적으로 '비행기'에 비유된다. 독창회에서 경옥이 메조 소프라노의 고음으로 노래를 부르다가 갑자기 멈추는 장면에서는 "그 풍부한 성량을 구름 탄 룡과 가티 비비틀어 올러갈 데까지 올라가다가는 공중의 비행긔가 웃득서며 푸로페라 소리가 뚝 끈히듯이 딱 끈처버렷다."[17]라고 묘사되고, 이후에 경옥이 목욕을 하면서 거울에 비친 자신의 육체를 바라보는 장면에서는 "자긔 톄격을 이맛전서부터 발톱끗까지

---

17   염상섭, 『광분』(42), 『조선일보』, 1929년 11월 15일.

마치 비행사가 타고 떠날 비행긔를 검사하듯이 요모조모 자세자세히 들여다보고 있다."[18]고 묘사된다. 이처럼 『광분』에서 민경옥은 경성에서 쉽게 접할 수 없었던 교통수단인 '비행기'에 비유된다.

『광분』의 중반부에서는 여주인공인 경옥이 살해된 채 발견되는데, 이때 형사들이 가장 주목하는 것은 경옥을 외부에서 살해한 채 집 안으로 옮기면서 "인력거로 운반하야 왓슬까? 자동차에 태어왓슬까?"[19] 하는 문제였다. 결국 그를 살해한 범인들은 "비행가나 자동차 운뎐수가 흔히 끼우는"[20] 장갑을 하고 있었던 것으로 밝혀진다. 『광분』의 경옥은 최첨단의 교통수단인 '비행기'에 비유될 수 있는 신여성이었지만, 인력거와 자동차로 표상되는 식민지 조선에서는 받아들일 수 없는 존재였던 것이다.

근대소설에서 비행기의 등장은 서사적 변화를 가져왔다. 당시 비행기로 인해 제국과 식민지는 하나의 균질화된 공간으로 통합되었다. 염상섭 작품에서 비행기가 비유를 넘어서 실제의 교통수단으로 등장하기 시작한 것은 『무화과』(1931)부터였다. 작품 속에서는 "내일 아침에 비행기를 잡아탔으면 당일로 [동경에] 도착을 하겠으나"[21]라는 대목을 통해, 비행기를 이용하면 제국과 식민지 간의 이동 시간이 획기적으로 단축될 수 있음을 보여준다. 만주 등지에서 활동하며 거사를 준비하는 사회주의자 김동욱의 '짝패'가 검거되어 경성으로 압송되어 온다는 소

18   염상섭, 『광분』(48), 『조선일보』, 1929년 11월 21일.
19   염상섭, 『광분』(203), 『조선일보』, 1930년 6월 22일.
20   염상섭, 『광분』(231), 『조선일보』, 1930년 8월 2일.
21   염상섭, 『무화과』, 동아출판사, 1995, 621면.

식을 듣고 수많은 기자들이 여의도비행장으로 몰려든다. 그렇지만 구체적인 정보를 알지 못하는 기자들은 우왕좌왕할 뿐 사태를 파악하지 못한다.

> 부산서 온다, 울산서 온다, 대구서 온다. 아니 안동현서, 봉천서, 평양서, 아니 대련서 오는 것이다고 아직도 진상을 포착지 못한 기자들은 제각기 수군거리며 정확한 정보를 얻으려고 갈팡질팡하는 것이었다.
> 그러나 이 비행기 활동이라는 것은 오늘 새벽에 대구에서 떠나는 ○○호에 특별히 부탁해서 범인을 태워 오는 것임을 아는 사람은 아는 것이었다.
> 노량진 편에서 기영(機影)이 잠자리 만큼 나타난 것을 보자, 여기서는 그립던 제 붙이나 만나는 듯이 으아— 하고 함성이 일어났다.
> 폭성이 점점 커지며 비행장을 일주한 후, 복판으로 향하여 쏜살같이 활주를 해오자 자동차 한 대가 몰리는 기자단을 헤치며 마주 달아나간다. 범인을 실어 내리려는 경관대의 차다.[22]

『무화과』에서 비행기는 사람들이 자유롭게 이용할 수 있는 교통수단일 뿐 아니라, 제국의 통제력이 강화되는 네트워크화된 세계를 보여주는 상징적 수단이다. 비행기의 출발지를 알지 못하는 상황에서 '부산', '울산', '대구', '평양'뿐 아니라 만주의 '안동현', '봉천', '대련' 등이 언급되는 것을 보면, 일본-조선-만주가 항공 네트워크를 통해 하나로 통합되었음을 알 수 있다.[23] 이는 첨단의 기술력이 새로운 가능성을 창

---

22   염상섭, 『무화과』, 동아출판사, 1995, 640면.
23   염복규, 「일제하 여의도비행장의 조성과 항공사업의 양상」, 『서울과 역사』 104권, 2020, 215면.

출하지만, 그와 동시에 제국의 지배력을 높이는 결과가 될 수 있음을 보여준다. 1936년에 발표된 『청춘항로』와 『불연속선』은 비행기의 서사적 비중이 더욱 커진 작품들이라는 점에서 주목할 만하다.

『청춘항로』는 1936년 6월부터 9월까지 『중앙』에 4회까지 연재되다가 중단된 미완의 장편소설이다. 중심인물 '종호'는 동경에서 서양화를 배운 청년화가로 조선미술전람회에 출품할 서양화를 준비하고 있다. 서양화를 그리는 예술가는 염상섭 문학에서 종종 등장하는 인물 유형 중 하나이다.[24] 『사랑과 죄』의 리해춘이나 『모란꽃 필 때』의 김진호, 『무화과』의 문경 등이 이에 해당한다.[25] 이처럼 염상섭의 소설에서 식민지 조선(혹은 경성)은 중심인물들이 자신의 꿈을 마음껏 펼치기에는 현실적인 제약이 따르는 장소로 묘사되곤 했다. 그의 작품에서는 '서양화가'가 종종 등장하는데, 서양화는 당시 식민지 조선에서는 가장 구현하기 어려운 분야 중 하나였다.[26]

---

24 선민서, 「염상섭 소설의 예술가 표상 연구 -「사랑과 죄」, 「모란꽃 필 때」를 중심으로-」, 『우리어문연구』 55권, 우리어문연구, 2016, 241면.

25 『사랑과 죄』의 마리아는 "아무렇든지 조선이란 나라는 예술가는 못 살 데에요. 그림을 그리자니 모델이 있나 음악을 하자니 만만한 피아노가 있나!…… 또 있으면 뭘 해! 보고 들은 사람이 있어야지!"라고 이야기한다. 또한 『모란꽃 필 때』에서는 "조선서야 잘된대도 고작 여학교 선생쯤"이라는 표현이 나온다.

26 이태준은 「동양화」(1941)에서 "생활과 작품은 한 덩어리라야 서로 좋을 것이다. 서양화를 그리는 이로 서양화가 나올 생활을 가진 이를 나는 조선에서는 잘 보지 못한다."고 말한 바 있다. 조선에서 서양화를 그리는 사람이 그에 걸맞는 환경 속에서 살지 못하고 있다는 것이다. 그는 또한 "미술이 무용이나 음악과 함께 국경이 없다 하지만 결국은 다 있는 것"이라고도 했다. 식민지 조선은 일본을 경유해서 서구식의 근대를 수용하여 왔지만, 서구 혹은 일본과 조선 간의 낙차는 상당히 큰 편이고, 그러한 현실이 가장 구체적으로 드러나는 분야가 '서양화'였다고 볼 수 있다. 이태준, 「동양화」, 『무서록 외』, 소명출판, 2015, 127면.

『청춘항로』는 종호가 늦봄의 어느 날 경복궁에서 서양인 관광객 일행을 인솔하는 아름다운 일본인 여성을 만나는 장면에서 시작된다. 그는 그녀가 '라샤멘(外妾)'일지도 모른다고 생각한다. '라샤멘'은 양복감같은 모직을 뜻하는 '라샤'와 무명을 뜻하는 '멘'이 결합된 합성어로 서양의 것과 동양의 것이 합쳐졌다는 의미인데, 당대에는 서양인 남자의 동양인 첩, 즉 '양첩(洋妾)'을 의미했다. 염상섭 소설에서 서양화를 그리는 조선인 주인공이 등장하면 그들을 도와주는 조력자로서 일본인들이 등장하곤 했다. 『사랑과 죄』의 심초매부(沈草梅夫)나 『모란꽃 필 때』의 방천추수(芳川秋水)가 대표적이다.

『청춘항로』에서는 일본인 여성 미사코가 등장한다. 소설은 동경유학생 출신의 서양화가 종호가 '라샤멘'인 일본인 여성 미사코와 여러 차례 우연히 만나며 인연을 맺게 되는 과정을 다루고 있다. 미사코가 심초매부나 방천추수와 같은 일본인 인물들과 다른 점은 화가가 아니라 풍부한 자금과 인맥을 가진 여성 사업가라는 점이다. 이 작품에는 조선인 남성과 일본인 여성이 등장하면서 둘 사이에서 '사랑'의 감정이 싹트게 되는데, 이는 작품 연재 시기인 1936년에 주창되기 시작한 '내선일체(內鮮一體)'의 주제를 암시한다. 심초매부의 사제 관계나 방천추수의 라이벌 관계와는 다른 양상이 펼쳐지는 것이다. 미사코는 호주인 'E·쪼―지'의 부인이다. 이들 부부는 황금정에서 유명한 나사점(羅紗店)인 'D상회'를 운영 중인데, 이곳에서 오스트레일리아에서 직물을 직수입해서 조선 전역으로 판매하는 사업을 한다.[27]

---

27 당시 일본과 오스트레일리아 간에는 무역이 활발하게 이루어졌고, 일본은 특

박물관 넓은 마당은 쓸쓸하였다. 그들의 그림자도 안 보이려니와 꽃은 졌어도 날씨좋은 공일이언만, 노리군 하나 눈에 안 띄운다. 창경원, 남산공원, 장춘단이 세도판인 이 시점에 고궁의 폐허야 두었다보자는 것일 것이다. 그러기에 외국 손님 아니면 종호같은 특별한 볼일이나 있는 유한신사(有閑紳士)의 숨은 발길이나 끄는 양 싶다. 아니 그보다도 종호같은 교양있는 청년예술가로서는, 세상의 속악을 피하여 이러한 고전미(古典美)와 한가한 시취에 잠기고저 특별히 이 으슥한 데를 찾아드는 것이라고 종호 자신은 속으로 변명하는 것이다.[28]

종호는 늦은 봄날의 어느 휴일에 경복궁의 박물관에서 서양인 관광객 일행을 안내하는 일본인 미사코를 우연히 만난다. 당시 대부분의 사람들은 창경원, 남산공원, 장춘단과 같은 곳으로 봄나들이를 다녀서 경복궁은 오히려 한산한 편이었다. 종호는 자신이 이곳을 찾아온 이유를 명확히 드러내지 않는다. 그렇지만 서술자는 "세상의 속악을 피하여 이러한 고전미(古典美)와 한가한 시취에 잠기고저 특별히 이 으슥한 데를 찾아드는 것이라고 종호 자신은 속으로 변명하는 것"(1회, 292면)이라고 언급한다. 여기서 서술자가 '변명'이라는 표현을 사용하는 점에 주목할 필요가 있다. 이는 종호가 순수한 마음으로 이곳에 온 것처럼 보이지만 사실 숨겨진 의도가 있으며, 그것을 종호 스스로도 부인하고자 하는 마음이 있다는 의미이다. 종호는 "좋지 않은 것이 아니었다."(4회, 182면)와 같

히 양모와 인조견사 등의 직물의 대부분을 이곳에서 수입하고 있었다. 원지연, 「일본연구의 정치학-오스트레일리아의 경우」, 『한성사학』 12권, 2000, 37면.

28 염상섭, 『청춘항로』 1회, 『중앙』, 1936년 6월, 292면. 이후에는 작품의 횟수와 페이지수만 표시한다.

은 이중 부정의 표현을 종종 사용하면서, 자신의 속마음을 직접적으로 드러내지 않는다.

종호가 화가로서의 꿈을 키우고 성장하는 과정을 다루고 있다는 점에서 『청춘항로』는 일종의 '성장소설' 혹은 '예술가소설'로 볼 수 있다. 부르디외에 따르면, 근대 사회에서 예술가가 되고자 하는 사람은 두 가지 곤경에 처하게 된다. 하나는 물질적이고 도덕적인 곤란이고, 다른 하나는 지배적인 취향에 굴복하게 되는 것이다.[29] 예술가들은 자신만의 예술을 자유롭게 추구하고자 하지만 동시에 자신이 속한 사회의 인정과 승인을 필요로 한다. 그래서 예술가소설에서 두드러지게 나타나는 것은 "타협하고자 하는 경향"[30]이다. 종호의 '변명'은 사회와 타협하고 싶으면서도 그것을 스스로 인정하고 싶지는 않은 양가적 감정에서 비롯되었다고 볼 수 있다.

염상섭 소설에서 예술가들이 현실의 인정과 승인을 받는 과정은 주로 '미술전람회'에 출품하여 당선되는 방식으로 그려진다. 『사랑과 죄』와 『모란꽃 필 때』에서는 주인공들이 '동경미술전람회'에 출품을 준비하는 과정이나, 『모란꽃 필 때』에서는 김진호가 특선에 뽑히는 장면이 등장한다. 염상섭 소설 속 예술가들은 자신의 재능을 통해 예술 자체를 추구하는 인물들이 아니다. 이들은 전람회나 공모전을 통해 사회적으로 인정받으려는 경향이 강하다. 『사랑과 죄』의 리해춘은 "지금 청년이 다른 방면으로 가지 않고 문학이니 음악이니 미술이니 하는 데로

---

29   피에르 부르디외/하태환 역, 『예술의 규칙(문학 장의 기원과 구조)』, 동문선, 1999, 94면.

30   프랑코 모레티/성은애 역, 『세상의 이치』, 문학동네, 2005, 37면.

방향을 고치는 것도 제 길을 마음대로 걸어갈 수가 없"[31]다고 말하는데, 이런 인식은 식민지 현실에서 기인한다. 『청춘항로』에서 종호도 '조선미술전람회'를 준비하고 있다. 아직 보름 이상 기간이 남아있다고 언급되는 것을 보면, 소설의 서사적 '현재'는 1936년 4월 말이나 5월 초 무렵인 듯 하다. 당시 조선미전은 매년 5월 중순 경에 개최되었기 때문이다.[32] 『청춘항로』가 연재되던 1936년에는 5월 17일부터 3주일 동안 경복궁 내에 설치된 전람회장에서 펼쳐졌다.[33] 다시 말해, 종호는 자신이 출품을 준비하는 조선미전의 장소인 경복궁을 미리 찾아가 출전 의지를 새롭게 다지고자 했다고 볼 수 있다. 조선총독부에서 주관하던 조선미술전람회는 식민지 조선의 화가 지망생들의 주요한 등용문이었다. 그렇지만 이곳을 통해 등용되기 위해서는 일제에서 요구하는 형식과 내용에 맞춰 작품을 출품해야만 했다.

당시 경복궁에는 조선총독부 건물이 들어서 있었고, 대내외적으로 일본 제국주의 통치의 문화적이고 근대적인 면을 부각시키기 위한 장소로 활용되었다. 작품 속에서 미사코가 서양인들에게 경복궁에 대해 설명하는 구체적인 내용은 드러나지 않지만 "서양 사람들의 '야! 훌륭! 훌륭!'하는 커단 소리가 좀 멀리 떨어져 들려왔다."(1회, 297면)라는 표현 등을 보면, 그도 비슷한 맥락에서 안내했을 것으로 추정할 수 있다. 흥미로운 것은 화가인 종호가 미사코의 매력에 빠져들게 되는 순간의 묘사이다.

---

31   염상섭, 『사랑과 죄』(16), 『동아일보』, 1927년 8월 30일.

32   「'朝鮮美展' 會期 六月로 開催延期」, 『조선일보』, 1938년 3월 8일.

33   「朝鮮美展」, 『동아일보』, 1936년 3월 26일.

그러나 무엇보다도 종호의 눈을 끄으는 것은 그 여자의 옷입은 스타일이다. 어떻게 생겼거나 기모노의 감이 무어거나 빛깔과 무늬가 어떻거나 그런 것이 눈에 띠우는 게 아니라, 옷입은 스타일이 이상히도 시선을 빨아들이는 듯싶이 도발적(挑發的) 쾌감을 주는 것이었다. 오비를 느슨히 매어서 혹은 앞자락이 느즈러졌든지 벗버스름한 모양이나, 보통으로 말하면 단조로운 직선 이외에는 별로 변화있는 곡선미가 없는 기모노의 정강머리 이하에서 알 수 없는 미감을 느낄 때, 그것이 설사 단정한 옷맵시는 아니라 하여도 미술가인 종호의 눈에는 놓치기 아까운 미관이었다. 발을 띠어 놓을 때마다 으쓱으쓱하는 듯하며 발꿈치를 들었다가 놓는 것처럼 걸으면서도 조금도 어깨가 들먹어리는 것이 눈에 띄인다든지 부자연해 보이지 않는 그 전체의 리드미컬한 동작이 그 옷 입은 몸매와 어울려서 일층 고혹적으로 보이는 것이다.(1회, 293면)

그는 단순히 일본인 미사코가 미인이기 때문에 빠져든 것이 아니다. 애초에 그녀가 "어떻게 생겼"는지는 중요하지 않다. 그의 눈길을 사로잡은 것은 그녀의 "옷입는 스타일"과 독특한 "걸음걸이"이다. 그는 기모노를 입은 일본 여성의 신체와 걸음걸이에서 풍기는 독특한 일본적인 분위기에 매료되었던 것이다. 그는 미사코를 살아있는 사람이 아니라 일종의 예술작품처럼 대한다. 그리고 이러한 특성은 그가 추구하는 예술세계의 지향점을 암시한다. 그는 서양인의 첩인 일본 여성에게 호감을 느끼고 동질감을 느낀다. 미사코가 서양인과의 관계를 통해 자신의 이득을 취하듯, 종호는 일본인 미사코를 통해 더 큰 기회를 얻고자 한다. 이 작품에서 '라샤멘'은 중요한 의미가 있다. 미사코가 서양인 남편과 동료의 도움으로 서구 사회로 진출할 수 있는 기회를 잡은 것처럼, 종호도 일본인 미사코의 도움으로 식민지 조선의 현실적 제약을 벗어날 수 있는 계기가 마련되기 때문이다.

> 일주일쯤 희한히도 마음을 잡고 들어앉는 동안, 우선 전체의 구도(構圖)는 되었다. 새 서울과 묵은 서울―말하자면 현대 도회화한 서울을 그리면서도 조선색, 소위 로컬컬러를 잊지 않은 점에 주력하였고, 또 거기에 얼마쯤 성공하였다는 자신도 갖게 되었다. 그러나 현대 도시를 표상(表象)하는 데는 아무래도 비행기가 중천에 떠오르는 것을 그리고 싶었다. 지금 이 그림은 말하자면 인왕산 꼭대기에 앉아서 서울을 굽어보는 풍경화인고로 배경이 단조로워지는 것이 사실이므로 그 단조를 조화키워하여서도 그것이 필요하였다.(2회, 183면)

『청춘항로』의 독특한 점은 서술자가 중심인물인 종호와 거리감을 유지하면서 그를 이중적인 태도로 아이러니하게 바라본다는 점이다. 그는 경성에 거주하는 조선인이지만, "귀공자"같은 그의 삶은 동시대 조선인들의 일반적인 삶과는 상당한 거리가 있다. 종호는 "사면이 유리창으로 된" 인왕산 자락의 화실에서 대경성을 굽어보는 웅대한 작품을 그리고자 한다. 실제로 근대 도시로 변모한 경성은 화가들의 '회화적 상상력'을 자극하는 주요 대상 중 하나였다. 특히 1920~30년대 조선미전 입선작의 주요 경향은 경성의 옛 것과 새 것이 병존하는 양상을 보이는 것이었다.[34] 종호가 "현대 도회화한 서울을 그리면서도 조선색, 소위 로컬컬러를 잊지 않은 점에 주력"하는 것은 이러한 경향과 관

---

34 신정훈, 「경성의 삶과 회화: 조선미술전람회 입선작으로 본 1920~30년대 미술과 도시」, 『미술자료』 제91집, 2017, 81면.

206

련이 깊다. 특히 조선미전에 경성의 풍경을 소재로 한 〈도시의 해질 무렵〉(1928)과 〈북악산을 배경으로 한 풍경〉(1929) 등으로 특선을 받았던 김주경의 화풍을 연상시킨다. 다만 종호는 '대경성'을 사면에서 바라보는 구도를 기반으로 '비행기'가 중천에 떠오르는 장면을 그려넣고자 한다. 그는 자신의 그림에 비행기가 날아가는 모습을 생생하게 담기 위해서 여의도비행장으로 향하고 그곳에서 미사코를 다시 만나게 된다.

〈그림 16〉 김주경, 〈북악산을 배경으로 한 풍경〉(1929)

결국 종호는 일본인 화가의 도움을 직접적으로 받지 않고서도 조선미술전람회에서 특선에 뽑혔다. 그가 그린 〈서울〉은 인왕산에서 대경성을 내려다보는 구도를 취하고 비행기가 한편에서 날아오르는 풍경을 담고 있다. 흥미로운 것은 일본인 미사코가 종호에게 도움을 주는 방식이다. 그는 『사랑과 죄』의 심초매부나 『모란꽃 필 때』의 방천추수처럼 종호가 그림을 그리는 과정 자체에 도움을 주는 것은 아니다. 대신 그는 자신이 알고 있는 부유한 서양인 '달튼'을 중개해서 종호의 그림을 100원의 거금에 구매하도록 유도한다. 그는 시드니 등 서구 지역의 여러 곳에서 갤러리를 운영하고 여러 나라의 미술품을 수집·전시하는 인물이다. 종호는 미사코의 도움으로 서구 사회에 이름을 알리고 작품을 전시할 수 있는 기회를 얻게 된다.

> "불란서는 나같은 건 가야 소용없을지 모르지만, 나두 쉬히 나서볼까해요."
> "어느 방면으루요?"
> "위선 선생님의 그림이나 짊어지고 그 늙은이의 뒤나 대서서 '오스트라리아'로 건너가 볼까하는데 어떻겠어요?"
> 진담인지 농담인지 분간을 할 수가 없는 소리를 탕탕한다.
> "좋겠지요. 이번엔 미술사절(美術使節)이군요. 그렇게 되면 나두 뒤쫓아서 '시도니'의 무슨 박물관엔가 걸리는 내 그림을 보러 가지요."
> "나 보구 싶어선 못 오시구?…… 하지만 내가 파리두 쫓아가기가 더 쉽겠죠."
> "글쎄요. 내 파리행이라는게 언제 실현될지?"
> "그럼 아직 확정된 것은 아닙니다그려?"
> 여자는 정색을 하며 열심히 묻는다.(3회, 312면)

미사코는 서양인 부호인 '달튼'의 비서로서 함께 오스트레일리아로 갈 것을 제안받고 종호와 함께 고민한다. 그러면서 그들은 '달튼'의 자본과 네트워크를 바탕으로 프랑스나 오스트레일리아 등 일본 제국을 넘어서는 영역으로 나아가는 꿈을 꾼다. 이 시기 기술혁신을 통해 통신 네트워크와 이동 수단이 획기적으로 발전했기 때문이다. 이들은 이제 '텔레비전 시대'가 도래했다고 이야기한다. 텔레비전이 "백림과 라이프치히 간에 벌써 개통"되었다는 것이다.[35] 조선인 화가가 미술전 등을 통해 일제의 인정을 받고 "세계적으로 진출"하는 양상은 이미 『모란꽃 필 때』에서부터 나타난다. 이 작품은 주인공 김진호가 동경미술전람회에서 특선으로 뽑힌 후에 프랑스 파리로 유학을 떠날 것을 암시하면서 끝난다. 그러므로 『청춘항로』는 『모란꽃 필 때』의 세계관을 그대로 계승한 작품이라 할 수 있다. 차이가 있다면 『모란꽃 필 때』가 동경을 경유해 세계로 진출하기를 꿈꾼다면, 『청춘항로』는 경성에서 곧장 세계로 나아갈 것을 꿈꾸게 되었다는 것이다. 이처럼 주인공의 꿈에 가속도가 붙게 된 것은 기술의 총화 '비행기'가 등장했기 때문이다. 『모란꽃 필 때』의 인물들이 기차와 배를 통해 동경으로 이동한다면, 『청춘항로』의 인물들은 비행기를 통해 동경으로 단번에 날아간다. 이 작품에서 비행기는 새로운 시대를 알리는 첨단의 교통수단이자 세계와 조선을 매개하는 연결망이다.

---

35 「英國의 테리비·테레폰」, 『조선일보』, 1936년 6월 30일.

〈그림 17〉 1930년대 일본의 항공노선 포스터
(출처: 서울역사박물관, 『모래섬, 비행장, 빌딩숲 여의도』(2021), 51면)

　『청춘항로』는 4회(1936년 9월)만에 연재가 중단된다. 중단의 배경에
는 이 시기에 일본과 오스트레일리아 간의 무역 갈등이 고조되고 있었
기 때문일 수 있다.[36] 『청춘항로』는 자신의 꿈을 실현시키기 위해 노력
하는 조선의 청춘들의 모습을 비행기의 항로에 비유하는 작품으로 보
인다. 그런 점에서 종호의 그림 〈서울〉에서 경성의 하늘을 솟아오르는
비행기의 모습은 상징적이다. 당시 일본 본토와 조선과 만주는 비행기
에 의해 하나의 공간으로 통합되어 있었다. 당시 운행하던 항공우편의

36　1930년대는 세계적 불황기였는데, 일본은 오스트레일리아의 중요한 고객이었
다. 만주사변 이후 만주에 주둔하는 일본 군대는 따뜻한 겨울 군복이 대량으
로 필요했고, 그 원료의 대부분을 오스트레일리아에서 수입하고 있었기 때문
이다. 그렇지만 영국의 압박으로 오스트레일리아는 일본에 대한 관세를 높일
수밖에 없었고, 이로 인해 이 시기 일본과 오스트레일리아 간의 갈등이 고조
되고 있었다. 원지연, 앞의 글, 37면.

경로는 '동경-명고옥-대판-복강-울산-경성-평양-신의주-대련-봉천-신경-하얼빈-치치하루-만주리' 등을 경유했다.[37] 이 시기 염상섭소설에서 식민지 조선의 젊은이들은 스스로의 노력만으로는 꿈을 이루기 어려운 환경에 놓여 있었다. 그래서 이 시기 염상섭의 작품에서 대부분의 조선인 주인공들은 일본인 조력자의 도움을 받는다. '비행기'를 통해 젊은 식민지 조선인들의 삶을 조망하고자 하는 염상섭의 문제의식은 같은 시기 동시 연재되었던 『불연속선』에서도 이어진다.

2. 제국을 경유하는 세계와 피식민지인의 꿈: 『불연속선』

『불연속선』은 『매일신보』에 1936년 5월 18일부터 12월 30일까지 총196회에 걸쳐 연재된 장편소설이다. 이 작품은 남녀 간의 연애 과정이 중심을 이루지만, 기존의 작품들에서는 찾아보기 어려운 독특한 설정과 시대적 분위기를 반영하고 있다. 특히 중심인물인 김진수는 동경에서 '삼등 비행사' 면허증을 취득하였지만, 식민지 조선에서 비행사로서의 꿈을 펼치지 못한 채 택시 운전수로서 살아가는 인물이다. 이러한 설정은 실존 인물에서 모티브를 따온 것으로 보인다.[38] 『불연속선』의 주

---

37 「비행기는 왜 생겼나 항공우편이야기」, 『조선일보』, 1936년 3월 1일.

38 당시에도 동경에서 비행사 자격증을 취득하고 귀국한 후에 택시 운전수로 살아가던 인물이 있었다. '조선인 여성 비행사 2호'로 불리는 이정희는 2등 비행사 자격증을 취득하고 돌아왔지만, 비행사로서의 취업이 용이하지 않자 택시 운전수 등 여러 직업을 전전했다. 김지원, 「근대 조선에서의 조선인 비행사들」, 『한일민족문제연구』 39권, 2000, 260면 참조.

인공이 '비행사 자격증'을 취득한 인물로 설정된 것은 문제적이다. 당시 식민지 조선에는 그러한 인물을 수용할 만한 물질적 토대가 충분히 갖추어지지 못했기 때문이다.[39] 이 작품은 비행기와 자동차 등의 근대적 운송수단을 통해, 식민지 조선의 제약적 상황과 제국과 식민지 간의 불균등한 발전 상태를 극명하게 보여주는 작품이라 할 수 있다.

〈그림 18〉 이정희
(『매일신보』, 1929년 3월 31일)

『불연속선』은 1936년 5월 3일에 장충단 공원에서 열린 '제10회 전경성 상공연합대운동회'를 배경으로 시작된다.[40] 이 작품이 『매일신보』

---

39 염상섭은 「6년 후의 동경에 와서」(1926)에서 안창남이 조선 상공을 비행하는 것을 보고 "자동차운전수가 비행기를 타게 되었다"고 평가했다. 그는 조선 사람이 주체적으로 비행기를 운용하지 못하고 일제가 만들어 놓은 항공 인프라를 활용해서 단순히 비행을 하는 것에 큰 의미를 두지 않으려고 했던 것으로 보인다. 염상섭, 「6년 후의 동경에 와서」, 『염상섭 문장전집』1, 소명출판, 2013, 492면.

40 1940년에 개최될 예정이던 '동경올림픽'이 4년 뒤에 열릴 것이라고 언급되는 것으로 보아 시간적 배경으로 1936년이고, 오늘은 "오월 첫 공일"로서 "장충단에는 시민의 유일한 연중행사인 대운동회"가 열린다고 언급되기 때문이다. 당시 상공연합대운동회는 매년 오월 첫 공휴일에 개최되었다.

에 연재되기 시작한 것이 불과 보름 뒤인 1936년 5월 18일인 것을 고려하면, 염상섭이 『불연속선』의 작품 속 시간을 작품 밖의 실제 시간과 최대한 가깝게 설정했음을 알 수 있다. 이 작품은 경성과 동경이 대칭을 이루는 구도를 취하고 있다. 1936년 현재의 경성에서는 '운동회'가 열리지만, 4년 후인 1940년의 동경에서는 '올림픽'이 개최될 예정이다. 중심인물인 김진수는 동경에서 '삼등비행사' 자격증을 취득했지만, 귀국 후에는 '택시 운전수'로 살아가고 있다. 경성이 '운동회'와 '택시'의 속도로 움직이는 현재적 공간이라면, 동경은 '올림픽'과 '비행기'의 가속도가 붙은 미래적 공간이라 할 수 있다.

1930년대는 세계적인 대공황 시대였고 직업을 찾지 못한 사람들이 넘쳐나던 시기였다. 그런 점에서 볼 때, 택시 운전수라는 안정적인 직업을 가진 진수의 처지가 그리 나쁜 것은 아니었다. 그렇지만 그의 가족들은 그가 운전수로 살아가는 것을 부끄러워한다. 여동생 정임은 오빠가 "자동차 운전수라는 것이 좀 창피"해서[41] 길에서 마주쳐도 모른 척하고 지나가고, 진수도 그러한 여동생을 보면서도 "운전수밖에는 더 못된 자기의 무능을 자탄"(8면)한다. 김진수는 동창생인 최영호 일행이 자신의 택시를 타자 더 큰 자괴감을 느끼기도 한다. 자신은 동경 유학을 가서 비행사 자격증을 따 왔음에도 현실의 벽에 부딪혀 택시 운전수로 살아가는 반면, 공부를 못했던 최영호가 낙제를 거듭하면서도 경성제대 법문과(法文科)를 졸업했기 때문이다.

---

41 염상섭/김경수 편, 『불연속선』, 프레스21, 1997, 8면. 이후에는 페이지수만 표기한다.

한 오 년 한 고생이야 남에게 말 못할 일도 하도 많으나 어쨌든 또 어쩐둥 하여 소원대로 삼등비행사(三等飛行士)가 되었다. 그러나 이제는 돈 있고 길이 있어야 더 발전을 하는 것이지 삼등비행사쯤 어디 가서 명함도 못 내놓을 세상이 되었다. 비행사라는 이름을 띠고 전같이 우유배달 신문배달을 할 수가 있나, 비행계에도 어중된 고등유민은 디굴디굴한 것이다. 하는 수 없이 다시 조선으로 물러나왔다. 나와서는 할 게 무어 있나! 배운 게 도둑질이라구 비행학교에 사환셈직하게 들어가기 전에 이리 구르고 저리 구르고 하여 자동차 운전수 면허증을 얻어두었던 것이 현재는 천만다행으로 존업되어 작년 가을에 나오면서부터 이 노릇을 다시 하게 된 것이다. 이거나마 안하면 제 몸뚱이 알라 다섯 식구의 입에 풀칠이나 될 듯싶은가. 모든 게 생각하면 저 못나 그런 게 아니라 저 잘났으면 별 수 있느냐는 소리를 버럭 지르고 싶다. 그래도 부친의 일이 잘 되기만 하면—하는 다만 한 가지 희망은 마음을 명랑케 하는 것이다(9-10면).

그는 동경에서 5년 동안 고학을 해서 '삼등비행사'가 되었다. 그렇지만 "삼등비행사쯤 어디 가서 명함도 못 내놓을 세상"(9면)이 되어서, 그는 관련 분야에서 직업을 찾지 못한다. "이제는 돈 있고 길이 있어야 더 발전을 하는 것"(9면)이다.[42] 당시 기준에 따르면, 비행기로 상업적 활동을 하기 위해서는 1등 비행사 면허가 있어야 했다. 그러므로 '삼등비행사'인 김진수는 "비행계에도 어중된 고등유민"에 불과했다. 그의

---

42 식민지 시기 항공 관련 법규가 본격적으로 제정된 것은 1921년 무렵이었다. 3월 18일에는 '항공단속규칙', 4월 20일에는 '항공기조정사면허규칙'이 각각 발표되었다. 이로 인해 비행사 면허는 1등, 2등, 3등 비행사로 구분되었다. 김지원, 앞의 글, 2020, 255면.

"부친의 일이 잘만 되어 돌아오면 이등비행사 일등비행사……"(9면)가 될 수 있다고 기대하는 것을 보면, 그가 금전적인 문제로 '일등비행사'가 되는 꿈을 이루지 못하고 있음을 알 수 있다. 당시 그의 부친은 소유하고 있는 금광을 처분하기 위해 일본으로 건너갔다.

당시 경성에는 전차, 버스, 인력거, 택시 등 다양한 근대적 교통수단이 있었다. 그렇지만 대부분의 교통수단은 일본인들이 경영하거나 일본인 중심으로 운행이 이루어졌다. 특히 요금이 비쌌던 택시의 주요 고객층은 일본인이나 일부 상류층의 조선인들이었다.[43] 김진수는 최영호와 송경희 등을 택시에 태우고 장충단에서 한강으로 향한다. 이때 이동하는 경로를 보면, 대부분 일본인 거주 구역인 남촌 일대임을 알 수 있다. 그는 '장충단 종점-영락정 네거리-황금정 네거리-조선은행 앞-남대문 밑-세브란스 병원 앞-길야정 정류장-남묘 초입' 등을 거쳐 이동한다. 김진수는 '사직골', 최영호는 '와룡정', 송경희는 '관훈동' 등 모두 북촌에 살고 있지만, 이들이 활동하거나 이동하는 대부분의 지역은 남촌에 몰려 있다. 이처럼 이들이 살고 있는 현실(행위지대)과 추구하고자 하는 이상(투사공간) 사이에는 어느 정도의 간극이 있다.

결과적으로 이들은 모두 비슷한 처지에 놓여 있는 인물들이라고 할 수 있다. 김진수는 비행사로서의 꿈을 펼치지 못하고, 최영호는 경성제대 법문부를 졸업했지만 법률가가 되기 위해서는 동경으로 건너가 고등문관시험에 합격해야 한다. 송경희는 동경여자사범학교를 다녔지

---

43 김영근, 「일제하 식민지적 근대성의 한 특징 – 경성에서의 도시 경험을 중심으로」, 『사회와역사』 제57권, 2000, 29면.

만 몸이 약해서 졸업을 하지 못한 채 귀국하여, 카페 〈폼페이〉를 운영하는 마담이 되었다. 이들은 경성에서 자신의 꿈을 실현시킬 방법을 찾지 못한다. 그러한 사람들이 우연히 한 택시 속에 탑승한 채 경성의 거리를 달리게 된다. 그런 점에서 이 택시가 일종의 파국('교통사고')을 맞게 되는 것은 불가피하다.

차는 황금정 네거리를 꼽들었다. 조선은행 앞을 지나 남대문 밑에서 잠깐 스톱을 당하고 다시 넓은 길에서 속력을 냈다. 세브란스 병원 앞에서는 그래도 시원스럽게 전찻길을 휙 건너섰다. 건너서자 인제는 휑한 벌판에 거리낄 게 없다는 듯이 앞차가 속력을 내는 것을 보고 진수도 속력을 놓았다. 그래도 앞차와는 눈깜짝할 결에 여남은 간통은 떨어졌다. 진수는 또 조금 틀었다. 앞은 훤하게 틔우고 이만 속도는 염려 없다고 생각한 것이다.

오 초, 십 초, 십오 초…… 길야정 정류장을 오륙 간통쯤 격해 놓고, 남묘로 들어가는 어귀에서 택시 한 대가 쭈르르 나오는 것을 보자, 진수는 꿈질하며 속력을 내리는 틈에 그 차는 전찻길을 건너려다 말고, 지금 정류장을 떠나는 전차의 앞으로 쪽 빠져서 이편 차를 스쳐가 버린다. 그러나 진수가 잘되었다고 생각할 여도 없이, 용산 쪽에서 치달아 오르는 택시가 눈에 힐끗 뜨이는데 오른 편에서는 운송부 마차가 털컥거리고 내려간다. 진수는 하는 수 없이 속력을 더 줄이며 막 지나치는 전차의 뒷모서리를 스치며 안전지대의 안쪽으로 핸들을 틀었다. 그러나, 앗…… 버스가! 진수의 눈은 뒤집혔다. 전차에 가려서 안 보이던 버스가 남묘 앞 신작로의 언덕길을 천천히 내려오다가 전차가 지나가는 것을 보고 마침 속력을 놓아 찻길을 가로 건너려는 판이다! 잘못 하면 버스의 머리는 이 차의 허리를 받을 모양이다.

앗! 앗……!

눈이 뒤집힌 두 차의 운전수를 빼놓고는 누구의 입에서나 쏟아져 나오는 소리였다. 진수는 이마에서 진땀이 부쩍 솟으며 일순간 아찔하고 눈이 아물아물하자 우지끈! 으악! 하는 소리가 나는 듯하다. 그러나 다음 순간에는 그나마 귀밑에서 차차 멀리 스러져갔다…….(19-20면)

『불연속선』은 교통사고의 순간을 구체적으로 다룬 최초의 한국 근대소설 중 하나라 할 수 있다.[44] 이 교통사고는 제국과 식민지의 '불연속적'인 낙차가 만들어낸 속도의 충돌을 상징한다. 비행기의 속도에 익숙한 김진수가 "앞은 훤하게 틔우고 이만 속도는 염려 없다고 생각"(19면)하면서 식민지 조선의 자동차들에게 허용된 속도의 영역을 벗어남으로써 파국으로 치닫게 된 것이다. 『청춘항로』에서 일본인 미사코가 종호가 예술가로서의 꿈을 키울 수 있도록 후원자를 자처하는 것처럼 『불연속선』의 송경희는 비행사를 꿈꾸던 택시기사 김진수를 보면서 "이런 사람에게야말로 파트론(후원자)이 있었으면 좋겠다고 동정하는 마음"(59-60면)을 갖게 된다. 이 교통사고를 통해 송경희와 김진수는 연인으로 발전하게 되고, 여의도비행장에서 여객기를 타고 평양으로 여행을 다녀올 계획을 세운다.

---

44 이보다 앞선 이효석의 「도시와 유령」(1931)이나 비슷한 시기 박태원의 『천변풍경』(1936)에서도 교통사고 장면이 등장하기는 하지만 『불연속선』만큼 구체적으로 재현되지 않는다. 특히 이 작품에서는 운전을 하는 주인공의 시점으로 사건이 묘사됨으로써 교통사고의 장면이 생생하게 그려진다. 또한 교통사고 이후에 이 사건과 관련된 재판이 진행됨으로써 근대적 관점에서 교통사고의 책임에 대한 논쟁이 이루어지는 점도 특색이다.

〈그림 19〉 염상섭의 『불연속선』 116회 삽화
(1936년 9월 23일)

여객기에는 세 사람이 내리고 세 사람이 탔다. 만원이기는 하나 진수와 경희는 나란히 앉게 되었다. 마침 잘되었다고 생각하였다. 프로펠러 소리가 나는구나 하고 생각하는 동안에 벌써 한 강줄기가 헤어 넌 피륙 같이 수건폭만하게 내려다 보인다. 경희는 '벌써?' 하고 눈으로 진수를 보고 웃었다. 진수도 웃음으로 대답하였다.

진수는 샤프펜슬을 꺼내서 종이조각에,
'멀미가 나요?'
하고 써 보였다.
경희는 도리질하며 웃어만 보이다가 붓을 뺏어서,
'배멀미는 하지만 상쾌해 좋아요.'
라고 써 보였다.
'뉘 덕인가 생각해 보셔요.'

라고 진수가 다시 붓을 뺏어서 썼다. 경희는 또 눈웃음을 쳐 보이더니, 이번에는 자기의 핸드백 속에서 조그만 만년필을 꺼내가지고,

'과학문명의 덕인 줄은 압니다.'

라고 엇먹어보았다(237면).

김진수와 송경희가 여객기를 타고 평양으로 당일여행을 다녀오는 장면은 작품의 전체 흐름에서 굳이 삽입될 필요가 없는 잉여의 장면처럼 보이기도 한다.[45] 그렇지만 이들의 평양행은 상징적 차원에서 중요한 의미를 갖는다. 이들은 비행기를 통해 세상을 내려다 봄으로써 새로운 시각으로 세상을 바라보기 시작한다. 경희가 "단 한 시간을 놀다 오더라두 비행기를 한 번 타보셔요. 정말 시원할 거니."(235면)라고 권하면서 두 사람은 평양으로 날아간다. 이들은 평양행 비행기를 타고 상공에 올라 지상을 내려다보면서 새로운 시각에 눈을 뜨게 된다. 그리고 진수는 "별안간 어른이 된 것 같습니다."(238면)라며 자신이 성장했음을 깨닫게 된다. 이처럼 『불연속선』에서 인물들은 비행기를 타는 경험을 통해 새로운 눈으로 세상을 바라보기 시작한다. 그리고 자신들의 성장을 위해 식민지 조선을 떠나 동경으로 향하게 되면서 서사는 마무리된다.

『불연속선』의 제목인 '불연속선'은 기온·기압·풍속·풍향 등 대기의 특성이 어느 면을 경계로 불연속적으로 변할 때 그 면과 지표가 접

---

[45] 김병구는 "비행기를 타고 도피 여행을 떠난다는 설정이 비현실적"이라고 지적했고, 박형준은 "1936년에 비행기로 평양을 다녀온다는 이 장면은, 다소 생소하고 일제의 통치를 미화하는 것처럼 보이기도" 한다고 지적했다. 김병구, 앞의 글, 2015, 214면; 박형준, 『1930년대 후반 장편소설의 일상 재현 양상 연구』, 동국대학교 대학원 석사학위논문, 2006, 44면.

하는 선을 의미한다. 이 시기 작가는 기존의 시기와는 단절된 새로운 시기가 도래했음을 직감했을 수도 있다. 이 작품을 마지막으로 염상섭은 만주로 떠나고, 1945년 해방을 맞을 때까지 본격적인 창작활동을 거의 하지 않았다. 만주에서의 그의 행적은 일부 문인들의 글이나 회고를 통해 대략적으로 짐작할 수는 있지만 정확하게 밝혀진 내용은 많지 않다. 『청춘항로』와 『불연속선』은 제국과 식민지의 낙차로 인해 성장이 가로막힌 인물들을 중점적으로 다루는 작품이라는 점에서 염상섭이 만주로 떠나게 된 시점의 작가의 내면 풍경과 현실적 고민을 어느 정도 반영하고 있다고 볼 수 있다.

요컨대 비행기는 자동차나 기차와 같은 단순한 의미의 교통수단이 아니었다. 그것은 제국과 식민지를 하나로 통합하는 제국의 항공체계의 일부였다. 염상섭의 작품 속에서 비행기의 의미는 크게 두 가지로 구분해 볼 수 있다. 하나는 '첨단' 혹은 '문명'의 이미지로서의 비행기이고, 다른 하나는 실제 교통수단으로서의 비행기이다.

『청춘항로』는 자신의 꿈을 실현시키기 위해 노력하는 조선의 청춘들의 모습을 비행기의 항로에 비유하는 작품으로 보인다. 그런 점에서 종호의 그림 〈서울〉에서 경성의 하늘을 솟아오르는 비행기의 모습은 상징적이다. 『불연속선』의 중심인물인 김진수는 동경에서 '삼등비행사' 면허증을 취득하였지만, 식민지 조선에서 비행사로서의 꿈을 펼치지 못한 채 택시 운전수로서 살아가는 인물이다. 염상섭의 『불연속선』은 교통사고의 순간을 구체적으로 다룬 최초의 한국 근대소설 중 하나이다. 『불연속선』의 인물들은 비행기를 타는 경험을 통해 새로운 눈으로 세상을 바라보며, 자신들의 성장을 위해 식민지 조선을 떠나 동경으로 향하게 된다.

두 작품의 중심인물들은 공통적으로 동경에서 새로운 학문과 문화를 배워 돌아온 지식인이자 예술가이지만, 식민지 조선에는 그러한 첨단의 지식과 경험을 실현할 수 있는 환경이 조성되어 있지 않았다. 결국 그들은 새로운 꿈을 좇아 조선 외부로 나아가고자 시도한다. 그들은 제국으로부터 승인을 받고 되돌아왔지만 저발전 상태의 식민지 조선의 한계를 깨닫고 새로운 '항로'를 모색해야 하는 처지에 놓인다. 당시 식민지 조선인들은 새로운 가능성을 기대하면서도 근본적인 한계를 느끼지 않을 수 없는 상황에 놓여 있었다. 그리고 이러한 설정은 이 시기 염상섭이 만주로 떠나게 되는 일련의 상황을 추측할 수 있게 한다.

3. 제국의 아카데미와 식민지 지식인의 초상: 『화상보』

유진오는 식민지 조선을 대표하는 엘리트 지식인이자 '동반자 작가' 중 한 명으로 알려져 있다. 그는 1924년 개교한 경성제대 예과에 1기생으로 수석 입학했고, 본과를 수석으로 졸업했다. 그는 일본인들과의 치열한 경쟁 속에서도 수석을 놓치지 않았던 수재였다. 이후 모교 대학원에 진학하여 법문학부 연구실 조수와 강사 등을 거쳐 모교의 교수를 꿈꾸었지만 그 꿈을 이루지 못하고 보성전문으로 옮겨 교수가 되었다. 그가 경성제대에서 교수가 되지 못한 것은 조선인이라는 점이 결정적인 원인이었던 것으로 알려진다.[46] 이러한 작가적 체험은 「김강사와 T교수」 (1935)와 『수난의 기록』(1938) 등에서 반복적으로 형상화되었다. 이 작품들에서는 일본인 중심의 학계에서 조선인 주인공이 불리한 조건 속에서 경쟁하고 성장의 한계를 느끼는 내용이 주를 이룬다.

유진오의 장편소설 『화상보』는 식물학자인 조선인 주인공을 내세웠다는 점에서 그의 이전 작품들과 비슷하지만, 이 인물이 일본인들의 조력을 통해 성장하고 자신의 꿈을 실현해간다는 점에서 독특하다. 이 작품은 『동아일보』에 1939년 12월 8일부터 1940년 5월 3일까지 총 140회에 걸쳐 연재된 장편소설이다. 유진오는 1927년에 등단한 이후 주로 단편소설 위주로 창작을 해왔는데, 1936년부터 약 2년간 작품 활동을 중단한 이후 『수난의 기록』과 『화상보』를 연이어 발표했다. 두 작품은 일본인 주도의 학계에서 조선인 학자가 인정받기 위해 고군분투한다는 점에서 비슷한 구조를 취하고 있지만, 『수난의 기록』이 주인공의 실패로 귀결되는 것에 비해, 『화상보』에서는 제국의 인정을 통해 성장한다는 점에서 큰 차이가 있다. 이러한 특징은 연재 예고에서도 분명히 드러난다.

> "사람은 어떠케 살어야 할 것인가." 하는 문제는 항상 새로이 반복되는 문제다. (……)
> 이런 난처한 문제인 줄 알면서도 나는 이번 소설에서 이 문제

---

46 유진오에 따르면, 경성제대의 민법학 교수인 후지타 도조가 유진오가 '민사소송법' 교수직을 제안했지만 교수회에서 "조선인은 강좌담임 교수로 등용하지 않는다"는 방침을 정해 교수가 될 수는 없었다고 한다. 유진오, 『양호기-보전·고대 35년의 회고』, 고려대학교출판문화원, 2019, 24면.

를 처들어 보랴 한다. 그러나 그것은 이 문제에 대해 무슨 모범될
만한 해답을 제공키 위해서가 아니라 독자와 함께 나 자신 진지
하게 이 문제를 생각해 볼 기회를 갖자는 것에 지나지 않는다. 다
만 한 가지 말해둘 것은 소설은 현실이면서도 현실이 아니라는 미
묘한 성질의 것이라 때를 따러서는 어느 정도의 꿈도 또한 용서될
수 잇다는 점이다. 지금까지는 나는 내가 쓰는 글 가운데서 일상
너무나 침울한 세계만을 방황해왔다. 그러므로 이번 소설에서는
내 꿈이 내 현실을 깨트리지 안는 한 힘껏 화려한 꿈을 얽어보랴
한다. 나의 이 노력이 혹시 중간에 부서지고 나의 붓끝이 도루 무
돼질지도 모르나 그것은 반드시 내 책임만은 아니리라.[47]

　유진오는 〈작가의 말〉에서 『화상보』가 "현실이면서도 현실이 아니
라"는 점을 분명히 하며 "어느 정도의 꿈"이 가미된 작품임을 밝히고
있다. 그는 이 작품에서 "내 꿈이 내 현실을 깨뜨리지 않는 한 힘껏 화
려한 꿈을 얽어보려 한다"고 했다. 『화상보』의 주요 내용이 다소 허황
된 부분이 있지만 실현되는 것이 아예 불가능하지는 않는 선에서 작품
을 구상했다는 의미이다.

　『화상보』는 유진오의 최초의 신문연재 장편소설로서 그동안 통속
적인 성격이 강한 작품으로 간주되어 왔다. 그렇지만 최근 이 작품이
갖는 정치적 혹은 이데올로기적 성격에 주목하는 논의들이 있다. 허병
식은 1940년대 전후한 시점에서 교양의 이념은 제국주의의 신체제 속
으로 통합되었다고 주장하며, 『화상보』를 비롯한 이 시기 작품들이 "교
양의 주인공들이 신체제와 내선일체라는 당대의 국가주의 속으로 함

47　「장편소설 화상보 연재예고」, 『동아일보』, 1939년 11월 30일.

몰되어"[48] 간다고 평가했다. 반면 유재훈은 이 작품에서 "유진오가 체제 협력으로 나아가게 되는 표지들이 곳곳에 마련되어 있으나, 체제적 담론을 벗어나거나 오히려 그것과 정면으로 부딪치는 부분들 또한 공존"[49]한다고 보았다. 손종업은 장시영이 식민지체제 자체에 근본적으로 저항하지 않고, 제국의 지식인들과 당당히 실력을 겨루어 그들을 이기고자 하는 '과학주의'를 추구한다고 보았다.[50] 대체적으로 『화상보』는 동시대의 현실과 어느 정도 타협을 취하고자 하는 작품으로 평가받아 왔다.

근대에 새롭게 발명된 교통수단과 통신수단이 사람들의 인식을 변화시키고 시공간에 대한 감각을 바꾸었다는 사실은 이미 잘 알려져 있고, 동시대 문학작품에도 그러한 특성들이 두루 나타난다. 『화상보』의 독특한 점은 동시대에 발달한 교통수단과 통신수단을 여느 작품들보다 훨씬 더 적극적으로 활용한다는 점이다. 표면적으로 보면, 이 작품은 아마추어 식물학자 장시영과 소프라노 가수 김경아를 중심으로 펼쳐지는 연애소설에 가깝다. 남녀 인물들 간의 엇갈리는 연애 과정이 서사의 중요한 사건으로 등장하기 때문이다. 그렇지만 이 작품은 독일로 유학을 떠났다 되돌아오는 경아의 서사와 경성에서 활동하다 학계의 인정을 받아 동경으로 진출하는 시영의 서사가 중심축을 이루면서 조

---

48 허병식, 「교양의 정치학: 신체제와 교양주의」, 『민족문학사연구』 40권, 2009, 88면.

49 유재훈, 「『화상보』에 나타난 자아실현의 의미」, 『현대문학이론연구』 65권, 2016, 191면.

50 손종업, 「"화상보"론: 일제 말기 유진오의 조선주의와 서사전략」, 『어문연구』 통권 148호, 2010, 299면.

선, 일본, 유럽 등의 물리적 공간들이 교통수단을 통해 연결된다. 그리고 여러 장소에 위치한 인물들이 통신수단을 통해 소통하는 과정이 중요하게 다루어진다.

> 오후 세 시 이십 분.
> 고요한 공기를 깨뜨리고 별안간 역장실의 벨이 요란스럽게 울린다. 역장이 흘깃 시계를 쳐다보고 역원에게로 얼굴을 돌리자, 역원은 일어나 플랫폼 쪽으로 나가며 역장실 밖에 있는 리이버어를 젖혀놓는다.
> 부산서 북경까지 이천 육십 칠 킬로의 먼 거리를 단숨에 달리는 대륙 직통 급행열차가 이곳에 도착할 시간이 가까워 온 것이다. 그러나 정거장 안밖은 조금도 소란한 기분이 떠돌지 않는다. 대합실에도 사람이 드물고 플랫폼에도 우리꼬들 외에는 손님이라곤 몇 사람 되지 않는다.[51]

작품은 대륙직통 급행열차인 '대륙'이 수원역에 정차하려는 장면에서 시작된다. 『화상보』가 연재를 시작한 것은 1939년 12월 8일부터였는데, 급행열차 '대륙'이 운행을 시작한 것은 1939년 11월 1일부터였다.[52] 이처럼 『화상보』가 동시대의 정세 변화를 긴밀하게 참조하고 있다는 점은 주목할 만하다.[53] 부산과 북경을 연결하는 급행열차인 '대륙'과 '흥

---

51 유진오, 『화상보』, 삼성출판사, 1972-3, 7면. 이후 인용할 때에는 페이지수만 표기한다.

52 정재정, 「일제하 동북아시아의 철도교통과 경성」, 『서울학연구』 제52호, 2013, 192면.

53 손종업은 유진오의 『화상보』가 동시대적인 시간보다 "훨씬 이전의 시대를 다루고" 있는 작품이라고 주장한 바 있다. 그리고 작중의 "식민지 지식인들은 식민도시 경성의 산물이며 그들은 정확히 '남촌'과 '북촌'으로 구획된 체제하에서

아는 "대륙경영의 병참선"[54]으로 간주되었다. '동양의 꾀꼬리'라는 찬사를 받는 김경아는 독일의 국립 백림음악원에서의 유학을 마치고 유럽 전역에서의 공연을 마치고 요코하마에 도착한 후, 동경에서 귀국 독창회를 성공리에 마치고 '경성'으로 이동했다. 작품 속에서 구체적으로 언급되지는 않지만, 그는 동해도선(東海道線)과 산양선(山陽線)을 이용해서 동경-신호-하관으로 이동한 후 연락선을 타고 부산에 도착했을 것이다. 그리고 부산에서부터 북경까지를 연결하는 대륙횡단 급행열차인 '대륙'을 타고 금의환향했다. 이처럼 고립되어 있던 식민지 조선은 '대륙'을 통해 동아시아, 더 나아가 세계와 동시적으로 연결된다. 경아는 경성에 듀비비에의 〈페페르 모코〉가 상영 중인 것을 보고, "아이구, 그 사진은 짓궂게두 남을 쫓아댕기네. 파리 갔을 때 거기서 허더니 동경을 오니까 또 그거더니 서울로 오니까 또 그거야."(164면)라고 말한다. 이 영화는 프랑스에서 1937년 초에 개봉하였고, 식민지 조선에는 1938년에 개봉했다. 어느 정도의 시차가 존재하기는 하지만, 식민지 조선도 세계의 동시대적 흐름 속에 있었던 것이다.

시영은 수원역에 도착한 급행열차의 '삼등 찻간'을 찾아 들어갔지만 경아를 발견하지 못한다. 아무리 찾아보아도 그녀를 찾을 수 없고, 그럴 때마다 그는 주머니 속의 '전보'를 꺼내서 다시 읽어본다. 그러면서 점차 다른 찻간으로 향한다. '삼등 침대차'를 거쳐 '식당차'에 들어서면서

살아간다."고 주장했다. 그렇지만 그의 주장과는 달리 이 작품은 동시대적 변화를 예민하게 포착하고 있으며, 1936년대 대경성 이후 변모된 경성의 공간 질서를 반영한 작품이라 할 수 있다. 손종업, 앞의 글, 290면 참조.

54 「今朝 "大陸列車" 釜山에서 갑발 半萬里 淸京에 初登程」, 『동아일보』, 1938년 10월 1일.

는 "좀 서먹서먹"(11면)한 느낌을 받는다. 그는 한번도 식당차를 이용해 본 적이 없었기 때문이다. 이등차에 들어서면서는 "아까 식당차에 들어설 때보다 더 서먹서먹"(11면)한 느낌을 받는다. 그러다가 "눈앞 뿌연 유리창에 사람을 위압하듯 빛나고 있는 일등의 장엄한 두 글자"(12면)를 보고서는 시영은 자신도 모르게 걸음을 멈추게 된다. 시영이 삼등차부터 한 칸씩 이동하는 과정은 시영과 경아 사이에 놓인 사회적 지위의 격차를 드러낸다.

삼등칸은 "좌석은 물론이요, 통로까지도 사람이 우글우글"(9면)하다고 묘사된다. 좌석뿐 아니라 입식까지도 사람들이 가득 찬 것이다. 식당칸에는 "버터 냄새가 코를 찌르고"(11면), 좁은 통로를 들어서면 "갑자기 앞이 환하게 트이며 화려한 급행열차의 식당차 풍경"(11면)이 펼쳐진다. 이등칸은 "푸른 우단 좌석에 씌운 깨끗한 흰 카버—"(11면)가 보이고 "삼등차 같지는 않다 해도 승객은 이곳도 만원이어서 한 좌석에 두 사람씩 꼭꼭 짝을 지어 앉아"(11면) 있다. 반면 일등칸은 "넓고 밝은 일등차 속. 포근포근한 누런 의자. 이편으로 가까운 곳에는 황금색 금장(襟章)을 빛낸 군인이 앉아서 신문기자인 듯한 삼사 명 젊은 사람들과 무슨 이야기를 하고 있는데, 그 너머로 아까 식당 차에서 본 젊은 남녀가 그림 속의 공자와 왕녀같이 마주앉아 있는 것이 보인다."(13면)고 묘사된다.

> (이 초라한 것을 연구라구 내놓다니.)
> 하는 생각이 들며 그 논문이 서푼어치 가치도 없는 것으로만
> 생각이 된다. 그래 시영은 읽던 것을 멈추고 도로 시초로 돌아가

〈조선 화본과 식물 분포에 대하여〉라는 본제목 밑에 〈일연구생의 중간 메모〉라는 부제목을 붙이어 놓고 변명을 겸해 서문을 쓰기 시작하였다. 이곳에 발표하는 것은 시간과 물질에 쫓기는 한 젊은 학도가 근근히 주워 모은 빈약한 재료를 정리해 본 것에 지나지 않는 것. 그러므로 그것은 필자 자신으로도 불만하게 생각하는 허다한 결점과 의문을 품고 있으나, 자기는 앞으로도 이 결점과 의문을 없애기 위해 모든 노력을 계속하겠다는 것 등을 늘어놓아 본다. 논문의 결점이 그런 변명쯤으로 땜질이 되지 못하는 것은 말할 필요도 없는 것이지만 다시 본문으로 돌아가 읽고 생각하고 고치고 하는 동안에 밤은 어느덧 깊어 한 시가 되고 두 시가 되고 하더니 꿈속에 들리듯이 연달아 기적소리가 들려왔다. 아마도 밤 중에 이곳을 지나는 대륙 급행열차가 저 아래를 지나가는 것이었 다. 그것이 지나자 언저리는 도로 태고적같이 잠잠해지고 새벽 냉 기가 옷속으로 으시시 스며든다.(316–317면)

『화상보』의 첫 장면에서 '대륙'이 등장한 것은 우연이 아니다. 이 작 품에서 서사적으로 중요한 사건이 펼쳐질 때마다 '대륙'이 반복해서 언 급된다. 급행열차인 '대륙'이 작품에서 등장하는 횟수는 첫 장면을 포 함해서 총 네 번이다. 첫 장면이 경아의 귀국 과정에 나타났다면, 두번 째는 시영이 수년 간 준비해 온 논문인 〈조선 화본과 식물 분포에 대 하여〉를 최종 완성하는 순간이다. 밤새 논문을 수정하느라 밤을 지새 우는데 "밤중에 이곳을 지나는 대륙 급행열차(317면)"의 기적소리가 연 이어 들려오는 것이다. 급행열차로 일본–조선–중국이 하나의 네트워 크로 긴밀히 통합되면서, 그의 논문도 제국 일본의 승인을 받게 되었 음을 상징적으로 보여주는 장면이다.

"올해두 또 가물려나."

명곤이 혼잣말하듯 하는 옆에서 문뜩 시영은 작년 가을 경아를 맞이하러 수원(水原)까지 갔다가 바로 북행하는 이 기차를 타고 허둥거리던 생각이 났다.

"반 년 동안에—"

너무도 변한 그의 환경이었다. 갑자기 가슴이 찐해 온다. 시영이 그런 생각을 하는 그 시각에 그 기차 역시 이등찻간 유리창으로 같은 풍경을 내다보며 시영과 똑같은 생각을 하고 있는 한 여인이 있었다. 가벼운 봄외투며 빼뚜룸히 얹은 토크형 모자며 구라파 각국의 호텔딱지가 붙은 여행가방이며 세련된 품이 아무데로 보아도 이 땅의 딸 같지는 않아 보인다. 그러나 아름다운 얼굴에 짙은 애수의 그림자가 어리어 있음은 웬 까닭인가. 시름없이 창밖을 내다보다가는 의자등에 기대어 눈을 스르르 감고 감았다가는 또 눈을 떠 창 밖을 내다보고 한다.(451면)

세 번째는 가출한 후 자살하려고 부산으로 향한 영옥을 구하기 위해서 시영과 명곤이 부산으로 뒤쫓아가는 장면이다. 그들은 "대륙으로부터 오는 국제 급행열차"(450면)를 타고 이동하는 것이다. 원래 시영은 습관처럼 '삼등칸'을 탔지만 사람이 너무 많아 자리가 없어 이등칸으로 옮겼다. 같은 기차에는 동경으로 향하는 경아도 탑승한 상태였다. 그녀는 1년 전 귀국길에는 일등칸을 탔지만 지금은 이등칸에 탑승했다. 이처럼 삼등칸을 타오던 시영이 논문을 완성한 후 이등칸을 탑승하는 설정은 사회적 지위가 상승했음을 상징적으로 보여준다. 한편 경아는 안상권과의 관계가 파탄난 후 동경으로 도피하면서 이등칸을 타는데, 이를 통해 그녀의 사회적 지위의 하락했음을 상징적으로 보여준다.

마지막으로 시영이 동경제대에서 열리는 일본식물학회 학술대회에서 발표하기 위해 동경으로 이동하는 장면에서 '대륙'이 당시 한번 서술된다. 그들은 "시속 팔십 킬로의 쾌속력으로 평택·성환의 펀한 벌판을 내달리는 급행열차"에서 "성급하게 울리는 바퀴소리와 규칙적으로 진동하는 쿠션의 감각"(463면)을 느낀다. 그들이 탑승한 객실이 몇등석인지는 언급되지 않지만, 일본의 국제적 학회의 초청을 받아 이동하고 '쿠션의 감각'을 느끼는 장면 등을 고려하면 '일등석'일 가능성이 높다. 이처럼 시영은 서사가 진행될수록 점차 더 높은 사회적 지위를 차지하며 이러한 과정은 그가 탑승하는 열차의 객실의 수준으로 제시된다. 『화상보』의 결말은 시영과 경아가 경성역에서 "한날 한시에 남북으로"(492면) 정반대의 방향으로 나아갈 것을 암시하면서 마무리된다. 시영은 함흥의 재판에 출석할 예정이고, 경아는 독일로 되돌아가기 위해 일본으로 향하는 것이다. 즉, 『화상보』는 시종일관 대륙을 횡단하는 '급행열차'를 중심으로 펼쳐지는 서사라 할 수 있다.

　　『화상보』에서 교통 네트워크와 함께 주목할 것은 통신 네트워크이다. 이 작품은 통신 네트워크를 통해 상거한 장소에 위치한 인물들이 긴밀히 연결되는 양상이 두드러지게 나타난다. 작품 속에는 전보, 전화, 편지, 메신저 등 거의 모든 형태의 통신 수단이 등장하고, 이를 통해 주요 인물들은 직접 대면을 하지 않으면서도 긴밀하게 연결된다. 멀리 떨어져 있어도 시영과 경아의 관계가 오랜 기간 동안 지속될 수 있었던 것은 다름 아닌 편지가 있었기 때문이다.

　　(A) 세상에 사람이 하고 많은 것, 그러나 의줄이 될 사람은 하

나도 없는 것을 시영은 그때 비로소 절실히 깨달았다.

　그는 슬펐다. 그러나 슬픈 중에도 굳세게 살기를 결심하고 그
결심을 우선 경아에게 써 보냈다. 즉시로 경아는 그때까지의 어느
편지보다도 열정적인 답장을 써보냈다. 불행에 지지 않으려는 시영
의 굳은 결심에 몹시 감동된 것이었다.(28면)

　(B) 경아가 떠난 이듬해 그의 어머니 박씨는 세상을 떠났다. 그
러나 두 사람 사이의 편지 왕복은 변하지 않았다. 벌써 첫사랑이
아닌지라 무슨 열정을 담은 그런 편지를 주고받는 것이 아니었으
나, 서로 소식이나 전하는 그 담담한 사연 속에 차라리 오래 같이
살던 부부간에서나 보는 것 같은 은은한 애정이 담겨 있는 것이었
다.(30면)

　시영의 아버지가 급작스럽게 세상을 떠났을 때, 경아는 동경 유학
중이었고(A), 경아가 독일유학을 떠나 있을 때에는 그녀의 어머니가 세
상을 떠났다(B). 시영과 경아는 부모님이 돌아가시면서 점점 더 고립되
어 갔지만 그들은 편지를 통해 소통하면서 '은은한 애정'의 관계를 유
지해나갔던 것이다.

　『화상보』의 주요 인물들은 대부분 '편지'를 주요 통신수단으로 활용
한다. 경아에게 안상권의 전처인 홍영희가 편지를 보내고, 그것을 읽고
안상권의 실체를 깨달은 경아는 관계를 청산하는 편지를 안상권에게
보낸다. 영옥은 오빠인 명곤과 시영에게 각각 편지를 남기고 자살을 하
러 부산으로 떠난다. 이 편지를 받은 명곤과 시영은 그를 구하기 위해
뒤따른다. 이처럼 대부분의 사람들은 '편지'를 통해 긴밀히 연결되며,
편지는 인물들의 이동에 결정적인 역할을 담당한다.

완성된 원고와 지도를 공들여 싸서 커다란 봉투에 넣은 후 겉에다가 시영은 수원고농 촌송박사의 이름을 썼다. 박사에게 보내는 편지도 따로 썼다. 그러는 동안에도 마음은 종시 기쁨에 설렌다. 우편국 시간까지는 아직 두서너 시간 있으므로 그때까지 몸을 쉬리라 하고 자리에 누웠으나 잠도 오지 않았다. 모래알같이 깔깔하게 혀 위에서 구는 아침밥에 시영은 비로소 밤을 샌 피곤을 느꼈으나, 우편국에서 서류 수취증을 받아들고 나섰을 때에는 기쁨이 다시금 솟아올라와서 아직도 싸늘한 아침바람이 흥분된 뺨에 꼭 알맞게 시원하게 느껴지는 것이었다.(317면)

또한 편지는 시영에게 학계와 소통하는 유일한 통로이기도 했다. 그는 학위를 받은 정식 학자가 아니었기 때문에 학회에 직접 논문을 투고할 자격이 없었다. 그렇지만 그는 수원고농의 은사인 일본인 촌송박사에게 '완성된 원고와 지도'를 공들여 포장해서 보낸다. 그리고 그에게 따로 편지를 동봉한다. 이후 촌송박사의 답장에는 "시영의 꾸준한 노력을 칭찬하고 원고는 곧 동경 〈일본식물학회〉로 보냈으니 그리 알라"(342면)는 내용이 적혀 있었다. 문맥상으로는 촌송박사가 자의적으로 판단해서 그의 원고를 〈일본식물학회〉로 보낸 것 같지만, 그렇지는 않다. 애초에 시영이 원고와 지도를 그에게 보낸 것을 보면, 시영이 그를 통해 논문을 투고할 방법을 모색하고 있었다고 보는 것이 적절할 것이다.

한편 『화상보』의 주요 인물들은 작중에서 '고아(孤兒)'나 다를 바 없는 처지가 된다. 본격적인 서사가 진행되기 이전에 장시영의 아버지는 뇌빈혈로 사망하고, 어머니는 자궁암 말기 판정을 받고 작품 중반에 사망한다. 또한 김경아의 홀어머니는 딸이 독일에서 유학하는 중에 사망한다. 장시영의 조력자인 이태희도 중풍으로 쓰러져 사망한다. 주요 인물들인 장시영, 김경아는 부모를 모두 잃고, 이명곤과 이영옥은 아버지를 잃는다. 이로 인해 주요 인물들은 도움을 받을 수 있는 조력자가 거의 없는 '고아'와 다름 없는 상황에 놓인다. 서구 교양소설에서는 주인공이 '고아'로 설정되는 경우가 많다. 주인공이 전통적인 혈연적 질서에서 벗어나야 주변 환경의 영향 속에서 성장하기에 용이하기 때문이다.[55]

장시영은 부모가 연이어 사망할 때마다 삶의 기반이 흔들리게 된다. 이는 경성 내에서 거주지의 이동으로 가시적으로 나타난다. 주요 인물들은 대부분 조선인들이 모여 살던 북촌의 종로 인근에 거주하였다. 김경아의 집은 원동, 이태희의 집은 청진동이고 장시영은 수원에 머물면서 종로 인근의 부모의 집에 드나들었다. 그런데 아버지 장석준이 큰 빚을 남기고 예기치 않게 뇌빈혈로 쓰러져 사망하자, 시영은 집을 팔아 빚을 갚고 빈민촌인 아현정의 작은 집으로 이사하였다. 그리고 수원고농을 자퇴한 후 취업전선에 나서게 된다. 장석준은 서사 중에 한번도 등장한 적이 없었기 때문에, 작중 인물이라기보다는 갑작스러운 죽음을 통해서 아들이 고난의 상황에 처하게 하는 서사적 장치에 가깝다.

소설 속에서 경성은 각 인물들의 사회적·경제적 위계를 드러내기 위한 공간으로 설정되어 있다. 윤대석은 김경아가 속한 세계를 "소비적이고 서구지향적인 공간"(조선호텔, 예술가의 집 등), 장시영이 속한 세계를 "생산과 재생산의 공간, 생활 지향적 공간"(실업학원, 미쓰코시 백화점,

---

55   Marina MacKay, *Cambridge Introduction to the Novel,* Cambridge, 2010, p. 31.

시영의 집, 수원고농 등)으로 각각 규정한 바 있다.[56] 이 두 세계에 속하는 여러 인물들은 서로 동선이 겹치지 않는다. 다만 시영과 경아만이 서로 상대방의 영역으로 제한적인 진입이 가능할 뿐이다. 이러한 특성은 인물들의 공간적 배치를 살펴보면 좀더 구체적으로 파악할 수 있다.

장시영 가족이 이사를 가게 된 아현정 일대는 대규모 토막민 취락이 모여 있던 대표적인 빈민 구역이었다.[57] 경성부는 1933년에 아현정 일대의 2만여 평을 매입해서 경성의 곳곳에 산재한 토막민들을 이주시키려는 계획을 세우기도 했다.[58] 시영과 경아는 약혼을 할 예정이었으나, 시영의 아버지의 갑작스러운 죽음으로 무기한 연기된다. 경아가 독일로 유학을 떠난 이후에는 경아의 어머니가 갑작스레 죽고 두 사람 사이의 거리는 더욱 멀어진다. 이후 시영의 어머니는 자궁암 말기 판정을 받는다. 그런데 시영은 수술이 불가능한 어머니를 안심시키기 위해 '거짓 수술'을 하고, 돌아가실 때까지 병명을 비밀로 한다. 그래서 어머니가 죽을 때까지 많은 빚을 진다. 이처럼 시영과 경아의 부모는 서사적 차원의 인물이라기보다는 자식들을 경제적으로 제약하는 조건으로 제시된다. 그 사이 시영의 든든한 조력자였던 이태희도 '중풍'으로 쓰러져 갑자기 숨을 거둔다. 그로 인해 그가 교사로 재직하던 '경성 중등실업학원'은 문을 닫는다. 결국 어머니까지 돌아가시자, 시영은 아현정의 집을 팔고 다시 이사를 가게 된다.

---

56 윤대석, 「『화상보』에서의 교양과 과학」, 『우리말글』 제70집, 2016, 376면.
57 가와무라 미나토/요시카와 나기 역, 『한양 경성 서울을 걷다』, 다인아트, 2004, 42면.
58 염복규, 『서울의 기원 경성의 탄생』, 이데아, 2016, 307면.

이처럼 남녀 주인공의 주변 인물들이 연이어 죽음을 맞는 것은 비현실적인 설정으로 보인다. 그렇지만 이러한 과정을 통해서 남녀 주인공들은 철저하게 '고아'와 같은 상황에 처하고, 주변 환경의 변화에 크게 영향을 받는다. 더욱이 이 주변인물들은 대부분 유언(遺言)이나 유지(遺志)를 남기지 못한 채 급작스레 생을 마감한다. 장석준은 "죽을 때 마음대로 돌지 않는 혀"(27면)로 얼버무리고, 이태희도 "무엇이라 말을 얼버무리는 모양"(188면)으로 중얼거리고, 어머니도 "거의 안 들릴 만큼 입술을 너불너불하더니"(323면) 죽고 말았던 것이다. 이로 인해 남녀 주인공은 앞서 세대와의 완벽한 단절 속에서 새롭게 태어나는 경험을 하게 되는 셈이다.

김경아가 '동양의 꾀꼬리'로 불리며 조선을 대표하는 소프라노로 성장할 수 있었던 것은 경제적인 지원을 아끼지 않은 백만장자 안상권이 있었기 때문이다. 그는 백만장자의 아들로 "경응대학 이재(理財)과를 졸업한 후 서울과 동경 사이를 자기 집 안방 드나들 듯 하면서 일류 명사들과의 사교를 일삼고 있는 사람"(48면)이다. 독일 유학을 마치고 귀국한 김경아가 '대륙'의 일등차를 타고, 조선호텔에 머물다가 가회동의 문화주택인 '예술가의 집'으로 거처를 옮기게 되는 것은 모두 그의 후원이 있었기 때문이다.

가회동(嘉會洞) 막바지 예전 취운정으로부터 맹현동산에 걸쳐 운치 있게 우거졌던 솔숲은 이 수 삼 년 동안에 흔적도 없이 베어 넘어지고, 그 자리에 울긋불긋한 기와를 이은 문화주택들이 즐비하게 들어섰다. 개중에는 널빤지 벽 위에 모르타르를 발라 겉으로 보기에도 벌써 빈약한 것도 있으나 어떤 것은 하얀 화강석으로 그림에 나오는 서양 어느 귀족의 집같이 화려하게 지은 것도 있고 옛날 조선 대궐궁장(宮牆)같이 어마어마한 긴 돌담을 둘러싼 것도 있다. (…) 사람들은 지금 이 집을 이름지어 〈예술가의 집〉이라 한다. 그것은 시인 김회찬이가 지었대서가 아니라 새 주인 경아를 중심으로 수많은 예술가들이 이 집에 드나들기 때문이었다.(81-82면)

가회동은 북촌에서 서양식 주택이 가장 먼저 들어선 곳이었다. 민대식 저택과 박흥식 저택 등이 이곳에 위치해 있었다. 당시 이곳에 살던 사람들은 해외 유학파나 고등교육을 받은 중상류 계층의 사람들이었다.[59] 시영은 경아의 '예술가의 집'의 주소를 가지고 찾으러 나섰지만 자신이 "들어서지 못할 데를 들어선 듯"(242면)한 느낌을 받는다. 반면에 김경아도 자신의 독창회 표를 전해주기 위해 아현동 장시영의 집에 들른다. 그렇지만 김경아는 이 일대가 자신과는 어울리지 않는 듯한 이질감을 느낀다. 그는 시영의 어머니 장씨를 만나 "반은 조선식, 반은 일본식으로 얼버무려 절을"(152면) 한다. 일본과 유럽에서 오랜 기간 유학을 하고 돌아온 경아는 거리를 두고 조선을 바라보고자 한다.

이처럼 『화상보』에서는 서구화 혹은 일본화되어 조선인으로서의 정체성이 점점 약화되는 경아와 조선인의 정체성을 공고하게 유지하기 위해 노력하는 시영의 서사가 대립한다. 그렇다고 시영이 일본이나 서구에 대해 적대적인 감정을 갖는 것은 아니다. 다만 시영은 조선인으로서의 위치와 정체성을 유지하면서도, 일본이나 서구와 협력을 도모하고

---

59 이경아, 『경성의 주택지』, 집, 2019, 39면.

자 한다. 이는 그가 교사로 근무하는 '경성 중등실업학원'의 성격과도 일맥상통한다.

> 실업학원의 현상은 석탄도 제때에 사들이지 못할 만큼 비실비실하지만 이태희가 처음 이것을 설시할 때의 포부만은 좀더 큰 것이었다. 신학문에는 어두울망정 정다산(丁茶山)을 조종삼는 이조 실학파의 연원을 끄는 한학자인 이태희는 쓸데없이 헛이론만 캐는 것이 조선사람의 결점이라 해서 조선사람도 좀더 실학 방면에 힘을 써야 한다고 자기의 자력도 돌보지 않고 이 학원을 일으킨 것이었다.(54-55면)

작품 속에서 '경성 중등실업학원'에 대해서는 자세히 언급되지 않는다. 그렇지만 이 학원이 들어선 건물이 유서가 깊은 장소라는 점이 여러 차례 암시된다. 서대문 근처에 들어서 이 건물은 "옛날 어느 고관이 개화풍조를 따라 산정·사랑 겸용으로 지었던 양관"(51면)이다. 교주인 이태희는 다산 정약용의 실학파의 정신을 계승하여 "쓸데없이 헛이론만 캐는 것이 조선사람의 결점이라 해서 조선사람도 좀더 실학 방면에 힘을 써야 한다"(55면)는 생각에 이 학원을 세운 것이다. 이후 이 건물은 "갑오년 당시의 외무대신"을 지낸 "김대신의 집"(238면)이라는 대목이 나온다. 그가 외국사람들과 교제하기 위해 지은 "외무대신의 응접실"(238면)이었다는 것이다. 실제로 갑오개혁 당시 외무대신은 운양(雲養) 김윤식이었다. 그는 조선 말기부터 식민지 초기까지 활동하며 국가적 중요사건 때마다 문제 해결의 중심에 있던 정치가였다. 그는 여러 차례 정치적 입지를 바꾸었지만 결국에는 "서양에 대항하여 동양을 지킬 수 있는 것은 일본뿐"이라고 생각하고 일본을 "동양의 수호자"로 인식했던 친일파 인사이기도 했다.[60] 조선에 분포하는 식물들의 집대성해서 일본 학계의 인정과 승인을 받고자 하는 시영의 성향은 일본의 도움을 토대로 문명화를 추구했던 김윤식의 실용주의 노선과 닮아 있다. 그는 "제국의 학문적 분업의 피라미드"의 가장 아래에 위치한 인물이라 할 수 있다.[61]

〈그림 20〉 운양(雲養) 김윤식

〈그림 21〉 정태현

유진오의 「김강사와 T교수」나 『수난의 기록』 등은 작가의 자전적 체험에 기반한 작품들이라 할 수 있다. 반면 『화상보』는 다양한 실존 인물들을 차용한 '모델소설'에 가깝다. 기존 논의들을 참조하면, 식물학자로 등장하는 남자 주인공 장시영은 조선 최초의 식물학자 정태현과 나비연구가 석주명 등을 종합해서 창조한 가공의 인물이며, 여주인공인

---

60 정성희, 「근대 초기 유학자의 현실인식과 대응논리−운양 김윤식을 중심으로−」, 『유학연구』 32권, 2015, 183면.

61 윤대석, 앞의 글, 390면.

소프라노 김경아는 윤심덕, 교주 이태희는 김성수 등을 일정 부분 참조한 인물들로 논의되었다.[62] 『화상보』가 식민지 조선의 상류 계층의 인물들을 다루는 만큼, 현실적으로 참조할 만한 인물들이 많지 않았을 것이라는 점은 쉽게 짐작할 수 있다. 굳이 실존인물과 소설 속 인물의 거리를 살핀다면, 장시영은 정태현을 모델로 한 인물이라 할 수 있고, 나머지 인물들은 실존인물들을 일정 부분 참조한 수준이라 할 수 있다.

〈그림 22〉 마쓰무라 진조(松村任三)   〈그림 23〉 나카이 다케노신(中井猛之進)

좀더 주목할 것은 장시영의 성장을 돕는 결정적인 역할을 하는 일본인 교수들의 설정이다. 장시영은 '식물학'을 전공하였지만 여러 가지 현실적인 문제로 졸업을 하지 못했다. 그는 학위를 받지 못한 상태로 학자로서의 법적 자격을 갖추지 못했다. 그럼에도 그는 조선 전역을 다니며 식물채집을 하고 관련 논문을 작성한다. 그런 그를 돕는 인물은 그의 모교 은사인 '무라마쓰' 교수와 동경제대의 '나카이' 교수이다. '무라마쓰'는 동경제대의 '마쓰무라 진조(松村任三)' 교수의 이름을 거꾸로 뒤집은 것이고, '나카이'는 동경제대의 '나카이 다케노신(中井猛之進)' 교

---

62   손종업, 앞의 글, 283면.

수를 지칭한다.[63] 이 두 실존인물들은 일본의 식물학계를 대표하는 학자들이었고 특히 조선의 식물을 채집·분류하여 세계에 알리는 일에 매진했던 사람들이다. 이처럼 『화상보』의 주요인물들은 대부분 동시대에 실존했던 인물들을 참조하거나 직접 반영하고 있다. 그리고 조선인 인물보다 일본인 인물이 좀더 실존인물에 가깝다는 점에 주목할 필요가 있다. '현실이면서 현실이 아닌' 작품을 표방한 『화상보』에서 조선인들이 '허구적' 인물들이라면, 일본인들이야말로 '현실'에 좀더 밀착한 인물들이기 때문이다.

『화상보』의 주요 무대는 경성이지만 가장 중요한 역할을 하는 장소는 '동경(東京)'이다. 따라서 이 작품에서 시영이 동경으로 건너가 일본 식물학회에서 발표를 하고 제국의 학자들에게 인정을 받고 돌아오는 것이 가장 중요한 서사적 사건이라 할 수 있다. 이 작품에서 '동경'은 시종일관 가장 중요한 비중을 차지하고 있지만, 결말부에 이를 때까지 서사의 전면에는 거의 나타나지 않는다. 주요 인물 중에서 동경 유학을 다녀오지 않은 사람은 시영이 유일하다. 다른 주요 인물들은 동경 유학을 마친 엘리트들이다. 경아는 동경음악학교 성악과를 졸업했고, 영옥은 동경제국여자 전문학교 가사과, 상권은 경웅대학 이재(理財)과를 졸업했다. 반면 시영은 수원고농을 자퇴한 학력이 전부였다. 마찬가지로 시영의 성장에 결정적인 조력을 주는 일본인 인물들도 결말부에 이를 때까지 서사의 전면에 모습을 드러내지 않는다.

---

63 유문선, 「파시즘의 억압과 과학주의, 그리고 정태현과 석주명」, 『장편소설로 보는 새로운 민족문학사』, 열음사, 1993, 260면.

앞서 언급했듯, 『화상보』 이전까지 유진오의 작품들에서 가장 중요한 문제는 조선인과 일본인 간의 대립과 차별의 문제였다. 「김강사와 T교수」나 『수난의 기록』에서 중요한 것은 조선인 주인공이 일본인 교수의 조력을 받고 사회적 인정을 받을 수 있는가의 문제였다. 그리고 이러한 문제의식의 작품들은 대부분 경성의 북촌과 남촌의 이중도시 구조를 중심으로 펼쳐졌다.[64] 그렇지만 『화상보』에서는 조선인 주인공과 일본인 실력자 간의 대립 양상이 가시적으로 나타나지 않는다. 오히려 수원고농의 무라마쓰나 동경제대의 나카이 등은 장시영이 식물학계에서 학자로 성장하고 교수로 임용될 수 있도록 돕는 조력자로 등장한다. 『화상보』에서는 조선인과 일본인의 민족적 대립보다는 조선인 간의 경제적 계층 차이가 두드러지게 강조된다. 이 작품에는 김경아를 후원하는 백만장자 안상권이 등장하고, 장시영을 사모하는 이영옥이 등장한다. 이영옥은 장시영이 학생들을 가르치는 실업학교의 교주인 이태희의 딸이다. 요컨대, 작품 속에서 대부분의 갈등은 조선인들 사이에서 발생하며, 일본인들은 배후에서 조선인 주인공을 돕는 조력자의 역할을 맡는다.

> 온 조선을 다 돌아다니며 오천 가지나 되는 식물을 채집하는 동안에 지금까지 발견되지 않았던 새 식물을 새로 발견한 것만 해도 벌써 십여 종이나 된다. 그런 것을 발견할 때마다 시영은 모교인 고농의 무라마쓰 교수에게로 보내고, 무라마쓰 박사는 그것을 다시 동경제대 나카이 박사에게로 보내서 감정과 명명(命名)을 청한다. 그러므로 조선의 새 식물로서 나카이 박사의 이름이 붙은 것 중에는 사실은 장시영이가 발견한 것이 십여 종이나 섞여 있는

---

64 이경재, 「한양, 경성, 게이조」, 『명장의 공간을 걷다』, 소명출판, 2020, 151면.

셈이었다. 이를테면, 금강국수나무(pentactina rupicola Nakai), 금강초롱(Hana-busaya asiatica Nakai)같은 것도 학명에는 나카이 박사의 이름이 붙고, 또 그것이 새로운 속(屬)의 발견이라 해서 학계에서 중대시한 것이지만 내용을 알고 보면 무명의 학도 시영의 공적인 것이다.(32면)

모델소설(roman a clef)은 '열쇠를 가진 소설'이라는 의미이다.[65] 실존 모델이 누구인지 아는 독자는 그 인물을 '열쇠'로 삼아 소설의 심층적인 의미를 파악할 수 있다. 일반적으로 소설의 중심인물이 열쇠가 되는데, 『화상보』에서는 주인공을 도와주는 일본인들이 일종의 '열쇠'로 기능한다는 점에서 독특하다. 특히 '동경제대 나카이 박사'는 작품 속에서 등장하는 비중은 크지 않지만, 당시 일본의 식물학회에서 가장 영향력이 높았던 학자였다. 그의 이름뿐 아니라 소속, 주요 식물의 학명까지도 실명과 동일하게 등장한다는 점이 이 작품의 가장 독특한 면이라 할 수 있다. 당시 나카이 다케노신(中井猛之進)은 1,000종 이상의 조선식물 신종을 보고한 조선식물 연구의 최고 권위자였다.[66] 작품 속에서 나카이 교수와 관련되는 내용을 보면 다소 민감할 수 있는 내용이 등장한다는 점에 주목할 필요가 있다.

65   Sean Latham, *The Art of Scandal: Modernism, Libel Law, and the Roman a Clef*, Oxford University Press, 2009, p. 7.

66   이정, 『식민지 조선의 식물연구, 1910-1945 : 조일 연구자의 상호작용을 통한 상이한 근대 식물학의 형성』, 서울대학교 박사학위논문, 2013, 69면.

	학명	일본명	조선명 영어표기	조선명
1	Pentactina rupicola Nakai	フサシモツケ	Gumgang-gugsu-namu	금강국수나무
2	Hana-busaya asiatica Nakai	ハナブササウ	Gumgang-chorong	금강초롱 (화방초)

〈표 1〉 나카이 다케노신의 주요 식물명

『화상보』에서 시영은 조선 전역을 다니며 오천 가지나 되는 식물을 채집하고 십여 종의 식물을 새롭게 발견하는 등의 학문적 성과를 이루었다. 그러한 성과는 수원고농의 무라마쓰 교수를 거쳐, 동경제대 나카이 교수에게 전해졌고, 상당수가 나카이 교수의 이름으로 학계에 발표가 되었다고 서술된다. 예를 들어, '금강국수나무', '금강초롱' 등은 실제로는 "무명의 학도 시영의 공적"(32면)이었지만, 나카이 교수의 업적으로 학계에 보고가 되었다는 것이다. 라틴어 학명이 'Pentactina rupicola Nakai', 'Hana-busaya asiatica Nakai'인 것에서 알 수 있듯 발견자로 나카이 교수의 이름이 붙어 있다. "그것이 새로운 속(屬)의 발견이라 해서 학계에서 중대시한 것"(32면)이라는 설명도 사실에 근거한 것이다. 나카이는 금강국수나무를 새로운 속(genus)으로 분류하여 주목을 받았으나, 이후에 하위 종(species)이 추가적으로 발견되지 않는 등 속과 종 개념을 혼돈했다는 비판이 제기되고 있다.[67] 금강초롱의 속명 'Hanabusaya'는 나카이 다케노신이 표본을 채집해 조선 식물 연구에 도움을 준 일본 외교관 하나부사 요시모토를 기리는 뜻에서 부여한

---

67 조민제 외, 『한국 식물 이름의 유래: 〈조선식물향명집〉 주해서』, 심플라이프, 2021, 1679면.

것이다.[68]

유문선은 『화상보』의 중심인물인 장시영을 "정태현과 석주명을 모델로 하여 탄생한 인물"로 간주했다. 그러면서 구체적인 과학계의 실존 인물이 있다는 점은 "우리 문학사상사에서 몹시 낯선 전통"이라고 덧붙였다.[69] 그렇지만 좀더 구체적으로 보면, 장시영이라는 인물이 탄생하는 과정에는 정태현과 석주명 등이 소속되어 있던 '조선박물연구회'가 놓여 있었다고 볼 수 있다. 이 단체는 조선인 과학자들로만 구성되었는데, 1937년에 정태현 주도로 『조선식물향명집』을 발간했다. 이 책은 한반도에 분포하는 143과 684속 1,944종의 식물 이름을 기록한 식물분류명집이었다. 그렇지만 독창적인 저작이라기보다는 나카이의 방법론을 거의 그대로 계승하면서 기존의 학명, 일본어명, 한자명 등에 조선어명을 추가한 저작이었다고 볼 수 있다.

그렇지만 실존인물인 나카이 교수와 정태현의 관계는 『화상보』에서처럼 우호적이거나 상보적이지 않았다. 『화상보』에서는 시영이 단독으로 조선의 식물들을 채집·발굴하여 무라마쓰를 거쳐 나카이에게 전하면, 나카이의 이름으로 학계에 발표되는 과정을 거친 것으로 묘사된다. 하지만 실제로는 그렇지 않았다. 나카이가 한반도에 식물채집 활동을 본격화할 때면, 시영의 실제 모델인 정태현이 통역 및 조수 역할을 담당했다. 그렇지만 정태현이 그의 연구에 직접 참여한 것은 아니었다. 그리고 나카이는 그에게 학문적인 전수나 도움을 주려고 하지 않았다.

---

68   조민제 외, 위의 책, 843면.
69   유문선, 앞의 글, 258면.

또한 정태현이 훗날 『조선산림식물도설』을 지어 나카이에게 서문을 써달라고 부탁했으나 거절당하기도 했다.[70] 다시 말해, 실제 현실에서 정태현은 나카이의 적극적인 도움을 받아 식물학자로 성장했던 것이 아니었다. 즉 『화상보』에서 서사적으로 가장 중요한 의미가 있는 장시영의 동경행은 실제로는 일어나지 않았던 것이다.

> "가만있자, 그게 바루 작년 오늘 아니었수?"
> 이야기가 잠깐 끊어져서 차창으로 연선풍경을 내다보고 있던 시영이 갑자기 무슨 생각이 난 듯이 옆에 앉은 영옥을 돌아다본다.
> "호호……."
> 부끄러운 듯이 영옥은 웃고,
> "인제서야 그런 줄 아셨에요? 전 벌써 접때 오늘 떠난다구 말씀하시던 순간에 그 생각을 하구 속으루 얼말 웃었는데요."
> "난 까맣게 잊구 있었지. 내다뵈는 경치가 꼭 작년 그때 그 경치여서 문뜩 생각이 나는구려."
> "그래서 남자는 무심하다는 거예요."
> 말하고 영옥은 또 호호…… 웃는다.(462-463면)

『화상보』의 서사적 흐름 중 장시영의 동경행의 전과 후에는 정확히 '1년'의 공백이 있다. 자살을 하려는 영옥을 만류하러 시영이 부산으로 내려간 후에 '1년'의 시간이 흘러, 어느 덧 둘은 부부가 되어 장시영의 학회참석을 위해 동경으로 함께 길을 나선다. 이러한 시간 설정은 부자

---

70 이상태, 「근대 식물분류학의 국내도입에 관한 연구」, 『식물분류학회지』 24권 1호, 1994, 11면.

연스럽고 불필요해 보이기도 한다. 이는 장시영의 동경행이 그의 의지에 의해 자유롭게 이루어질 수 있는 것이 아님을 보여준다. 그는 일본 제국에 의해서 승인을 받고 공식적인 초청을 받아야만 현해탄을 건널 수 있는 것이다. 앞서 이야기했듯, 이 작품은 신문연재소설로 연재시점의 현재적 특성을 서사에 적극적으로 반영했다. 그래서 1939년 11월부터 운행하기 시작한 급행열차 '대륙'을 거의 동시적으로 작품에서 재현했다. 이러한 점을 고려할 때, 작품의 말미에 갑자기 '1년 후'의 미래 시점으로 이동하는 것은 문제적이다. 다시 말해, 장시영이 동경의 학회에 참석해서 성장하게 되는 과정에서 이 작품의 비현실적 성격이 더욱 강조되는 것이다.

〈그림 24〉 동경대 정문의 삽화
(『화상보』 133회, 1940년 4월 23일)

시영의 온 정력을 기울인 강연이 끝나자 장내에는 우뢰 같은 박수소리가 터졌다. 결코 강연자에 대한 예의로서의 박수가 아니라 혜성같이 나타난 이 젊은 식물학자의 초인적인 노력과 치밀한 논리에 정말 모두들 감탄한 것이었다.

"훌륭하네! 성공일세! 자네두 이걸루 인젠 정말 훌륭한 한 사람 몫 학자가 됐네."

자리로 돌아오자 무라마쓰 박사는 시영의 등을 두드리며 기뻐한다.

"선생님 덕택으로."

시영은 공손히 절을 하고 자리에 앉는다.

그날 회가 파한 후 무라마쓰 박사는 시영을 대회 회장 일본식물학계의 최고 권위인 나카이 박사에게 소개하였다.

나카이 박사는 시영의 손을 잡고 흔들며,

"논문은 그전부터 보고 경복했었지만 오늘 강연을 듣고 더욱 경복했습니다. 조선서도 당신같은 학자가 난 것은 참 기쁜 일입니다. 앞으로 더욱 노력하십쇼. 손을 붙들고 우리같이 공부하십시다. 내 힘으로 될 수 있는 일이면 나도 무엇이든지 후원해 드리겠습니다."

파격의 격찬이었다. 그러나,

"감사합니다. 앞으로 더욱 공부하겠습니다."

대답하고 고개를 쳐드는 시영의 얼굴에는 오직 겸손한 미소가 떴을 뿐 아무런 다른 기색 보이지 않았다.(471~472면)

시영은 나카이 교수의 추천으로 '일본 식물학회'에 발표자로 초청받고 동경으로 향한다. 그의 눈에 동경은 세계에서 가장 발전하고 문명화된 장소처럼 인식되었을 것이다. 이는 단순히 동경에 대한 인상에만 해당하는 것이 아니다. 그에게는 동경을 중심으로 한 '일본식물학회'가 식물학 전체를 대변하는 단체처럼 인식된다. 시영은 정식 학위가 없는 아마추어 학자임에도 불구하고 일본 학계의 인정을 받아 수원고농의 교수로 임용된다. 그렇지만 1930년대 후반의 식민지 조선에서 이러한 일이 실현될 가능성은 거의 없었다고 볼 수 있다.

결말부의 비현실적 특성은 마지막 대목에서 좀더 강조된다. 경아가 낮은 목소리로 슈만의 〈꿈 속에 울었네〉의 한 대목인 "꿈속에 울었네 그대는 웃었건만/ 깨어서 눈물은 볼 위를 흐르네"[71]라고 노래하는 것이다. 이 노래는 하이네의 동명의 시에 곡을 붙인 것이다. 물론 경아가 한때 연인이었던 시영에 대한 그리움을 표현한 것으로 볼 수도 있지만, 『화상보』 자체가 한 편의 '꿈'처럼 구성되어 있으며, 결말부에 그러한 '꿈'에서 깨어나는 구조를 취하고 있음을 암시하는 것으로도 볼 수 있다.

『화상보』는 조선인 식물학자인 장시영이 일본인 학자들의 조력을 통해 성장하는 과정을 그린 작품이다. 이 작품은 신체제의 제국주의 논리 속에서 자신의 직분과 사명을 발견하는 이야기로 평가받기도 한다.[72] 물론 서사적 관점에서 보면, 장시영이 학계에 인정을 받고 교수로 임용된다는 점에서 그렇게 볼 수 있다. 하지만 보다 주목할 것은 이 작

---

71 손종업은 유진오가 의도적으로 『꿈 속에 울었네』 13번째 곡인 「시인의 사랑」의 원래 가사인 "무덤 속에 그대 있어"를 "그대는 웃었건만"으로 개작했다고 주장했다. "현실을 깨트리지 않는 한 힘껏 화려한 꿈을 얽어보려는 의도"에서 이러한 개작을 시도했다는 것이다. 그렇지만 이는 단순한 착오로 보인다. 「시인의 사랑」(Ich hab'im Traume geweinet)은 총 3연으로 구성되어 있는데, 1연의 가사는 "무덤 속에 그대 있어(du lägest im Grab.)"이지만, 3연의 가사가 "그대는 웃었건만(du wär'st mir noch gut.)"에 가깝기 때문이다. 유진오는 「시인의 사랑」의 1연이 아니라 3연을 인용한 것으로 보인다. 손종업, 앞의 글, 293면 참조.

72 허병식, 앞의 글, 88면.

품에서 주인공의 성장 과정이 지나칠 정도로 낭만적이고 비현실적으로 그려진다는 점이다. 그가 성장에 이르는 순간은 가까운 미래로 설정되어 있고, 성장의 '열쇠'를 쥐고 있는 인물들은 주인공이 아니라 주변의 일본인 조력자들이다. 또한 작품의 구조가 꿈에서 깨어나는 구조를 취하고 있다는 점도 주목할 필요가 있다.

즉, 『화상보』는 식민지 현실에서 중심인물의 성장을 그리는 것이 얼마나 어려운 것이었는가를 역설적으로 보여준다. 동시대의 실존인물을 모델로 삼았음에도 불구하고, 그들의 성장과 발전을 그리면 그릴수록 현실과의 괴리감이 커지면서 일종의 환상담처럼 변하게 되는 것이다. 그러므로 한국 근대소설에서 서구식의 교양소설의 플롯을 갖춘 작품을 거의 찾을 수 없는 것은 그 자체로 하나의 시대적 징후라 할 수 있다. 『화상보』는 서사의 배면에 위치한 '동경'과 '일본인 조력자'들이 조선인들의 성장에 결정적인 '열쇠'를 쥐고 있음을 보여주는 작품이라 할 수 있다. 이 작품의 결말부는 시영이 소환장을 받고 함흥으로 떠나는 것이다. 시영은 제자인 조남두와 관련된 일로 함흥 재판소에 출두하게 된다. 조남두는 서사에 중요하게 등장하지는 않지만, 중요한 의미를 가진 인물이다. 그는 공동체를 위해서 '자기의 몸을 바치는 일'은 누가 해야 하는 것인가라는 질문을 던지며 일제에 저항할 것을 암시하는 인물이기 때문이다. 이처럼 『화상보』에서 중요한 일부는 구체적으로 서술되지 않은 채 남겨져 있다. 따라서 결말부에서 시영이 그를 변호하기 위해 함흥으로 떠난다는 것은 상징적인 의미가 있다. 그가 식민지 현실에 대한 한계를 깨닫고 새로운 길을 모색할 것을 암시하기 때문이다.

이 장에서는 염상섭과 유진오의 작품들을 중심으로 1930년대 중반 이후에 나타난 시대적 변화와 새로운 성장의 조건을 살피고자 했다. 앞선 장에서 살핀 이광수와 이태준의 작품들에서는 중심인물들이 동경이나 미국 등 더욱 문명화된 장소를 향해 적극적으로 이동하는 양상이 나타났다. 그렇지만 이 장에서 살핀 1930년대 중반 이후의 작품들에서는 대부분 경성을 중심으로 서사가 전개되며, 교통수단과 통신수단의 발달을 통해 제국과 식민지가 보다 긴밀하게 연결되는 양상이 나타난다.

『청춘항로』, 『불연속선』, 『화상보』 등에서 공통적으로 나타나는 양상은 중심인물들이 제국의 승인을 통해 성장하고자 하며, 일본인들이 중요한 조력자로 등장하기 시작했다는 점이다. 이 작품들에서 민족적 경계는 분명하지 않으며, 조선인과 일본인은 더 이상 대립적이지 않다. 작품 속 주요 인물들이 동시대의 유명한 실존 인물들을 모델로 삼았다는 점도 주목할 만한 점이다. 그렇지만 이 작품들에서도 인물들의 성장은 구체적으로 그려지지 않는다. 이들의 성장은 비현실적으로 그려지거나 가까운 미래에 실현될 것을 예견하는 정도로 끝을 맺는다.

5장
정치적 신념의 변화와
새로운 방향 모색

5장
정치적 신념의 변화와
새로운 방향 모색

문학사에서 '전향'(轉向)은 작가가 하나의 정치적 혹은 종교적 사상을 포기하고 다른 사상으로 옮겨하는 것을 의미한다. 서구에서는 지드, 사르트르, 브르통 등이 사회주의를 포기한 것이 '전향'의 대표적 사례이다. 서구에서는 자본주의에서 사회주의로 전향한 경우도 있지만, 일본과 조선에서의 전향은 대체로 프롤레타리아 작가들이 사회주의 이념을 포기하는 것을 의미했다.

'전향'이 세계관의 비가역적 변화와 급격한 인식의 단절을 의미한다면, 그것을 기점으로 한 작가의 문학 세계는 큰 변화를 겪기 마련이다. 사회주의자였던 중심인물이 사회주의 사상이 더 이상 식민지 조선의 현실을 변화시킬 수 없음을 깨닫는 과정은 일종의 '각성'의 과정으로 간주될 수 있다. 이케다 히로시(池田浩士)는 "교양소설을 도외

시하고 일본에서의 전향의 문제를 생각할 수 없고, 전향의 문제를 빼놓고 일본 교양소설을 파악할 수 없다"고 주장했다. 당시 사회주의는 기존 체제에 위협이 되는 위험한 사상으로 간주되어 탄압되었다. 그동안 대체로 전향문학은 자신의 신념을 버리고 기존 사회 질서와 타협하는 굴종의 문학으로 간주되어 왔다. 그렇지만 전향문학은 중심인물이 자신의 개인적인 욕망과 신념을 포기하고 자신이 속한 사회의 질서를 내면화해서 받아들인다는 점에서 교양소설의 플롯과 상당히 흡사하다.

본 장에서는 전향문학의 시각에서 논의되어온 한설야, 김남천, 유항림의 작품들을 '식민지 교양소설'의 관점에서 공동체와 개인의 관계에 초점을 맞추어 살피고자 한다.

1. 제국에의 투항과 방향전환: 『청춘기』

본 장은 한설야의 장편소설 『청춘기』를 '전향문학'(轉向文學)의 관점에서 논의하고자 한다.[2] 1934년 '카프 제2차 검거사건'으로 구속된

---

1   池田浩士, 『教養小説の崩壊(池田浩士コレクション)』, インパクト出版會, 2008, 187면.
2   본 논문에서는 '신문연재본', '단행본', '개작본'을 각각 (A), (B), (C)로 표시하고 연재일 혹은 페이지수를 병기하고, 내용이 동일할 경우에는 '개작본'을 따른다. 신문연재본은 『청춘기』(『동아일보』, 1937), 단행본은 『청춘기』(중앙인서관, 1939), 개작본은 『청춘기』(신원출판사, 2013) 판본을 대상으로 한다.

한설야는 1년 후 석방되어 고향인 함흥으로 내려가 지냈다. 이 시기 발표된 작품 중 하나가 『청춘기』였으며, 그는 이 작품이 "지금의 나의 우둘투둘한 인생행로를 그대로 반영"[3]하고 있다고 했다. '우둘투둘한 인생행로'라는 표현은 이 시기 그의 '전향체험'을 의미하는 것으로 볼 수 있다. 안회남은 서평에서 『청춘기』는 "흑백을 분간할 수 없는 박명(薄明)의 상태, ─모든 것이 딱 그쳐버린 것과 같은 정체(停滯)의 시대와 맞선 청춘"의 이야기이며, 중심인물인 "태호의 문제는 곧 현금(現今) 젊은 제너레이션의 문제"[4]라고 했다. 이는 이 작품이 프로문학의 붕괴 이후 이데올로기의 공백 상태에 놓인 식민지 조선의 젊은 세대들의 정서를 대변하고 있다는 의미이다. 임화는 이 작품이 "우리들이 사는 현대를 가장 넓은 폭에서 그린 아담한 작품"이며 여기서 "인물과 환경의 모순이 조화될 새로운 맹아를 발견"[5]할 수 있다고 했다.

사회주의 리얼리즘을 줄곧 추구해온 한설야이지만, 이 작품에서는 유독 '꿈'과 '공상'의 비중이 높게 나타나며, 중심인물인 태호는 "공연히 알 수 없는 불안"(C:61)과 "알 수 없는 환희와 감상(感想)"(C:27)에 사로잡혀 있다. 그는 "한낮에 꿈을 꾸고 있는 사람"(C:110)으로 묘사된다. 이 작품의 결말부에서 중심인물들이 돌연 사상범이 되어 구속·수감되는 것은 전향소설의 전형적 문법을 거꾸로 뒤집은 형태라는

---

3   한설야, 「이이는 육 되는 꿈─주판은 꿈에 다시 뵐까 무서워」, 『동아일보』, 1938년 1월 3일.

4   안회남, 「한설야 저 '청춘기'」, 『동아일보』, 1939년 7월 26일.

5   임화, 「한설야론」, 『동아일보』, 1938년 2월 2일~2월 24일.

점에서 주목할 만하다. 일반적으로 전향소설에서 '투옥'은 과거의 주요 사건이지만, 『청춘기』에서는 미래의 사건이 된다. 특히, 이 작품의 서사적 시간은 독특한 방식으로 설정되어 있다. 신문연재 당시의 '서사적 현재'는 연재 당시를 기준으로 할 때 '가까운 미래'로 설정되어 있다. 이 소설은 과거에 발생한 사건을 다루는 것이 아니라 가까운 미래에 도래할 사건을 예견하는 작품이다. 따라서 『청춘기』는 리얼리즘적인 작품이라기보다는, 현실에서 실현할 수 없는 욕망을 상상적으로 실현하고자 하는 '소망충족적 텍스트'(wish-fulfilling text)[6]라 할 수 있다.

식민지 시기 '연애소설'은 남녀로 대표되는 두 세력이 상징적으로 결합하는 것을 주요 서사로 다룬다는 점에서 '협력' 혹은 '타협'의 문제를 알레고리적 차원에서 다루어지는 경우가 많다. 애초에 '연애소설'은 부르주아 문학의 대표적인 하위장르였으며, 『청춘기』는 비슷한 시기 발표된 박태원의 『청춘송』(1935)이나 이태준의 『청춘무성』(1940) 등과 외양적으로 그리 큰 차이가 나지 않는다. 카프 해체 후 프로문학이 퇴조하면서 마르크시즘과 모더니즘이 결합된 형태의 '단층파' 문학이 등장했듯, 모더니즘 작가들의 작품을 연상하게 하는 한설야의 '연애소설'은 그 자체로 이데올로기의 공백기에 징후적으로 나타난 현상으로 간주할 수 있다.

한설야의 초기 단편들은 '저항'과 '투쟁'과 같은 대립적 성격의 서사가 대부분이었다. 이와 달리 『청춘기』는 '전향' 이후 새로운 형태의 연대 가능성을 모색하는 작품이라 할 수 있다. 이 작품은 사회주의 혁명가

---

6   Fredric Jameson, *Political Unconscious*, Cornell University Press, 1982, p. 185.

인 철수의 누이인 '철주'(가상인물)와 소부르주아 박용의 누이인 '은희'가 동일인으로 설정되어 있다. 이러한 독특한 설정은 한설야가 기존의 계급투쟁적 인식을 버리고 여러 계급 간의 연대에 대해 새롭게 모색했을 가능성을 보여준다.

『청춘기』는 1937년 7월 20일부터 11월 29일까지 총 129회에 걸쳐 『동아일보』에 연재되었다. 1939년에 별다른 내용의 수정 없이 단행본으로 간행되었으며, 1957년에 북한에서 개작본이 발행되었다. 오늘날에는 주로 개작본을 주텍스트로 간주하려는 경향이 있다. 대체적으로 개작을 통해 『청춘기』의 주제의식과 인물의 성격묘사가 보다 분명해졌다는 평가를 받고 있으며,[7] 개작 시기에 북한 사회에서 작가가 처했던 상황을 고려해서 판단해야 한다는 의견도 있다.[8] 개작의 전반적인 방향이 내용을 추가·보충하는 형태로 이루어졌기 때문에, 기존의 논의들은 텍스트에 새롭게 삽입된 부분에 대한 연구가 중심을 이루어왔다. 그렇지만 개작본을 『청춘기』의 주텍스트로 간주하려는 기존의 경향은 상당히 문제적이다. 본래 식민지 상황에서 발표된 『청춘기』에 있던 '전향'의 흔적이 삭제되거나 흐릿하게 감추어졌을 가능성이 있기 때문이다.

월북 후 한설야가 '전향기'에 속하는 작품들을 중점적으로 개작한 것에서 알 수 있듯이, 그는 자신의 정치적 신념이 가장 약화되었던 시기에 창작된 작품들에서 그러한 흔적을 지우고자 했을 개연성이 있다.

---

7   한수영, 「한설야 장편소설 '청춘기'의 개작과정에 대하여」, 『한설야 문학의 재인식』, 소명출판, 2000, 100면.

8   전승주, 「개작을 통한 정치성의 발현-한설야의 '청춘기'」, 『세계문학비교연구』 40권, 2012, 11면.

『황혼』, 『탑』, 『청춘기』, 『초향』 등 그의 대표 장편소설은 모두 '전향' 이후 발표된 후 1955~58년에 일괄적으로 개작되었는데, 이 당시 한설야는 북한 제1차 내각 교육상(1956), 교육문화상(1957~8), 대외문화연결위 중앙위원(1958) 등 북한의 주요 요직을 두루 거치고 있었다.[9] 한설야가 전향을 했었음에도 실질적으로 전향을 하지 않았다는 평가를 받는 것, 즉 '위장 전향' 혹은 '비전향의 전향'의 작가로 기억되는 것도,[10] 이러한 대대적인 개작 작업 덕분일 수 있다. 실제로 한설야는 장편 위주로 개작을 했지만, 전향과 관련된 논의는 그의 단편 작품들 위주로 이루어졌다.

한국 '전향소설' 논의에서 한설야는 빠질 수 없는 작가이다. 그의 작품 「태양」은 한국문학사 최초의 전향소설로 간주되며, 이 외에도 「임금」, 「딸」, 「철로교차점」, 「귀향」, 「이녕」, 「술집」, 「모색」, 「파도」, 「숙명」 등이 포함될 수 있다.[11] 이 중에서 특히 「임금」(1936), 「철로교차점」(1936), 「이녕」(1939) 등은 전향소설의 백미(白眉)로 꼽는다. 문제는 이러한 작품들을 발표하던 시기에 한설야가 '연애소설'인 『청춘기』도 함께 발표하였

---

9 전영선, 「북한문화예술인물(33)-한설야, 이기영」, 『북한』 통권 제348호, 2000, 174면.

10 정호웅, 「직실의 윤리-한설야의 '청춘기'론」, 『장편소설로 보는 새로운 민족문학사』, 열음사, 1993, 181면.

11 김인옥, 『1930년대 후기 한국 전향소설 연구』, 숙명여자대학교 박사학위 논문, 1997, 12면; 반면 황치복은 한설야의 작품 중 「태양」, 「임금」, 「철로교차점」, 「이녕」, 「모색」, 「파도」, 「숙명」 등 8편을 전향소설로 분류하였다. 황치복, 「한일 전향소설의 문학사적 성격-한설야(韓雪野)와 나카노 시게하루(中野重治)를 중심으로」, 『한국문학이론과 비평』 제16집, 2002, 362면.

으며 이후에 이 작품을 대대적으로 개작했다는 점이다.[12] 한설야가 석방된 후 고향에 머물면서 발표했던 1930년대 후반부터 1940년대 초반까지의 일련의 작품들은 모두 거의 동일한 시대적 조건 속에서 발표된 작품들이라 할 수 있다.

'출옥' 이후 한설야는 예상 외로 상당히 활발한 창작과 비평 활동을 했다. 이러한 행보는 1936년부터 시행된 '조선사상범보호관찰령'과 관련된 것일 수 있다. 이 제도는 기소유예·집행유예를 받았거나 실형 복역을 하고 출옥한 사상범 중 재범의 우려가 있는 자를 보호관찰하는 제도였다.[13] 이로 인해 전향작가들은 출옥 후에도 자신들의 '전향'을 상당 기간 스스로 입증하지 않으면 안 되는 처지에 놓여 있었다.[14] 한설야도 가석방 후 작품과 평론 등을 통해 자신의 '전향'을 증명해야 했다. 『청춘기』의 중심인물인 태호는 신문기자인데 '주의적 색채'가 난다거나 '붉은 물이 들었다'는 등의 누명을 쓰고 신문사에서 강제로 퇴출되며, "염탐꾼"이나 "형사" 등의 존재도 언급된다. 이처럼 1930년대 후반에 '전향'에 대한 사회적 압박은 전방위적으로 강도높게 이루어졌으며, 한설야도 그러한 심리적 압박 속에서 이 작품을 썼을 가능성이 있다.

이 시기 한설야의 문학 세계에도 급격한 변화가 나타났다. 우선 그

---

12 서경석은 『청춘기』를 '전향소설'인 「이녕」과 같은 계열의 작품으로 간주한다는 점에서 주목할 만하다. 그의 논의에 따르면 『청춘기』는 "생활문학으로서의 전향소설"에 간주될 수 있다. 서경석, 『한설야 문학 연구』, 서울대학교 대학원 박사학위 논문, 1992, 95면.

13 문준영, 『법원과 검찰의 탄생』, 역사비평사, 2010, 527면.

14 이철우, 「일제하 한국의 근대성, 법치, 권력」, 『한국의 식민지 근대성』, 삼인, 2006, 99면.

는 '전향소설'로 간주되는 단편소설들을 썼으며, 1937년부터는 일본어로 창작을 시작했다. 그리고 통속 장편소설인 『청춘기』(1937)와 『마음의 향촌』(1939) 등을 연이어 연재했다. 이러한 일련의 경향은 작가의 세계관이 급격히 변모했음을 의미하는 것이다. 일본 전향소설과는 달리, 대부분의 한국 전향소설에서는 "전향의 논리에 대한 충실한 내면적 모색과 전향 심리의 표출"[15] 등이 거의 나타나지 않는다는 평가를 받아왔다. 대부분의 작품들에서는 출옥 후 겪게 되는 현실적 갈등과 자존심 회복 등의 문제가 간접적으로 혹은 암시적으로 다루어질 뿐이다. 한설야의 작품에서도 '전향'에 대한 직접적인 언급은 거의 찾을 수 없다. 그렇지만 1957년 개작된 『청춘기』에 '전향'에 대한 직접적인 표현이 새롭게 삽입되었다.

> 태호는 무어니 무어니 하고 떠들던 사람들이 요사이 전향이니 무어니 하고 180도로 돌아서면서 승냥이의 마음이 되어 옛 친구와 선량한 사람들을 자기와 같은 사람으로 만들려고 안달을 하고 안 되면 모해하고 물어넣고 하는 현상이 한두 사람의 특별한 예로 존재한 것이 아니고 하나의 도도한 조류를 이루어 가지고 사람을 노리고 물어제치려는 사실을 고려하면서 또 그것에 대하여 모진 증오를 느끼면서 말하는 것이었다.(C:143)

이처럼 『청춘기』 개작본에는 전향한 인물들에 대한 비판적인 시각이 직접적으로 드러나 있다. 개작본의 〈후기〉에도 '전향'에 대한 비판이 서술된다. 그는 "일제는 조선의 양심 있는 모든 사람에게 자기의 양심

---

15   황치복, 앞의 글, 367면.

을 포기하고 그들이 요구하는 방향으로 사상을 전향할 것을 강요하였으며, 조선의 말과 글까지 말살하려고 갖은 탄압과 강박으로 나갔다."(C:536)고 했다. "일제의 사상 전향 강요에 장구를 치고 나팔을 불어댔다"(C:538)고 김남천과 백철 등을 원색적으로 비판하기도 했다. 이를 통해, 한설야는 『청춘기』를 개작하면서 의식적으로 '전향'에 대해 비판적인 입장을 취하고 있음을 알 수 있다. 『청춘기』가 평범한 통속적인 연애소설이었다면, 작가는 굳이 힘들여 개작을 하지도 않았을 것이고 '전향'에 대한 노골적인 비판을 덧붙이지도 않았을 것이다. 그는 한편에서는 다른 작가들의 '전향'을 문제삼으면서, 다른 한편에서는 자신의 작품들을 대대적으로 개작했다. 이는 한설야가 자신의 '전향'의 흔적들을 지우기 위한 전략이었을 수 있다. 『청춘기』는 신문연재본, 단행본, 개작본 등 총 3개의 판본이 존재한다. 각 판본을 면밀히 비교해 보면, 이 작품의 독특한 특성을 좀더 구체적으로 파악할 수 있다.

첫째, 개작본에 새롭게 추가되었거나 설정이 변화한 부분들은 대체로 조선과 일본과의 대립적 성격을 부각시킨다. 이를 위해 일본어 어휘가 상당 부분 조선어로 수정되었고, 새로운 에피소드가 추가되었으며, 인물들의 혈통에 관한 설정이 변경되었다. 이러한 변화로 인해, 텍스트 내의 조선(조선어)과 일본(일본어) 간의 대립이 좀더 분명해졌다. 결과적으로 『청춘기』 개작본은 한설야의 초기 프로문학의 작품들과 비슷한 저항적 분위기의 작품으로 바뀌게 되었다.[16]

---

16 예를 들어, 「사방공사」의 '구레나룻 십장'이나 「교차선」의 '털부엉이 공장감독' 등과 같이 한설야 초기 단편의 일본인 인물들은 조선인 노동자들을 관리·감독하고 때로는 착취하는 부정적인 인물들로 그려지며, 조선인과 대립적인 위

『청춘기』 개작본에 새롭게 추가된 몇몇 에피소드를 보면, 이러한 변화를 좀더 구체적으로 파악할 수 있다. 우선, 『청춘기』 개작본에는 「태양의 계절」이라는 장(章)이 새롭게 삽입되었다. 이 장에는 명순과 은희가 자신들이 함께 감상한 어느 영화의 줄거리를 태호에게 자세히 설명해주는 장면이 들어있다. 이 가상의 영화는 어느 식민지 국가에 사는 한 음악가의 연애 이야기를 주로 다루고 있다. 표면적으로는 남녀의 연애를 다루고 있지만, 궁극적으로는 식민지의 독립운동에 대한 주제를 제시하려고 "상당히 머리를 쓴 것"(C:129) 같은 영화이다. 개작본에 새롭게 삽입된 영화 에피소드는 『청춘기』의 서사적 성격을 대변하는 것처럼 보인다. 『청춘기』도 표면적으로는 '연애소설'인 듯 보이지만, 실제로는 일제에 대한 저항의식을 담은 '정치적 텍스트'라는 것이다. 그렇지만 대립적 관계인 명순과 은희가 이 영화에 관해서는 이구동성으로 장황하게 이야기를 전달하려 한다는 점에서 이 에피소드는 전체 서사의 분위기와는 사뭇 이질적이다.

또한 여의사인 은희가 일본인 의사들인 '다케다'와 '우에무라' 등과 병원에서 함께 근무했던 일화가 제시된다. 그녀는 일본인 의사들이 조선인 환자의 수술을 거부하려는 모습을 보면서, "그 수술 환자가 조선 사람이 아니고 일본 사람이든가 더욱 일본 사람 고관쯤 되었다면 문제는 어찌 되었을까?"(C:431)라고 문제를 제기한다. 그렇지만 단행본에서는 일본인 의사들이 등장하지 않았다. 이와 같이 개작본에 새롭게 삽입된 에피소드들과 변화된 표현들을 고려해서 읽으면, 개작본 『청춘기』

치에 놓여 있다.

는 저항적인 '민족주의적 텍스트'로 간주될 수 있다.

뿐만 아니라, 개작본에서는 태호·은희·명순·명학 등 중심인물들의 조상이 모두 임진왜란과 3·1 운동 등에서 항일운동에 투신했던 것으로 설정이 바뀐다.[17] 태호는 임진왜란 당시 의병의 후손이고, 은희도 "임진란 때 평양서 적군을 막아 싸우다가 전사한 애국자"(C:426)의 손녀이다. 명학과 명순 남매의 아버지도 "평양에서 이름난 목사로 3·1운동 때 감옥에까지 갔었"(C:131)던 인물이다. 그렇지만 이러한 변화는 작중 인물들의 본래 성격과는 부합하지 않을 뿐 아니라, 혈통으로 통해 등장인물들의 근원적 성격을 드러내려 한다는 점에서 설득력이 부족하다. 단행본에서 대부분의 인물들은 민족의 운명이나 시국에 관해서는 별다른 관심을 기울이지 않았지만, 개작본에서 이들은 현실비판적인 시각을 드러낸다. 요컨대, 『청춘기』의 개작 양상은 이 작품을 일제에 대한 저항적인 텍스트로 보이게 하는 데에 초점이 모여 있다. 이를 통해 『청춘기』의 "리얼리즘적 성취는 단행본이 아닌 개작본에 와서 비로소 가능"[18]해졌다는 평가를 받기도 했다.

반면 개작과정에서 삭제되었거나 불분명하게 처리된 부분들도 있다. 애초의 단행본에서는 조선과 일본 간의 대립 관계가 그리 두드러지게 표현되지 않았다. 또한 작품 속에서 '일본어'는 '조선어' 못지 않게 중요하게 기능했다. 실제로 이 무렵부터 한설야는 일본어 창작을 시작하기도 했다. 그는 『청춘기』를 연재하던 1937년에 일본어 소설인 「하얀

---

17 이경재, 「한설야 소설의 개작 양상 연구」, 『민족문학사연구』 32권, 2006, 298면.

18 한수영, 「한설야 장편소설 '청춘기'의 개작과정에 대하여」, 『한설야 문학의 재인식』, 소명출판, 2000, 114면.

개간지(白い開墾地)」를 발표했으며, 이후에도 『대륙(大陸)』(1939), 「그림자(影)」(1942), 「피(血)」(1942) 등을 연이어 발표했다. 해방 후에도 그는 "일본어로 쓴 소설의 내용에 있어서는 아무런 양심의 가책"[19]을 느끼지 않았다. 단행본 『청춘기』(1939)의 독특한 점은 '일본(어)'에 대한 한설야의 태도가 이전과는 근본적으로 달라졌다는 점에 있다.

작품의 서두에서 중심인물인 태호는 동경유학 시절 알고 지내던 서양화가 숙경의 개인전에 초대되어 참석한다. 회장 입구에서 그는 "일본 동경 '무사시노'의 평면적인 단아한 풍경과 금강산의 입체적인 괴위(怪偉)한 그것의 대조"(C:13)에 시선을 빼앗긴다. 다른 그림을 보면서는 "하하, 이게 바루 아오야마(靑山)입니다그려."(C:16)라고 이야기하며 작품의 공간적 배경인 아오야마를 쉽게 파악한다. 반면 그는 "난 아직 금강산을 못 봤습니다."(C:13)라고 말하고, "서울 왔댔자 아주 생면강산이니까 역시 막연"(C:20)하다고 말한다. 마찬가지로 숙경도 "사실 '무사시노'의 풍경은 퍽 친하기 쉬운 것인데 금강산은, 더구나 해금강엘 가보니까 웬일인지 자꾸만 붓을 던지고 싶어요."(C:13)라고 하면서 조선 풍경에는 자신이 없는 듯한 모습을 보인다. 이와 더불어 잡지사를 운용하는 박용도 "[조선사람들 중에서] 라파엘로나 밀레는 알아도 단원(檀園)이나 현재(玄齋)나 완당(玩堂)을 아는 사람은 극히 드물"(C:26) 것이라고 말한다. 이처럼 동경유학생들인 중심인물들은 조선과 일본을 굳이 구분짓지 않으며, 조선 문화보다 일본 문화(혹은 서구 문화)에 오히려 친숙

---

19 김재용, 「식민주의와 언어」, 『제국일본의 이동과 동아시아 식민지문학』 1, 문, 2011, 410면.

한 것처럼 그려진다.

> 한쪽에 모여 앉은 사람들 편으로 가까이 지나칠 때 태호는 무
> 슨 귀익은 소리에 주춤하며 무심코 그편을 바라보았다. 그것은 확
> 실히 여자의 말소리였으나 다만 여자의 말소리라는 그것뿐 아니라
> 오래도록 귀밑에 파묻혔던 기억을 건드리는 그런 소리였다. 태호
> 는 고쳐 머리를 돌려 소리의 주인공을 찾으려 하였으나 여자는 서
> 양 부인 외에 세 사람이나 있어서 누가 그인지 알 수 없었다. <u>서양
> 부인은 비교적 유창한 조선말로 무슨 이야기를 하고 있었다.</u>
> 남자로는 박용이가 어느새 그들의 뒷전에 끼어 섰고 그 외에
> 키가 후리후리하고 멀끔한 얼굴에 검은 대모테 안경을 쓴 중년 신
> 사가 한 사람 있을 뿐이었다. 서양 부인의 말을 신기한 듯이 잠시
> 듣고 있던 태호는 얼마 후에야 아까의 그 말의 주인공을 찾아내었
> 다. 그러나 그것은 또 하나 의외의 놀람을 찾은 순간이었다. 그 여
> 자의 음성뿐 아니라 얼굴까지 어디서 꼭 보던 사람 같았다.(C:15)

이 대목은 전체 서사에서 상당히 중요한 의미를 갖는다. 이 장면
에서 태호는 자신이 오랫동안 동경해오던 철수와 "음성뿐 아니라 얼굴
까지"(C:15)도 흡사한 의문의 여성(은희)을 만나게 되기 때문이다. 그는
우연히 그녀의 목소리를 듣고 고개를 돌렸지만 서양 부인 외에도 3~4
명의 사람들이 함께 모여 있어 누가 그 목소리의 주인공인지 파악하
지 못한다. 개작본에서는 "서양 부인은 비교적 유창한 조선말로 무슨
이야기를 하고 있었다."(C:15)라고 표현하고 있지만, 단행본에서는 서양
부인이 '조선말'이 아니라 "일본말"(B:1)을 하고 있었다고 표기되어 있었
다. 단어 하나의 변화이지만, 이것으로 인해 이 장면은 완전히 다른 차

원의 의미를 갖게 된다. 본래 서양 부인과 주변 사람들은 모두 '일본어'로 의사소통을 하고 있었으며, 태호도 '일본어'를 매개로 "오래도록 귀밑에 파묻혔던 기억"(C:15) 속에서 철수의 이미지를 떠올릴 수 있었기 때문이다.

> 저편 서양 부인은 몸짓, 손짓을 합해서 아까보다는 매우 위태로운 일본말[조선말]로 조선의 예술에 관해서 열심히 말하고 있다. 그는 조선 예술의 특색은 서양의 그것보다 공상과 상상이 비상히 발달한 점이라고 한다. 그럼에 있어서 여러 가지 빛을 쓰지 않고 주로 검은 빛을 쓰는 것도 공상 가운데서 여러 가지 빛을 단순화시킨 까닭일 것이다. 그것은 지나의 풍을 받은 관계도 있겠고 또 비과학적인 점도 있겠으나 어쨌든 예술에 있어서 특히 공상의 영역(領域)이 넓어야 한다. 셰익스피어의 공상이 아니면 만고의 가인 '오피리스'는 창조될 수 없다는 그런 이야기다.(B:20~21)

본래 "동경서 온 불란서 부인"(C:85)은 "조선말로 조선의 예술"(C:24)을 이야기한 것이 아니라 "일본말로 조선의 예술"(B:20)을 이야기하였다. 단순한 차이 같지만, 서사 전체를 매개하는 언어로 '일본어'가 기능하고 있다는 점은 중요하다. 주요 인물들이 모두 동경유학생 출신이고, 서양인들도 일본어를 통하지 않으면 조선인들과 의사소통할 수 없다는 점에서 제국의 언어인 일본어는 '준공용어'의 역할을 담당하고 있다.

태호는 명순과 은희 등과 함께 'K호텔'에서 식사를 한다.[20] "이 집

---

20 문맥상 'K호텔'은 '손탁호텔'을 의미하는 듯 하다. 이곳은 "구한말 외국인들이 몰려든 사교장"이었으며 이토 히로부미가 머물며 '을사조약' 체결을 위해 회합을 가졌다. 김태수, 『꽃가치 피어 매혹케 하라』, 황소자리, 2005, 281면.

은 파란중첩하던 한말 당시 조선을 팔고 사고 하는 일에 광분하던 내외의 정객들이 출입하던 역사를 가"(C:286)진 곳이다. 암시적으로 언급되지만, "벽에 붙은 30여 년 전 사진들"(C:287)을 고려하면, 이곳은 1905년 무렵 이토 히로부미 등이 모여 '을사조약'을 체결하여 "조선을 팔고 사고" 하던 곳임을 알 수 있다. 이러한 역사적 맥락을 알게 된 후에도 태호는 별다른 반응을 보이지 않는다. 그는 "과거 이 집에 어떤 정객들이 모였던지 그런 것은 알려고도 하지 않"으며, "다만 태호는 자연을 사랑할 뿐"(C:287)이었다. 여기서 중심인물인 태호의 문제적 성격이 드러난다. 그는 일본의 식민지배 자체에 대해서는 별다른 비판의식을 보이지 않으며, 조선보다는 일본에 좀더 친숙한 모습을 보이기까지 한다.

태호는 특정 언어나 문자에 한정되어 있는 예술세계보다 자연 자체가 더 뛰어나다고 생각한다. 자연 상태가 가장 "완전한 세계성"(C:228)을 구현하기 때문이라는 것이다. 다시 말해, "아무리 높은 예술 작품이라 하더라도 문자가 다르고 말이 다르기 때문에 외국 사람은 몰라보지만 자연만은 어느 나라 사람이고 다 함께 즐길 수 있고 감상할 수 있"(C:228)기 때문이다. 이처럼 태호는 국민국가와 민족의 차원을 넘어서는 국제적인 연대를 추구하고자 한다. 그에게 '일본어'는 국제적인 연대로 나아갈 수 있는 매개적 언어이다. 이는 일본의 '나프'를 통해 국제사회와 소통하려 했던 '카프'의 현실적 한계를 보여주는 것이라고도 할 수 있다. 또한 같은 시기 한설야가 '일본어' 소설을 창작하기 시작한 현실적인 이유가 될 수도 있을 것이다. 『청춘기』에서 일본어에 대한 한설야의 인식이 변화했다는 것은 그의 초기작인 「그릇된 동경(憧憬)」(1927)

이나 「사방공사」(1932) 등과 비교해 보면 쉽게 알 수 있다.[21]

「임금」(1936)이나 「철로교차점」(1936) 등의 단편에서 조선인 노동자들이 지역 공동체 공동의 문제를 해결하기 위해 힘을 합쳐 단합하는 것과는 달리, 『청춘기』에서는 그러한 공동체의 존재가 드러나지 않는다. 초기 단편들에서 일본인 간부와 조선인 노동자 간의 대립이 주로 나타났다면, 『청춘기』에서는 '노동'에서 어느 정도 자유로운 '(소)부르주아' 인물들의 세계가 그려진다.

> 박용이는 사실 벌써부터 은근히 명학이와 은희의 결혼을 희망하고 있었고 또 예상하고 있었다. 그리며 그 결혼을 계기로 하여 장차 자기에게 찾아올 향기로운 열매도 벌써 생각하고 있었다. 은희는 커다란 병원을, 그리고 자기의 화려한 문화 주택을 박용은 상상하고 있었다. (…) 그리고 나중은 심지어 그 화려한 저택으로 응당 찾아올 듯한 오늘의 친구인 룸펜들을 방지할 방법도 미리 생각해 보았다. 석가여래의 출가를 막던 가비라성의 무거운 돌문 같은 것으로 대문을 해 걸고 뒷문으로 통행하고 또는 출입구에다가 보이지 않게 전기 스위치를 장치해 두고 암호로 문을 여닫을 것을 생각하였다. 그러면 거렝이 룸펜 따위도, 또는 무슨 위험한 생각을 품은 젊은 작자들도 그 문안으로 얼씬거리지 못할 것이다……(C:417)

---

21 「그릇된 동경」(1927)도 일종의 연애소설이다. 이 작품은 조선인 여성인 '나'가 사상범으로 감옥에 수감된 친오빠에게 보내는 편지의 형식을 취하고 있다. 조선인 여성인 '나'는 일본인 남성 'Y'와 연애한 후 결혼을 하지만, 서로의 민족적 간극을 극복하지 못하고 갈라서게 된다. '나'와 'Y'의 대화는 전부 일본어로 이루어지며 조선어로 병기된다("오아소비니 이랏샤이(놀러 오세요)."). 작품 속에 생경하게 삽입된 '일본어' 발화가 조선어 지문과 어울리지 못하고 이질적으로 남겨지는 것처럼, 이 둘의 결합은 애초부터 파국을 예기하고 있다.

박용은 기회주의적 인물로 은희의 친오빠이다. 그는 "말과 속이 다른"(C:26) 사람이며, "남의 글을 문체와 문구를 조금씩 달리하여 늘여먹기와 줄여먹기에 이름난 사람"(C:78)이다. 막대한 부를 가진 명학은 은희를 금전적으로 지속적으로 후원하여 동경으로 유학을 보내 여의사가 될 수 있게 하였다. 말하자면, 그는 "은희의 은인"(C:390)이었다. 박용의 잡지사도 명학의 후원으로 운영되고 있다. 명학은 은희에게 개인 병원을 차려주고, 박용에게는 문화주택을 사 줄 수도 있는 재력을 갖췄다. 박용은 여동생인 은희와 '백만장자' 명학을 결혼하게 하여 좀더 많은 "향기로운 열매"(C:417)를 누리고자 한다. 이러한 달콤한 상상을 하며, 박용은 자신의 갖게 될 문화주택에는 '룸펜'들이 접근하지 못하도록 해야겠다고 다짐한다. 그는 출입문에다 "보이지 않게 전기 스위치를 장치해 두고 암호로 문을 여닫을 것"(C:417)을 상상한다. 그렇게 해서 "거랭이 룸펜 따위도, 또는 무슨 위험한 생각을 품은 젊은 작자들"이 자신의 집에 접근하지 못하게 하겠다는 것이다. 그는 부르주아와는 결탁을 도모하고 프롤레타리아나 룸펜은 거리를 두려는 노골적인 욕망을 갖고 있다. 좀더 특이한 점은 태호가 박용의 여동생인 '은희'의 모습에서 자신의 친구인 철수를 떠올린다는 것이다.

그러나 아무리 보아도 그것은 전일 숙경의 전람회에서 보던 그 수수께끼의 주인공이었다. 그러나 대낮의 꿈은 길지 못하였다.
"오빠……."
하고 그 여자가 무심히 박용을 부르는 순간, 태호는 자기의 머리에 알뜰히 새겨진 아름다운 꿈의 탑이 무너지는 것을 어찌할 수가 없었다. 잊을 수 없는 벗 철수의 누이로만 여겨오던 그 여자는 의외로 박용의 누이인 것이다. 그러나 그리면서도 태호는 여직 한 개의 꿈을 아주 놓아버리려 하지 않았다. 철수의 누이가 서울 어디든지 따로 있을 것만 같았다. 그런데 이상하게도 그 두 여자는 누가 누구인지 분간할 수 없는 꼭같은 사람인 것 같았다. 그리며 아득히 먼 곳에서 두 여자가 마주 가까이 와서는 그만 한 사람으로 되어버리는 야릇한 환상을 태호는 머리에 그렸다. 그때 박용의 누이가 문 앞에서 잠시 서성거리다가 내처 안으로 들어가려는 것을 박용은,

"얘, 은희야……."

하고 불렀다. 이름도 태호가 생각하던 '철주'가 아니고 은희였다. 태호는 부지중 입속으로 두어 번 그 이름을 외워보았다.(C:79~80)

『청춘기』는 '연애소설'의 외양을 갖추고는 있지만 본격적인 연애 서사가 전개되지 않는다. 태호가 은희에게 첫눈에 반해 일방적으로 찾아 헤매기 때문이다. 그녀에 대한 태호의 감정은 비이성적이라고 할 만큼 맹목적이다. 그가 사로잡힌 것은 그녀가 철수와 너무나도 흡사한 모습을 하고 있었기 때문이다. 태호는 그녀가 철수의 여동생이 분명하며, 이름도 비슷한 발음의 '철주'일 것이라고 "단정해 버리기를 조금도 주저하지 않았다."(C:29) 그렇지만 그녀는 사실 박용의 누이인 박은희였다. 이러한 사실이 다 밝혀졌음에도 불구하고, 태호는 그러한 사실을 쉽게 인정하지 못한다. 그리고는 "두 여자가 마주 가까이 와서는 그만 한 사람으로 되어버리는 야릇한 환상"(C:80)에 빠져버린다. 은희(혹은 철주)는 철수와 박용, 프롤레타리아와 소부르주아, 사회주의와 자본주의 등의 대립적 관계를 매개하는 "일신양역(一身兩役)"(C:115)의 역할을 담당한다.

이와 더불어, 『청춘기』에서 다른 국가들(일본, 중국, 러시아, 독일 등)
이 묘사되는 장면을 함께 살필 필요가 있다. 『청춘기』의 개작과정에서
식민지 조선을 둘러싼 국가들에 대한 묘사가 미묘하게 변화했기 때문
이다. 우선 개작본에서는 '중국'과 관련된 부정적 묘사가 모두 삭제되
었다. 한설야가 『청춘기』 단행본에서 일본과의 연대의식을 공공연히 드
러내면서도 그것을 '중국'에까지는 확장시키지 않는다는 점은 의미심장
하다. 예를 들어, 단행본에는 "아따 이 사람아 부인들이란 청국사람 한
가지야. 끝전은 좀처럼 떨구는 법이 없어"(B:352), "주소 성명도 안 쓰고
청인놈처럼 왜 이런 음침한 수작을 하느냐 말이다"(B:456) 등의 표현이
나온다. 이처럼 단행본에서는 중국이 시종일관 미개하고 부정적인 이
미지로 제시되었다. 『청춘기』가 연재를 시작하기 불과 2주 전에 '중일전
쟁'이 발발했다는 점을 고려할 때, 이러한 중국 이미지는 당시의 시대
적 분위기와 작가의식을 담고 있다.

> "그래, 그 사람이 뭐 '주의적' 색채가 있어?"
> 하고 명순에게 물었다.
> "그럼요, 한때 동경서는 유치장 출입도 한 모양이고 또 지금도
> 그런 책자만 읽나 봐요."
> "허허, 그건 통 몰랐어……."
> "지금도 말하는 속이 여간 과격하지 않답니다. 안중에는 아무
> 것도 없고…… 금시 무슨 큰일이나 저지를 것 같아요."
> "그러나 신문사엔 아직 그런 사람이 많으니까……."
> "그래도 유만부동이지요. 정말 진짜 주의자도 아니야요. 주의
> 자면 주의자다워야지요. 철저해야지요. 입만 까면 뭘합니까. 안팎
> 이 전연 딴판인걸요…… 그리고 그나마 이불 속에서 활개치듯이

뒤에 돌아가서나 큰소리를 치지…… 그렇지 않으면 요새 허파에 바람이 든 따위 계집애들이나 뚜쩌내기 위해서 가장 아는 체하고 무슨 붉은 물이나 든 체하는 거지요."(C:453)

반면 태호에게 러시아는 항상 동경하며 지향하는 장소이다. 그는 꿈을 통해 철수가 "모스크바에서 죽었다"(C:42)는 소문을 듣게 된다. 작품 속에서 철수는 한 번도 등장하지 않으며 구체적으로 언급되지 않는다. 그렇지만 그는 신념이 확고한 인물로 사회주의 혁명에 성공한 러시아와 동일시되는 인물이다. 구체적인 맥락은 생략되어 있지만, "[일본 당국에서] 벌써 여러 해를 두고 찾던 인물"(C:522)이라는 설명을 보면, 그는 사회주의를 신봉하는 반체제적 운동가임에 틀림없다. 이밖에도 작중 인물들은 "러시아 요리"(C:288)를 맛보고, "러시아 소설"(C:265)을 읽는 등 러시아에 친숙한 모습을 보인다.

『청춘기』에서 러시아는 그저 '북쪽'이라는 추상적 표현으로 언급되지만, 중심인물들의 지향의식을 드러내는 투사공간이라 할 수 있다. 태호는 철수가 "북쪽으로 갔으리라는 것만은 추측으로 짐작"(C:109)할 뿐 그가 어디에서 무엇을 하고 있는지 정확히 알 수 없다. 『청춘기』는 "은희는 결코 자기를 불행하다고 생각하지 않았다. 그는 여전히 북으로 걸어가고 있었다. 달은 떼구름 속에 들어갔다가 나올 때마다 더 밝게 빛났다."(C:535)라는 문장으로 끝맺는다. 은희가 수감된 태호를 기다리며 북쪽을 향해 걸어간다는 것은, 그녀도 태호와 철수의 '사회주의' 사상을 받아들였음을 암시하는 것이다. 마지막 장의 제목은 '극광', 즉 오로라로 러시아 등 북국에서만 관찰되는 기상 현상이다. 사회주의를 따르는 태호는

"극광(極光)을 바라보는 탐험가"(C:46)의 눈빛을 갖게 되며, 그와 동조하는 은희도 "가슴 한구석에는 험한 것을 무서워하는 맘이 있으면서도 되레 그보다 더 험한 것을 즐기는 탐험가의 심리"(C:106)를 갖게 된다.

이 작품 속 인물들의 러시아에 대한 지향의식은, 곧 사회주의에 대한 한설야의 신념을 의미한다. 소련의 라프(RAPP), 일본의 나프(NAPF), 조선의 카프 등 세계 각국의 프롤레타리아 문학단체들은 국제적인 연대를 도모해왔다. 그렇지만 1932년 라프가 해체된 것을 시작으로,[22] 나프(1934)와 카프(1935)가 연이어 해체되며 '프롤레타리아 문학'은 몰락하게 된다. 『청춘기』에서는 몰락해 가는 '사회주의' 신념을 지켜나가고자 하는 그의 의식적인 노력이 보인다. 그렇지만 불과 몇 년 후인 1940년에 발표한 장편소설 『탑』에서는 그러한 러시아의 긍정적인 이미지는 더 이상 찾을 수 없게 된다. 러일전쟁을 배경으로 하는 이 작품에서 러시아 병사들은 야만스러운 짐승같은 무리로 그려진다.[23]

> "그런데 말야. 자네 말대로 편집국 인사는 편집국장이 간섭하게 된다면 그에게도 제 사람이 있을 거고 또 연줄연줄해서 청받은 것도 있을 것이니……."
> 하고 태호는 맨 염려되는 문제의 하나를 들어 말하였다.
> "하지만 히틀러(사장)가 직접 말할 거고 또 내가 찬스를 엿보고 있으니까 뭐 염려 없겠지."

---

22 홀거 지이겔/정재경 역, 『소비에트 문학이론: 1917~1940』, 연구사, 1988, 165면.

23 "불붙는 동리와 무지하게 크고 우악스런 노서아 병정의 새파란 눈깔과 담뱃대진을 빨아먹고 피 뻘건 돼지다리를 쳐죽이던 그 무서운 일과 송충이보다 더 징그럽던 그 털부숭이 손딱지가 다시금 무섭게 기억이 되었다." 등과 같은 표현이 곳곳에서 등장하기 시작하는 것이다.

하고 덜렁이 우선은 나중이야 어찌 되겠든지 간에 우선 자신을 뵈었다.

"좌우간 자네에게 일임하네. 되나 안 되나 간에……."

태호는 그 이상 더 할말이 없었다.

"작년만 해도 한두 사람쯤 드나드는 건 문제가 없었네만 지금은 대세가 달라졌어. 그때는 말하자면 좌우 양파가 대립되어 있었어……. 부사장을 중심으로 한 재래종을 우파라 불렀고 우리들은 좌파라고 불렀는데 그때는 물론 우리들 인민전선파가 우세였었지. 그러나 때도 사장도 결국 우리 편은 아니니까…… 그러니까 당분간 잠자코 있는 게 가장 자기를 잘 살리는 유일한 방법일 것 같데."(C:49~50)

한설야는 식민지 조선에도 파시즘이 파고들지도 모른다는 우려를 하고 있었던 것으로 보인다. 『청춘기』는 태호와 은희의 연애사와 함께 태호가 신문사에서 기자로 활동하는 것이 주요 사건으로 다루어진다. 그의 친구인 우선은 "동경시대에는 상당한 시대의 총아"였지만 "지금은 오직 먹고 살 일을 생각할 뿐"(C:54)이다. 이제 "쟁쟁한 대학출신들이 30원 40원에도 팔리지 않"(C:57)는 시대가 도래했기 때문이다. 태호도 자신이 "패기를 잃은 답답한 세대"(C:358)에 속한다고 생각한다. 신문사에는 '히틀러'라는 별명을 가진 독재적인 인물이 사장으로 있으며, 결국 그에 의해 태호는 신문사에서 부당하게 쫓겨나게 된다.

개정판에는 삭제되었지만, 단행본에서는 히틀러 말고도 이탈리아의 무솔리니가 언급되어 있었다. "히틀러나 무솔리니같이 역사의 바퀴를 뒤로 굴리려는 사람을 가장 위대하다고들 떠드는 세상"(B:297)이라는 대목이 나온다. 한설야는 히틀러나 무솔리니와 같은 파시스트들을 역사의 진보를 가로막고 반대 방향으로 되돌리려는 사람들로 간주하였다. 그렇지만 세상의 대다수 사람들은 그들을 위대한 인물로 칭송하고 있다고 생각했다. 이러한 생각은 비슷한 시기 한설야가 쓴 한 평론에서도 반복하여 등장한다.[24]

한설야는 파시즘화 되어가는 독일, 이탈리아, 스페인 등의 세계정세에 비판적인 자세를 견지한다. 그리고 그것에 대응하는 "우리들 인민전선파"(C:50)라는 표현을 통해 자신의 정치적 견해를 우회적으로 드러내고 있다. 1935년 모스크바에서 개최된 코민테른 제7차 대회에서는 '인민전선론'이 공식 정책으로 채택되었다. 인민전선은 부르주아와 프롤레타리아를 포함한 광범위한 연합전선을 의미한다.[25] 『청춘기』에서 그러한 연합전선은 태호, 철수, 은희(철주) 사이에서 발생할 수 있다. 반면 "유서 깊은 대재벌"인 홍명학은 "신흥 재벌"(C:24)인 신문사 사장 '히틀러'와 박용 등과 긴밀한 사이이다. 백만장자인 그는 경성제대 의과대학에서 박사학위를 받고 '독일'로 유학을 떠나려고 하며, 은희에게 자신과 태호 사이에서 선택할 것을 요구한다.

태호가 철수가 있던 '러시아'를 지향하고, 명학이 히틀러 치하의 나치 독일을 지향한다는 점에서 이들은 각각 '사회주의'와 '파시즘'을 상징

---

24 "그러므로 우리는 히틀러에게 꼬리를 흔들고 따라가는 나치스나 프랑코의 산하로 모여드는 서반아의 산 송장떼가 제아무리 발광을 부린다 쳐도 거기에는 참된 생명이 없다고 생각한다. 역사의 바퀴를 뒤로 굴리려는 무리들에게 참된 생명을 구할 것이랴. 그 운명은 너무도 빤한 것이다. 그러나 그와 반대로 아무리 조그만 것이라 하더라도 그 속에 참된 의미의 생명이 암시되어 있는 것을 우리는 발견할 수 있다." 한설야, 「문예가협회에 대하여」, 『백광』, 1937.

25 김외곤, 「1930년대 후반 한국문학과 반파시즘 인민전선」, 『외국문학』 제28호, 1991, 166면.

적으로 대변한다고 볼 수 있다. 은희는 태호와 명학, 러시아와 나치 독일, 사회주의와 파시즘 사이에서 선택의 기로에 놓여 있다. 은희(소부르주아)와 철주(프롤레타리아)는 "일신양역(一身兩役)"(C:115)으로 둘이면서 동시에 하나이다. 따라서 그녀는 부르주아와 프롤레타리아의 광범위한 동맹을 추구한 '인민전선론'을 육화한 인물이라 할 수 있다. 그리고 그러한 광범위한 국제적 연대를 가능하게 해주는 것은 아이러니하게도 제국의 언어인 '일본어'이다.

『청춘기』 서사의 대부분은 경성에서 펼쳐지지만, 원산이 중요한 장소로 등장한다. 태호의 고향이자 철수와 함께 중학시절을 보낸 곳이 원산이다.[26] 결말부에서 은희는 수감된 태호를 기다리며 원산의 병원에서 근무하게 된다. 반면 경성은 서사의 주무대이지만 그리 구체적으로 그려지지는 않는다. 동경에서 유학을 마치고 돌아온 태호는 명륜정(明倫町)에서 하숙을 한다. 당시 이 일대는 고급 주택지가 모였던 곳으로 조선인 상류층뿐 아니라 일본인 상류층도 거주하던 곳이었다.[27]

태호는 명륜정에서 창의문(자하문) 밖으로 하숙을 옮기는데, 그곳으로 이사를 결심하게 된 가장 큰 이유는 철수의 어머니와 여동생이 인왕산 근처에서 살고 있을지도 모른다는 막연한 생각 때문이었다. 철수의 가족들은 한때 "인왕산 밑 붉은 벽돌집 근방"에 머물고 있었다. 이 붉은 벽돌집은 곧 '서대문 형무소'를 의미하며, '현저동' 부근일 가능성이 높다. 당시 이곳은 경성의 도시 빈민들이 모여 살던 구역이었다.

---

26 '원산'은 한설야의 장편소설에서 자주 등장하는 장소이기도 하다. 『청춘기』뿐만 아니라 『탑』, 『황혼』, 『마음의 향촌』 등에서도 등장한다.

27 전남일 외, 『한국 주거의 사회사』, 돌베개, 2008, 94면.

태호는 그들을 만나기 위해 "일대를 모조리 가로세로 훑어보아도 알아낼 수"(C:40)는 없었다. 반면 다른 주요 인물들은 모두 '문 안'에 거주하고 있다. 박용과 박은희 남매는 '정동'(貞洞)에 살고 있다. '백만장자' 명학과 명순의 집은 구체적인 지역이 나타나지는 않지만, 도심의 고급 주택가에 위치한 것으로 보인다. 프랑스어로 '부르주아(bourgeois)'는 본래 '성 안의 사람'이라는 의미였다. '문 안'에 거주하는 홍명학과 박용 등은 식민지 부르주아 계층이라 할 수 있다. 철수의 가족들은 '문 밖' 빈민촌에 살고 있는 프롤레타리아이며, 태호는 그들과 함께 하기 위해 '문 밖'으로 이주하였다. 이처럼 『청춘기』의 인물과 거주 지역 간에는 일정한 상관 관계가 놓여 있다.

　『청춘기』의 주요 사건은 태호가 어느 날 병에 걸려 의식을 잃고 생사의 기로에 서게 되는 것이다. 주목할 것은 그를 진료한 의사가 그의 병명을 '전염병'이라고 진단한다는 점이다. 의사는 경찰에 신고한 후 그를 '피병원'(避病院)으로 이송해야 한다고 주장한다. 그렇지만 결국 그는 전염병이 아니라 '관격'(關格)에 걸린 것이었다. 실제로는 전염의 위험이 없었음에도 불구하고, 그를 '위험한 존재'로 간주하여 강제적으로 격리조치하려고 하는 장면은 사회주의 사상범들을 위험한 존재로 간주하고 일방적인 탄압을 자행한 당시의 시대적 분위기를 은유하고 있다. 하숙집 여주인은 의식이 없는 태호를 보면서 "저렇게 살 말이면 그 남은 나이는 내게 넘겨주지"(C:180)라며 그의 '청춘'을 부러워한다. 의사인 은희의 도움으로 태호는 다행히 회복하게 된다. 그는 "생명이 끊어진 사람이나 마찬가지"(C:229)였지만 기적적으로 되살아난다. 그의 청춘은 '열병'(혹은 사회주의)을 앓고 난 것처럼 지나가고, 그는 "그저 한바탕 꿈을 꾸고 난 것 같"(C:263)은 홀가분한 감정을 느낀다. 새롭게 태어난 그가 퇴원하게 되는 날은 공교롭게도 '7월 14일'이었다.

> "오늘이 며칠이지?…… 7월 열나흘…… 그야말로 은혜받은 날이라고 할까, 호호호……."
> "하하, 오늘이 벌써 7월 14일…… 날만은 썩 좋은 날입니다 …… 홍 선생 수고시지만 이따가 화분에 오늘 날짜를 새겨주십시오."
> 그러자 명순은 운전수가 안고 오는 화분을 돌아다보며 또 한번 그윽한 감격에 사로잡히었다.
> "바로 1789년 7월 14일은 근대 불란서가 탄생한 날이 아닙니까? 아니 넓게 말하면 근대 세계가 탄생한 날이 아닙니까?"
> 태호는 이렇게 말하는 사이 어느새 저 혼자의 감개에 붙들려 버렸다. 그러나 불행히 명순이도 은희도 그 말의 의미를 알지 못하였다.(C:230)

태호는 '7월 14일'을 "은혜받은 날"이라고 말한다. "1789년 7월 14일은 근대 불란서가 탄생한 날"이라고 말하는데, 이 날은 바스티유 감옥이 함락된 것을 기념하는 '프랑스 혁명기념일'이다. 그는 기존의 신분 질서를 뒤엎고 평등한 시민사회가 도래한 역사적 순간을 기억하는 것이다. 이후 신문기자로 수재 현장에 파견된 태호는 은희에게 보낸 편지에서도 "나는 언제든지 여러 사람이 함께 잘살고 너나없이 모두 평등하게 살 수 있으리라는 신념을 버릴 수는 없습니다."(C:275)라고 자신의 신념을 밝힌다. 프랑스 혁명은 왕정을 무너뜨리기 위해서 부르주아와 프롤레타리아 등 모든 계급이 힘을 합쳐 이룩한 혁명으로 '인민전선론' 의 정신과도 맞닿아 있다. 태호가 이러한 사상을 갖게 된 결정적인 계 기는 철수와 함께 경험한 '1929년'의 사건때문이었다.

> 그와 철수는 중학 3년급 때에 갈렸다. 두 사람 다 피차 할 수 없는 사정으로 그 학교를 못 다니게 되어서 갈라진 지가 어언 9 년⋯⋯ 그것은 잊으랴 잊을 수 없는 9년 전, 1929년 겨울 일이 다.(C:29~30)

신문연재본 『청춘기』(1937)는 1929년의 사건과 '서사적 현재'가 긴밀 하게 연결되는 구성을 취하고 있다. 지금이 1929년의 9년 후라면 1938 년의 어느 지점이 될 것이지만, 정작 이 대목이 신문에 연재된 것은 '1937년 7월 27일'이었다. 작품 속의 '서사적 현재'는 신문 연재 시점보다 '미래'로 설정되어 있다.[28] 이와 더불어 흥미를 끄는 것은 1929년과 1938 년 사이의 기간에 대한 서술이 공백에 가깝게 남겨져 있다는 점이다.

'1929년 겨울'의 어떤 사건으로 인해 "두 사람 다 피차 할 수 없는 사정"으로 인해 학교를 다닐 수 없게 되었으며, 서로 헤어져 소식이 끊 어지게 되었다. 태호의 고향은 '원산'이며 이 두 인물은 1929년에 원산 의 한 중학교에 함께 재학중이었다. 개정판에는 "태호는 원산서 중학을 다니다가 광주학생사건 때 출학당하고 서울 와서 1년간 사립중학을 다 닌 일이 있었다."고 부연설명이 나왔지만, 단행본에서는 그러한 구체적

---

28 박태원의 「적멸」과 염상섭의 『광분』 등에서도 비슷한 방식의 장치가 활용되었 다. 흥미로운 것은 한설야의 『청춘기』를 포함한 이 세 작품이 모두 1929년의 광주학생운동과 긴밀히 관련된 작품들이라는 점이다. 권은, 「식민지적 어둠의 심연: 박태원의 '적멸'론」, 『한국근대문학연구』 22집, 2010, 137면 참조.

인 설명이 나오지 않았다. 다시 말해 '1929년 겨울'이라는 서사적 시점은 일종의 미스터리로 제시되며 서사를 이끄는 동력으로 작용한다.

　1929년에 광주에서 시작한 학생들의 시위운동은 전국으로 확대되어 원산에서도 대규모 학생집회가 발생했다. 그렇지만 이와 함께 주목해야 할 또 하나의 역사적 사건이 있었다. 바로 "조선 노동운동의 새로운 높은 발전단계로의 이행을 위한 돌파구를 여는 중요한 사건"으로 간주되는 1929년 '원산총파업'이다.[29] 파업 현장을 직접 경험했던 한설야는 자신의 체험과 마르크스의 이론을 결합하여 「사실주의 비판」이라는 글을 연재했다. 이 글에서 그는 소위 '프롤레타리아 리얼리즘'에 관한 개념 정립을 시도했다. 또한 그는 부르주아 리얼리즘 작가들은 개인주의적 차원을 벗어나지 못한다고 비판했다.

　『청춘기』에서 '1929년'에 철수와 태호는 중학생이었다. 그래서 그들이 광주학생운동을 경험한 것으로 설정하는 것이 자연스럽지만, 작가는 같은 시기 '원산총파업'을 직접 경험하고 자신의 '프롤레타리아 리얼리즘'의 이론을 정립해 나갔던 것이다. 즉, 작가는 성인이 된 후 자신이 경험한 사건을 학생 인물들의 차원으로 치환하여 서술하고 있는 것이다. 1929년의 '원산 총파업'이라는 역사적 사건은 조선에서 프롤레타리아가 하나의 계급의 형태로 등장하기 시작한 최초의 순간을 의미했다. 이 사건으로 인해 태호와 철수는 뜻하지 않게 헤어지게 되었다. 태호에게도 "지축을 울리는 시대의 태동에 발을 맞추는 뜻 맞는 벗들을 만

29　김광운, 「원산총파업과 노동운동의 새로운 단계로의 이행」, 『역사비평』 통권 6호, 1989, 141면.

나서 무슨 포부를 말하던" 시기가 있었다. 태호는 철수를 다음과 같은 인물로 기억한다.

> 어쨌든 철수는 결코 자기의 한 몸이나 한 가정만을 생각할 사람은 아니었다. 그보다 훨씬 넓고 큰 입장에 설 것이었다. 사사를 생각하고 사사에 있어서 누구보다 도저한 이른바 세속의 똑똑한 사람이 아니라 차라리 자기를 잊고 남들을 위해서 하는 일에서 비로소 그 사람됨을 드러낼 그런 유의 사람이었다.(C:32~33)

그는 평범한 인물이 아니라 굳은 신념을 가진 '민족 지도자'에 가까운 인물이다. 이러한 인물은 프롤레타리아 리얼리즘에서 추구하는 진취적인 인물형에 가깝다고도 할 수 있지만, 1930년대 후반의 시대 상황을 고려하면 시대착오적인 인물이라고도 볼 수 있다. 이상적인 영웅에 가까운 철수는 서사에서 단 한 번도 모습을 드러내지 않는다. 그에 대한 풍문과 소식만이 간접적으로 제시될 뿐이다. 서사에서 그에 대한 소식이 전해지는 방식도 '꿈'이나 막연한 '공상', 혹은 근거 없는 '소문'의 형태로 제시된다.[30] 이러한 정보는 그저 꿈이나 소문에 불과한 것이지만, 태호는 그것을 사실일 것이라 믿고 그것을 전제로 자신만의 상상을 키워나간다. 태호의 믿음은 맹목적인 신념에 가깝다. 그렇지만 그는 "이 꿈이 실현되는 그날이 있을 것을 의심하지 않"(B:45)는다.

---

30 예를 들어, "한번은 꿈에 확실히 그 회답을 받은 일이 있었다. 그 편지의 사연은 철수가 벌써 몇 해 전에 모스크바에서 죽었다는 것이었고 편지 마지막에는 철수의 누이동생 철주라고 씌어 있었다."(C:42)라는 대목이 나온다. 또한 "그것은 철수에게서 직접 들었던지 다른 동무에게서 들었던지 분명치 않았다."(C:31)라는 표현도 나온다.

"하기야 불안(不安)의 철학도 좋지, 핫하하하……. 참 작년에 셰스토프의 『비극의 철학』을 첨 봤는데 이따금 좋은 데가 있데그려."

"좋다는 것보다 대체로 그런 풍조가 오늘을 특징지우고 있으니까……."

"그런데 왜 요새는 통 쓰질 않나?"

"어디 쓸 만한 밑천이 있나…… 그리고 또 쓴댔자 발표도 문제고……."

태호는 이전 동경 유학생 간에 여러 가지 출판물이 있었을 당시에는 간혹 글을 써서 발표한 일이 있었으나 지금은 그런 기관도 없어지고 또 맘대로 쓸 수도 없어서 아주 침묵을 지키고 있었다. 그러나 신문사에 취직하려고 생각한 이후부터는 늘 무엇을 써보고 싶었고 그래서 도서관에도 부지런히 다니는 것이었다.(C:58)

〈그림 25〉 레프 셰스토프

태호의 친구인 우선은 태호에게 문학이나 철학과 관련된 글을 써

볼 것을 권하면서 "불안의 철학"과 셰스토프의 『비극의 철학』을 추천한다. 그러자 태호는 그러한 철학 사조가 "좋다는 것보다 대체로 그런 풍조가 오늘을 특징지우고"(C:58) 있다고 말한다. 실제로 1930년대 중반부터 일본과 조선에서는 '셰스토프적 불안'이라 불리는 현상이 광범위하게 유행하였다.[31] 도사카 준(戸坂潤)는 「셰스토프적 현상에 관하여」(1935)라는 글에서 이러한 현상이 발생한 근본 원인으로 사회주의자들의 '전향'을 꼽았다. 마르크스주의자들이 사상의 진공 상태를 맞게 되었으며, 셰스토프의 허무주의적 사상이 그 빈 공간을 대신 차지했기 때문이라는 것이다.[32] 이러한 셰스토프의 허무주의적 철학은 조선에서도 비슷한 양상으로 나타났다. 김남천은 셰스토프의 철학이 "논리적 개념과 범주를 중도에서 파기하고 시적 표상에 몸을 맡겨 그곳에 신용할 수 없는 망상의 체계를 건설"[33]하고 있다고 비판했다. 셰스토프에 대한 언급은 〈단층파〉 작가들인 유항림의 「마권」, 구연묵의 「유령」 등에서도 나타나며,[34] 구인회 작가였던 이효석의 「인간산문」 등에서도 나온다.

---

31 왕신영, 「1930년대의 일본에 있어서의 '불안' 논쟁을 중심으로」, 『일어일문학연구』 47권 2호, 2003, 426면.

32 셰스토프는 『불안의 철학』에서 "이상주의가 현실의 압박을 버텨낼 수 없었다는 것이 밝혀졌을 때, 운명의 의지에 의해 실제의 삶과 부딪치게 된 사람이 갑자기 모든 아름다운 선험적인 것들이 허위에 지나지 않는다는 사실을 공포스럽게도 발견했을 때, 그때 비로소 의심은 억제할 수 없이 그를 사로잡아, 오래된 공중누각의 그토록 견고하게 보이던 벽은 한 순간에 무너지고 만다." 조시정, 『1930년대 후반 한국문학의 모색과 도스토예프스키』, 서울대학교 대학원 국어국문학과 박사논문, 2015, 84면.

33 김남천, 「도덕의 문학적 파악」, 『조선일보』, 1938년 3월 12일.

34 정주아, 「불안의 문학과 전향시대의 균형 감각」, 『어문연구』 통권 제152호, 2011, 331~332면.

이러한 '전향'의 흐름은 특정 프롤레타리아 작가들에 한정된 것이 아니라 사회 전반적으로 광범위하게 이루어졌다.

태호의 '동경 유학' 시기는 거의 서술되지 않고 서사적 공백의 상태로 남겨져 있다. 『청춘기』는 태호가 동경 유학을 마친 후 경성으로 돌아온 이후의 시기부터 시작되며, 유학 장면은 간략히 회상되는 정도로 제시된다. 그렇지만 몇몇 표현에서 동경에서의 그의 행적이 암시적으로 나타난다. 우선 그는 "이전 동경 유학생 간에 여러 가지 출판물이 있었을 당시에는 간혹 글을 써서 발표한 일이 있었으나 지금은 그런 기관도 없어지고 또 맘대로 쓸 수도 없어서 아주 침묵을 지키고 있"(C:58)다. 일제의 탄압으로 잡지사 등이 문을 닫게 된 후로는 '침묵'을 지키고 있었다는 것이다.

> 태호가 좀더 딴 의미로 철수를 다시 한 번 만나보았으면 하고 생각한 것은 동경에 건너가서부터였다. 그때는 때가 때이라 지축을 올리는 시대의 태동에 발을 맞추는 뜻 맞는 벗들을 만나서 무슨 포부를 말하던 남아에 문득 철수를 생각해보곤 하였다. 이럴 때에 철수가 있었으면 누구보다도 마음을 주는 동지가 되려니 하고 생각하였다.(C:32)

태호는 동경에서 "지축을 올리는 시대"에 뜻이 맞는 동지들과 어떠한 사상적인 모임을 갖고 있었으며, 그런 모임을 가질수록 사상가인 철수가 절실하게 떠올랐다고 언급한다. 신문사에 입사한 후 그는 다시 글을 쓰려고 준비한다. 태호가 작품 속에서 가장 많이 머무르는 곳은 '총독부 도서관'이며, 그는 「약소 민족의 문예사조」라는 제목의 논문을 준비한다. 논문의 구체적인 내용은 등장하지 않지만, 이 시기 한설야는 프롤레타리아 문학의 몰락 이후 새로운 돌파구를 모색하고 있었던 것으로 보인다.

『청춘기』의 개작과정을 살펴보면, 일본과 조선 간의 대립적 관계를 점차 강화하는 방향으로 개작이 이루어졌음을 알 수 있다. 그렇지만 애초의 단행본에서는 조선과 일본 간의 대립 관계가 그리 두드러지게 표현되지 않았다. 무엇보다 단행본에서는 '일본어'가 상당히 중요한 서사적 기능을 담당한다. 한설야는 이 시기부터 '일본어'를 통한 국제적 연대의 가능성을 모색했던 것으로 보인다. 『청춘기』는 일제에 대한 저항의식을 담은 민족주의적 텍스트라기보다는 '일본어'를 중심으로 다양한 형태의 국제적 연대를 추구하려는 의식이 강하게 나타나는 텍스트라 할 수 있다. 당시는 나치 독일과 이탈리아 등지에서 파시즘이 도래하고 있던 시기였다. 『청춘기』에서 중요한 역할을 담당하는 인물인 은희(혹은 가상의 철주)는 철수와 박용, 프롤레타리아와 소부르주아, 사회주의와 자본주의 등의 대립적 관계를 매개하는 "일신양역(一身兩役)"의 역할을 담당한다. 그녀는 부르주아와 프롤레타리아의 광범위한 동맹을 추구한 '인민전선론'을 육화한 인물이라 할 수 있다. 『청춘기』의 중심인물 태호는 '철수'로 대변되는 과거에 사로잡힌 인물이다. 정체된 상태에 놓인 태호가 제국어인 '일본어'를 통해 국제적인 연대를 도모하고 성장하고자 한다는 점은 문제적이다.

2. 전쟁의 소용돌이와 대체 역사의 상상력: 「T일보사」

김남천이 1930년대 중반 이후에 발표한 작품들에서 소설 속 인물들은 좀처럼 성장하지 않는 특징이 있다. 「바다로 간다」(1939)의 여주인공 영자는 서른이 넘은 나이에 스스로 "나는 아직 청춘을 잃진 안했다."고 다짐하는 인물이고, 『속요』의 중심인물인 김경덕은 "아— 나도 청춘이 가기 전에 일생일대의 연애나 한 번 해 보았으면……." 하고 생각하는 인물이다. 이 시기 김남천의 일련의 작품들에는 청춘을 잃어버렸거나 끝나가는 것을 아쉬워하는 인물들이 등장한다. 그들은 더 이상 성장하지 않으며, 과거에 대한 후회나 회한에 사로잡히곤 한다. 사회주의를 신봉했던 카프의 대표 작가였던 김남천은 '전향'을 선언하면서 이와 같은 '전향소설'들을 연이어 발표했다. 김남천의 「T일보사」도 1939년 1월에 『인문평론』에 발표된 중편소설이다. 이 작품에는 비슷한 시기에 발표된 여느 작품에서는 찾아볼 수 없을 정도로 출세지향적인 인물이 등장한다.

이 작품의 중심인물 김광세는 'T일보사'에 영업국 판매사원으로 입사하여 불과 수 개월만에 '부장'을 거쳐 '부사장' 위치까지 오르는 입지전적인 인물로 그려진다. 한국 근대소설에서 이처럼 짧은 시간에 급속하게 성장하는 인물은 흔하지 않다. 동시대의 식민 현실을 감안하면, 이러한 설정은 현실에서 이루어질 가능성이 거의 없었다고 볼 수 있다. 그래서 「T일보사」는 주로 인물 형성과 관련하여 부정적인 평가를 받아왔다. 안회남은 이 작품의 주인공인 김광세가 "인물에 가까웁지 않고 로보트에 가까웁다"고 비판했다.[35] 하나의 살아있는 인간이라기보다 "모든 것을 기계적으로 진행하여 나아가는 그러한 기계"에 가깝다는 것이다. 그리고 이 작품의 '실패'는 "너무 '템포'가 빠른데 있지 않은가" 한다고 밝혔다. 임화도 비슷한 시각에서 이 작품을 비판했다. 그는 "거기엔 외부적 인간이 작가의 정신에 의하여 그려지는 대신 작가의 정신이 외부적 인간에게 끌려가고 있다."[36]고 했다. 이는 이 작품의 중심인물의 형상화가 지나칠 정도로 관념적인 차원에서 이루어졌다는 의미로 볼 수 있다.

그렇지만 이러한 인물 설정은 작가가 철저히 계산한 것이라 할 수 있다. 김남천이 이러한 독특한 인물을 전면에 내세운 이유를 파악하기 위해서는 무엇보다 이 작품의 시공간적 설정을 살펴볼 필요가 있다. 작품은 서두에서 "소화 십일년 일월 초칠일", 즉 1936년 1월 7일부터 서사가 시작되고 있음을 분명히 밝히고 있다. 「T일보사」는 1939년 11월에 『인문평론』에 연재되었으므로, 연재 시점에서 약 3년 전의 과거의 한 시기를 특정하는 것이다. 중심인물인 김광세는 평안남도 산간지대에서 상경하여, 전차를 타고 안국동 인근의 'T일보사'로 향한다.

> 우편소, 유기점, 갓신방, 보료와 혼인예물, 간장과 청주, 양화점, 여관, 피혁상, 식료품가게의 간판들이 따분하게 움직이고, 까마잡잡한 낡은 관사 건물이 지낸 곳에 담배가게가 나타나곤, 뚝 떨어져서 허청한 건물, 이어서 식료품상점의 붉은 벽돌이 눈앞에 희끈 지나칠 때, 그의 지붕 위에서 펄럭이는 T일보사의 깃발을 발

---

35 안회남, 「문예시평 4: 세태와 묘사정신」, 『조선일보』, 1939년 11월 22일.
36 임화, 「중견 작가 13인론」, 『문장』, 1939년 2월.

견하였다. 엇비듬히나마 차안에서 지붕의 깃발이 보일만큼 사옥
은 나지막한 이층 양옥.[37]

작품 속에서 묘사되는 'T일보사' 사옥은 김남천이 수년간 기자생
활을 했던 견지동 111번지의 '조선중앙일보' 사옥을 그대로 닮았다. 신
문사의 수부를 지키는 수위는 "완강하게 생긴 무지스런 녀석"(136면)이
다. 서술자는 이 신문사에는 "유도선수를 수위로 앉히는 게 사회운동
이 치성할 때부터의 하나의 전통"(137면)이라고 설명하는데, 이는 조선
중앙일보에서 실제로 이루어진 일이었다.[38] 또한 부사장실에는 "본사
주최 제1회 전조선도시대항 축구대회 입장식의 성관"(140면)이 붙어 있
는 것으로 묘사된다. 실제로 1936년에 열린 이 축구대회는 조선중앙일
보가 주최하였다. 이처럼 작품 속 'T일보사'와 관련된 다양한 설정들은
조선중앙일보와 일치한다. 문제는 이 작품이 발표된 1939년 무렵을 기
준으로 할 때, 조선중앙일보가 '일장기 말소 사건'과 관련하여 1936년
9월 5일부터 무기정간을 당했고, 결국 1937년 11월 5일에 폐간되었다
는 점이다. 실제로 김남천은 1935년 중반에 조선중앙일보에 학예부 기
자로 합류하여 1936년 9월 정간될 때까지 기자로 활동한 것으로 알려
진다.[39] 그렇다면 그는 조선중앙일보가 세상에서 사라진 이후의 시점에

---

37 김남천, 「T일보사」, 『인문평론』, 1939년 1월, 134면. 이후에는 페이지수만 표
    기한다.
38 "당시 조선중앙일보사는 수위부터 부장까지 주로 독립운동가나 운동선수를 앉
    혀서, 본사에만 전과자가 20명 이상이나 되었다고 한다." 변은진, 「1932~1945
    년 여운형의 국내활동과 건국준비」, 『한국인물사연구』 제21호, 2014, 479면.
39 박용규, 「식민지 시기 문인기자들의 글쓰기와 검열」, 『한국문학연구』 제29권,
    2005, 95면.

서 「T일보사」를 통해서 폐간되기 이전의 신문사를 작품 속에서나마 되살려내려 시도했다고 볼 수 있다.

〈그림 26〉 조선중앙일보 신사옥
(『조선중앙일보』, 1933년 6월 18일)

그렇다고 해서 이 작품이 작가의 체험에 기반한 사소설 계열의 작품은 아니다. 중심인물 김광세는 작가와 유사한 면을 거의 갖지 않았다. 그는 시종일관 "성공해야 한다, 출세해야 한다"(141면)는 생각에 사로잡인 세속적이고 평면적인 인물로 그려진다. 그래서 신문사에 처음 발을 들이면서도 "이 속에서 나는 성공의 터전을 닦는다. 출세의 제일보!"(135면)라고 되뇌이고, 사령장을 받고 나서는 일본 요릿집에 들러 "나는 오늘부터 대경성을 지배한다. 나의 성공의 제일보를 축하하라!"(149면)며 자축한다. 김광세는 중심인물이라고 하기에는 지나칠 정도로 평면적인 인물이기 때문에 이 작품의 인물 설정이 부족한 것으로 보일 수도 있다. 그렇지만 이러한 설정도 이 작품의 주제의식을 드러내기 위해 정교하게 고안된 것으로 볼 수 있다.

「T일보사」의 중심인물 김광세는 'T일보사'를 전장(戰場)과 같은 장소로 인식한다. 그는 "전장에 나가는 듯한 각오를 가지고 멀리 고향을 떠나 대경성"(155면)으로 올라왔다. 그에게 신문사 사옥은 "전리품 진열장에서 구경하는 대포"(135면)처럼 생각하고, 영업국 판매원으로 입사하여 '사십오 원'의 봉급을 받게 되자 무려 '이천 원'의 거금을 들여 자신의 복장과 장신구부터 구입한다. 이천 원은 그가 봉급을 한푼도 쓰지 않고 40개월 이상 모아야 마련할 수 있는 큰 금액에 해당한다. 언뜻보면, 그가 지나칠 정도로 자기 과시적이고 사치스러운 소비를 즐기는 인물처럼 보일 수도 있다. 그렇지만 이러한 행위는 스스로를 보호하기 위한 행동의 일환이다.

> 나는 그들의 부패한 심정과 심미안에 항거할 만한 마음의 준비는 가지고 있었으나, 이 부패한 도시를 나의 전장으로 생각하는 이상, 역시 그에 합당한 무장과 보호색이 필요한 것은 인정치 않을 수는 없다. (중략) 그러나 나의 심정이 끝까지 더럽히지 않았다는 표적으로, 아니, 이 혼탁하고 진흙으로 가득한 도회의 공기에서 끝까지 나의 아름다운 마음을 지켜주는 단 하나의 수호신으로, 나는 이 남빛 털장갑을 영구히 보존하여 둘 것이다. 전장에 나가는 병사는 무장하고 나선다. 낙타외투와 고급모자와 백금지환과 칠피구두와 금시계와 그밖의 일제의 장신구가 나의 무장인 동시에 무기다. 화약과 탄약으로 일만 원이 예금통장에 들어있다.(156면)

그는 단순히 신문사에 입사하기 위해 상경한 것이 아니다. 그는 신문사를 전쟁의 무대로 생각하고 스스로를 보호하기 위해 이천 원어치의 복장과 장신구로 '무장(武裝)'한다. 그의 목표는 단 하나로, 최대한 빠른 시일 내로 신문사의 '부사장'의 자리까지 올라가는 것이다. 그런데 출세지향적인 그가 신문사의 '사장'이 아니라 '부사장'을 자신의 목표로 삼고 있다는 점에도 주목할 필요가 있다. 1936년 당시에 〈조선중앙일보〉의 사장은 여운형이었고, 그와의 친분으로 김남천도 기자로 합류하게 되었다. 「T일보사」의 특이한 점은 배후에 있는 'H 사장'이라는 인물의 존재이다.

> 다른 관청이나 회사와 달라서 신문사는 부사장 신봉국 씨의 말마따나 문화기관이니까, 상하의 구별이 또렷치 않고, 관료적이 아니고 일종의 데모크라틱한 기운이 떠돌 수 있을 것은 짐작할 수 있다. 영업국 안의 무질서가 통제가 무녀서 생긴 것이냐, 그렇지 않으면 데모크라틱한 관계로서 빚어진 것이냐. 만약 후자를 가지고 생각해 본다면 부사장 앞에서 하는 영업국장이나 판매부장의 태도가 설명되지 않는다. 하기는 이 신문사의 경영이나 경력에는 별 관계가 없어서, 남들이 말하기를 하나의 로봇트에 지나지 않는다는 평론을 받는 사장 H씨는 첫 인상으로써도 그 태도가 관료적이거나 그런 것 같지는 않았다. 그러면 대체 이 방안에, 두 개의 난로의 온기와 함께 그득히 차있는 공기는, 무엇으로 단정해야만 틀리지 않은 관찰이라고 할 수 있을 것인가?(161면)

'T일보사'에는 신문사의 경영권을 갖고 실질적으로 운영하는 부사장 신봉국이 있지만, 배후에는 거의 모습을 드러내지 않는 사장 'H씨'가 있다. 특히 그는 "신문사의 경영이나 경리에는 별 관계"가 없는 인물로 "하나의 로봇트에 지나지 않는다"(161면)는 평가를 받는 인물이다.

그러다 T일보사가 경영난에 빠지자 신봉국은 경영권을 포기하고, 사장 H씨는 "우선 신문을 맡아서 경영하기로 하고, 서서히 신재벌을 맞아 드리기"(170면)로 한다. 즉 이 신문사에서 운영 자금을 대는 사람이 경영권을 행사하는 '부사장' 자리에 오르고, 그 배후에서 사장 H씨는 다른 사람에게 경영권이 위임되는 과정을 총괄한다.

실제로 1936년에 조선중앙일보는 심각한 경영난에 시달렸고, 결국 성낙현 등으로부터 20만 원을 출자해 50만 원의 주식회사가 되었다.[40] 「T일보사」에서도 이러한 상황이 거의 동일하게 묘사된다. 유일한 차이는 조선중앙일보에서는 여운형이 계속 사장 자리를 지켰지만, 「T일보사」에서는 부사장 자리가 신봉국에서 김광세로 바뀌는 사이에도 'H씨'가 계속 사장 자리를 지키고 있었다는 점이다. 그래서 안회남은 "「T일보사」의 부사장은 그것이 사실이거나 말거나 우리에게는 조금도 부사장 같지 않은데 작가는 또 부사장 같지 않은 인물로 취급하여 그것을 긍정하였느냐 하면 그렇지도 않다."[41]고 모호하게 평한 바 있다. 이 작품에서 사장의 이름이 'H씨'로 이니셜로 표기된 점에도 주목할 필요가 있다. 이 작품 속 주요 인물들은 김광세, 신봉국, 최승준, 이남순 등 대부분 실명으로 거론된다. 그렇지만 사장만은 끝까지 영어 이니셜로 표기되는데, 이는 유진오의 「김강사와 T교수」의 'T교수'의 경우처럼, '사장 H씨'가 일본인임을 암시하는 것이다.

---

40 박용규, 「여운형의 언론활동에 관한 연구―일제하《조선중앙일보》 사장 시기를 중심으로」, 『한국언론학보』 제42권 2호, 1997, 181면.
41 안회남, 「문예시평 4: 세태와 묘사정신」, 『조선일보』, 1939년 11월 22일.

「T일보사」의 배경으로 등장하는 중요한 역사적 사건은 '2·26 사건'
이다. 김남천은 「직업과 연령」(1940)에서 "김광세(金光世): 평남 일읍. 금
융조합 서기의 직을 던지고 출세욕에 불타서 유산을 정리, 1만원을 들
고 상경. T일보사의 판매부원으로 입사. 지방부장을 거쳐 2·26사건에
횡재하여 부사장에 취임. T보(報)의 경영을 인수. 29세의 야심만만한
청년"[42]이라고 설명한 바 있다. 정작 「T일보사」에서는 "동경서 큰 사건"
이 일어났다고 간접적으로 표현했지만, 이후에 발표된 글에서 이 작품
의 배경이 된 사건으로 '2·26 사건'을 구체적으로 언급했다.

김광세는 신문사에 입사한 후 초고속으로 성장한다. 그렇지만 그
의 성장이 특이한 것은 조직 내에서 그의 능력을 인정받아서 단계적으
로 승진하는 것이 아니라, 자신이 가진 자본을 투자해서 "화폐의 위력
과 법칙"(155면)을 통해 한순간에 높은 자리로 올라간다는 점이다. 신문
사가 자금난에 빠져 만기가 돌아오는 3천 원의 수형(手形)을 막지 못할
위기에 처하자, 김광세는 고향에서 마련해 온 자신의 돈의 일부를 융통
해 회사의 부도 위기를 막는다. 그리고 그 공로로 "입사한 지 이십 일만
에 부장의 자리를 획득"(187면)하게 된다. 직책은 '영업국 판매사원'에서
'편집국 지방부장'으로 바뀌었고, 월급은 45원에서 60원으로 인상되었
다. 그렇지만 그는 "파격적인 출세"(184면)에도 만족을 느끼지 못한다.

한 달 십오 원씩으로 계산하면 이십 개월 동안 삼백 원을 짜개
서 잔돈푼으로 월급에 가산해서 받는 것밖에는 되지 않는 것이
다. 결국 이십 개월을 다녀서 월급을 탄다고 쳐서 삼천 원을 융통

---

42 김남천, 「직업과 연령」, 『조광』, 1940년 11월.

해 주었던 보수를 청산하는 셈으로밖엔 아니 된다. 이렇게 생각하면 신문사에서 월급을 올려주었다는 것도 사실은 입술에 사탕을 물려준 데 지나지 않는 것 같아서 불쾌하기조차 하였다. 그러나 저러나 육십 원이 백 원이 된다고 하여도 그것은 광세의 목적하는 바가 아니었다.(189면)

그에게 기자로서의 사명감이나 기사에 대한 욕심 같은 것은 찾아볼 수 없다. 그는 오직 현재의 자본을 투자해서 빠른 시일 내에 훨씬 더 큰 규모의 자본을 획득하는 것을 목표로 한다. 그는 "일만 원의 '캣슈'가 서울을 지배하고 조선을 지배하고 세계를 지배할 것"(153면)을 꿈꾼다. 특이한 것은 그가 출세의 무대로 삼은 것이 'T일보사'라는 점이다. 광세가 '친애하는 벗 K군'에게 보내는 편지에서 스스로 이야기했듯, "대실업가의 기초 활동으로 신문사라는 문화기관은 부적당"(154면)한 것처럼 보이기 때문이다. 이후 광세는 자신의 '고등수학'을 실현하기 위해 명치정의 주식시장에 뛰어든다. 그렇지만 그는 주식에 대해 아무 것도 알지 못하는 상태에서 충동적으로 자신의 모든 재산을 걸어 주식을 산다.

〈그림 27〉 2·26 사건을 주도한 구리하라 야스히데(栗原安秀)와 부하들

얼마 지나지 않아 김광세가 자신의 충동적인 결정을 걱정하려는 찰나에, 한 사건이 발생한다. 1936년 2월 25일 밤에 회사에서 숙직을 서다가 다음날 새벽에 통신동맹으로부터 "오늘 새벽에 동경서 큰 사건이 발생한 통신"(198면)을 찾아가라는 연락을 받는다. 여기서의 "동경서 큰 사건"은 1936년 2월 26일에 발생한 '2·26 사건'을 의미한다. 이 사건은 황도파 청년 장교들이 약 1,400여 명의 군인들을 이끌고 일으킨 군사 쿠데타 사건이었다. 이들은 '천황기관설'을 내세우며 국가의 혁명적 개조를 촉구했으며 주요 관료 및 고위 인사들을 처단했다. 당시 일본 군부에는 황도파와 통제파가 대립하고 있었다. 황도파는 황도주의를 표방하면서 천황 친정 하에 국가사회주의를 실현하고자 하였으며, 통제파는 독일 나치와 유사한 전체주의 정치를 실현하고자 하였다.[43] 이 사건에 대한 역사적인 평가는 엇갈리지만, 결국 이 군사 쿠데타가 실패로 끝났기 때문에 황도파는 몰락하고 통제파가 권력을 장악하는 결과를 낳게 되었다. 이후 일본은 군국주의 파시즘 체제 속에서 중일전쟁과 태평양전쟁으로 치닫게 되었다.

「T일보사」에서 '2·26 사건'은 주식시장에 엄청난 충격을 주어, 주가가 폭락하는 계기가 되고, 이를 통해 김광세는 10만 원에 가까운 일확천금을 얻게 된다. 그렇지만 이 작품에서 '2·26 사건'은 단순히 주식시장을 교란시키는 계기로 등장한 것이 아니다. 이 작품에서 김광세는 시종일관 전장에 나가서 싸우고 세계를 제패하겠다는 야심을 보여주는데, 이는 '2·26 사건'을 통해 국가를 개조하고자 했던 황도파 청년장교

---

43   이정용, 「1930년대 일본 육군의 파벌 항쟁」, 『한일군사문화연구』 6권, 2008면.

들의 모습과 비유적으로 맞닿아 있다.

특히 이 작품의 실제 배경이 되었던 조선중앙일보에는 없었던 'H사장'의 존재를 생각해 볼 필요가 있다. 앞서 말했듯이, 그는 신문사의 사장이지만 실질적인 권력은 행사하지 않은 채 배후에 머물러 있다. 이러한 모습은 황도파가 주창한 '천황기관설'을 닮아 있다. 쿠데타를 주도한 청년 장교들은 기타 잇키(北一輝)의 혁명론에 큰 영향을 받았는데 그 근간에는 '천황기관설'이 있었다.[44] 당시 일본에는 천황의 역할을 중심으로 천황주권설과 천황기관설이 대립하고 있었다. 천황주권설은 천황이 나라의 절대적 주권자이기에 국민이 주권자라는 생각은 옳지 않다는 입장이지만, 천황기관설은 천황을 국가의 최고기관으로 위치시켜, 국민에게도 주권이 있다는 입장을 취하였다.[45] 그래서 기타 잇키는 "천황을 정치적 중심으로 한 민주국"[46]을 추구했다는 평가를 받기도 한다. 이러한 점을 두루 고려하면, 작품 속 등장하는 '사장 H'는 당시의 천황인 '히로히토(裕仁)'에 대한 비유일 수 있다. T일보사는 "상하의 구별이 또렷치 않고, 관료적이 아니고 일종의 데모크라틱한 기운"(161면)이 느껴지는 곳이다. '춘기황령제'를 지나 T일보사의 명의가 '사장 H'로 변경되는데, 춘기황령제는 일본의 역대 천황들을 기리는 기념일을 의미했다.

---

44 노병호, 「마루야마 마사오와 2·26사건 – 2·26사건에 대한 이해와 오해, 그리고 동경대」, 『일어일문학연구』 114권, 2020, 365면.
45 김태진, 「근대천황제를 둘러싼 정치와 종교: 가케이 가쓰히코 신도론의 지성사적 의미」, 『일본비평』 통권 제28호, 2023, 260면.
46 노병호, 위의 글, 367면.

이틀이 지난 뒤 신문지와 공장과 영업국과 편집국에 사명이 발
표되었다.

부사장으로 김광세가 취임하고, 경리국장, 영업국장, 회계부장,
지방부장에 관한 이동이 발표된 것이다.

이튿날 광세는 일찍이 만들어 두었던 턱시도를 입고 사장과 함
께 관청과 사회측에 인사를 돌았다. 오후 한 시경에 그는 T일보사
로 돌아왔다. 문간에 앉은 유도선수의 수위는 벌써 겨울이 가고 추
위도 얼추 물러갔다고 숯불에 발을 쪼이던가 그런 구수한 장난은
하지 않고 있었다. 그는 사장과 부사장이 문안에 들어서자 벌떡 자
리에서 일어나서 군대식으로 기척하고 경계하였다. 그리고는 광세를
부사장실까지 따라 들어와서 그의 외투를 벗겨 걸었다.(204면)

김광세는 '2·26 사건'으로 주식시장이 폭락하자 그 반대급부로 10
만 원에 가까운 거금을 벌어들이게 된다. 그리고 그 돈을 통해서 T일
보사의 경영권을 얻고 스스로 부사장이 된다. 그는 판매부장에게 "내
가 T일보의 경영을 맡겠소"(202면)라고 말하자, 판매부장은 광세에게
대번에 "부사장!"(203면)이라고 부르고, 광세는 다시 그에게 "영업국장!
거기 앉으시오!"(203면)라고 말한다. 이처럼 신문사의 다른 구성원들의
동의를 구하는 절차도 없이, 광세와 판매부장은 회사 경영에 필요한 자
금을 확보한 후 스스로 자신들의 직책을 결정한다. 앞서 말했듯, 그는
"격동에 가까운 반역의 심정"(191면)으로 주식시장에 뛰어 큰 돈을 벌었
고, 이를 통해 일개 사원에서 부사장의 자리까지 올라 신문사의 경영
권을 획득했다. 이는 '2·26 사건'을 통해 동경의 주요 정부기관을 장악
했던 쿠데타 세력을 연상하게 한다. T일보사의 수부를 지키는 수위가
"벌떡 자리에서 일어나서 군대식으로 기척하고 경례"(204면)하는 대목

이나 광세가 남순에게 '명령'을 내리는 장면 등도 이런 맥락에서 생각해 볼 수 있다. 그리고 김광세는 자신이 임명한 국장과 부장들과 함께 '개선 장군'처럼 T일보사에 입성한다.

「T일보사」는 동경에서 발생한 '2·26 사건'을 계기로 'T일보사'의 경영권을 지켜내는 과정을 그리고 있는데, 이러한 설정은 동시대 현실과는 상당한 거리가 있었다. 김남천이 「T일보사」를 발표한 1939년 무렵에는 일본이 군국주의 파시즘으로 치닫고 있을 때였다. 1937년 7월 7일에 중일전쟁이 발발했고, 〈조선중앙일보〉는 1937년 11월 5일부로 신문 발행 허가의 효력 상실로 폐간되었기 때문이다. 황지영은 "2·26 사건은 일본에서 자유주의적 세력이 제거되고, 전쟁을 위해 국민의 무조건적인 순종을 강요하는 '신체제'가 만들어지는 과정에서 발생하였다."고 평가했다.[47] 이 사건을 주도했던 황도파가 제거된 후, 일본의 군국주의화 과정은 더욱 가속화되었다. 역사적 사실에 대해 가정을 하는 것은 적절하지 않을 수 있지만, 만약 '2·26 사건'이 황도파의 계획대로 성공했더라면, 중일전쟁과 같은 이후의 사건들은 발생하지 않았거나 다른 방식으로 전개되었을 수도 있다.

'얼마 안하면 사월이 온다. 외투와 장갑을 벗어 버려야 할 시절이다.'
문득 광세는 집에 두고 온 남빛 장갑을 생각하였다. 내년 겨울엔 그것을 껴볼까 하고 생각해 보았으나, 아직 그는 무장을 해제해선 안될 것을 생각한다.

---

[47] 황지영, 「언론권력장과 전쟁의 가촉화(可觸化)」, 『한국민족문화』 제49호, 2013, 17면.

이때에 자동차는 좁은 골목으로 들어가 명월관 현관에 이르렀었다. 영업국장 최승준이가 기생 손옥도와 함께 차에서 내리는 김광세와 이남순이를 맞아주었다.

연회장에는 T일보의 깃발이 무대 한편에 정식으로 꽂혀 있었다. 그러나 광세는 점잖이 연회장을 향하여 아직도 복도를 걸어가고 있었다.(206면)

『인문평론』에 실린 「T일보사」의 말미에는 '九月二十八日'이라고 표시되어 있다. 이를 통해 김남천이 이 작품을 1939년 9월 28일에 탈고했음을 알 수 있다. 1939년 9월 1일은 나치 독일이 폴란드를 침략하면서 제2차 세계대전이 시작된 시기였다. 작품 속에서 교정부의 '영감님'이 사회면을 큰 소리로 읽어가며 교정을 보는 장면이 등장하는데, 그 중에는 히틀러가 로카르노 조약을 파기할 수 있다는 내용이 나온다. 이 조약은 유럽 국가들 간의 안전보장에 관한 내용을 담고 있는데, 나치 독일이 폴란드를 침공하면서 유명무실화되었다. 김광세는 부사장으로 취임하여 명월관의 연회장소로 이동하면서도 "아직 그는 무장을 해제해선 안될 것을 생각"한다. 여전히 전시 상황이 계속되고 있다는 위기의식을 느끼고 있는 것이다. 이처럼 「T일보사」는 전세계가 전쟁의 소용돌이 속으로 휩쓸려 들어가는 위기의 순간에 쓰인 작품이다. 그리고 작가는 그러한 흐름을 막을 수 있었던 결정적인 순간으로 '2·26 사건'을 떠올렸고, 그에 기반한 대체 역사적 상상력을 발휘한 것으로 볼 수 있다.

김남천의 「T일보사」는 중심인물 초고속으로 거침없이 성장하는 과정을 그린 작품이다. 그렇지만 이 작품이 발표될 당시는 'T일보사'의 실제 모델인 조선중앙일보가 폐간되었고, 서사의 중요한 사건인 '2·26

사건'도 이미 실패로 돌아간 상태였다. 이러한 시간 설정을 통해 김남천은 서사적 차원에서 과거와는 다른 선택 가능성에 대해 모색하고자 했음을 알 수 있다. 그렇지만 이러한 초고속 성장과 대안으로서의 역사적 상상력은 현실감이 없는 이야기가 될 수밖에 없었다.

3. 지체된 근대와 성장하지 않는 청춘: 「마권」

단층파 작가 중 한 명인 유항림은 식민지 시기 불과 네 편의 단편소설과 한 편의 평문만을 남겼지만, 문학사적으로 결코 간과할 수 없는 작가이다. 그가 평양에서 운영하던 '태양서점'은 문인들이 매일 밤마다 모여들어 문학 이야기를 나누던 아지트였으며 단층파 문학을 탄생시킨 산실이었다. 그의 문학은 주로 모더니즘 혹은 전향문학의 관점에서 논의되어 왔는데, 성장이 가로막힌 식민지 청년들을 일관되게 다루고 있다는 점에서 반(反)성장소설의 관점에서도 살펴볼 수 있다. 반교양소설은 리얼리즘의 대표적 장르인 교양소설의 문법이 뒤집힌 형태로 나타나는 작품들이다. 외국의 사례를 보더라도, 저발전 상태의 식민지 사회를 배경으로 한 모더니즘 소설들에서는 중심인물들이 온전히 성장하지 못하는 반성장의 플롯이 두드러지게 나타났다.[48] 또한 1920년대 일본의 전향문학이 주로 교양소설의 형식을 취했다는 사실도 고려해 볼 필요

---

48 Jed Esty, 'Virginia Woolf's Colony and the Adolescence of Modernist Fiction', *Modernism and Colonialism-British and Irish Literature, 1899-1941*, Duke University Press, 2007, p.73.

가 있다.[49]

류보선은 1930년대 '평양'이 단층파 작가에게 "현실적 근거를 제공할 만큼 난숙해 있었는가"라는 문제를 제기하면서도 "경성에서 나타나는 도시적 징후를 통해서라도 그들의 현실적 근거를 확보"했을 것이라고 주장했다.[50] 다시 말해, 당시 평양은 경성에 비하면 충분히 근대화되지 못했기 때문에 모더니즘 문학을 자체적으로 발생시키기에 적합한 도시는 아니었다는 것이다. 당시 단층파 작가들은 평양을 중심으로 활동했지만 경성이나 동경 등에서의 간접 경험을 자양분 삼아서 모더니즘 문학을 전개시킬 수 있었을 것이다. 또한 이들이 지드, 도스토예프스키, 조이스, 세스토프 등의 독서 체험을 통해 심리주의 소설을 쓸 수 있었을 것으로 추측하기도 한다.[51] 한편 김한식은 유항림의 문학을 모더니즘을 규정하는 문제에 있어 좀더 신중한 자세를 취했다. 그는 유항림의 문학을 '광의의 모더니즘 문학'으로 규정하는 것은 큰 무리가 없지만, 박태원이나 이상 등의 '경성 모더니즘'과의 차이를 무시하고 동일한 범주의 문학으로 간주하는 것은 문제가 될 수 있다고 보았다.[52]

이처럼 기존 논의들은 유항림을 포함한 단층파 작가들이 '평양'을 중심으로 모여들어 성장하였지만, '평양' 자체는 모더니즘 문학을 배태(胚胎)할 만큼 근대화되지 못한 장소로 간주했다. 또한 이들의 문학은

---

49 池田浩士, 『教養小説の崩壊』, インパクト出版会, 2008, 184~192面 참조.

50 류보선, 「전환기적 현실과 환멸주의—유항림론」, 『한국의 현대문학』 제3집, 1994, 64면.

51 김윤식·정호웅, 『한국소설사』, 문학동네, 2000, 280면.

52 김한식, 「유항림 소설에 나타난 '절망'의 의미」, 『상허학보』 제4집, 1998, 329면.

경성을 중심으로 한 주류적인 모더니즘의 흐름과도 차이가 난다고 보았다. 이러한 주장들은 산업화가 어느 정도 이루어진 대도시에서 모더니즘 문학이 발생했다는 가정에 기반한다. 물론 당시 평양이 충분히 근대화된 도시였다고 보기는 어렵다. 그렇지만 그러한 지체된 발전 상태가 오히려 '평양 모더니즘'의 독특한 작품들이 탄생할 수 있었던 물질적 토대로 작용했을 가능성도 있다. 서구의 모더니즘 문학은 제국의 중심 도시인 런던이나 파리 등에서뿐만 아니라 식민지 국가의 주변부적 도시인 더블린이나 프라하 등에서도 발생했기 때문이다.[53] 이들 식민지 도시를 배경으로 한 모더니즘 작품들은 주로 사회 전체가 '마비'되고 '지체'된 상태로 머물게 된 현실을 그렸다.[54]

유항림의 소설에서는 온전하게 성장하는 등장인물을 찾기 어렵다. 대부분의 등장인물들은 성장이 지체된 상태에 머물거나 충분히 성숙하기 이전에 이른 죽음을 맞는 경우가 많다. 그들은 변변한 직업을 갖지 못하거나 결혼에 실패하는 등 사회의 구성원으로서 제대로 성장하지 못한다. 소설 속 시간의 흐름도 정체되어 있는 듯한, 아니면 느리게 흐르는 듯한 작품들이 많다. 소설의 인물들은 식민지 사회와 온전히 화해할 수도 없고 그로 인해 충분히 성장할 수도 없게 된 것이다. 이러한 특성은 근대화가 어느 정도 진행되었지만, 전통적인 모습이 여전히 잔존하던 평양의 '지체된 근대'의 상태와도 긴밀히 연결된다.

---

53 Franco Moretti, 'Modern European literature: a geographical sketch', *Distant reading*, Verso, 2013, p. 30.

54 Luke Gibbons, 'Have you no homes to go to?': Joyce and the politics of paralysis', *Semicolonial Joyce*, Cambridge University Press, 2000, p. 168.

유항림의 문학세계에서 나타나는 가장 두드러진 특징은 대부분의 작품이 '평양'을 중심으로 펼쳐진다(혹은 평양이 중요한 장소로 등장한다)는 점이다. 식민지 시기의 대부분의 작품들이 '경성'을 중심으로 전개되었던 것을 고려할 때, 그의 문학에서 '평양'의 심상지리적 특성은 상당히 중요하다. 경성이 각종 문화와 문명의 격전지이자 중심지의 성격을 갖고 있었다면, 서북 지역의 상공업 도시였던 평양은 "전통적 고도(古都)이자 자본주의적 근대화의 도시였으며, 민족주의자의 성소이자 기생과 풍류로 대변되는 낭만의 도시라는 대립적 위상"[55]을 동시에 갖고 있었다.

평양은 광대한 토지와 저렴한 노동력, 간선 교통망의 완비 등으로 공업도시로서의 필수조건을 갖추고 있었다.[56] 1930년대 평양의 인구는 14만 명 정도였으며, 1940년대에 들어서 두 배 이상으로 늘어났다.[57] 그렇지만 식민지의 중심도시인 경성이나 제국의 수도인 동경에 비해서는 발전이 더딘 편이었다. 경성에 비해, 평양은 식민지의 종속적 성격이 좀더 가시적으로 드러나는 장소였다. 제국 일본의 상공업 도시인 오사카와 상품 경쟁을 해야 했고, 일제의 만주 침략에 따른 신개척지가 등장하자 평양도 함께 '만주 특수'를 누리기도 했다. 이러한 제국—식민지의 경제적 구조, 즉 '불균등 발전'(uneven development)은 자본을 제국주

---

55 정주아, 『한국 근대 서북문인의 로컬리티와 보편지향성 연구』, 서울대학교 박사학위논문, 2012, 7면.

56 오미일, 『근대 한국의 자본가들』, 푸른역사, 2014, 413면.

57 유경호, 「평양의 도시발달과 지역구조의 변화」, 고려대학교 교육대학원 석사학위 논문, 2007, 20면.

의 국가들로 집중시키고 식민지의 정상적 발전을 저해하는 방향으로 나아간다. 제국주의 국가의 발전은 식민지에서의 착취에 기반하며, 식민지는 제국의 이익에 부합하는 한에서만 발전할 수 있었다.[58] 이러한 평양의 특수한 지정학적 상황은 유항림의 소설의 특성에도 상당 부분 영향을 주었다.

「마권」은 『단층』 창간호(1937년 4월)에 발표된 유항림의 데뷔작으로 작중 시간과 현실 세계의 시간이 거의 일치하는 작품이다.[59] 작품 속에 등장하는 "여기 통용치 못하는 루불 지폐"[60]라는 표현은 자본주의적 발전이 온전히 이루어지지 못하는 평양의 지체된 식민지의 현실을 대변한다. 중심인물인 만성은 자신이 식민지 조선에서 통용되지 않는 러시아 루블화로 요행을 바라고 마권(馬券)을 샀다고 말한다. 그가 추구했던 사회주의 이념이 식민지 조선에서는 아무런 현실적인 해결책이 되지 못한다는 사실을 고백하는 것이다. 결말부에서 중심인물인 만성은 평양을 벗어나 '대도시' 동경으로 떠나려 한다. 동경으로 떠나는 것이 그에게 어떠한 영향을 미치게 될 것인지는 분명하지 않지만, 그것이 현재 그의 무기력하고 반복적인 삶을 벗어날 수 있는 유일한 돌파구인 것처럼 보인다. 그렇지만 서구 교양소설이 제국의 중심부로 이동하면서

---

58 Leo T. S. Ching, *Becoming "Japanese": Colonial Taiwan and the Politics of Identity Formation*, University of California Press, 2001, p. 199.

59 도서관에서 신문을 읽던 만성은 '양덕 읍내 전화 개통' 등과 같은 기사를 접하게 된다. 양덕에 시내전화가 개통된 것은 1938년 1월경이었으며, 1937년부터 설치 작업을 하고 있었던 것을 고려할 때 「마권」은 동시대를 배경으로 한 작품임을 알 수 있다.

60 유항림, 「마권」, 『유항림 작품집』, 지만지, 2010, 58면. 이후에는 작품명과 페이지수만을 표기한다.

중심 서사가 전개되는 것과는 달리, 「마권」에서는 주요 인물이 중심부로 향하는 것이 암시되면서 끝난다.

「마권」에는 여러 인물들이 등장하지만 대부분 무기력한 삶을 반복하는 사람들이다. 만성, 창세, 종서 등은 평양에서 어렸을 때부터 같이 자란 친구들로 '독서회 사건'으로 검사국에 송치되어 기소유예로 석방된 전력이 있다. 이들의 무기력한 삶의 근저에 이 사건이 놓여 있는 듯 하지만 구체적으로 언급되지는 않는다. 중심인물인 만성은 별다른 직업 없이 부유한 아버지의 경제적 도움을 받아 살아가고, 창세도 고리대금업을 하는 아버지를 못마땅하게 생각하면서도 경제적 도움을 받을 수밖에 없다.

만성은 종서에게 "萬成이란 이름을 지을 적에는 萬事 成就하라고 지은 것이겠지만 지금 보면 웃어운 일이다. 昌世란 이름도 당치않은 일이다. 네 이름만은 그럴 듯할런지도 몰으지만—"(60면)이라고 말한다. 자신들 중에서는 그나마 종서가 이름에 걸맞는 삶을 살고 있다는 의미이다. 종서는 "시대의 巨濤와 步調를 같이하는 世界觀과 젊은 열정"(44면)을 가진 인물이라는 점에서 그의 이름은 '질서를 따른다'(從序)는 의미를 담고 있을 것이다. 그는 아버지가 죽은 이후에 젊은 날의 포부를 살릴 길 없이 현실에 부대끼며 "이십오 원의 초라한 밥자리"(44면)에 매달리는 처지가 되었다. 가세가 기울어 그의 월급에 어머니의 삯바느질로 버는 푼돈을 모아야 간신히 생계를 유지할 수 있다. 그는 혜경을 사랑하면서도 궁핍한 생활로 인해 스스로 "적극적으로 사랑할 자격이 없다"(44면)고 생각한다. 「부호」의 혜은처럼, 「마권」의 혜경도 사랑하는 연인 대신 사회적으로 성공한 친일(親日) 엘리트 계층의 인물을 결혼 상대자로 선택한다.

중심인물인 만성은 의도적으로 무의미한 삶을 살아가면서도 그러한 것을 사람들에게 들키지 않으려고 노력하는 기이한 인물이다. 그는 '베이비 골프'를 치는 중에 연신 손목시계를 보며 무엇에 쫓기는 듯이 행동하다가 중도에 게임을 그만두고 밖으로 나온다. 그가 걱정하는 것은 혹시 사람들이 "자기를 한가해서 견디지 못해하는 사람"(21면)으로 생각하지 않을까 하는 것이다. 박태원의 「소설가 구보씨의 일일」의 '구보'가 별다른 목적 없이 경성의 근대적 시가지를 배회한다면, 「마권」의 '만성'은 하루하루를 할 일 없이 보내면서도 그러한 사실을 들키지 않기 위해서 부지런히 평양의 여기저기를 돌아다닌다.

> 위선 월간잡지 한 권을 적었다. 그러나 잡지 한 권만 찾어들고 어슬렁어슬렁 자리를 찾어가는 양은 아모래도 한가한 사람으로 뵐 것에 틀림없다고 생각하고 하는 수 없이 카―드함을 열려고 하는데 변호사시험공부를 한다는 풋낯이나 알든 사람이 열람실에서 나오다가 인사를 한다. 긴급히 읽고 싶은 것이 없고 따라서 책 선택에 망설이는 자기를 보여주는 것 같아서 문득 생각나는 대로 적는다는 게 다 읽고 남은 '세스토프' 선집이였다. 관원은 열람표를 받어들고 보드니 얼골을 찌프리며 책의 번호도 기입하지 않었고 성명도 쓰지 않었다고 툭명스런 손세로 돌려준다. 조금 불쾌할 수밖에 없었으나 밧버서 잊어버린 듯이 웃으며 머리를 벅벅 긁고 아모렇게나 일흠을 갈겨썼다. 직업은 무어랄까 회사원은 이 시간에 올 것 같지 않고 예술가라고는 객적은 일이려니와 한가한 백성이고 상업은 싫고 학생은 아니고 기타라는 것은 더 가림이고― 종시에 그대로 내버려 두었다.(「마권」, 23-24면)

만성은 도서관에서도 제대로 된 독서를 하지 않는다. 그저 다른 사람들의 행동을 관찰하며 그들의 눈에 자신이 한가한 사람처럼 보이지 않을까 노심초사한다. 만성은 "긴급히 읽고 싶은 것이 없고 따라서 책 선택에 망설이는 자기를 보여주는 것 같아서 문득 생각나는 대로 적는다는 게"(23면), 하필 『셰스토프 선집』을 택하게 되었다. 책을 대출한 후에도 "되는대로"(25면) 읽었다고 서술된다. 이러한 표면적 서술만을 보면, 그는 별 생각 없이 우연히 눈에 띄는 『셰스토프 선집』을 빌려서 시간을 보내는 것처럼 보인다. 그렇지만 만성은 중학교 4학년 때 독서회 관련 사건으로 검사국에 송치된 전력이 있다. 이러한 점을 고려할 때, 그는 자신이 읽고 싶은 책을 사람들 앞에서 공공연하게 드러내는 것에 두려움을 느끼고 있는 것인지도 모른다. 그는 의도적으로 '셰스토프'의 책을 선택하면서도 그것을 다른 사람들에게 들키지 않으려 한 것이다. 왜냐하면 그는 자신의 '10월 14일'자 일기에 "도서관에 들려 셰스토프를 복습"(28면)했다고 적기 때문이다. 셰스토프의 대표작인 『비극의 철학』은 이상주의가 현실의 벽에 부딪히게 되면 기존의 신념은 사상누각처럼 무너져 내리게 된다는 내용을 담고 있으며, 1930년대 후반의 식민지 조선에서 선풍적인 인기를 끌었던 책이다.[61]

만성과 창세처럼 정체된 인물들과는 달리 출세가도를 달리는 인물은 창세의 팔촌 형뻘 되는 태홍이다. 그는 '곤색 신사 양복'을 입고 있다. 그는 다른 인물들과는 본래부터 어울리지 않는 "의외의 침입자"(31

---

61 조시정, 「1930년대 후반 한국문학의 모색과 도스토예프스키」, 서울대학교 박사학위논문, 2015, 84면.

면)였다. 그는 K전문학교를 졸업하고 평양 금융조합 부이사로 부임되어 온 '신사'였다. 만성, 창세, 종서 등의 인물들이 목적 없는 삶을 살아가는 것과는 달리, 태홍은 식민지 엘리트로서 출세지향적인 삶을 살아온 것으로 보인다. 결국 혜경은 종서 대신 태홍과 결혼하려 한다.

> 어석버석한 침묵에서 한두 마디 말이 시작되자 殖銀의 초급이 얼마고 사택료와 보너쓰가 얼마고 누구누구는 판임관 몇 급인데 월급이 얼마라는 종류의 세상물정을 소개하는 태홍의 혼잣말이 되고 말았다. 그리고 금융조합리사의 월급은 얼마며 판임관 몇 급의 것과 같느냐고 묻는 만성의 물음에는 당장에 주저치 않고 아르켜준다. 만성은 종서를 보며 또 웃고는 기침으로 우슴을 감추며 열려진 문 사이로 가래를 배앗고 문을 닫었다.
> 다시 금융조합 마―크 설명으로부터 자력갱생이니 농촌진흥이니 하는 동안에 서향방안은 벌서 불 켜지기를 기다리게 되었다. 각기 집으로 갈려고 나오는데 창세는 뒤떨어저 나오는 만성에게 귓속말로 "태홍이 작자 요즘 색시 선보레 단기노라고 분주한 모양이다 오늘도 하나쯤은 보고 왔을 걸"하며 웃는다.(「마권」, 32-33면)

식민지 시기 금융조합의 이사는 조선총독이 직접 임명한 준 관료로서 전문적인 실무능력을 갖춘 금융조합의 실질적인 경영자였다.[62] 조

---

[62] 금융조합은 도(道)의 감독과 지시 하에서 운영되었으며, 조선총독부의 정책적 보호와 지원 속에서 식민정책자금을 공급하는 관치 금융기관이었다. 태홍이 '이사 견습'을 마치고 금융조합의 부이사로 부임된 것을 볼 때, 그는 '이사견습 제도'를 통해 채용되었음을 짐작할 수 있다. 이사견습의 채용자격은 고등교육 기관의 졸업생으로 조선총독이나 도지사의 추천을 받은 자로 한정되었다. 문영주, 「금융조합 조선인 이사의 사회적 위상과 존재양태」, 『역사와현실』 65집,

선인에게는 극히 일부의 친일 엘리트 계층에게만 채용기회가 주어졌다. 태홍은 '견습' 생활을 통해 사회의 주요 성원으로 성장할 수 있었다.[63] 그는 식산은행의 초임과 판임관의 월급 등을 만성 일행에게 알려주는데, 이를 통해 태홍이 식민지 현실에는 별다른 관심이 없으며 개인적 출세와 안위만을 생각하는 인물임을 알 수 있다. 그래서 만성은 친일 엘리트인 태홍을 비웃고 "가래를 배앗"(32면)"고 싶어 하지만, 그러한 심정이 다른 사람의 눈에 띄는 것은 바라지 않는다. 혜경의 아버지도 'S촌 면장'이므로 그녀와 태홍의 결혼은 친일 엘리트 집안끼리의 결합이라고도 볼 수 있다. 서구 교양소설의 기준으로 보면 태홍이 주인공으로 가장 적합한 인물이지만, 유항림의 소설에서 그는 중심인물에 대립하는 반동인물에 가깝다. 중심인물인 만성은 반동인물에게 자신의 성장 동력을 모두 빼앗긴 채 정체된 상태에 머문다.

> 은행에서 소절수를 박구노라고 기달리는 사이에 문득 생각난 것은 어렸을 적의 은행노리란 것이었다. 지전을 만들어 저금하고 찾어내고 하며 놀든. 거기서 힌트를 얻어 특별당좌예금에 오십 원을 저금하고 N금융조합에 또 저금할려고 그리고 가든 길에 진규를 맛낫고 그의 아버지도 그를 보앗든 것이다. 금융조합에 이십 원을 처음으로 저금하고 그길로 우편소로 갔어 이십 원을 저금하고 새 통장을 받아넷다. 이렇게 구십 원을 세 곳에 널어놓았다.
> 그 이튿날은 금융조합과 우편소에서 십 원식 끄내다 은행에 저금한다. 또 그 이튿날은 은행에서 육십 원을 찾어내다 우편

2007, 138~142면.

63 Tobias Boes, *Formative Fictions: Nationalism, Cosmopolitanism, and the Bildungsroman*, Cornell University Press, 2012, p. 16 참조.

소와 금융조합에 저금한다. 늦잠을 자고나서 그 세 곳을 단겨오면 비용드는 일도 없이 하로 해가 곳잘 지나갔다. 따라서 양복을 다 지어놓고 기다릴 양복점에는 자연 발길을 하지 않았다.(「마권」, 42-43면)

서구 교양소설에서 인물들이 집요하게 추구하는 것은 돈이다.[64] 그렇지만 만성은 아버지에게서 양복값 90원을 받아 금융조합, 은행, 우편소에 나누어 저금을 한 후에 인출과 저금을 반복하며 '은행놀이'를 한다. 표면적으로 자본이 순환하는 것처럼 보이지만, 그의 행위는 실제로는 어떠한 경제적 활동에도 기여하지 않는다. 그는 자본주의 사회의 기본적인 원칙을 거부하면서도 그러한 행위를 남들에게 들키지 않으려고 한다.

　　―열정 없는 청춘이여. 어둠을 탄식하는 개구리의 무리여.
　　높어진 종서의 목소리는 거리의 적막을 깊이 할 뿐이다.
　　"그것이 한 개의 포―즈에 지나지 못하면 어떻다는 말인가. 가령 거세인 인간인 척 강철의 인간인 척하지만 그것은 한 개의 포―즈, 나약한 두부와 같이 나약한 자기를 감추고 자신을 속이는 포―즈이라면 무엇이 옳은가. 내가 두부 같다면 더욱이 강철의 그릇이 필요하다."
　　만성과의 거리가 점점 멀어진다. 꺼림없이 짓거리는 말소리가 간신히 들린다.
　　어처구니없는 자식들, 두부와 같은 녹거리 生活들. 자기는 두부와 같은 놈이라고 고함친다면 누구가 동정할 줄 아는가. 醜態

64　Jerome H. Buckley, *Season of Youth: The Bildungsroman from Dickens to Golding*, Harvard University Press, 2013, p. 21.

자랑은 그만하면 족하지 않은가.

"자기를 속이고 어떻게 사니?"

"두부와 같다고 생각하고는 어떻게 사니, 자기를 나약한 인간 이라고 단정하는 것은 쉽다. 자기의 잘못은 전부 자기의 나약한 천성의 탓으로 미루어 힘든 일이면 피하기 십상 좋다. 그렇지만 그 것은 자기를 속이는 줏이 아닌가. 그렇게까지 安逸을 구하는 게 량심의 명령인가."

창세가 뒤를 니어 뭐라고 웨치는 듯싶었으나 만성은 듣지 않고 요행이 골목을 맛난 김에 동모들이 깨닷기 전에 그리고 다름질치 면서 마음속으로는 고함질으고 있었다. 밤새도록이라도 짓거리라 개구리들!(「마권」, 52-53면)

만성은 술취해 목소리를 높이는 종서와 창세를 '어둠을 탄식하는 개구리의 무리'에 불과하다고 생각한다. 그리고는 다음날 아침에 세 군 데에 나누어 맡겨두었던 돈을 찾아 동경을 향해 떠날 것을 다짐한다. 그는 이제 "生活없는 形骸"(58면)를 버리겠다고 다짐하며 새로운 내일 을 기약한다. 중심인물이 시골을 벗어나 문명의 중심지인 대도시로 향 하는 것은 교양소설의 전형적인 특징이다. 그렇지만 「마권」에서 만성의 성장은 구체적으로 다루어지지 않으며, 그가 온전히 성장할 수 있을 것 이라는 기대를 갖기도 쉽지 않다. 그가 동경으로 떠나는 것은 성장하 기 위해서라기보다는 현실을 도피하기 위해 평양을 등지고 떠나는 것이 기 때문이다.

4. 사회주의 신념에 대한 환멸:「구구」

유항림의「구구」는 1937년 10월에 발간된『단층』제2호에 실린 단편소설이다. 김남천은 유항림을 포함한 '단층파' 작가들에 대해 "취직, 연애, 결혼, 개인과 사회의 모순 등등의 문제에서도 작자들은 정당한 형상화의 길을 취하지 못하고 있다"[65]고 비판했다. 그의 소설 속 인물들이 제대로 성장하지 못한다는 사실을 지적한 것이다. 최재서는 유항림의 문학의 특징으로 '마르크시즘과 프로이드즘의 결합'을 꼽기도 했는데,[66] 실제로 그의 작품들에는 예전에 사회주의를 추구했던 인물들이 주로 등장한다.

「구구」는 한때 사회주의 운동에 투신했던 인물인 면우가 자신의 신념에 대해 환멸을 느끼고 전향자로서의 의식을 드러내며 '생활'을 찾아가고자 하는 내용을 담고 있다. 그런 점에서 이 작품은 교양소설의 일종인 '환멸소설'(novel of disillusionment)에 가깝다.[67] 환멸소설은 중심인물의 환상과 공상으로 이루어진 내부 세계와 그에게 적대적인 외부 세계의 충돌을 다룬다. 중심인물은 자신의 환상을 포기하고 외부의 강력한 '세상의 이치'를 깨닫고 수용해야 한다. 식민지 조선의 지식인들에게 '사회주의'는 한때 새로운 세계로 나아갈 수 있을 것이라는 기대와 환상을 품게 했던 사상이었다. 당시 대다수의 조선인 지식인들은 사

---

65 김남천,「동인지의 임무와 그 동향」(4),『동아일보』, 1937년 9월 30일.

66 최재서,「단층파의 심리주의적 경향」,『최재서 평론집』, 청운출판사, 1961, 329~94면.

67 Pericles Lewis, *Modernism, Nationalism, and the Novel*, Cambridge University Press, 2007, p. 208.

회주의 사상에 경도되어 있었다. 그렇지만 1930년대 중반 이후 일제의 탄압이 강력해지자 일본과 조선의 사회주의 진영은 몰락하였으며, 1937년 중일전쟁을 기점으로 하여 수많은 사람들이 '전향'을 선언하였다.[68]

「구구」의 면우는 별다른 직업이 없이 빈둥거리며 지내는 인물이다. 그는 기생인 록주를 사랑하지만, 집안에서는 그를 '장로의 딸'이나 '유치원 선생' 등과 결혼시키려 한다. 그렇지만 그는 록주 이외에는 아무에게도 마음을 두지 않는다. 그래서 그는 본심을 숨긴 채 "철없는 애들의 소꿉장난 같은 연극"을 계속한다. 결국 그녀는 면우가 아닌 최변호사와 살림을 차리지만, 록주와 면우는 비밀스러운 "이중생활"(99면)을 유지해 나간다. 이는 「마권」의 만성이 남들의 눈을 피해 은밀하게 이중적인 생활을 하는 것과 다르지 않다.

> 담배를 피우는 것이 그렇고 茶房에서 두세 시간 걸리며 차를 마시는 것도 그렇고 책을 읽는 것도 그렇고 모도가 한갓 嗜好品에 지나지 못하는 것임을 몰으는 배 않이지만 거리로 나오면 으례히 책사에 들리여 新刊을 찾게 된다. 자기가 택한 길은 단념하지 않을 수 없고 무릇 리론의 원동녀일 실천의 義務를 해제 乃至 조소하는 지금 아모런 책을 읽는대야 생활의 도움이 되리라고는 기대부터 갖지 않지만 잉크 내음새가 코를 찔으는 신간을 대하면 效用은 둘째로 한 갑의 담배를 사는 따위의 가벼운 동기에 지배되고 마는 것이다. 절실한 요구를 잃은 惰性的 讀書癖은 모든 것에 대하여 거진 일률적으로 흥미를 갖게 되고 또 흥미 이상의 아모런

68　이중연, 『황국신민의 시대』, 혜안, 2003, 67면.

공명도 갖이는 법이 없다.(「구구」, 72-73면)

　　면우의 '연극'은 연애에만 국한되는 것이 아니다. 그는 자신이 읽고 싶은 책에 대해서도 본심을 드러내지 않는다. 그는 책을 읽는 행위는 담배를 피우거나 다방에서 차를 마시는 행위와 다를 바 없는 소비적 행위에 불과하다고 말한다. 특히 사회주의와 관련된 서적들은 생활에 어떠한 도움도 되지 않는 불필요한 행위라고 주장한다. "자기가 택한 길은 단념하지 않을 수 없"었다는 표현과 같이, 유항림의 작품에서 종종 등장하는 '~하지 않을 수 없다'라는 이중부정 표현은 그의 선택이 자발적인 것이 아니었음을 암시한다. 그러면서도 그는 '타성적 독서벽'에 의해 습관처럼 다시 서점에 들러 신간을 둘러본다고 말한다. 그렇지만 이러한 장황한 설명은 오히려 자연스럽지 않게 느껴진다. 그는 자신이 서점에서 신간(新刊)을 찾아 읽어야 하는 당위를 스스로 찾고 있는 듯 보이기 때문이다.

　　그가 읽게 된 책은 앙드레 지드가 소련에 다녀온 후 1936년에 발표한 『소련기행』이었다. 한때 사회주의를 신봉했던 지드는 이 책에서 소련의 문화적 폐쇄성과 획일주의를 맹렬히 비난한 바 있다. 이후 그는 공산당을 탈퇴하고 '전향'했다. 면우는 자신이 "훤훤(喧喧)한 물의를 일으키고 있는" 지드의 책을 읽은 것이 큰 의미 없는 우연적 행위처럼 묘사하지만, 당시 상당수의 지식인들이 그러했듯 그도 지드의 『소련기행』에 지대한 관심을 갖고 있었던 것으로 보인다. 그가 사회주의 사상에 갖게 된 의구심은 앙드레 지드가 '소련'을 직접 경험하고 느낀 당혹감과 크게 다르지 않다. '생명보험 외교원'인 친구 근조는 면우에게 "지금 이따윌 읽어서 무슨 소용인가"(75면)라며 힐난한다.

면우와 근조 그리고 P 등은 다른 동지들과 함께 사회주의 운동을 한 혐의로 재판을 받았지만 어린 학생들이라는 이유로 2년 징역에 집행유예 4년의 형을 선고받고 풀려났던 전력이 있다. 다른 동지들과는 달리 집행유예를 받게 되자, 이 세 명 중에 '배신자'가 있다는 소문이 돌기 시작했고, 면우는 그러한 소문 때문에 힘든 시간을 보낸다. 이는 일본 당국에 의해 시행된, "세상과 절연되도록 그들의 행동을 영영 봉쇄하려는 계략"(76면)이었다. 그리고 그는 근조나 P 중에서 배신자가 있을지도 모른다는 의심을 품는다. 면우는 집행유예로 풀려난 이후에도 당국의 지속적인 감시의 대상이 된다. 이러한 상황이 그를 강박적으로 옥죄고 있는 듯이 보인다. 이후 그는 과거에 사로잡힌 삶을 살아가게 된다.

이처럼 「구구」의 중심인물인 면우는 사회주의 운동을 하다 체포된 후 풀려난 트라우마를 갖고 살아가는 인물이다. 그는 자신의 '이론'을 행동으로 옮기지 못하고, 그렇다고 완전히 포기하지도 못한 채 무기력하게 살아간다. 그는 옛 동료인 근조와는 '공범 의식'을 공유한다. 그가 기생인 록주와 나누는 사랑의 형태도 이와 다르지 않다. 그는 세상 사람들의 눈을 피해 '골방' 속에서 비밀스럽게 그와의 '순정'을 유지해 나갈 수밖에 없는 것이다.

5. 제국-식민지의 알레고리와 암호화된 텍스트: 「부호」

유항림의 「부호(符號)」는 1940년 10월 『인문평론』에 김남천의 추천을 받아 실린 작품이다. 이 작품은 중심인물이 서사 안에서 자신의 예술작품을 완성하고자 노력하며 성장하는 과정이 담겨있다는 점에서 '예술가소설'(Kunstlerroman)의 특징을 보여준다.[69] 예술가소설에서는 중심인물이 예술가로 성장하는 과정이 그려지며, '예술' 자체가 중심인물이 완성해야 할 도전적 과제로서 텍스트의 공백으로 남겨진다.[70] 중심인물에게는 텍스트의 공백을 채워나가야 하는 임무가 주어진다.

김남천은 이 소설이 유항림의 이전 작품들인 「마권」이나 「구구」와 '동일한 계보'에 속하는 작품이라고 평가했다.[71] 그는 유항림의 문학세계의 특징으로 '불건강한 퇴폐 취미'가 있고, '서구 심리주의 문학'의 영향을 많이 받았으며, '치명적 질병이나 기괴한 동물의 이미지'를 즐겨 사용한다는 것 등을 지적한 바 있다.[72] '부호(符號)'라는 제목에서도 알 수 있듯, 이 작품은 주제의식을 직접적으로 드러내지 않고 액자식 구조를 통해 암호화하여 제시하고 있다. 그가 죽기 전에 필사적으로 완

---

69 Marina MacKay, *Cambridge Introduction to the Novel*, Cambridge, 2010, p. 48 참조.

70 Fredric Jameson, *Marxism and Form*, Princeton University Press, 1974, p. 132.

71 김남천, 「1940년 10월호 '신인특집' 유항림 부호 추천사」, 『인문평론』, 1940년 10월.

72 김남천, 「추수기의 작단」, 『문장』, 1940년 11월.

성하고자 하는 장편소설 〈호노리아〉는 5세기 서로마 제국의 실존인물인 '호노리아'를 대상으로 한다. 또한 그의 옛 애인인 혜은이 쓴 〈고독〉과 친구 태환이 쓴 〈낙오〉 등의 작품도 등장한다. 이 작품들은 「부호」 안에 있는 일종의 '암호화된 텍스트'라 할 수 있다. 독자들은 "현재 일어나고 있는 표면의 사실보다는 본질적인 진실을 인식해야"(114면) 한다.

西로—마帝國에 멸망하든 五세기 중엽 라벤나 궁전에 왕녀로 태여난 호노리야는 그의 결혼이 자칫하면 국가의 내분을 일으키기 쉽다는 이유로 오카스타스의 칭호로 손닿지 않는 옥좌에 높이 떠받들리어었든 것이나 공허한 女帝의 일흠 아래 무료히 지나지 않으면 안 됨을 탄식튼 남어에 侍從 유—제니야쓰의 품에 안겨 청춘의 불꽃을 올렸든 것이다.

그의 임신을 알자 황후 브라시지야는 불초의 딸의 자유를 오카스타스 칭호와 더브러 빼았어 머얼리 동방의 수부 콘스탄친노—플로 내쫓아 修道의 생활을 식혔든 것이니 이미 수녀의 순결한 정동도 바랄 수 없는 호노리야는 제국의 변방을 엿보는 훈족(匈族)의 王 앗치라에게 몸을 맡길 결심을 하였든 것이다. 사랑의 맹서와 지환을 갖이고 온 밀사를 접견하자 앗치라는 뜻하지 않았든 연인의 너무도 간곡한 청을 비웃어 버렸든 것이나, 몇 년 후에 이르러 호노리야가 제국의 반을 상속할 先帝 콘스탄시야스의 딸임을 생각하자, 호노리야의 약혼자로서 공주의 몸과 공주가 당연히 상속할 國土를 찾는다고 정의의 기빨을 높이 들어 삼군을 이끌고 雲霞와 같이 물려 드러왔든 것이고 제국은 드디어 다시 일어나지 못할 치명상을 입었든 것이다.(「부호」, 118면)

「부호」에서 동규가 쓰고 있는 소설 〈호노리아〉는 5세기 서로마 제국에 실재했던 역사적 인물을 다룬 작품이다. 서로마 제국의 라벤나에 있던 공주 호노리아(Honoria)는 시종(侍從)인 에우게니우스(Eugenius)의 아이를 임신하여 발각된다. 이에 그의 어머니인 황후 플라키디아(Placidia)는 그녀를 콘스탄티노플의 수도원으로 보내버렸다. 그러자 호노리아는 훈족의 왕인 아틸라(Atila)과 정혼하여 자신을 내쫓은 조국에 복수하고자 한다. 서로마 제국의 공주인 호노리아가 자신의 정혼자라는 사실을 빌미로 하여 야만족의 왕 아틸라는 자신의 군대를 이끌고 침공하여 서로마에 치명적인 상처를 입히게 된다. 중심인물인 소설가 동규는 연애에 실패하고 '위암'(胃癌)에 걸려 서서히 죽어가는 인물이다. 이 작품은 외부 서사와 내부 서사의 이중구조를 취하고 있는데, 그나마 이야기가 제대로 진행되는 것은 내부 서사인 〈호노리아〉이다.

〈호노리아〉는 동규와 혜은의 관계를 알레고리적으로 표현한 작품이다. 동규는 이 작품을 통해 "현대 인텔리겐챠의 면모"(119면)를 살려보려 했다고 밝히는데, 이야기가 전개될수록 "머리속에 떠오르는 호노리야의 얼굴이 점점 혜은이를 달머감을 어쩔 수 없었다"(130면)고 고백하기도 한다. "호노리야란 로-마 역사에 던저진 혜은의 그림자"(130면)였던 것이다. 그는 이 작품을 통해 "호노리야가 자기의 불안을 청산코저 바바리즘에 위탁하든 선철을 그대로 밟고 있는 亡靈들을, 五세기 아닌 二十세기의 망령들을 볼 수 있"(146면)다고 말하기도 했다. 다시 말해, 동규는 5세기의 서로마를 배경으로 한 소설을 통해 동시대의 식민지 현실을 그리려 했던 것이다. 그는 "바바리즘을 경멸하면서도 어처구니 없이 그리로 끌려 드러가는 지식인의 그림자"(130면)를 그리려고 했다고 밝혔다. 이는 중일전쟁으로 치닫게 된 일본제국주의와 그것의 부당함을 인지하면서도 자발적으로 협력하는 식민지 엘리트들에 대한 비판의식을 이 작품을 통해 우회적으로 드러내고 있는 것이다.

내부 서사인 〈호노리아〉, 〈낙오〉, 〈고독〉 등은 외부 서사와 일대일에 가까운 직접적인 대응관계를 보여준다. 혜은은 경성의 R여자전문학교에 적을 두고 있는 학생이며 동규의 애인이었다. 그렇지만 그녀는 작년 가을에 돌연히 고향인 '평양'으로 내려가 성호라는 인물과 결혼을 하고 떠나버렸다. 소설의 서두는 자취를 감추었던 혜은이 어느 날 동규 앞에 나타나면서 시작된다. 앞서 말한 것처럼, 「부호」의 서사는 작품 속의 이야기인 〈호노리아〉와 대칭적 관계를 이루고 있다. 혜은이가 호노리아 공주라면, 중심인물인 동규는 버림받은 시종 에우게니우스이고, 혜은의 남편인 성호는 훈족의 왕 아틸라에 해당된다. 실제 역사에 에우게니우스는 죽임을 당했고, 남편이 된 야만족의 아틸라는 서로마 제국의 절반을 지참금으로 요구하며 침공했다. 「부호」에서 특징적인 것은 서사의 중요 사건인 혜은의 '결혼'과 동규의 '위암'이 이미 과거에 발생했으며, 현재로서는 인물들이 스스로 해결할 수 있는 것은 아무 것도 없다는 사실이다.

> "이래 봬도 방호단 분단단장 영부인이에요. 장하죠."
> 행역도 아니고 어리광도 아니고 무슨 버릇이람, 남에게 남편의 일을──동규는 마음속으로 이렇게 꾸짖다가 형의 얼굴빛을 살폈다.
> "참 성호씨 공장 일 보신다지." 택규는 문득 생각났다는 듯이 남편의 일을 물어본다.

"네—" 성차지 않은 목소리다. 관역에 빗맞은 흥분을 어떻걸 수도 없어, 일변 당황해지는 것이었다.

"금년 면사가 폭등해서 양말 공장은 경기가 퍽 좋다고 하든데 괜찮았겠지?"

"글쎄요, 그런가 보아요."

"젊은 사람이고 상과 출신이니까 이런 경기에도 한 미천 착실히 잡았을 걸."

"욕심이 많아서 그저 드럭드럭 사드렸다가 물건 값이 오르니까 제가 무슨 큰 장사꾼이나 된 것 같아서."(「부호」, 112면)

서구 교양소설에서 중심인물이 '사회적 계약'인 결혼을 통해 성숙하고 사회와 조화를 이루어나가는 것과는 달리,[73] 유항림의 소설에서 중심인물들은 대부분 '결혼'에 성공하지 못한다. 동규는 연인인 혜은과 결혼하지 못한다. 혜은이 정작 결혼을 하게 된 남편 '성호'는 'C전문학교 상과'의 학생이자 '아마추어 권투 선수'였다. 성호가 '이민족 오랑캐'인 아틸라에 대응하는 인물이라는 것은 그가 혜은과 동규와는 근본적으로 다른 부류의 인물임을 의미한다. 그는 자본주의적 감각이 뛰어난 사람으로 '방호단 분단장'을 맡을 정도로 활동적이며, 평양에서 '양말공장'을 운영하는 실업가였다. 혜은이 성호를 "처음부터 경멸하는 사람"(151면)이었다고 말하는 것을 볼 때, 그녀가 남편을 사랑해서 결혼한 것은 아니라는 사실을 알 수 있다. 둘은 호노리아와 아틸라처럼 서로의 이해관계가 맞아 결혼에 이른 것이다. 성호가 '방호단'의 분단장이 되었다는 것은 그가 적극적으로 일본의 전시체제에 가담하는

---

[73]   프랑코 모레티, 앞의 책, 2005, 55면.

친일 인사임을 암시한다. 더 나아가 그는 "이번에 방호단분단장이 된데 자신을 얻어 내명년 부회의원 선거에 출마"(137면)할 것을 꿈꾼다. 그래서 그는 "아버지에게 피선거권의 자격을 위하여 부동산의 명의 변갱[변경]"(137면)을 부탁한다.[74] 성호는 적극적으로 제국 일본의 체계에 협력하고 그러한 협력을 통해 성공가도를 달리고자 하는 인물이다.

이처럼 「부호」에서 가장 활발하게 생활하며 성장해 가는 인물은 친일 엘리트들이다. 혜은이 성호와 결혼했다는 것은 그녀가 개인의 안위와 이익을 위해 민족을 배반하였음을 의미하는 것이다. 그의 이복 오빠인 혜덕은 일본 제국의 중심부인 동경(東京)에 머물며 고등문관 시험에 합격한다. 반면 혜은에게 버림받은 동규는 '위암'이 돌이킬 수 없이 악화된 상태이다. 그는 "위암이란 사실만은 누구의 해석도 감정도 아닌 객관적 실재이고, 젊은 몸으로 한 발 한 발 재이며 죽엄을 향해 걸어가는 신세가 서러울 뿐"(145면)이라고 말한다.

일반적으로 교양소설의 결말은 두 가지 방향으로 나아간다. 소설 속 인물들은 결혼을 통해 사회에 재통합되거나, 그렇지 않으면 사회에 적응하지 못하고 서사의 세계에서 추방당한다.[75] 동규가 '위암'에 걸려 죽음을 앞두게 된 것은 그가 자신이 속한 사회와 화합할 수 없는 인물—곧 교양소설의 세계에 적합하지 않은 인물—임을 암시한다. 그는 여전히 젊지만 더 이상 성장하지 못한다. 단지 도래하는 죽음을 일시적

---

74 당시 부회의원 선출의 선거·피선거권은 '제국신민으로 독립의 생계를 영유하는 연령 25세 이상의 남자로 하고, 1년 이상 부의 주민으로 연액 5원 이상의 부세를 납부한 자'에게 한정되어 부여되었다. 기유정, 「1920년대 경성의 '유지정치'와 경성부협의회」, 『서울학연구』 제28호, 2007, 8면.

75 Edward W. Said, *Reflections on Exile*, Harvard University Press, 2001, p. 365.

으로 유예시킬 뿐이다. 그는 "돌아오지 않는 에덴을 그리워하거나 비교적 활기있는 생활을 갖었든 가까운 과거들을 돌아보며 연연히 애석의 눈물을 흘리며 수음 같은 쾌감"(140면)을 느낀다. 그의 "돌아오지 않는 건강"(140면)은 호노리아에서 패망을 눈앞에 둔 서로마 제국의 운명을 연상케 한다. 「부호」는 중심인물이 죽음을 맞고, 그와 대립적 관계에 있는 반동인물이 사회적으로 성장하게 된다는 점에서 서구의 고전적 교양소설의 문법을 거꾸로 뒤집어 놓은 작품이라 할 수 있다.

유항림을 비롯한 대부분의 단층파 작가들은 '평양'을 중심으로 활동하였으며, 작품 속에서도 '평양'은 중요한 서사적 공간으로 기능한다. 1930년대의 평양은 모더니즘 문학이 발생할 만큼 충분히 근대화된 도시였다고 보기는 어렵다. 단층파 문인들이 동경이나 경성으로 유학을 다녀오거나 서구 문학의 독서 체험 등을 통해 평양에서 발생하는 결핍을 어느 정도 보충했을 것이라는 주장도 있었다. 그렇지만 평양의 '지체된 근대화'가 단층파 문학을 발생시킨 물질적인 토대로 기능했을 가능성도 있다. 서구의 사례를 보더라도, 고도로 발달된 제국의 수도였던 런던이나 파리뿐만 아니라 식민지 국가의 주변부 도시였던 더블린과 프라하에서도 모더니즘 문학이 등장했기 때문이다.

유항림의 작품들은 성장하지 못한 채 멈춰버린 '동결된 청춘'(frozen youth)[76]의 다양한 모습을 보여준다. 그의 소설의 주요 무대인 평양은 제국-식민지의 '불균등 발전'이 가시적으로 나타나는 공간이었으며, 「마권」, 「구구」, 「부호」 등의 작품들은 이러한 평양의 지정학적 상황과

---

76 Jed Esty, *Unseasonable Youth*, Oxford University Press, 2012, p. 13.

밀접한 관련을 맺고 있다. 그의 작품은 일반적으로 모더니즘 계열이나 전향문학으로 간주되어 왔다. 그렇지만 일관되게 인물들의 '성장'(혹은 반성장)의 문제를 다루고 있다는 점에서 '식민지 교양소설'의 특징들을 보여준다고도 볼 수 있다. 이처럼 '식민지 교양소설'은 서구의 고전적 교양소설의 문법을 거꾸로 뒤집는 반성장의 서사이며, 식민지를 배경으로 한 모더니즘 계열의 작품들에서도 두루 나타났다.

이 장은 한설야, 김남천, 유항림의 소설에서 나타나는 새로운 방향 모색의 양상을 살피고자 했다. 이 작가들은 한때 사회주의 사상을 추종하다 전향을 했다는 공통점이 있다. 그런 점에서 이 작품들은 전향소설로 범주화할 수 있다. 그렇지만 자신들이 일생 동안 따르던 사회주의에 대한 신념을 저버리고 일본 제국의 정책에 동조하게 되는 과정은 교양소설의 형식과 상당히 흡사하다. 중심인물이 자신의 사적인 욕망을 포기하고 공동체의 이상적 가치에 자신을 일치시키고자 하기 때문이다.

한설야의 『청춘기』는 통속 연애소설의 외양을 취하고 있지만, 사회주의의 대안을 모색한 작품으로 볼 수 있다. 김남천의 「T일보사」에는 짧은 기간 안에서 재빠르게 성장하는 인물의 이야기가 다루어진다면, 유항림의 「마권」, 「구구」, 「부호」 등에서는 전혀 성장하지 않은 채 동결되어 있는 인물들을 다루고 있다. 이러한 작품들은 사회주의의 공백을 다양한 대체물로 메우려고 시도하는 작품들이라 할 수 있다.

6장

결론:
식민지 교양소설의
문학사적 의의

6장
결론:
식민지 교양소설의 문학사적 의의

교양소설은 근대적 개인의 등장과 공동체 형성의 과정을 살피는 데에 가장 중요한 범주 중의 하나로 간주되어 왔다. 루카치와 바흐친의 고전적인 논의에서부터 최근의 제임슨과 모레티의 논의까지 주요 문학 이론가들은 다양한 관점에서 교양소설을 다루어왔다. 그렇지만 교양소설은 문학사에서 가장 중요하지만 가장 난해한 개념이기도 하다. 그래서 교양소설은 존재하지만 동시에 존재하지 않는 '유령의 형식(phantom formation)'으로 불리기도 한다.[1] 교양소설의 논의가 괴테의 『빌헬름 마이스터』를 기준으로 형성되기 시작했지만, 이러한 논의에서 제시하는 특성들에 부합하는 작품을 현실 세계에서는 찾을 수 없는 역설적인 상

---

1   Marc Redfield, *Phantom Formations: Aesthetic Ideology and the 'bildungsroman'*, Cornell University Press, 1996, p.36.

황이 펼쳐지는 것이다. 괴테의 작품들조차도 교양소설의 기준에 완벽하게 부합하지는 않는다. 그렇기 때문에 서구 교양소설 담론을 기준으로 한국 근대소설 작품들을 분석하고자 하는 것은 적절하지 않을 수도 있다. 그보다는 한국 근대소설에서 중심인물들이 성장을 시도하는 과정에서 중요하게 다루어지는 가치와 부딪히게 되는 다양한 제약 사항, 그리고 그것을 극복하는 과정에서 발생하는 서사적 특징을 분석하는 것이 더욱 중요할 수 있다.

식민지 교양소설은 식민지라는 사회적 현실과 소설의 미학적 형식 간의 관계를 다루는 개념이다. 이를 위해 '불균등 발전(uneven development)'라는 경제학적 개념을 차용하여 식민지 교양소설의 특성을 설명하고자 했다. 불균등 발전은 자본주의 사회에서 모든 장소가 동일하게 발전하는 것이 아니라 일부의 장소는 과잉되게 발전하는 반면 일부는 항구적인 저개발의 상태에 놓이게 되는 상황을 의미한다. 이는 곧 "자본의 모순에 대한 지리적 표현"[2]이라 할 수 있다. 따라서 한 장소의 발전 과정을 온전히 살피기 위해서는 다른 장소들과의 위계적 관계 속에서 그 장소의 상대적 위상을 살펴야 한다. 본 책에서 소설 속 공간의 특성에 특히 주목하는 이유이기도 하다. 마르크스주의적인 관점에서 볼 때, 도시와 시골, 그리고 제국과 식민지 간에는 발전의 속도가 달라지는 불균등 발전이 발생하기 마련이고, 도시와 제국의 발전은 시골과 식민지에 대한 광범위한 착취를 기반으로 한다.[3] 그리고 이러한

---

2   Majorie Howes, 'Geography, Scale and Narrating the Nation', *Semicolonial Joyce,* Cambridge University Press, 2000, p. 61.

3   해리 하르투니언/윤영실·서정은 역, 『역사의 요동』, 휴머니스트, 2006, 233면.

식민지적 상황은 식민지 교양소설 속 중심인물의 성장 과정에서도 유사한 형태로 나타난다.

인류의 오랜 역사에서 인간의 성장은 언제나 중요한 문제였다. 그렇지만 교양소설은 한 구성원의 성장을 공동체와의 관계 속에서 살핀다는 점에서 중요한 의의가 있다. 모레티는 교양소설을 "근대적 사회화를 형상화하고 장려했던 상징적 형식"[4]이라고 했다. 사회화의 과정은 모순의 내면화이자 모순과 더불어 살면서 심지어 그것을 생존의 도구로 전환하는 법을 배우는 것이다. 이러한 모순은 식민지적 상황에서도 더욱 두드러진다. 근대 시기 한국의 식민지적 상황은 물질적 토대이자 외부적 형식으로 기능했으며, 한국 근대소설의 형식을 형성하는 데에도 중요한 영향을 미쳤다. 한국 근대소설은 '식민지적 상황'을 고려하지 않고서는 온전히 해석될 수 없다. 이 책에서 '식민지 교양소설'이라는 범주를 상정하고자 하는 이유도 한국 근대소설 주인공들이 식민 지배의 특수한 상황 속에서 성장을 도모해야 했기 때문이다. 레빈이 주장한 것처럼, "미학적 형식과 정치적 형식은 동일한 차원에서 작동하는 유사한 패턴"[5]일 수 있다. 교양소설을 근대적 개인이 공동체와의 관계 속에서 스스로의 성장을 도모하는 장르로 간주한다면, 식민 지배라는 특수한 정치적 상황이 한국 근대소설의 미학적 형식을 독특하게 변모시켰을 가능성이 있다.

식민화와 근대화가 동시에 진행되는 식민지에서는 개인적 차원에

4　프랑코 모레티/성은애 역, 『세상의 이치』, 문학동네, 2005, 38면.
5　캐롤라인 레빈/백준걸 역, 『형식들』, 앨피, 2021, 59면.

서든 공동체의 차원에서든 정상적인 성장이 이루어지기는 힘들다. 식민지 사회에서는 자본주의의 발달, 민족 언어의 구성 등 모든 영역에서 독립국가와는 다른 형태의 발전이 이루어진다.[6] 식민지를 배경으로 한 소설에서는 서구 교양소설과 같은 진취적이고 진보적인 시간관이 거의 드러나지 않는다. 이러한 작품들에서는 '평면적인 시간관', '공간적 형식', '제국적 시간', '목적없는 과정', 혹은 '정체된 사회' 등의 특성이 두루 나타난다. 이러한 작품들은 '시간적 역동성'(temporal dynamism)이 없는 경우가 많다.[7]

식민지 사회에서 조선인들이 '성장'하는 데에 큰 어려움을 겪지 않았다면, 역설적으로 그러한 과정을 다루는 소설 작품들은 등장하지 않았을 것이다. 식민지 교양소설이 등장했다는 것은 당시 사회에서 어떻게 성장할 것인가라는 화두가 중요하게 대두되었으며, 그에 대한 답을 쉽게 찾을 수 없었기 때문이라 할 수 있다. 서구 교양소설과 구분되는 가장 중요한 특징은 식민지 교양소설의 중심인물이 정초하고자 하는 공동체가 단일하지 않다는 점이다. 그들은 식민지에 속하면서도 동시에 제국에 속한다. 그들은 "한 입으로 두 말하는 자, 두 개의 혀를 가진 자들"[8]이다. 그러므로 이 작품들에서 중심인물들은 제국과 식민지라는 두 개의 공동체 사이에서 유동하는 존재일 수밖에 없다.

두 번째 특징은 소설 속에서 인물들의 공간적 이동이 활발하게 나

---

6 Ania Loomba, *Colonialism/Postcolonialism*, Routledge, 1998, p. 191.

7 Jed Esty, *op.cit*, p.10.

8 김철, 「복화술사들」, 문학과지성사, 2008, 167면.

타난다는 점이다. 식민지 조선은 인물들이 성장하기에는 충분하지 않은 장소이기 때문에, 이들은 한반도를 벗어나 일본, 미국, 중국, 러시아 등 성장이 가능할 수 있는 주변 국가들로 나아갔다. 그들이 지향하는 장소들은 그들의 추구하는 정체성과 깊은 관련을 맺으며, 그들이 현재 머물고 있는 장소(행위지대)와 지향하는 장소(투사공간) 간의 낙차가 인물들을 움직이는 근원적인 힘으로 작용한다. 이 두 장소의 간극을 만들어낸 것은 식민지의 불균등 발전이라 할 수 있다. 이들이 행위지대에서 투사공간으로 나아가는 (혹은 나아가지 못하는) 이동경로를 통해 피식민지인들이 처한 시대적 한계와 제약 사항 등이 나타난다.

세 번째 특징으로는 중심인물들이 성장하는 과정이 구체적으로 그려지지 않는다는 점이다. 상당수 작품들에서 중심인물들은 성장하지 않은 채 정체되어 있고, 정작 성장은 미래에 이루어질 것으로 암시되며 끝을 맺기도 한다. 또한 소설 속 현재가 동시대보다 미래로 설정되는 시대착오적 현상이 나타나기도 한다. 그렇지 않다면, 이미 성장한 이후의 상태에 놓인 인물들이 등장하기도 한다. 결국 대부분의 작품들에서 인물들의 성장은 서사 안에서 구체적으로 그려지지 않는다. 성장하지 않는, 혹은 성장하기를 거부하는 '반(反)성장소설'이야말로 근대 한국의 식민지적 현실에 대한 가장 현실적인 문학적 대응이라 할 수 있다.

또 다른 특징은 '일본인'들이 중심인물의 성장에 결정적인 도움을 주는 조력자로 등장한다는 점이다. 이는 피식민지인 조선인들이 현실적으로 일본인의 도움을 받지 않고서는 온전히 성장하는 것이 쉽지 않다는 점을 보여준다. 또한 조선인들이 대항하고자 하는 대상이 점점 더 불분명해지고 있었음을 보여주는 것이기도 하다. 중요한 것은 일본의 식민 지배 이데올로기도 이러한 발전론적 세계관을 반영하고 있었다는 점이다. 일제는 '내선일체'와 '만세일계' 등의 논리를 통해 통합을 강조하면서도 일본인과 조선인 간의 차별화를 시도하였다. 일제는 〈제1차 조선교육령〉에서 "시세(時勢)와 민도(民度)"의 핵심원리를 제시하였다. 이에 따르면, 피식민지인인 조선인들은 시세와 민도가 부족하므로 일본인과 동일한 자격을 가질 수는 없었다. 그들은 신민자격을 취득했지만 아직 공권이 부여되지 않은 상태, 즉 '신민자연의 상태'의 놓여 있는 것으로 간주되었다. 그리고 '창씨개명'과 '징병제' 등을 통해 피식민 조선인들이 그러한 '차별'을 극복하고 성장할 수 있으며, 궁극적으로는 완전한 일본인으로 거듭날 수 있다는 논리를 내세웠다. 이러한 논리의 틀에서 보면, 피식민 조선인은 성장하여 궁극적으로는 '일본인'이라는 이상적인 존재로 거듭날 수 있게 된다. 그러므로 한국 근대소설은 '협력'과 '저항'과 같은 민감한 정치적 문제와 긴밀히 연결될 수밖에 없었다.

본 책에서는 이광수, 이태준, 염상섭, 유진오, 한설야, 김남천, 유항림 등의 작가들을 중심적으로 다루었다. 근대소설의 기틀을 마련한 이광수와 염상섭, 모더니즘 계열의 이태준과 유항림, 카프 계열의 한설야와 김남천, 동반자 작가 계열의 유진오 등 다양한 계열로 분류될 수 있는 작가들을 아우르고 있다. 소설 작품을 범주화하는 것은 세밀하게 장르를 구분할 수 있는 장점이 있지만, 작품들 간의 인위적인 관계를 상정하는 것이기도 하다. 기존의 논의들이 주로 작가의 정치적 성향이나 문학의 형식적 특성에 따라 작가들을 구분하고자 했다면, 이 책에서는 '성장'이라는 단일한 문제를 통해 다양한 작가들을 살피고자 했다. '성장'은 작가들의 계열이나 추구하는 이념을 초월하여 근대 시기의 거의 모든 작가들이 직면했던 문제였다고 볼 수 있다.

2장에서는 이광수의 주요 장편소설 5편을 중심으로 작가의 공간 지향의식과 세계관을 살펴 보았다. 이광수는 각 작품들은 동시대의 역사적 상황의 변모 양상과 밀접하게 관련을 맺는다. 하타노는 이광수가 일본에 대한 심리적 저항감이 거의 없었는데, 이는 그를 친일행위로 이끄는 요인이 되었다고 평가했다.[9] 그리고 그러한 경향은 그의 민족의식이 싹틀 무렵에 이미 나타나고 있었다. 이처럼 이광수에게서 민족의식과 친일의식이 거의 동시적으로 드러나기 시작했다는 점에 주목할 필요가 있다. 그의 주요 장편소설인 『무정』, 『재생』, 『흙』, 『유정』, 『사랑』 등은 공간적 배치나 인물들의 설정 등이 제각각이다. 그렇지만 이 작품들에서 공통되게 나타나는 것은 민족 공동체에 대한 작가의 비판의식이다. 그는 「민족개조론」을 통해 한민족의 개조를 촉구했는데, 이러한 시각은 그의 전 작품에서 두루 나타난다. 일반적으로 서구 교양소설에서 중심인물이 자신의 사적인 욕망을 포기하고 공동체의 공적 가치를 수용하는 과정을 거치는 반면, 이광수는 자신이 속한 민족 공동체의 변화, 즉 개조를 촉구한다는 점에서 차이가 있다. 그는 일본을 기준으로 조선의 개조를 주장하며, 소설 속 중심인물들은 '동경(東京)'을

---

9   하타노 세츠코/최주한 역, 『무정을 읽는다』, 소명출판, 2008, 24면.

지향하는 경향이 두드러지게 나타난다. 이광수에게 성장은 조선과 일본 간의 격차를 줄이는 과정을 의미했다.

3장은 이태준의 장편소설에서 나타나는 인물의 성장과 공간적 특성을 살펴보았다. 이광수가 민족개조론 등과 같은 자신의 사상을 기반으로 창작하였다면, 이태준의 장편소설들은 대부분 작가 자신이나 특정 실존 인물을 모델로 하였다는 특징이 있다. 그런 점에서 이태준의 장편소설들은 대부분 모델소설로 볼 수 있으며, 동시대의 시대적 맥락과 성장의 조건이 사실적으로 제시되는 특성을 보여준다. 이광수의 각 작품들이 독특한 공간적 특성을 보여주었던 것이 비해, 이태준의 장편소설들은 거의 비슷한 패턴이 변주되는 특성을 보여준다. 이태준 장편소설에는 경성과 동경이 중요한 두 축으로 기능하고 철원, 용담, 원산, 배기미 등의 장소들이 반복적으로 등장한다. 각 장소들에 대한 묘사나 서사적 의미도 대체로 비슷하다. 이러한 특성은 이태준의 문학세계가 작가가 오랫동안 구상해 온 공고한 허구적 세계를 기반으로 펼쳐지고 있음을 의미한다. 따라서 그의 장편소설의 세계를 이해하기 위해서는 여러 작품들을 겹쳐서 그 반복과 변주의 양상을 통시적으로 살필 필요가 있다.

4장은 1930년대 중반 이후 일제가 전시체제에 돌입하면서 발생한 한국 근대소설의 변모 양상을 염상섭과 유진오 등을 중심으로 살펴보았다. 앞선 시기의 작품들에서 소설 속 주인공들이 성장을 위해서 특정 장소를 지향해 이동해 갔다면, 1930년대 중반 이후에는 굳이 특정 장소를 지향해 물리적 이동을 하지 않더라도 일본–조선–만주가 하나로 통합된 세계를 보여준다. 그리고 공간적 이동이 발생하는 상황에서도 최신의 교통수단과 통신수단을 통해 이전보다는 훨씬 더 빠르고 신속하게 이동할 수 있게 된다. 『청춘항로』는 제목에서 알 수 있듯, 식민지 조선의 젊은 예술가가 자신의 삶의 '항로'를 모색하는 작품이다. 『불연속선』은 동경에서 비행사 자격을 취득한 주인공 진수가 식민지 조선으로 돌아온 후 일자리를 찾지 못해 택시 운전수를 전전하는 이야기를 다루고 있다. 두 작품의 중심인물들은 공통적으로 동경에서 새로운 학문과 문화를 배워 돌아온 지식인이자 예술가이지만, 식민지 조선에는 그러한 첨단의 지식과 경험을 실현할 수 있는 환경이 조성되어 있지 않았다. 결국 그들은 새로운 꿈을 좇아 조선 외부(일본이나 서구)로 나아가고자 시도한다. 유진오의 작품들은 일본인 중심의 학계에서 피식민 조선인인 지식인 주인공이 불리한 조건 속에서 경쟁하고 성장의 한계를 느끼는 내용이 중심을 이룬다. 『화상보』는 식민지적 현실에서 중심인물의 성장을 그리는 것이 얼마나 어려운 것이었는지를 역설적으로 보여준다. 동시대의 실존인물을 모델로 삼았음에도 불구하고, 그들의 성장과 발전을 그리면 그릴수록 현실과의 괴리감이 커지면서 일종의 환상담처럼 변하게 되는 것이다. 그러므로 한국 근대소설에서 서구식의 교양소설의 플롯을 갖춘 작품을 거의 찾을 수 없는 것은 그 자체로 하나의 시대적 징후라 할 수 있다.

5장은 사회주의 사상을 따르던 작가들이 자신들의 정치적 신념을 포기하고 전향 선언을 한 후 발표한 작품들에서 나타난 특성을 살피고자 했다. 한설야의 『청춘기』는 작가가 전향 선언을 한 이후에 발표한 장편소설이다. 표층 서사는 연애 서사에 가깝지만 심층적으로는 전향 이후의 이데올로기의 공백의 문제를 다루고 있다. 그는 '철주'(가상인물)와 '은희'가 동일인이라는 설정을 통해 여러 계급 간의 연대가능성을 새롭게 모색하고자 했다. 김남천의 「T일보사」는 작가가 기자로 활동했던 조선중앙일보를 모델로 한다. 이 작품은 중심인물인 광세가 T일보사에 입사한 후 거침없이 승진을 거듭하며 부사장의 자리까지 오르게 되는 과정을 그린다는 점이다. 그가 그러한 행운을 거머쥔 계기는 동경에서 '2·26 사건'이 발생해서 식민지 조선의 주식시장도 요동치게 되었기 때문이다. 특이한 점은 작품 발표 시점을 기준으로 할 때, 'T일보사'의 모델이 되는 조선중앙일보는 폐간된 상태였고, '2·26 사건'도 이미 실패로 끝난 시점이라는 사실이다. 김남천은 이 작품에서 '대체역사적 상상력'을 보여준다고 할 수 있다. 유항림의 소설에서는 온전하게 성장하는 등장인물을 찾아보기 어렵다. 대부분의 등장인물들은 성장이 지체된 상태에 머물거나 충분히 성숙하기 이전에 이른 죽음을 맞는 경우가 많다. 그들은 변변한 직업을 갖지 못하거나 결혼에 실패하는 등 사회의 구성원으로서 제대로 성장하지 못한다. 소설 속 시간의 흐름도 정체되어 있는 듯한, 아니면 느리게 흐르는 듯한 작품들이 많다. 소설의 인물들은 식민지 사회와 온전히 화해할 수도 없고 그로 인해 충분히 성장할 수도 없다. 이러한 특성은 근대화가 어느 정도 진행되었지만, 전통적인 모습이 여전히 잔존하던 평양의 '지체된 근대'의 상태와도 긴밀히 연결되어 있다.

교양소설은 한 시대의 성장의 조건을 묻고 당대의 사람들의 욕망을 가감없이 반영하는 장르라는 점에서 중요한 의의가 있다. 이러한 작품들에서는 중심인물들의 공간적 이동과 사회적(계층적) 이동이 활발하게 이루어지며, 작품 속 중심인물들은 현실 세계의 실존 인물들을 모델로 하는 사례가 많다. 또한 교양소설은 동시대의 현실적 맥락과 물질적 토대와 긴밀히 관련되는 장르이다. 그래서 작품 속에서 작가가 특정 인물의 성장하는 모습을 생생하게 그려냈다고 해도, 독자들은 그러한 성장이 동시대 현실에서 실현가능하지 않다고 느낀다면 현실감이 없다고 느낄 수도 있다.

이 책은 '식민지 교양소설'이라는 개념을 제시하여 한국 근대소설을 새로운 시각에서 바라보고자 했다. '식민지 교양소설'은 해방 이후의 현대 문학작품들을 이해하는 데에도 도움을 줄 수 있다. 분단 이후 남한과 북한 사회에서 각각 추구하는 이데올로기와 이상적인 인간형 간에는 상당한 괴리가 존재했다. 그러므로 분단 이후 발표된 남한과 북한의 소설들 간에도 성장에 관한 인식 차이가 생겼을 가능성이 높다. 또한 1970-80년대의 고도성장기를 배경으로 한 작품들과 90년대 IMF 직후나 불황기를 배경으로 한 작품들 간에도 성장에 대한 감각이 달라졌다. 이 책은 한국의 식민지 교양소설에 대한 시론적 논의이며, 이 범주에 포함될 수 있는 작가군이나 장르적 특성 등에 대한 논의는 추후의 과제로 남겨두고자 한다.

참고 문헌

1. 일차 문헌

김남천, 「도덕의 문학적 파악」, 『조선일보』, 1938년 3월 12일.

김남천, 「T일보사」, 『인문평론』, 1939년 11월.

염상섭, 『청춘항로』, 『중앙』, 1936년 6월–9월.

염상섭/김경수 편, 『불연속선』, 프레스21, 1997.

유진오, 『화상보』, 『동아일보』, 1939년 12월 8일–1940년 5월 3일.

유항림, 『유항림 작품집』, 지만지, 2010.

이광수, 『춘원이광수전집』, 삼중당, 1962.

이태준/상허학회 편, 『이태준전집』, 소명출판, 2015.

한설야, 『청춘기』, 『동아일보』, 1937년 7월 20일–11월 29일.

2. 연구논문

김경수, 「여성성장소설의 제의적 국면」, 『페미니즘과 문학비평』, 고려원
      1994, 231면 참조.

김광운, 「원산총파업과 노동운동의 새로운 단계로의 이행」, 『역사비평』 통권
      6호, 1989, 141면.

김백영·조정우, 「제국 일본의 선만(鮮滿) 공식 관광루트와 관광안내서」,
      『일본역사연구』 제39권, 2014, 42면.

김외곤, 『1930년대 후반 한국문학과 반파시즘 인민전선』, 『외국문학』 제28
      호, 1991, 166면.

김은정, 「상허 이태준의 '제2의 운명' 연구−주체의 욕망과 플롯을 중심으로−」, 『한국문학이론과 비평』 제10집, 2001, 186면.

김인규, 「충사상의 본질과 한국적 전개」, 『퇴계학논총』 18권, 2011, 124면.

김재용, 「식민주의와 언어」, 『제국일본의 이동과 동아시아 식민지문학』 1, 문, 2011, 410면.

김종균, 「이태준 장편 '제2의 운명'에 나타난 세계인식」, 『우리문학연구』 제9집, 182면.

김흥식, 「『사상의 월야』 연구− 개작 문제를 중심으로」, 『한국현대문학연구』 제35집, 2011, 215면.

류수연, 「전망의 부재와 구보의 소실(消失)」, 『구보학보』 제5권, 2010, 106면.

문한별, 「일제강점기 민족운동과 문학 텍스트의 연관성 고찰−춘천중학교 '상록회' 사건을 중심으로」, 『한국문학이론과 비평』 제63집, 2014, 190면 참조.

박경수 · 김순전, 「정인택 소설의 여성인물론」, 『일본연구』 49권, 2011, 196면.

박진숙, 「박태원의 통속소설과 시대의 '명랑성'」, 『한국현대문학연구』 제27집, 2009, 227면.

신규환, 「식민지 지식인의 초상 : 김창세와 상하이 코스모폴리탄의 길」, 『역사와문화』 23호, 2012, 465면.

신성환, 「김내성 번안 추리소설에 나타난 공간의식 연구」, 『비평문학』 44권, 2012, 260면.

안숙원, 「구인회와 댄디즘의 두 양상」, 『구보학보』 3집, 2008, 41면.

양문규, 「'탑'과 '사상의 월야'의 대비를 통해 본 한설야와 이태준의 역사의식」, 『이태준 문학의 재인식』, 소명출판, 2004, 115면.

와다 토모미, 「외국문학으로서의 이태준 문학−일본문학과의 차이화」, 『상허학보』 제5집, 2000, 104면.

왕신영, 「1930년대의 일본에 있어서의 '불안' 논쟁을 중심으로」, 『일어일문학연구』 47권 2호, 2003, 426면.

우미영, 「동도(東度)의 욕망과 동경(東京)이라는 장소」, 『정신문화연구』 30권 4호, 2007, 108면.

윤대석, 「일본이라는 거울: 이광수가 본 일본 · 일본인」, 『일본비평』 3호, 2010, 79면.

윤지관, 「빌둥의 상상력: 한국 교양소설의 계보」, 『문학동네』 통권23호,

2000, 3면.

이경재, 「한설야 소설의 개작 양상 연구」, 『민족문학사연구』 32권, 2006, 298면.

이경훈, 「박태원의 소설에 대한 몇 가지 주석」, 『구보학보』 제5집, 2010, 367면.

이경훈, 「이상과 정인택 2」, 『현대문학의 연구』 13권, 1999, 338면.

이병렬, 「이태준의 "사상의 월야" 연구 −자전적 요소와 개작의 의미를 중심
　　　으로−」, 『숭실어문』 제13집, 1997, 308면.

이상갑, 「'단층파'(斷層派) 소설 연구−'전향지식인'의 문제를 중심으로−」,
　　　『한국학보』 18권, 1992, 179∼180면.

이창민, 「'사상의 월야'의 공간적 배경과 주제」, 『한국문학연구』 제2호, 2001,
　　　284면.

이철우, 「일제하 한국의 근대성, 법치, 권력」, 『한국의 식민지 근대성』, 삼인,
　　　2006, 99면.

이철호, 「황홀과 비하, 한국 교양소설의 두 가지 표정」, 『센티멘탈 이광수』,
　　　소명출판, 2013, 217면.

장규식, 「1900∼1920년대 북미 한인유학생사회와 도산 안창호」, 『한국근현
　　　대사연구』 제46집, 2008, 116면.

장성수, 「1930년대 후반의 한국 '전향소설' 연구」, 『한국언어문학』 제28집,
　　　1990, 219면.

전승주, 「개작을 통한 정치성의 발현 −한설야의 '청춘기'」, 『세계문학비교연
　　　구』 40권, 2012, 11면.

전영선, 「북한문화예술인물(33)−한설야, 이기영」, 『북한』 통권 제348호,
　　　2000, 174면.

전정연, 「식민지 시대 여성성장소설 연구」, 숙명여자대학교 대학원 박사학
　　　위 논문, 2005, 26면.

정미량, 「1920년대 일제의 재일조선유학생 후원사업과 그 성격」, 『한국교육
　　　사학』 30권1호, 2008, 70면.

정옥경, 「시베리아 · 일본 관계 연구」, 『한국시베리아연구』 1호, 1996,
　　　159∼160면 참조.

정종현, 「'민족 현실의 알리바이'를 통한 입신 출세담의 서사적 정당화」, 『한
　　　국문학연구』 23, 2000.

정종현, 「한국 근대소설과 '평양'이라는 로컬리티」, 『사이』 4권, 2008, 102면.

정주아, 「불안의 문학과 전향시대의 균형 감각」, 『어문연구』 통권 제152호,

2011, 331~332면.

정주아, 「심상지리(imaginary geography)의 외부, '불확실성의 심연' 과 문학적 공간」, 『어문연구』 41권 2호, 2003, 270면.

정주아, 『한국 근대 서북문인의 로컬리티와 보편지향성 연구』, 서울대학교 국어국문학과 박사논문, 2012, 1면.

정혜영, 「과학과 엽기, 그 사이에서 −탐정소설 〈염마〉와 〈수평선 너머로〉를 중심으로」, 『대동문화연구』 72권, 2010, 413면.

정호웅, 「직실의 윤리−한설야의 '청춘기'론」, 『장편소설로 보는 새로운 민족문학사』, 열음사, 1993, 181면.

정홍섭, 「전향과 귀향의 변증법: 한설야와 나카노 시케하루(中野重治)의 전향 소설 비교 연구」, 『비교문학』 50권, 2010, 178면.

조성면, 「입신출세주의의 문학적 의미−이태준 '사상의 월야'와 그 밖의 작품들」, 『민족문학사연구』 40, 2009.

조우호, 「근대화 이후 한국의 괴테 수용 연구」, 『코기토』 제68호, 2010, 149면.

조윤정, 「내선결혼 소설에 나타난 사상과 욕망의 간극」, 『한국현대문학연구』 제27집, 2009, 253면.

최원식, 「철원애국단 사건의 문학적 흔적: 나도향과 이태준」, 『기전어문학』 10-11집, 202~203면.

최혜실, 「'산책자(flâneur)'의 타락과 통속성」, 『상허학보』 제2집, 1995, 204면.

한수영, 「한설야 장편소설 '청춘기'의 개작과정에 대하여」, 『한설야 문학의 재인식』, 소명출판, 2000, 114면.

한승옥, 「이광수 소설 공간에 투영된 작가의식 연구」, 『한중인문학연구』, 12권, 2004, 6면.

허병식, 「이태준과 교양의 형성−"사상의 월야"를 중심으로」, 『한국근대문학연구』 제5권 제2호, 2004, 123면.

홍혜원, 「"재생"에 나타난 멜로드라마적 양식」, 『한국근대문학연구』 제5권 제2호, 2004, 67면.

황국명, 「여로형소설의 지형학적 논리 연구−"무진기행"을 중심으로」, 『문창어문논집』 37권, 2000, 278면.

황치복, 「한일 전향소설의 문학사적 성격−한설야(韓雪野)와 나카노 시게하루(中野重治)를 중심으로」, 『한국문학이론과 비평』 제16집, 2002, 367면.

황호덕, 「경성지리지, 이중언어의 장소론—채만식의 '종로의 주민'과 식민도
　　　시의 (언어) 감각」, 『대동문화연구』 51권, 2005, 132면.

3. 단행본

가라타니 고진/박유하 역, 『일본근대문학의 기원』, 민음사, 1997, 112면.
게오르그 짐멜/김덕영 역, 「개인주의의 두 형식」, 『근대 세계관의 역사』, 길,
　　　2007, 122면.
게오르크 루카치/김경식 역, 『소설의 이론』, 문예출판사, 2007, 91면.
고마고메 다케시, 『제국 일본의 문화권력』, 소화, 2011, 120면.
권보드래, 『한국 근대소설의 기원』, 소명출판, 2012, 201면.
김경수, 『염상섭과 현대소설의 형성』, 일조각, 2008, 89면.
김용범, 『문화생활과 문화주택』, 살림, 2012, 11면.
김욱동, 『소설가 서재필』, 서강대학교 출판부, 2010, 121면.
김윤식, 『이광수와 그의 시대』 3, 한길사, 1986, 817~8면 참조.
김윤식 · 정호웅, 『한국소설사』, 문학동네, 2000, 280면.
김철, 『복화술사들』, 문학과지성사, 2008, 167면.
김윤식 · 정호웅, 『한국소설사』, 예하, 1993, 151~152면.
노르베르트 엘리아스/박미애 역, 『문명화과정』 1, 한길사, 1999, 105면.
레이먼드 윌리엄스/이현석 역, 『시골과 도시』, 나남, 2013, 516면.
리디아 리우/민정기 역, 『언어횡단적 실천』, 소명출판, 2005, 58면.
막스 베버, 『프로테스탄티즘의 윤리와 자본주의 정신』, 문예출판사, 1996,
　　　37면.
문준영, 『법원과 검찰의 탄생』, 역사비평사, 2010, 45면.
미리엄 실버버그/강진석 외 역, 『에로틱 그로테스크 넌센스』, 현실문화,
　　　2014, 14면.
미우라 노부타카 외, 『언어 제국주의란 무엇인가』, 돌베개, 2005, 56면.
미하일 바흐찐/김희숙 · 박종소 역, 「교양소설과 리얼리즘 역사 속에서의 그
　　　의미」, 『말의 미학』, 길, 2006, 305면.
박경수, 『정인택, 그 생존의 방정식』, 제이앤씨, 2011, 45면.
박선미, 『근대 여성 제국을 거쳐 조선으로 회유하다』, 창비, 2007, 80면.
배경식, 『기노시타 쇼조, 천황에게 폭탄을 던지다』, 너머북스, 2008, 42면.
베네딕트 앤더슨/윤형숙 역, 『상상의 공동체』, 나남, 2002, 55면.

복도훈, 『자폭하는 속물−혁명과 쿠데타 이후의 문학과 젊음』, 도서출판b, 2018, 28면.

블라디미르 프로프/유영대 역, 『민담 형태론』, 새문사, 1987, 95면 참조.

빌 애쉬크로프트/이석호 역, 『포스트 콜로니얼 문학이론』, 민음사, 1996, 15~7면.

사에구사 도시카쓰/심원섭 역, 「"재생"의 뜻은 무엇인가」, 『사에구사 교수의 한국문학 연구』, 베틀북, 2000, 150면.

사이토 마레시/황호덕 외 역, 『근대어의 탄생과 한문』, 현실문화, 2010, 32면.

서영채, 『아첨의 영웅주의: 최남선과 이광수』, 소명출판, 2011.

스기야마 헤이스케(杉山平助)/조진기 역, 「전향작가론」, 『일본 프로문학론의 전개』 2, 국학자료원, 2003, 359면.

스즈키 토미/한일문학연구회 역, 『이야기된 자기: 일본 근대성의 형성과 사소설 담론』, 생각의 나무, 2004, 31면.

스티븐 컨/박성관 역, 『시간과 공간의 문화사(1880−1918)』, 휴머니스트, 2006, 527면.

신규환·박윤재, 『제중원 세브란스 이야기』, 역사공간, 2015, 196면.

안중근, 『안중근 의사 자서전−안응칠 역사』, 범우사, 2000, 79~80면.

오미일, 『근대 한국의 자본가들』, 푸른역사, 2014, 301면.

와다 토모미, 『이광수 장편소설 연구』, 예옥, 2014, 34면.

월터 D. 미뇰로/이성훈 역, 『로컬 히스토리/글로벌 디자인』, 에코리브르, 2013, 368면 참조.

이계형·전병무 편저, 『숫자로 본 식민지 조선』, 역사공간, 2014, 456면.

장영우, 『이태준』, 한길사, 2008, 72면.

전남일 외, 『한국 주거의 사회사』, 돌베개, 2008, 94면.

정호웅, 『문학사 연구와 문학 교육』, 푸른사상, 2012, 129면.

조셉 캠벨/이윤기 역, 『천의 얼굴을 가진 영웅』, 평단문화사, 1985, 15면

조영복, 『월북 예술가 오래 잊혀진 그들』, 돌베개, 2002, 335면.

준 우치다, 「총력전 시기 '내선일체' 정책에 대한 재조선 일본인의 협력」, 『근대성의 역설』, 후마니타스, 2009, 235면.

최병택·예지숙, 『경성리포트』, 시공사, 2009, 19면.

최석영, 『일제의 조선연구와 식민지적 지식 생산』, 민속원, 2012, 411면.

최주한, 『제국 권력에의 야망과 반감 사이에서』, 소명출판, 2005, 46면.

캐롤라인 레빈/백준걸 역, 『형식들』, 앨피, 2021, 59면.

테리 이글턴/이미애 역, 『문학을 읽는다는 것은』, 책읽는수요일, 2016, 198면.

티모시 브레넌/류승구 역, 「형식을 향한 국가의 열망」, 『국민과 서사』, 후마니타스, 2011, 83면.

프랑코 모레티/성은애 역, 『세상의 이치』, 문학동네, 2005, 45면.

프랑코 모레티/조형준 역, 『공포의 변증법』, 새물결, 2014, 264면.

프랑코 모레티/조형준 역, 『근대의 서사시』, 새물결, 2001, 364면.

프레드릭 제임슨/김유동 역, 『후기마르크스주의』, 한길사, 2000, 93면.

프레드릭 제임슨/이경덕 · 서강목 역, 『정치적 무의식』, 민음사, 2015, 276~277면.

피에르 마슈레/윤진 역, 『문학생산의 이론을 위하여』, 그린비, 2014, 242~243면.

피터 브룩스/박인성 역, 『정신분석과 이야기 행위』, 문학과지성사, 2017, 118면.

하타노 세츠코/최주한 역, 『무정을 읽는다』, 소명출판, 2008, 366면.

한나 아렌트/김정한 역, 『폭력의 세기』, 이후, 1999, 13면.

해리 하르투니언/윤영실 · 서정은 역, 『역사의 요동』, 휴머니스트, 2006, 233면.

허병식, 『교양의 시대』, 역락, 2016, 33면.

홀거 지이겔/정재경 역, 『소비에트 문학이론: 1917~1940』, 연구사, 1988, 165면.

4. 원서

Abel, Elizabeth(EDT), *The Voyage in: Fictions of Female Development*, Univ. Press of New England, 1983, p.49.

Boes, Tobias, *Formative Fictions: Nationalism, Cosmopolitanism, and the Bildungsroman*, Cornell University Press, 2012, p.16.

Brantlinger, Patrick, *Rule of Darkness: British Literature and Imperialism, 1830-1914*, Cornell University Press, 1990, p.190.

Brooks, Peter, *Reading for the Plot*, Harvard University Press, 1992, p.147.

Brooks, Peter, *Realist Vision*, Yale University Press, 2008, p.14.

Buckley, Jerome H., *Season of Youth: The Bildungsroman from Dickens to*

Golding, Harvard University Press, 2013, p.21.

Castle, Gregory, *Reading the Modernist Bildungsroman*, Univ. Press of Florida, 2007, p.19 참조.

Chakrabarty, Dipesh, *Provincializing Europe*, Princeton University Press, 2000, p.4.

Cohen, Margaret, *The Novel and the Sea*, Princeton University Press, 2010, p.8.

Davis, Lennard J., *Factual Fictions: The Origins of the English Novel*, University of Pennsylvania Press, 1997, p.39.

Eagleton, Terry, *Walter Benjamin or Towards a Revolutionary Criticism*, Verso, 2009, p.27.

Esty, Jed, 'Virginia Woolf's Colony and the Adolescence of Modernist Fiction', *Modernism and Colonialism-British and Irish Literature 1899-1941*, Duke Univ Press, 2007, p.74.

Esty, Jed, *Unseasonable Youth*, Oxford Univ Press, 2012, p.51.

Frank, Joseph, *The Idea of Spatial Form*, Rutgers Univ. Press, 1991, p.18.

Frow, John, *Genre*, Routledge, 2005, 101.

Gardner, William, *Advertising Tower: Japanese Modernism And Modernity in the 1920s*, Harvard Univ. Press, 2007, p.21.

Gilroy, Paul, *The Black Atlantic: Modernity and Double-Consciousness*, Harvard University Press, 1993, p.161.

Hewitt, Andrew, *Fascist Modernism: Aesthetics, Politics, and the Avant-Garde*, Stanford University Press, 1996.

Howes, Majorie, 'Geography, Scale and Narrating the Nation', *Semicolonial Joyce*, Cambridge University Press, 2000, p.61.

Jameson, Fredric, *Marxism and Form*, Princeton University Press, 1074, p.132.

Jameson, Fredric, *Modernist Papers*, W W Norton & Co Inc, 2007, p.152.

Jameson, Fredric, *The antinomies of realism*, Verso, 2013, p.103.

Latham, Sean, *The Art of Scandal: Modernism, Libel Law, and the Roman a Clef*, Oxford University Press, 2009, p.7.

Lewis, Pericles, *Modernism, Nationalism, and the Novel*, Cambridge University Press, 2007, p.19.

Loomba, Ania, *Colonialism/Postcolonialism*, Routledge, 1998, p.191.

Moretti, Franco, *Signs Taken for Wonders*, Verso, 1987, p.265.

Moretti, Franco, *Atlas of the European Novel 1800-1900*, Verso, 1998, p.37.

Redfield, Marc, *Phantom Formations: Aesthetic Ideology and the 'bildungsroman'*, Cornell University Press, 1996, p.36.

Robert T. Tally Jr., *Spatiality*, Routledge, 2013, p.95.

Rogaski, Ruth, *Hygienic Modernity: Meanings of Health and Disease in Treaty-Port China*, University of California Press, 2004, p.256.

Said, Edward W., *Reflections on Exile*, Harvard Univ. Press, 2001, p.365.

Said, Edward W., *The World, the Text, and the Critic*, Harvard University Press, 1984, p.226.

Sheridan, Alan, *André Gide: A Life in the Present*, Harvard University Press, 2000, p.458.

Shklovsky, Viktor, *Theory of Prose*, Dalkey Archive Press, 1991, p.92.

Slaughter, Joseph, *Human Rights, Inc.-The World Novel, Narrative Form, and International Law*, Fordham Univ. Press, 2007, p.133.

Westphal, Bertrand/Tally, Robert T., Jr.(TRN), *Geocriticism-Real and Fictional Spaces*, Palgrave Macmillan, 2015, p.112.

池田浩士, 『教養小説の崩壊』, インパクト出版会, 2008, 184~192面.

찾아보기

346